Joanna Wallace

My Life as a Serial Killer

Joanna Wallace

MY LIFE AS A SERIAL KILLER

Roman

Aus dem Englischen
von Leena Flegler

PIPER

Mehr über unsere Autorinnen, Autoren und Bücher:
www.piper.de

Wenn Ihnen dieser Roman gefallen hat, schreiben Sie uns unter Nennung des Titels »My Life as a Serial Killer« an *empfehlungen@piper.de*, und wir empfehlen Ihnen gerne vergleichbare Bücher.

MIX
Papier | Fördert gute Waldnutzung
FSC® C083411
FSC www.fsc.org

PRODUZIERT MIT VERANTWORTUNG

ISBN 978-3-492-06516-0

Titel der englischen Originalausgabe:
»You'd Look Better as a Ghost«, Viper, London 2023

Für direkten Kontakt und Fragen zum Produkt
wenden Sie sich bitte an: *info@piper.de*
Redaktion: Annika Krummacher
Satz: Satz für Satz, Wangen im Allgäu
Gesetzt aus der Swift LT Pro
Druck und Bindung: CPI Books GmbH, Leck
Printed in the EU

Für meinen Vater

DAMALS

In der vollen Turnhalle legen die einen ihren Regenschirm hinten neben die Tür, die anderen klappen ihn zusammen und nehmen ihn mit an ihren Platz. Diejenigen, die ihn an der Tür deponiert haben, setzen sich zögerlich. Wie sollen sie sicherstellen, dass ihr Regenschirm später noch da ist? Nicht dass sie nachher vergessen, ihn mitzunehmen … Vielleicht hätten sie ihn doch nicht an der Tür liegen lassen sollen.

Die Frau in der Mitte der ersten Reihe hat ihren Regenschirm auf den freien Platz rechts neben sich gelegt. Jedes Mal, wenn jemand kommt und fragt, ob dort noch frei sei, lächelt sie entschuldigend und verneint. Diejenigen, die sich von ihrer betörenden Schönheit verunsichern lassen, reagieren irritiert. Alle anderen starren sie wie gebannt an. Dann geht hinten die Eingangstür zu, und Musik erklingt. Die Letzten stolpern über Regenschirme, als sie noch einen freien Platz ergattern. Gleich geht die Aufführung los.

Die Kinder sind als Mäuse verkleidet. Mit Pappohren am Haarreif, aufgemalten Schnurrhaaren und einem Schwanz, der an den Turnanzug genäht wurde, tippeln sie über die Bühne, und das Publikum applaudiert. Als eine der kleinen Schauspielerinnen versehentlich auf den Schwanz des Kindes vor ihr tritt, ertönt Gelächter. Die kleine Missetäterin bückt sich, hebt den Schwanz auf, und alle johlen. Als sie dem vorderen Kind auf die Schulter tippt, um ihm seinen Schwanz zurückzugeben, bricht in der Aula tosender Beifall aus und übertönt sogar die lautesten Donnerschläge von draußen. Bis die Kinder die Bühne wieder verlassen, sind die Regenschirme zu Füßen der Zuschauer den Standing Ovations zum Opfer gefallen und zerdrückt worden.

Nach der Vorstellung greift die Frau in der Mitte der ersten Reihe nach ihrem Regenschirm auf dem Sitz neben sich und nimmt die Tochter von der Bühne in Empfang. Die Kleine hüpft auf dem Rückweg zum Auto über Pfützen, während die Mutter allen im Vorbeigehen zulächelt. »War das nicht großartig?«, sagt sie zu den anderen Eltern, die im Regen zurück zu ihren Autos laufen. »Das haben die Kinder ganz toll gemacht!« Die Frauen lächeln betreten, sobald sie sie anspricht, die Männer glotzen nur.

Sie verlassen den Parkplatz, und das Mädchen sieht auf dem Heimweg den Scheibenwischern zu, die über die Windschutzscheibe fegen. Hin und her, hin und her, hin und her – bis es mit einem Mal aufhört. Nicht das Unwetter, sondern das Hin und Her. Es ist nicht ganz leicht, draußen etwas zu erkennen, trotzdem weiß das Mädchen, dass sie noch nicht zu Hause sind. Die Frau zieht den Zündschlüssel ab und dreht sich zu ihrer Tochter um.

»Was glaubst du eigentlich, wer du bist?«

Das Mädchen wendet sich ab und starrt jeden einzelnen Regentropfen an, der auf die Scheibe fällt. Jeder von ihnen ist so frei. Frei, irgendwo zu landen. Frei, so zu sein, wie er ist.

Die Mutter packt sie am Kinn. »Wag es nicht, dich wegzudrehen! Ich rede mit dir!« Sie hat kräftige Finger und scharfe Fingernägel.

Das Mädchen hat Mühe zu atmen. »Du hättest einfach nur anmutig sein müssen!« Die Frau verstärkt ihren Griff. »Nichts anderes war verlangt – ein anmutiges, zartes Mädchen! Wie konnte jemand wie ich so etwas wie dich zur Welt bringen? Wie kannst du es wagen, mich so zu blamieren? Dass du auf diesen Scheißschwanz treten musstest – so was Tollpatschiges! Jetzt reden sie alle über dich. Darüber, wie ungeschickt und nichtsnutzig du bist. Und weißt du, was mit ungeschickten, nichtsnutzigen Kindern passiert?«

»Nein«, flüstert das Mädchen.

»Jetzt weißt du es«, sagt die Frau und schlägt dem Kind ins Gesicht.

Dann lässt sie den Motor wieder an, und die Scheibenwischer wischen weiter. Hin und her, im Takt ihrer Wut, hin und her, aufgemalte Schnurrhaare und Tränen, hin und her, und der Gewittersturm – der wartet geduldig ab.

1

Sie dürfte in etwa so alt sein wie ich, also Anfang dreißig, und sie baut einen instabilen Tellerturm. Ich frage mich, ob sie es eilig hat oder ob es sie einfach nur reizt zu sehen, wie viele sie schafft, bevor alles zusammenkracht. Auf dem Tablett stehen jetzt neun Teller, und obendrauf liegt Besteck. Sie dreht sich zur Küche um und zögert. Offensichtlich hat sie einen weiteren Teller entdeckt. Sie wird doch wohl nicht ... Doch. Sie greift tatsächlich zum zehnten Teller und stellt ihn oben aufs Besteck. Ich nehme einen Schluck Rotwein und sehe weg. Die ernst dreinblickenden Männer in ernsten schwarzen Anzügen stehen eindeutig zu nah bei mir und starren mich an. Muss ich jetzt etwas sagen?

»Claire«, spricht einer von ihnen mich an, »das mit deinem Vater tut mir, wie gesagt, sehr leid. Er war ein guter Mann. Einer der Besten.«

Einer der Besten? Merkwürdiges Lob. Einer der Besten von wie vielen denn? Der ganzen Welt? Der hier Anwesenden?

»Er war ein wunderbarer Mensch«, sagt jemand anders,

eine weitere Solostimme, die sich aus dem sanft beifälligen Chor erhebt. Sie sehen aus wie ein depressiver Gesangsverein, all diese Männer, die mit meinem Vater zusammengearbeitet haben. Ein Chor, der kein Charisma abbekommen hat.

»Und die Ruhe in Person«, fährt der Solist fort. »Weißt du was, Claire? Ich kann mich nicht erinnern, dass ich deinen Vater je fuchsig erlebt hätte. Kein einziges Mal. In all den Jahren, die wir uns kannten, ist er kein einziges Mal fuchsig geworden. Ganz gleich, was passiert ist: Er hatte immer die Ruhe weg.«

»Da hast du recht«, sagt ein anderer. »Er ist wirklich kein einziges Mal fuchsig geworden. Bemerkenswert, jetzt, da ich darüber nachdenke. Ich hab ihn nie fuchsig erlebt, kein einziges Mal.«

Ich sehe zu, wie ihre Münder sich bewegen, und denke über all die Beerdigungen der Weltgeschichte nach. All die Beerdigungen, die seit Menschengedenken stattgefunden haben. Wie viele Milliarden das wohl waren? Hunderte? Tausende? Billionen? Wie viele Milliarden gehen in eine Billion? Und war seit Beginn der Aufzeichnungen auch nur eine einzige Beerdigung dabei, bei der das Wort »fuchsig« derartig überstrapaziert wurde?

»Ich weiß noch – das muss jetzt an die dreißig Jahre her sein«, meldet sich die nächste Stimme, »da haben dein Vater und ich bei diesem Riesenprojekt zusammengearbeitet, und ich sage dir, die Deadline war eine Zumutung. Jeder – also, *fast* jeder – hat sich aufgeregt. Der Chef hat sich aufgeregt, der Kunde war aufgeregt, und ich gebe gern zu, ich hab mich am meisten aufgeregt. Aber dein Vater, Claire, der hatte die

Ruhe weg. Der ist nie auch nur ansatzweise fuchsig geworden.«

Wenn das hier die Trauerfeier für eine fuchsige junge Mutter wäre, die bei dem Versuch gestorben wäre, ihr Neugeborenes vor einem tollwütigen Fuchs zu beschützen, hätte ich vielleicht verstanden, dass das Wort »fuchsig« so oft gefallen wäre. Vielleicht.

»Er war ein außergewöhnlicher Mensch«, sagt eine weitere Stimme. »Immer so ausgeglichen. So ruhig.«

Im Gegensatz zu dem Geschirr, das soeben scheppernd zu Boden fällt. Alle wirbeln zu der Bedienung herum, die die Küchentür fast, aber nur fast erreicht hat. Der zehnte Teller, den sie wacklig bis waghalsig obendrauf gepackt hatte, liegt zerschellt auf dem Boden, zusammen mit den anderen neun. Die Bedienung ist in die Hocke gegangen und klaubt schon die ersten Scherben auf, als sich eine zweite mit Schaufel und Besen dazugesellt – und beide kichern, dass die Schultern beben. Dann rufen sie sich den Anlass ins Gedächtnis und sind wieder still und respektvoll. Aber es ist gespielt. Ich weiß, es ist nur gespielt. Sobald sie in der Küche verschwinden, werden sie loslachen.

»Wie geht es dir überhaupt, Claire?«, fragt einer der Männer. »Es muss schwierig sein, so ganz ohne Verwandte, die dir in dieser schweren Zeit beistehen könnten.«

Ich will schon antworten, als mein Handy summt. »Entschuldigung«, sage ich und nehme es aus meiner Handtasche, »da muss ich kurz draufgucken.«

Als ich aufs Display blicke, ist eine neue E-Mail eingegangen. Sie ist da. Endlich. Die Nachricht, auf die ich gewartet habe. Ich hole tief Luft und klicke die E-Mail an.

Guten Tag, wir bedanken uns für Ihre Bewerbung um den Keiver-Preis für neue Talente. Ihre Einsendung hat meine Kollegin Hannah und mich sehr beeindruckt, daher freuen wir uns, Ihnen mitteilen zu dürfen, dass Sie in die engere Auswahl …

»Ist alles in Ordnung, Claire?«

Ich reiße den Blick vom Handy los. Die Männer starren mich immer noch an.

»Ja, alles in Ordnung.« Ich lasse das Handy zurück in die Tasche fallen. »Das war eine gute Nachricht. Eine sehr gute sogar.«

»Ach?« Der Männerchor bemüht sich sofort um den passenden Gesichtsausdruck.

»Ich hab mich vor einiger Zeit mit einem meiner Bilder für einen Kunstpreis beworben. Gerade erfahre ich, dass ich auf der Shortlist stehe.«

»Das ist ja fabelhaft!«, singt der Chor. »Herzlichen Glückwunsch!«

»Darf ich etwas fragen, Claire?«, wagt sich die jüngste Solostimme hervor. »Was heißt das genau? Shortlist?«

»Das heißt, ich bin in der Auswahl der besten zehn«, erkläre ich. »Nur die besten zehn Bilder gehen in die Endrunde.«

»Von wie vielen denn?«

»Von Hunderten.«

»Wow! Das ist ja total großartig«, sagt ein fein gekleideter Herr, der nicht so aussieht und klingt, als würde er allzu häufig *Wow! Das ist ja total großartig* sagen. »Dein Vater hat immer wieder erzählt, wie talentiert du bist. Er hat immer gesagt, er habe dir dein künstlerisches Talent von klein auf ansehen können.«

Ich lächle ihn an, was sich sofort verkehrt anfühlt. Mein Gesicht ist an Lächeln schon länger nicht mehr gewöhnt. Und ich muss schleunigst etwas sagen, weil es allmählich anfängt, wehzutun und sich anzufühlt, als würde Beton beim Trocknen Risse kriegen.

»Ich weiß noch gut, wie er mir mein erstes Skizzenbuch geschenkt hat.« Ich hebe mein Weinglas an die Lippen. »An dem Tag war ich als Maus verkleidet.«

Sämtliche Blicke sind auf mich gerichtet. Urplötzlich bin ich die Chorleiterin.

»Es war ein Geschenk zu meinem vierten Geburtstag. Ich hatte erst einen Auftritt bei einer Kindergartenaufführung, und als ich nach Hause kam, stand er da, mit einem Geburtstagskuchen. An dem Tag hat es schrecklich gewittert, das weiß ich noch.«

Das und noch einiges mehr. Mein Vater, der aus seiner sagenumwobenen Ruhe geriet, als ihm dämmerte, dass er die Aufführung verpasst hatte. »Aber die steht für morgen in meinem Kalender! Du hast gesagt, sie wäre morgen!« Es kam nicht allzu oft vor, dass er sie hinterfragte, und prompt bekam meine Mutter einen Migräneanfall. Sie ging nach oben ins Bett, und ich machte zusammen mit Dad meine Geschenke auf. Und da lag es – mein allererstes Skizzenbuch.

»So ist also deine Liebe zur Kunst entstanden?«, fragt einer, als ich erneut an meinem Wein nippe.

»Ich glaube schon.«

Sie wollen mehr. Kriegen sie aber nicht.

»Wahrscheinlich kannst du dich nicht mehr an allzu viel erinnern, wenn du da gerade erst vier warst.«

Was stimmt nicht mit diesen Männern? Was ist verkehrt daran, einfach schweigend beisammenzustehen?

»Ich kann mich an alles erinnern.«

An alles. Daran, dass ich das Skizzenbuch ausgepackt und sofort zu einem Stift gegriffen habe. Und daran, dass Dad die Zeichnung, kaum dass sie fertig war, zum Meisterwerk erklärt hat. Typisch für ihn. Er meinte noch, wir sollten sie sofort in eine dieser schicken Kunstgalerien in der Innenstadt bringen. Wir haben beide darüber gelacht …

»Claire, ist alles okay?«

»Mir ist nur gerade etwas eingefallen. Die Anwärterinnen und Anwärter auf den Kunstpreis werden ausgestellt. Mein Bild wird in einer Galerie ausgestellt!«

»Wow! Das ist ja total großartig«, sagt der feine Herr erneut, und wieder klingt es aus seinem Mund zum Davonlaufen. Aber beharrlich ist er. Total vom Feinsten.

»Danke.« Ich nippe abermals an meinem Wein, dann noch mal und noch mal, bis ich mir nicht mehr sicher bin, ob es noch als Nippen durchgeht. »Ich wünschte mir nur, dass Dad das noch erlebt hätte.«

Kurz herrscht Stille, als allen wieder einfällt, warum wir hier sind – und warum der ruhige, friedfertige Mann, mit dem sie zusammengearbeitet haben, nicht mit von der Partie ist.

Jemand räuspert sich. »Ich wette, er ist sehr stolz auf dich, Claire. Und die Erinnerungen bleiben dir ja.«

»Danke.« Ich nehme noch einen Schluck. Schließlich stimmt es: Die Erinnerungen bleiben mir ja. Besonders meine

Lieblingserinnerung an jenen Tag, von der ich nie jemandem erzählt habe. Die Erinnerung an einen Moment nach dem Skizzenbuch und dem Lachen. Wir hatten gerade das zweite Stück Kuchen gegessen, Dad spülte die Teller per Hand und forderte mich auf, allmählich nach oben zu gehen und mich fertig zu machen.

»Weck deine Mutter nicht auf«, sagte er noch, während ich von meinem Stuhl hüpfte. »Sei am besten leise wie ein Mäuschen.«

Auf halbem Weg die Treppe hinauf klirrte Glas.

Mein Vater kam aus der Küche gerannt. »Was ist passiert? Was war das gerade?«

»Das war ein Versehen …«

Ein gerahmtes Foto meiner Mutter lag vor mir auf der Treppenstufe. Das Glas war gesprungen.

»Kein Problem«, flüsterte er und spähte nervös die Treppe hinauf. »Ich räume das weg. Sei bloß vorsichtig wegen der Scherben, und geh leise ins Bett.«

»Entschuldigung!«, brüllte ich so laut, wie ich mit meiner vierjährigen Stimme konnte. *»War ein Versehen!«*

»Psst!«, machte er alarmiert. »Wie ein Mäuschen, hab ich gesagt!«

»Nicht alle Mäuschen sind anmutig und zart.« Dann drehte ich mich zu meiner Mutter um, die am oberen Treppenabsatz aufgetaucht war. »Ein paar sind ungeschickt und nichtsnutzig.« Dann hob ich den Fuß, donnerte ihn auf ihr Fotogesicht und zertrümmerte das Glas über ihrem adretten Lächeln.

Im selben Moment passierte es – in der Sekunde bevor ich die Treppe hinauf in mein Zimmer huschte. In diesem

Moment sah ich das Flackern. Im Bruchteil der Sekunde zwischen Gleichgültigkeit und dem Einsetzen der Wut – lediglich einen Wimpernschlag lang. Aber sie war da, und sie war echt. Die Angst. Dieser kurze Moment genügte mir.

»Mein Beileid.«

Vor dem Tisch an der Wand, an dem ich soeben mein Weinglas auffülle, blicke ich auf. Die Teller werfende Bedienung steht vor mir und weicht meinem Blick aus. Sie hält ein Tablett mit leeren Gläsern in der Hand.

»Und das mit dem Lärm und den Tellern tut mir ebenfalls leid ... Und das Kichern. Wir wollten nicht pietätlos sein. Das war bloß die Nervosität.«

»Ich weiß«, sage ich, »ist schon in Ordnung, ich kann das verstehen.«

Das stimmt sogar, ich verstehe es. Was ich nicht verstehen kann, ist, dass sie immer noch vor mir steht. Hoffentlich sagt sie nicht noch mal, dass es ihr leidtut. All diese Beteuerungen werden langsam unangenehm. Es war weniger peinlich, als sie die Teller zerschlagen hat.

Mit ihren ausgewaschen blauen Augen sieht sie mir ins Gesicht. »Ich ahne, was Sie gerade durchmachen.« Sie verändert den Griff um ihr Tablett. »Als meine Mutter gestorben ist, haben alle gesagt, es würde mich immer mal wieder aus heiterem Himmel überrollen. Sie wissen schon ... die Trauer. Und sie hatten recht. Urplötzlich hat mich diese Riesenwelle überrollt, und ich konnte nur noch denken: Jetzt ist sie für immer weg und kommt nie wieder. Und das hat mich richtig runtergezogen, dieses Gefühl ... als würde ich ertrinken ...«

Ihre Stimme rückt in den Hintergrund. Meine Gedanken

gefrieren, und in meinem Kopf formen sich zerklüftete Eiszapfen. Ich suche Trost im Keiver-Nachwuchspreis. Solange ich an die Ausstellung denke, muss ich nicht an Dad denken. Der für immer weg ist. Der allein in dieser engen, kalten Kiste in der Erde liegt. Dad hat Kälte immer verabscheut. Er hasste es, allein zu sein, und beengte Orte hat er gemieden.

Sie zittert inzwischen, die Tellerwerferin, als könnte sie meine Gedanken lesen, und die leeren Gläser auf ihrem Tablett fangen an, zu kippeln und zu klirren. Sie schließt die Augen. Ich frage mich, ob das funktioniert – als Strategie, um mit dem Leben klarzukommen, sobald alles den Bach runtergeht. Wenn ich die Augen schließe, wird das alles hier vielleicht verschwinden. Und wenn ich die Augen aufschlage, bin ich wieder zu Hause und arbeite an meinem Bild. Dad sitzt im Sessel und nippt an einem Whisky, und ich fühle mich geborgen. Ich ruhe in mir.

Ich schlage die Augen auf. Die Bedienung steht immer noch da, genau wie die leeren Gläser. Sie haben es überlebt. Die Bedienung sieht erleichtert aus. Zumindest für eine von uns hat die Strategie mit den geschlossenen Augen funktioniert.

Schlagartig bin ich erschöpft und kriege Kopfschmerzen. Die Bedienung versucht, nicht zu gähnen. Sie hat von diesem Empfang genug, genau wie ich. Es war ein langer Tag, und allmählich werde ich ein bisschen … fuchsig. Ich mache mich auf den Weg zum Ausgang.

Am Morgen nach der Beerdigung sitze ich in Dads Sessel, trinke Tee, esse Buttertoast und entwerfe Skizzen für ein neues Bild, als eine weitere E-Mail eintrifft.

Guten Tag, es tut mir wahnsinnig leid, aber gestern habe ich Ihnen fälschlicherweise mitgeteilt, dass Sie in die engere Auswahl für den Keiver-Preis kämen. Es ist mir sehr peinlich, aber die Nachricht war für eine andere Bewerberin mit dem Vornamen Claire bestimmt, und ich habe aus Versehen Ihre E-Mail-Adresse angeklickt. Es tut mir wirklich leid …

Behutsam setze ich Tee und Toast auf dem Couchtisch ab und lese den Rest der Nachricht. Ich solle nicht aufgeben, steht da, und mich auch auf andere Ausschreibungen bewerben – und exakt in diesem Moment fällt mir meine Hand auf, die sich in die Sessellehne krallt. Ich halte die Luft an, während ich die E-Mail anstarre und jedes Wort zur Waffe wird, vom Display aufsteigt und vor meinem Gesicht schwebt, mich bedroht und verhöhnt, ehe es sich an irgendeiner Stelle in einer schicken Galerie, die nie existiert hat, in Luft auflöst. An einem Ort, wo mein Bild nie hängen wird. Und jetzt entstehen andere Bilder. Von Dad, der in einer Kiste im Erdreich liegt. Hat er schon angefangen zu verrotten? Wann machen die Würmer sich über ihn her? Ich kann die Luft nicht mehr anhalten, habe aber viel zu viel Angst vor dem Ausatmen. Meine Hand krallt sich fester in den Sessel. In denselben Sessel, auf dem er immer saß. Wo ist er? Wohin ist er verschwunden? Er muss doch irgendwo sein? Ich konzentriere mich auf die Finsternis, die auf mich zurollt. Hat sie das gemeint? Die instabile Tellerstaplerin? Fühlt es sich so an, wenn man ertrinkt?

2

Sobald ich aus- und wieder eingeatmet habe, stürze ich zum Badezimmerschrank und leere sämtliche Pillenschachteln aus. Ich bin mir sicher, sie reichen, um wieder seine Stimme im Ohr zu haben, und ich brauche seine Stimme so sehr, dass es schmerzt. Ich rufe seine Nummer an, und eine Bandansage erklärt mir, dass der angerufene Teilnehmer nicht erreichbar sei. Dass ich es später noch einmal versuchen soll. Was mich ein wenig beruhigt. Die Stimme vom Band klingt vertrauenswürdig und scheint ihrer Sache sicher zu sein. Wenn ich nur tue wie geheißen und es später noch mal probiere, nimmt Dad vielleicht ab. Doch die Ruhe ist trügerisch, und sie ist Geschichte, sobald ich wieder die Bilder sehe. Dad in der Erde, allein in der engen, kalten Kiste. Ich schiebe eine Handvoll Tabletten zusammen und hebe sie an den Mund. Schaffe ich das? Soll ich? Dann lasse ich die Tabletten auf den Boden fallen und presse mir die Hände an die Schläfen, um die Bilder zu vertreiben. Wie kann ich meinem eigenen Kopf entkommen?

Ich renne nach unten und werfe das Laufband in der Ecke des Wohnzimmers an. Wenn ich möglichst lange und möglichst schnell renne, kann ich die Gedanken vielleicht abhängen. Alles weit, weit hinter mir lassen. Ich renne und renne, und am Ende bin ich genau dort, wo ich angefangen habe: Ich sehne mich verzweifelt nach seiner Stimme. Ich laufe zurück ins Bad und sammle auf allen vieren die Tabletten auf. Doch kaum dass ich aufstehe und mein Gesicht im Spiegel anstarre, frage ich mich, was Dad wohl sagen wird, wenn ich ihm entgegentrete. Wird er sauer sein, dass ich meinem Leben ein Ende gesetzt habe? Ich will nicht, dass er sauer wird. Hat er nicht schon genug durchgemacht?

Trotzdem ist das hier nicht meine Schuld. Allmählich wird mir das klar. Ich habe mich nur für einen Kunstpreis beworben. Der Fehler ist schließlich nicht mir unterlaufen. Ich lasse die Pillen wieder zu Boden fallen und lese die Nachricht erneut.

Ich möchte Ihnen noch einmal versichern,
dass mir dieses Versehen aufrichtig leidtut.
Mit freundlichen Grüßen
Lucas Kane

Lucas Kane. Jemand, dem sein Versehen aufrichtig leidtut. Aufrichtig. Na, ob das mal stimmt.

Auf dem Foto, das ich online finde, sieht Lucas durchschnittlich und selbstzufrieden aus. Kein bisschen so, als täte ihm etwas leid. Aber das heißt natürlich nicht, dass es ihm *nicht* leidtut. Kann sogar sein, dass es ihm wirklich aufrichtig leidtut. Und dass er einfach nur unfotogen ist. Fotos im Internet sind in etwa so glaubwürdig wie die Bandansage von Dads Telefonanschluss. Wenn ich mich vergewissern will, dass es Lucas Kane aufrichtig leidtut, muss ich ihn aufsuchen und ihn danach fragen. Aber erst muss ich mich entscheiden. Will ich allen Ernstes wissen, ob es Lucas Kane leidtut? Oder will ich ihn vergessen und mir diese Tabletten in den Mund stopfen?

Ich beschließe, mehr über Lucas in Erfahrung zu bringen. Es sind nur ein paar Sekunden auf Google nötig, um herauszufinden, dass er in London wohnt. Ich wohne in der Nähe von London. Und brauche nie lange in die Stadt.

Nur ein paar Stunden später parke ich um die Ecke von seiner Arbeitsstelle. Ich steige aus und warte. Die Straße gegenüber von seinem Büro ist perfekt – der perfekte Ort, um jemanden zu spielen, der ich nicht bin. Ich könnte jemand sein, der geduldig auf den Bus wartet. Oder eine Schaufensterbummlerin, die sich nicht vollends dazu durchringen kann, einen Laden zu betreten. Um sechs Uhr abends bin ich eine von vielen, die gedankenverloren auf einer Bank sitzen und im Grunde nirgends hingehören. Und in diesem Moment sehe ich Lucas Kane zum ersten Mal. Mir ist sofort klar, dass sein Foto im Internet unvorteilhaft war. Im echten Leben ist er überraschend attraktiv, und ich erkenne ihn auch nur deshalb wieder, weil jemand seinen Namen ruft. Noch irgendwer hat auf Lucas Kane gewartet.

Ein dürrer Mann, der in der Rauchernische vor Lucas' Bürogebäude herumlungert. Wahrscheinlich arbeitet er ebenfalls dort. Er trägt Schwarz, hat einen missmutigen Ausdruck im Gesicht und ist so blass, dass er wie ein Vampir wider Willen aussieht, der soeben gelernt hat, wie er auch tagsüber unterwegs sein kann, obwohl er viel lieber in seinem Sarg liegen würde. Er zieht an seiner Zigarette, und dann ruft der Vampirraucher erneut: »Lucas!«

Lucas ist das genaue Gegenteil: ein Botschafter der Sonne, der den Vampirraucher im Licht willkommen heißen soll. Er sieht trainiert aus, hat einen gesunden Teint, und er lächelt breit. Nach dem ausgeklügelten Muster auf seinem albernen Designerhemd zu urteilen, mangelt es ihm nicht an Selbstsicherheit. Als er das Gebäude verlässt und auf den Raucher zuhält, stehe ich von meiner Bank auf und gehe näher, starre Lucas Kane im echten Leben von der gegenüberliegenden Straßenseite aus an, und binnen weniger Sekunden sehe ich es ihm an. Gar nichts tut ihm leid.

Lucas schwenkt seine Aktentasche und redet wie ein Wasserfall, während er und sein Freund sich in Bewegung setzen. Ich überquere die Straße und folge den beiden. Als sie eine Bar ansteuern, brennt meine Haut. Hat Lucas nicht gerade meinen Namen erwähnt? Ich bin mir sicher, ich habe meinen Namen gehört. Was erzählt er da gerade? Spricht er über mein Bild? Über mein mangelndes Talent? Lacht er jetzt darüber?

Vampirraucher stellt sich am Tresen an, während Lucas nach einem Tisch Ausschau hält. Ich bestelle mir ebenfalls etwas zu trinken und lasse mich ganz in ihrer Nähe nieder. Lucas zieht eine Zeitung aus seiner Aktentasche und blättert sie durch. Sein Freund stellt die Getränke auf dem Tisch ab. Als Lucas auf etwas Lustiges in der Zeitung zeigt, kann von Bedauern immer noch keine Rede sein. Er nippt an seinem Pint, redet auf seinen Freund ein, nippt an seinem Pint, sieht in meine Richtung. Unsere Blicke treffen sich. Ich sehe nicht weg.

Als sie ihre Gläser geleert haben, verlässt Vampirraucher die Bar und verschwindet in den Abend, während Lucas sitzen bleibt. Er sieht erneut zu mir. Dann kommt der Annäherungsversuch.

»Hi«, sagt er. »Darf ich dir was ausgeben?«

»Klar«, antworte ich. Er kommt mit zwei Gläsern vom Tresen zurück, drückt mir meins in die Hand und zieht sich einen Stuhl unter dem Tisch hervor. Ich sehe ihn mir genau an. Er ist um die vierzig, hat freundliche Augen, ein nettes Lächeln und Wangenknochen, die ebenso himmelhoch angesiedelt sind wie sein Selbstbewusstsein. Schon in Ordnung, manchmal stehe ich auf konventionell.

»Und, wie heißt du?«, fragt er, und ich bin beeindruckt. Er versucht wirklich tapfer, sein Sabbern zu überspielen.

»Ich heiße Claire.«

»Claire? Du siehst gar nicht aus wie eine Claire.« Sein Handy fängt an zu klingeln. Er ignoriert es.

»Wie sieht eine Claire denn aus?«

»Hm.« Er nimmt einen Schluck. »Ich hab mir eine Claire immer eher unscheinbar vorgestellt. Typ Bibliothekarin. Du weißt schon – passionierte Tweed-Trägerin.« Ich muss lachen, er lacht ebenfalls, und seine Augen funkeln, als er sich vorbeugt. »Claire ist die Art von Mensch, dem Besprechungstermine bei Planfeststellungsverfahren Spaß machen.«

Auch ich lehne mich vor, wodurch mein kurzes Kleid noch ein Stück höher rutscht.

»Und?« Ich suche Blickkontakt.

»Und was?« Er ist nicht bei der Sache und daher verwirrt.

»Was macht die Bibliothekarin Claire in diesen Besprechungen bei Planfeststellungsverfahren?«

»Sie sitzt ganz hinten und schreibt mit.«

Ich strecke mich nach meinem Drink aus, streife seine Hand, halte kurz inne.

»Sie ist ein langweiliges Lieschen Müller.« Inzwischen hat er sein Sabbern nicht mehr im Griff. »Das genaue Gegenteil von dir.«

»Aber wenn Lieschen doch schon Lieschen heißt – wo kommt dann Claire ins Spiel?«

»Guter Einwand.« Sabbern und Lächeln gehen inzwischen eine perfekte Symbiose ein. »Ich heiße übrigens Lucas.«

»Ich weiß.«

»Wie meinst du das?«

»Du siehst aus wie ein Lucas.«

»Wie sieht ein Lucas denn aus?«, fragt er, und sein Handy klingelt erneut. Diesmal wirft er einen flüchtigen Blick aufs Display und dreht es, ohne ranzugehen, um.

»Lucas ist überheblich und arrogant.« Ich nippe an meinem Drink. »Du weißt schon – mit einem leichten Hang zum Selbstgefälligen. Er arbeitet in der Kunstbranche, weil er sich gern mit Talenten umgibt. Vielleicht färbt ja ein bisschen was auf ihn ab.«

»Wow.«

»Was – wow?«

»Das ist gruselig.«

»Gruselig, weil ich den Nagel auf den Kopf getroffen habe?«

»Na ja …«

»Du *bist* überheblich und arrogant?«

»Nein.«

»Einfach nur komplett talentfrei?«

»Ach was. Aber ich arbeite in der Kunstbranche.«

»Ich weiß. Ich hab an einem Wettbewerb teilgenommen, den du mitorganisiert ...«

Aber er hört schon gar nicht mehr zu. Sein Handy klingelt schon wieder, und diesmal starrt er länger aufs Display. Ist abgelenkt. Und offenbar sauer.

»Tut mir aufrichtig leid, Claire«, sagt er und dreht sich auf seinem Stuhl leicht von mir weg. »Da muss ich schnell rangehen. Hallo?«, brummt er ins Handy. »Ja, ich weiß ... tut mir leid ... konnte nicht ans Telefon gehen. Nein ... Heute Abend schaff ich's nicht mehr, meine Liebe. Ich weiß, was wir ausgemacht haben, aber mir ist was Berufliches dazwischengekommen. Ich muss Überstunden machen. Es tut mir sehr, sehr leid ... Ich hab keine Ahnung, wie lange ... bestimmt mehrere Stunden. Hör mal, ich ruf dich morgen an, okay? Ciao!« Er schaltet das Handy aus, legt es zurück auf den Tisch und nimmt einen großen Schluck. »Wo waren wir?«, fragt er und lächelt wieder.

»War das die Wahrheit?«

»Was?«

»Was du gerade gesagt hast.«

»Was meinst du? Wann?«

»Gerade eben – was du zu der Frau am Telefon gesagt hast. Ich meine, dass du sie in Sachen Arbeit angelogen hast, ist klar – aber als du meintest, es täte dir sehr, sehr leid. War das die Wahrheit?«

»Hör mal.« Er rückt näher. »Es ist nicht so, wie du denkst. Sie ist weder meine Frau noch meine Freundin.« Zögernd berührt er meine Hand. »Ich hab weder das eine noch das andere. Diese Frau war nicht wichtig. Zugegeben, wir hatten für heute Abend lose was ausgemacht, aber das war, bevor …«

»Bevor – was?«

»Bevor eine bildschöne Blondine namens Claire«, sagt er und zieht mich sanft ein Stück näher, »die kein bisschen aussieht wie eine Claire, in mein Leben getreten ist.« Er beugt sich vor und legt die Hand an mein Gesicht. Ich atme sein Aftershave ein. Zitrusnoten. Er riecht gut. Und jetzt sieht er mir obendrein in die Augen und sagt mir, wie schön ich bin, und in diesem Moment bemerke ich etwas Unerwartetes an Lucas. Was mit dem Gefühl zu tun hat, das er in mir auslöst. Es ist merkwürdig, dieses Gefühl. Damit habe ich nicht gerechnet. Ich habe erwartet, dass ich ihn widerlich finden würde. Dass er mich wütend machen würde. Aber nein. Jetzt, da ich mit ihm zusammensitze und ihm in die Augen schaue, sehe ich eine aufblitzende Hoffnung, und die beflügelt mich. Die feuert mich an. Mein Puls beschleunigt sich, als ich näher an ihn herangehe, meine Augen schließe und wir uns küssen.

Er spendiert mir noch einen Drink, erzählt Geschichten von sich selbst und braucht ewig, um auf den Punkt zu kommen. Geschichten, die ihn selbst zum Lachen bringen. Er hat einen Londoner Akzent, allerdings keinen interessanten, ein Mittelding zwischen Adel und Cockney. Ich versuche ein paarmal, den Kunstpreis zur Sprache zu bringen, aber wenn Lucas nicht gerade von sich selbst erzählt, lehnt er sich vor, um mich zu küssen.

»Komm, wir fahren zu dir«, schlägt er vor, sobald mein

Glas leer ist, und ohne zu zögern, willige ich ein. Lucas mag es anscheinend, die Führung zu übernehmen, und ich mag das ebenfalls. Ich mag seine Hand an meiner Taille, die mich sanft vorwärts schiebt. Ich mag seine Stimme an meinem Ohr, die mir all die Dinge schildert, die er mit mir anstellen will. Als wir die Bar verlassen, zieht er mich an sich. Ein langer, leidenschaftlicher Kuss, dann machen wir uns auf den Weg. Jetzt gibt es kein Halten mehr: Lucas hat es eilig, und ich muss schneller gehen, um mit ihm Schritt zu halten. Als er fragt, wo ich parke, liebe ich die Ungeduld in seiner Stimme.

Ich sitze am Steuer, und er streckt die Hand nach mir aus, berührt mein Gesicht, meinen Hals und begeistert sich für meine weiche Haut. Jedes Mal, wenn ich an einer Ampel halte, dreht er sich so um, dass er mich küssen kann. Mit seiner Hand auf meinem Bein mag ich den Kunstpreis gar nicht mehr erwähnen. Es wäre unpassend, seine E-Mails noch mal anzusprechen, die haben wir längst hinter uns gelassen. Als wir bei mir zu Hause ankommen, taumeln wir knutschend durch die Haustür und wollen beide nur noch nach oben. Ich führe ihn ins Schlafzimmer – und dort wird er schlagartig anders, da überlässt er plötzlich mir die Kontrolle. Ich schubse ihn aufs Bett und lasse mir Zeit, als ich ihn ausziehe. Halte Blickkontakt. Kein Grund zur Eile. Als er nackt ist, befehle ich ihm, auf dem Bett liegen zu bleiben und zu warten. Ich klaube ein paar Seidentücher zusammen. Während ich seine linke Hand an meinem Bett festknote, lächelt er. So etwas gefalle ihm, sagt er. Deshalb binde ich seine rechte Hand ebenfalls fest.

»Vergiss die Füße nicht«, sagt er und klingt wieder ungeduldig. Ich liebe die Ungeduld in seiner Stimme.

Sobald er festgezurrt ist, bitte ich ihn erneut, ein bisschen zu warten. Ich nehme mir alle Zeit der Welt. Ich mag es, mir alle Zeit der Welt zu nehmen. Er ist erregt, genau wie ich, und hält sogar den Mund. Keine Geschichten mehr, nur noch geballte Vorfreude in jedem keuchenden Atemzug. Fügsam und geduldig liegt er dort vor mir. Lächelnd fahre ich mir mit den Fingern durchs Haar.

»Was …«, stammelt er, als die blonde Perücke auf die Matratze fällt und von dort auf den Boden rutscht. Mit offenem Mund starrt er mich an, während ich meine langen dunklen Haare ausschüttle. »Warum hast du eine Perücke getragen?« Er klingt leicht außer Atem. »Aber du siehst mit braunen Haaren noch viel besser aus.«

»Schhh.« Ich lege den Zeigefinger an meine Lippen. »Ab sofort wartest du, bis ich dir erlaube zu sprechen.« Er nickt, und langsam ziehe auch ich mich aus. Wir lächeln beide, als mein Kleid zu Boden fällt. Ich beuge mich über ihn und bedecke sein Gesicht mit sanften Küssen. Atme den Zitrusduft ein und flüstere ihm sanft, ganz sanft ins Ohr: »Was fühlst du gerade?«

Und jetzt gilt's. Er muss nur sagen, dass es ihm aufrichtig leidtut. Mehr muss ich nicht von ihm hören. Aber Lucas Kane tut es nicht leid. Das war mir vom selben Moment an klar, da ich seine E-Mail gelesen habe. Sie war sehr, sehr unaufrichtig.

Als er das Messer sieht, fängt er an zu schreien, aber kein einziges Mal höre ich, dass es ihm leidtue. Ich lehne mich zurück und sehe zu, wie er an den Fesseln reißt. All die nackte Haut. Wie erbärmlich und verzweifelt er sich befreien will. Er windet sich wie ein Wurm. Ein dummer, zappelnder Wurm.

Und plötzlich muss ich an die Würmer im Erdreich denken. Wann fallen sie über Dad her?

Ich schlitze Lucas den Bauch auf, er schreit, und mein Geist beschleunigt. Schau an, es ist also doch möglich, meinen Gedanken zu entkommen. Alles weit, weit hinter mir zu lassen. Ich nehme das Messer wieder an mich und fordere ihn auf, mir eine seiner Geschichten zu erzählen. Ich stelle ihm in Aussicht, die Fesseln zu lösen, sofern er mich zum Lachen bringt. Allerdings heult er inzwischen, was seine Chancen nicht gerade verbessert, und kaum dass er drauflosredet, ist klar: Er findet sich nicht mal mehr selbst witzig. Ich fordere ihn auf, still zu sein, setze das Messer neu an und sage ihm, dass er Geduld haben müsse. Ich will mir noch Zeit lassen. Ich mag es, mir Zeit zu lassen. Und im selben Moment sehe ich es – sein Hemd, das alberne Designerhemd, das in einem Haufen auf dem Schlafzimmerboden liegt. Dieses ausgeklügelte Muster auf dem wahrhaft gewagten Kleidungsstück. Die perfekte Gelegenheit, um ein neues Kunstwerk zu beginnen.

Sein Blut fließt in Strömen, als mein Messer zu Werke geht, rote Lachen dokumentieren die Fortschritte und beflügeln meine Gedanken. Das Blut wirkt froh darüber, seine Alltagsroutine hinter sich lassen zu dürfen. Aufgeregt fließt es aus seinem Leib auf eine unbekannte Zukunft zu. Es ist warm und klebrig und riecht nach Möglichkeiten und nach Süße und gerinnt wie Karamell auf Jahrmarktäpfeln – so viel Trubel und Spaß! Und unter der Süße immer noch dieser Zitrusduft, verwirbelt im fleischigen Gestank seiner Angst.

Es ist anstrengend und berauschend, ausgeklügelte Muster in einen Menschen zu ritzen – in eine Leinwand, die drauf und dran ist, zu verblassen. Die durchscheinende Haut fasziniert mich, ich kann bereits durch ihn hindurchsehen, bis auf das blutige Laken unter ihm. Ich mache weiter, halte nur hier und da inne, um ihm Fragen zu stellen. Sehe gebannt zu, wenn er geschluchzte Schreie zu Worten formt. Von Panik befeuert klingt jeder Laut, den er ausstößt, dringlich. Ich liebe die Ungeduld in seiner Stimme. Dann lockere ich die Fesseln an seinen Handgelenken, blicke ihm tief in die Augen – und bin erfreut, ihn zu sehen: den herrlichen, erlöschenden Funken der Hoffnung. Ich ziehe die Fesseln wieder fest und stoße das Messer tiefer in ihn hinein. Nicht so tief, dass sein Leben zu Ende ginge, bloß so weit, dass die Hoffnung erlischt. Lucas kreischt und schließt die Augen. Auf mein Kommando reißt er sie wieder auf, und ich lächle, weil jetzt mein Lieblingsmoment kommt. Der Moment, in dem ich mir sicher bin, dass jemand stirbt. Der Moment, in dem ich jeden weiteren Schritt vorhersagen kann. Der Moment, in dem ich sie als Geister vor mir sehe.

Später stehe ich unter der Dusche, schließe die Augen und muss an die Stille denken, die nur jenseits von Schreien existiert. Sie ist vollkommen unbefleckt – und ich lebe für diese Stille, lasse zu, dass sie meinen Geist durchdringt. Keine Bilder von Dad mehr, der im Erdreich verrottet, niemand mehr, der mich anstarrt und von mir erwartet, jemand zu sein, der ich nicht bin. Ich schlage die Augen auf und sehe dem Schlamm aus dem Garten hinterher, der zusammen mit seinem Blut in den Abfluss wirbelt. Es muss doch einen Unterschied machen, dass Lucas nicht in einem Sarg liegt und zwischen ihm und den Würmern nichts als Erde ist. Als ich die Dusche verlasse, ertasten meine Füße sie sofort. Die Tabletten, die immer noch auf dem Boden liegen. Was, wenn ich sie geschluckt und die Stille und Leere im Kopf nie wieder verspürt hätte! Ich wische einen Streifen auf dem beschlagenen Spiegel frei, blicke mir in die Augen und kann mir den Rausch ansehen. Kein bisschen Wut mehr. Und ich bin fest davon überzeugt, dass es Lucas Kane dort unten an seiner Ruhestätte inzwischen leidtut. Sehr, sehr leid.

3

Dads Beerdigung ist jetzt drei Wochen her, und meine Migräneanfälle werden schlimmer. Früher hatte ich nur bei Gewitter Schmerzen hinter den Augen, aber in letzter Zeit kommen die Attacken aus heiterem Himmel und sind wahnsinnig belastend. Mit meinem Hausarzt habe ich schon darüber gesprochen und auf ein magisches Medikament gehofft. Stattdessen hat er mich nur ruhig angesehen, die Fingerkuppen aneinandergelegt und mir geraten, auch mal über den Tellerrand zu schauen und nach anderen Mitteln und Wegen zu suchen.

Weil er davon überzeugt war, dass die Migräne mit dem Tod meines Vaters zusammenhing, schlug er eine Trauergruppe vor. Warum mit der Trauer allein klarkommen, wenn man sie mit anderen gemeinsam bearbeiten könne? Erst fand ich den Vorschlag vollkommen abwegig. Wenn ich mich mit bedürftigen, selbstmitleidigen Idioten umgeben wollte, die ihre Gefühle breittreten, würde ich mir einen Facebook-Account zulegen.

Interessanterweise stelle ich zehn Minuten nach Beginn des ersten Gruppentreffens fest, dass es gar nicht so unerfreulich ist wie gedacht. All die ungefilterten Emotionen sind regelrecht berauschend. Trauer macht Durchschnittsmenschen unendlich viel spannender, auch wenn sich das leider nicht auf die Location auswirkt. Die Treffen finden in einer langweiligen Vorstadtstraße in einem langweiligen Gemeindesaal statt, in dem das einzig halbwegs Interessante der übermäßige Einsatz von Klebeknete ist. Die Wände sind mit Zetteln tapeziert, auf denen handgeschriebene Ge- und Verbote stehen.

Vor dem Verlassen Fenster schließen!
Keine persönlichen Wertgegenstände liegen lassen!
Vor dem Verlassen Stühle stapeln!
Maximal sechs Stühle übereinanderstapeln!
Brandschutzhinweise am Schwarzen Brett beachten!
Maximal sechs Stühle übereinanderstapeln!

Ich frage mich, warum die Sechs-Stühle-Regel gleich zwei Zettel bekommen hat. Was passiert, wenn es sieben Stühle sind? Ich kann doch nicht die Einzige sein, die das herausfinden will. In der Mitte des Raumes sind Stühle zu einem Kreis aufgestellt, und jeder hat sich einen Platz gesucht. Die ersten Sekunden, in denen kreuz und quer obligatorisch gelächelt wurde, waren komisch, doch dann kramte jeder sein Handy heraus, starrte aufs Display, und wir taten so, als würden wir alle nicht in einem Kreis mit lauter Fremden sitzen.

Die Gruppe wird von Florence geleitet, einer übergewichtigen Frau in den Sechzigern, die für Lucas wohl eher nach

Claire ausgesehen hätte: Sie trägt einen formlosen Tweed-Rock, der auch als Picknickdecke durchgehen könnte, und eine schlaffe Bluse, die man glatt für Vintage halten könnte, wenn sie nicht so unfassbar alt wäre. Florence sieht aus wie eine dieser Randfiguren des Lebens, die Gutes tun und für schlechte Zeiten sparen. Nachdem sie jedem von uns ein Klebeetikett als Namensschild überreicht hat, lehnt sie sich auf ihrem Stuhl zurück, stellt sich vor und fängt erst mal damit an, zu erklären, wie wichtig Respekt innerhalb der Gruppe sei. Mir sträuben sich die Haare. Was bitte ist das für eine Stimme? Sie klingt wie ein nerviger Weihnachtswichtel – auf Helium. Genau die Art von scheinheiligem, piepsigem Wichtel, den die anderen Wichtel vermöbeln wollen.

Gerade spricht sie über die verschiedenen Phasen der Trauer. Die erste sei das Nicht-wahrhaben-Wollen, die Verleugnung. Allein damit lockt sie bei meinen Mitstreiterinnen und Mitstreitern Tränenplätschern, Schulterbeben und sogar den einen oder anderen Zwischenruf hervor – wie aus einem Drehbuch, von dem mir niemand erzählt hat. Tatsache ist: Ich leugne Dads Tod nicht. Mir war klar, dass er sterben würde, und ein Teil von mir hat seinen Tod sogar herbeigesehnt. Der Vater, den ich einst kannte, hatte diese Welt bereits verlassen, lange bevor sein Herz aufhörte zu schlagen. Die Diagnose lautete präsenile Demenz, und das nach Jahrzehnten, die von Freundlichkeit und harter Arbeit geprägt gewesen waren. Eine gnadenlose Krankheit, die ihm rasend schnell den Verstand geraubt und nichts als Verwirrung und Psychosen zurückgelassen hatte. Ich versuchte, mich so lange wie möglich um ihn zu kümmern, hoffte tagaus, tagein, dass er wieder zurückkommen, die Zeitung lesen, sich einen Whisky einschenken, einen Witz erzählen, sich an meinen Namen erinnern würde. Doch dann verließ er eines Tages mit einem Messer bewaffnet das Haus, weil er felsenfest davon überzeugt war, die Dämonen in seinem Kopf wären echt. Ein aufmerksamer Passant rief die Polizei, und mein verängstigter, verwirrter, genialer Vater wurde einkassiert. Er wurde gemäß dem Mental Health Act in einer geschlossenen Einrichtung untergebracht – von einer Gesellschaft, die uns erlaubt, unsere Haustiere einzuschläfern, sobald sie anfangen, ins Haus zu kacken, die jedoch einfordert, dass Menschen um jeden Preis am Leben erhalten werden müssen. Eine Gesellschaft, die behauptet, sie stünde für Würde und Lebensqualität ein, die aber weder die Bedeutung des einen noch des anderen zu verstehen scheint.

Florence spricht vom Gefühl der Isolation, das auf den Tod eines geliebten Menschen folgt, und als sie fragt, ob irgendwer über seine Erfahrungen reden möchte, hebt die nerdige Frau neben mir nervös die Hand. Ich rutsche auf meinem Stuhl herum, weil ich sie mir genauer ansehen will. Womöglich Ende dreißig, allerdings wirkt sie um Jahrzehnte älter. Vielleicht liegt es an den gigantischen Augenringen, aber ich glaube, es ist hauptsächlich der strenge Haarschnitt, der sie so alt macht. Diesen Pony hat im Leben kein Friseur, nicht mal ein volltrunkener Friseur geschnitten, und wenn sich jemand genau damit auskennt, dann ich. Mir wollte mal eine betrunkene Friseurin einen Pony schneiden. Hinterher behauptete sie, die Schere sei schuld gewesen, den Alkohol hingegen wies sie weit von sich. Komischerweise hatte ich an der Schere rein gar nichts auszusetzen, und der Blutverlust, der dem Dahinscheiden der Friseurin vorausging, hatte sie eindeutig ernüchtert.

Die Frau neben mir trägt einen Jogginganzug und Riemensandalen. Sie spielt an ihrem Handy herum.

»Hi, ich bin Jemma«, sagt sie und tippt kurz auf ihr Namensschild.

»Hallo, Jemma«, antwortet die Runde, und unwillkürlich zucke ich zusammen. Warum fühlt sich das hier gerade an wie ein Treffen der Anonymen Alkoholiker?

»Ich habe kürzlich meine Mutter verloren«, stammelt Jemma mit einer Stimme, die ebenso zittrig und kümmerlich ist wie ihr Äußeres. »Sie hatte Krebs.«

Dies scheint Florence' Stichwort zu sein: Sie stemmt sich aus ihrem Stuhl und watschelt mit einer Schachtel Taschentücher auf Jemma zu. Die bedankt sich, nimmt sich ein Taschentuch und tupft sich die Augen. Ich nutze die Gunst der Stunde und sehe mir den Rest der Gruppe genauer an. Gegenüber von Jemma sitzt ein in sich zusammengefallener Berg von einem Mann mittleren Alters. Zerknautschtes Namensschild, zerknautschtes T-Shirt, zerknautschte Tattoos, zerknautschtes Gesicht. Er dünstet Zigarettengestank aus, und auf seinem breiten Gesicht wetteifern geplatzte Äderchen mit einem nicht enden wollenden Nachschub an Schweißperlen. Die Jeans muss aus einer Zeit stammen, in der er weniger gewogen hat, und soeben entdecke ich einen roten Fleck auf seinem Knittershirt. Was ist das? Ketchup? Blut? Er hat die Augen geschlossen, die Arme fest vor der Brust verschränkt, seine Beine zittern. Stumm schüttelt er den Kopf. Er sieht aus wie jemand, der drauf und dran ist, vom Leben aufgefressen zu werden, der aber nicht kampflos aufgeben wird. Faszinierend. Ich frage mich, ob er auch irgendwann anfängt zu heulen. Oder Krawall zu machen. Beides scheint mir gleichermaßen wahrscheinlich.

»Mum hat vier Jahre lang gegen den Krebs gekämpft«, sagt Jemma gerade. »Sie war wahnsinnig tapfer. So unfassbar tapfer. Und ich hab sie gepflegt, natürlich – ich hab sie über alles geliebt. Ich hätte alles für sie getan. Alles. Ich würde immer noch alles für sie tun, ganz egal, was, wenn ich nur einen zusätzlichen Tag mit ihr verbringen dürfte.«

Das war das Stichwort für Florence' nächsten Einsatz. Wieder stemmt sie sich aus ihrem Stuhl. Wieder watschelt sie zu Jemma. Wieder diese Taschentücher. Warum lässt sie die Schachtel nicht gleich bei Jemma stehen und spart sich den Weg? So, wie sich das hier entwickelt, wird Florence sich zigmal aus ihrem Stuhl stemmen und quer durch den Stuhlkreis watscheln müssen. Bestimmt wird sie ordentlich abgenommen haben, bis Jemma mit ihrer Geschichte fertig ist. Vielleicht ist das ja ihr Hintergedanke.

»Ich würde es gar nicht anders wollen«, sagt Jemma und tupft sich noch immer die Augen, »und ich würde alles wieder genauso machen. Aber dass ich Tag für Tag meine Mum gepflegt habe, hat dazu geführt, dass nicht viel Zeit für andere Sachen geblieben ist. Ich hatte einen großen Freundeskreis, aber in den vergangenen Jahren hat der sich nach und nach in Luft aufgelöst. Natürlich mache ich deshalb niemandem einen Vorwurf. Ich meine – Leute treffen sich doch, um Spaß zu haben, oder? Wer will sich da mein Geheule über Mums Biopsien und die Chemo anhören? Das verstehe ich ja. Ich verstehe, warum meine Freunde sich zurückgezogen haben. Und die Sache ist die … Solange Mum noch am Leben war, hat mir das nicht viel ausgemacht. Aber jetzt, da sie weg ist, kann ich an nichts anderes mehr denken. Dieses riesige Loch in meinem Leben. Da ist niemand mehr, kein einziger Freund. Und ich bin einfach nur so verdammt einsam.«

Noch während Florence sich abermals aus ihrem Stuhl stemmt, schießt mir durch den Kopf, ob sich sonst irgendwer dieselben Fragen stellt: Sind Jemmas Freunde wirklich verschwunden, weil sie nicht mit deren Geschichten über ihre todkranke Mutter klarkamen? Oder ist es nicht eher so, dass der Rückzug der Freunde mit dem Zeitpunkt zusammenfiel, als Jemma sich für Riemensandalen und Jogginganzug entschieden hat?

Eine neue Stimme reißt mich aus den Überlegungen. Der zerknautschte Berg von einem Mann hat das Wort ergriffen.

»Schönwetterarschlöcher!«, ruft er – ein Kommentar, mit dem hier bestimmt niemand gerechnet hat. Eine klare Ansage, die in einem wunderbaren Kontrast zum Geseier der freudlosen Jemma steht. »Das sind deine Freunde – nichts anderes. Sie wollen nur Zeit mit dir verbringen, solange alles gut ist.«

Für einen kurzen Moment hört Jemma auf, sich die Augen zu tupfen, und sieht ihn verwirrt an. Wir alle sehen ihn an. Und zwar nicht nur, weil er es für notwendig erachtet hat zu erklären, was »Schönwetter« bedeutet. Knautschmann hat einen auffällig starken Akzent. Ich frage mich, woher er stammt.

»Und das gilt nicht nur für deine Freunde«, fährt er fort. »Die ganze Welt ist voller Egoschweine. Das ist doch das Allererste, was einem klar wird, wenn jemand stirbt – wie verdammt egoistisch die meisten Leute sind.«

Walisisch! Das ist es! Er ist Waliser. Ausdrucksweise und Akzent sind ebenso kernig wie sein Äußeres. Während sein Landsmann Aled Jones durch die Lüfte tänzelt, poltert dieser Typ hier durch die Tür.

»Entschuldigung«, sagt eine piekfeine Stimme von der anderen Seite des Sitzkreises. Wir drehen uns alle um. Es ist Camilla Parker Bowles – oder vielmehr Camillas ältere, feinere Schwester. »Ich verstehe natürlich, dass die Emotionen bei uns allen hochkochen, und ich will wirklich niemanden vor den Kopf stoßen, aber könnten Sie ein bisschen auf Ihre Sprache achten?«

»Sorry, Ihre Majestät«, erwidert der Waliser, der die Camilla-Vibes offenbar auch aufgefangen hat. »Aber wenn mir das Ganze hier irgendwas bringen soll, dann muss ich schon ich selbst bleiben. Die da«, sagt er und zeigt auf Florence, für die anscheinend die Zeit stehen geblieben ist, weil sie sich mitten im Stuhlkreis wie erstarrt an ihre Taschentuchschachtel klammert, »die da hat gesagt, dass wir uns gegenseitig respektieren sollen. Und das heißt auch, dass Sie mein Recht zu fluchen respektieren sollten.«

»Und Sie sollten respektieren, dass ich ein Recht darauf habe, mir Ihre Gossensprache nicht anhören zu müssen.« Camilla richtet sich noch ein Stück kerzengerader auf als ohnehin schon und demonstriert ihre makellose Haltung. Ich frage mich, ob sie wohl mit einem Bücherstapel auf dem Kopf über ihr Anwesen wandert, so, wie man es ihr im Mädchenpensionat beigebracht hat. »Und *die da*«, fährt sie fort und zeigt auf Florence, »hat einen Namen. Florence. Ich bitte darum, dass Sie ihr ebenfalls ein wenig Respekt entgegenbringen.«

»Verdammte Scheiße noch mal, so reden Sie nicht mit mir!« Der Waliser ballt die riesige rechte Hand zur Faust.

»Schon gut, schon gut.« Florence legt die Taschentücher auf den Boden, was für sie bestimmt einer großen Geste gleichkommt. »Ich finde, wir sollten jetzt alle ein paarmal tief durchatmen. Vielleicht denken wir mal darüber nach, dass jeder von uns zu seiner eigenen individuellen Reise der Trauer aufgebrochen ist, und wenn ich eine Sache über Trauer weiß …«

Eine Sache? Sollte sie nicht mehr als nur eine Sache wissen? Ist sie nicht die Gruppenleiterin?

»… dann, dass jeder Mensch Trauer unterschiedlich erlebt. Gerade deshalb ist es so wichtig, dass wir einander mit Respekt begegnen.« Ihr Blick bleibt kurz am Waliser hängen. »Und mit Freundlichkeit«, fügt sie hinzu und lässt den Blick weiter zu Camilla schweifen.

»Ganz meiner Meinung. Ich heiße übrigens Christiana«, sagt Camilla und schiebt ihre Perlenkettchen beiseite, damit wir ihr Namensschild sehen können. »Christiana mit C.«

Ich spähe verstohlen zum Waliser und sehe gerade noch, wie er den Mund verzieht.

»Hallo, Christiana«, sagt Florence, so, wie ein Wichtel ein Kind begrüßen und mit in die heimelige Hütte führen würde, wo es den Weihnachtsmann treffen wird. »Wenn es in Ordnung wäre, würde ich jetzt gern zum Thema zurückkehren, das wir …«

»Es tut mir aufrichtig leid, Florence, dass ich unterbreche«, sagt Christiana, auch wenn sie kein bisschen so aussieht, als täte es ihr leid. »Ich würde gern noch etwas hinzufügen, wenn ich dürfte?«

»Natürlich«, sagt Florence. »Bitte.«

»Ich möchte nur anmerken, dass ich es für vollkommen richtig halte, was Sie gerade gesagt haben – dass jeder von uns Trauer unterschiedlich empfindet. Und das ist ja auch gar nicht anders zu erwarten, da wir so unterschiedliche Lebenswege und Hintergründe haben. Ich meine – ich stamme ursprünglich aus Wiltshire. Sie«, sagt sie und zeigt vage auf den Waliser, »Sie stammen aus Wales. Und Sie, Florence, wo kommen Sie her?«

»Croydon«, antwortet Florence.

»Ah, okay.« Christiana lächelt. »Aber ich meine – ursprünglich? Woher stammen Sie ursprünglich?«

»Croydon«, wiederholt Florence. »Ich stamme ursprünglich aus Croydon.«

»Oh.« Christiana guckt verwirrt. »Aber Sie sind …« Jetzt kommt sie ins Schleudern. Schließlich will sie niemanden vor den Kopf stoßen, nur hat ihre individuelle Reise der Trauer soeben einen unvorhergesehenen Umweg über rassistisches Terrain eingeschlagen.

»Danke für Ihre Beobachtung, Christiana.« Lächelnd setzt Florence der Stille ein Ende. »Sie haben ja recht: Wir haben alle unterschiedliche Backgrounds und Lebenswege. Aber wenn ich eine Sache über Trauer weiß …«

Ich bin mir nicht sicher, ob sie das derart betonen sollte.

»… dann, dass sie eine der grundlegendsten menschlichen Erfahrungen darstellt.«

Und ich bin mir auch nicht sicher, ob das gleichbedeutend ist mit der anderen einen Sache, die sie weiß.

»Wenn man sich, was Trauer betrifft, einer Sache sicher sein kann« – und damit hat Florence mich nun vollends verwirrt –, »dann, dass wir voneinander lernen können. Also zurück zu dem Punkt, bei dem wir waren. Jemma, es tut mir leid, das mit Ihren Freunden zu hören. Gibt es vielleicht Angehörige, die Sie in dieser schweren Zeit unterstützen könnten?«

»Ich hab eine Schwester«, stammelt Jemma, »aber die …« Mit einem Mal schlottert ihr ganzer Körper, und die Tränen strömen so unaufhaltsam, dass Florence sich genötigt sieht einzugreifen. Diesmal jedoch nicht nur durch Taschentuchwatscheln – jetzt muss sie einen Gang hochschalten und zeigen, was sie sonst noch draufhat.

Sie legt ihre Hand auf Jemmas Schulter, fordert sie auf, sich auf ihre Atmung zu konzentrieren, und nach einiger Zeit verwandelt sich das Schlottern in ein leichtes Zittern.

»Es tut mir so leid«, sagt Jemma, »aber es zerreißt mich, wenn ich an meine Schwester denke. Als Kinder haben wir uns wahnsinnig nahegestanden, aber je älter wir wurden, desto weiter haben wir uns voneinander entfernt, und irgendwann …«

Und wieder steht sie am Rande der Hysterie. Sie schluchzt und zittert und fuchtelt komisch mit den Armen herum und … was, zum Kuckuck … Plötzlich streckt sie die knochigen Finger aus und packt meine Hand. Was ist denn hier los? Warum hält diese Frau meine Hand fest?

Florence ist mit den Taschentüchern zurück und rät Jemma erneut, sich auf ihre Atmung zu konzentrieren. Scheiß auf die Atmung – was ist mit meiner Hand? Wer, zum Teufel, sind diese Leute, und warum bin ich hier? Wie soll das hier gegen meine Migräne helfen? Dieser verdammte Arzt – so viel zum Thema Tellerrand! Und was soll das überhaupt heißen – über den Tellerrand schauen? Scheißteller, ehrlich!

»Meine Schwester hat Mums Pflege komplett auf mich abgewälzt«, platzt es aus Jemma heraus, während sie immer noch meine Hand umklammert. »Und nicht mal jetzt, wo Mum tot ist, redet sie mit mir.«

Ich beobachte die anderen im Stuhlkreis. Bin ich die Einzige hier, die das irgendwie seltsam findet? Eine erwachsene Frau, eine wildfremde Person, sitzt neben mir, hält meine Hand, und alle anderen sehen wortlos zu. Na ja, mit Ausnahme des merkwürdigen kleinen Mannes, der sich gerade auf dem Stuhl mir gegenüber nach vorn beugt. Und der eindeutig zu alt für diese Ohrring-Ziegenbärtchen-Kombo ist. Und was schreibt der überhaupt die ganze Zeit? Seit wir unsere Plätze eingenommen haben, hat er nicht aufgehört, in sein Büchlein zu kritzeln. Macht der sich etwa Notizen? Und zählt mit, wie oft Jemma schluchzt? Darf der überhaupt mitschreiben? Gilt hier nicht die Schweigepflicht? Die meisten Leute reden doch pausenlos über Privatsphäre und Datenschutz – als wären sie nicht schon langweilig genug. Aber in diesem Stuhlkreis hier scheint das niemanden zu interessieren. Stattdessen sitzen sie stumm auf ihren vier Buchstaben und starren Jemma an. Ich ebenfalls, dabei ist es widerlich – diese unwürdige öffentliche Zurschaustellung von Selbstmitleid. Ich verspüre den Impuls, meine Hand loszureißen und sie von ihrem Elend zu befreien. Meine Methode der Wahl wäre Erdrosseln, allerdings würde der Waliser sich da vielleicht einmischen, Leute wie er mischen sich immer ein, und ich schätze mal, er ist stärker als ich. Also muss es schnell gehen. Schnelle, stumpfe Gewalteinwirkung auf den

Kopf. Schade, dass ich vergessen habe, meinen Hammer einzupacken.

»Hören Sie auf meine Stimme, Jemma«, sagt Florence, die inzwischen vor uns kniet – sicherheitshalber, damit das Maß an Seltsamkeit auch garantiert randvoll ist. »Versuchen Sie, sich auf Ihren nächsten Atemzug zu konzentrieren und dann auf den nächsten – genau so! Durch die Nase einatmen, durch den Mund ausatmen. Durch die Nase einatmen, durch den Mund ausatmen.«

Ich schließe die Augen und lausche ihrer Stimme. *Durch die Nase einatmen, durch den Mund ausatmen. Durch die Nase einatmen, durch den Mund ausatmen.* Ich denke an den Grund, warum ich hier bin. Nicht, um jemanden umzubringen, sondern um die riesige Kluft in meinem Leben auszuloten. Die Riesenhaftigkeit der Trauer. *Durch die Nase einatmen, durch den Mund ausatmen.* Dads elendes Sterben am Ende einer elenden Krankheit. In der elenden Psychiatrie. *Durch die Nase einatmen, durch den Mund ausatmen.* Und jetzt an das Aquarium denken. Weil meine Gedanken jedes Mal, wenn ich an die psychiatrische Klinik denke, zu diesem Aquarium wandern. Zu einem Aquarium, vor dem ich Stunden verbracht habe, während ich Dads Hand hielt und mir wünschte, wir wären woanders. Das Aquarium im kleinen Aufenthaltsraum hinten in der Station, um das sich niemand kümmerte, das niemand je reinigte. *Durch die Nase einatmen, durch den Mund ausatmen.* In dem das Wasser so schmutzig war, dass man die Fische kaum sehen konnte, und wenn ich mal einen zu Gesicht bekam, dann wünschte ich mir immer, es wäre nicht passiert. Diese Leblosigkeit in den Augen, das Ringen um Sauerstoff … Wussten die Fische, dass sie durch jahrealten

Dreck schwammen? Konnten sie durch die schmutzigen Scheiben irgendwas sehen? Wollten sie das überhaupt?

Durch die Nase einatmen, durch den Mund ausatmen. Vor zwei Monaten war es passiert. Als ich die Station betrat und seine Stimme hörte. *Durch die Nase einatmen, durch den Mund ausatmen.* Dad klang heiser und irgendwie anders als sonst. Panisch. Ich folgte der Stimme bis zu dem kleinen Aufenthaltsraum und spähte durch den Türspalt. Dad saß auf einem Stuhl und streckte die Arme nach hinten aus. Sebastian, der Pfleger, saß hinter ihm und hielt ihn so an den Handgelenken fest, dass er sich nicht wehren konnte. *Durch die Nase einatmen, durch den Mund ausatmen.* Der Pfleger war mir nie sonderlich aufgefallen. Seine Durchschnittlichkeit hatte ihn mit Unsichtbarkeit belohnt. Er war auf der Station wenig präsent, immer einigermaßen freundlich, mit einem Lächeln im richtigen Moment – und nur deshalb sah ich ihn, sah ich sein wahres Ich erst an jenem Tag, als ich durch den Türspalt spähte. Als er im falschen Moment lächelte. *Durch die Nase einatmen, durch den Mund ausatmen.* In dem kleinen Aufenthaltsraum im hinteren Teil der Station saßen noch drei weitere geplagt wirkende Patienten, die Dreckwasser aus dem Aquarium löffelten. Dad versuchte, sich abzuwenden, drehte den Kopf von links nach rechts, während die Löffel seine Wangen, die Nase und den Hals trafen. Das schmutzige Wasser muss sich so kalt angefühlt haben, wie es über sein Gesicht und den Hals lief.

Pfleger Sebastian lächelte die ganze Zeit, feuerte die anderen drei Patienten an und johlte, wenn einer der Löffel tatsächlich in Dads Mund landete. *Durch die Nase einatmen, durch den Mund ausatmen.* In so einem Augenblick hätten Leute wie

Florence den Raum gestürmt. Sie hätten offiziell Beschwerde eingelegt, Zeugenaussagen gemacht und ungläubig den Kopf geschüttelt, wenn der Gerechtigkeit nicht Genüge getan worden wäre. Aber ich bin nicht wie Florence. *Durch die Nase einatmen, durch den Mund ausatmen.* Ich drehte mich um, verließ die Station und erzählte niemandem, was ich dort gesehen hatte. Auf dem Heimweg kaufte ich mir ein Aquarium. *Durch die Nase einatmen, durch den Mund ausatmen.* Am nächsten Tag kehrte ich auf die Station zurück und blieb stundenlang bei Dad sitzen. Wie an sämtlichen folgenden Tagen: um sicherzustellen, dass so was nicht noch mal passierte. Hand in Hand starrten wir das Aquarium an – und er zuckte dabei nicht mit der Wimper. Sein Erinnerungsvermögen war da bereits komplett ausgelöscht. Es ging zu Ende mit ihm, und auf merkwürdige Weise war es ein Trost, dort auch Pfleger Sebastian zu begegnen. Sein Anblick und wie er auf der Station hin und her lief – dem Tod ebenso nah wie Dad und gleichermaßen ahnungslos –, erleichterte mir die letzten Wochen.

In der Woche nach Dads Beerdigung war es schließlich so weit. Sebastian lief von der Klinik in Richtung Bushaltestelle. Ich hatte ihn von meinem Auto aus beobachtet. Den schlurfenden Gang und die Dose Red Bull. Ein paar Fußgänger kamen ihm just an einer Stelle entgegen, wo der Gehweg schmaler wurde, und er wich auf die Straße aus, damit sie an ihm vorbeikamen. Die Leute lächelten; garantiert hatten sie sein NHS-Schlüsselband gesehen. Der freundliche, unterbezahlte Pfleger – der war bestimmt fix und fertig. Was für ein Heiliger. Wo wären wir nur ohne Leute wie ihn?

Er ging noch ein Stück weiter. Als er stehen blieb und sich

umsah, fragte ich mich, ob er meinen Blick gespürt hatte. Aber nein. Er wollte bloß nachsehen, ob die Fußgänger auch wirklich außer Sicht waren, ehe er die Dose einfach in den Rinnstein warf. Na also, Sebastian, da bist du ja wieder. Ich fuhr los – die perfekte Straße entlang: gerade ruhig genug, um keine Aufmerksamkeit zu erregen, und zugleich hinreichend befahren, sodass er nicht misstrauisch wurde. Im Schritttempo fuhr ich neben ihm her, ließ das Fenster runter und lächelte.

»Sebastian! Hallo! Dacht ich's mir doch, dass Sie das sind. Was für ein schöner Zufall!«

Sebastian sah mich ratlos an. Hier draußen erkannte er mich nicht wieder und konnte mich nicht zuordnen.

»Ich bin's, die Tochter von Joseph. Wir sind uns auf der Station begegnet, wenn ich meinen Vater besucht habe.«

»Ah. Ja, richtig.« Er machte einen Schritt auf mein Auto zu. »Mein Beileid.«

»Danke. Aber es ging ihm schon lange nicht mehr gut. Zumindest hat er jetzt seinen Frieden gefunden.«

Sebastian murmelte beifällig und drehte sich halb in Richtung Haltestelle.

»Wie gut, dass ich Sie hier zufällig entdeckt habe. Eigentlich wollte ich morgen die Klinik anrufen und einen Termin mit Ihnen ausmachen.«

»Äh … und warum?« Schlagartig war er misstrauisch.

»Na ja, ich weiß nicht, ob Sie es wussten, aber mein Vater war sehr wohlhabend.«

»Das geht mich nichts an«, sagte er, kam aber wieder näher.

»Doch, Sebastian, es geht Sie was an. Dad hat Sie nämlich

in seinem Testament erwähnt und Ihnen ein bisschen Geld vermacht. Oder vielmehr ein bisschen *mehr* Geld. Ich nehme an, damit wollte er sich bei Ihnen bedanken, weil Sie sich in seinen letzten Lebensmonaten so sehr um ihn bemüht haben.«

Erneut guckte er verwirrt. Er war schließlich nicht dumm. Ihm musste klar sein, dass das, was ich gerade sagte, völlig unplausibel war. Wie sollte jemand, der geistig derart außer Gefecht gesetzt gewesen war wie mein Vater, noch sein Testament ergänzt haben? Dumm nur für Sebastian, dass er das Ganze nicht weiter hinterfragte. Dumm, dass er nur zu gern glauben wollte, was ich ihm erzählte.

»Ich hab Dads Finanzen in Ordnung gebracht. Ihr Geld liegt bei mir zu Hause, ich könnte es Ihnen morgen gleich in die Klinik bringen, aber um ehrlich zu sein, wird mir bei der Vorstellung, mit so viel Geld durch die Gegend zu fahren, ein bisschen mulmig. Ich nehme an, Sie wollen nicht direkt mitfahren, oder? Anschließend könnte ich Sie nach Hause bringen, da sparen Sie sich die Busfahrt.«

Das war's. Jetzt hing alles davon ab, was als Nächstes passierte. Meine Hände auf dem Lenkrad wurden feucht, während ich dem Mann ins Gesicht sah. Einem Mann, der hin- und hergerissen war. Ein über Jahrhunderte entwickelter Instinkt versus Gier. Er ahnte, dass irgendwas faul war – wie konnte das Vermögen meines Vaters so bald nach seinem Tod bereits ausgezahlt werden? Noch dazu in bar? Trotzdem sah ich ihm an, wie er überlegte und seine Optionen abwägte. Als er erst das Auto in Augenschein nahm und dann mich, wusste ich, dass ich gewonnen hatte. Sebastian war nicht wesentlich älter als ich, aber viel größer, muskulös und stark. Ich selbst – keine sechzig Kilo schwer – hatte eben erst meinen Vater verloren. Und war ziemlich sicher keine Bedrohung. Er hatte nichts zu verlieren und eine Menge zu gewinnen. Also stieg er ein.

Florence versucht, aus der Hocke hochzukommen, aber nach den Mühen zu urteilen, die sie unternimmt, könnte man glatt meinen, sie wollte rückwärts in den Spagat gehen. Doch dann hat sie es endlich geschafft und verkündet, es sei an der Zeit für ein Päuschen. Die anderen stehen auf, und jemand fragt Jemma, ob sie Zucker in ihren Tee wolle. Normalerweise nicht, sagt sie, aber heute mache sie eine Ausnahme. Dann sieht sie nach unten, auf ihre Hand, die immer noch meine umklammert, guckt kurz verwirrt und lässt los.

»Tut mir so leid«, stammelt sie. »Ich kann mich gar nicht erinnern, dass ich deine Hand genommen habe. Tut mir wahnsinnig leid!«

»Schon in Ordnung«, lüge ich. »Mach dir deshalb keinen Kopf.«

»Ich bin Jemma.« Sie tippt auf ihr Namensschild, und eine Schimpftirade macht sich in meinem Hirn auf den Weg zu meinem Mund. Ich weiß, dass du Jemma heißt, du Freak. Vor deinem Monumentalzusammenbruch hast du dich uns allen vorgestellt. Außerdem klebt dein Name auf diesem grässlichen Jogginganzug.

»Hallo, Jemma«, erwidere ich.

»Und wie heißt du?«, fragt sie.

»Ich heiße Claire.« Ich tippe ebenfalls auf mein Namensschild und frage mich insgeheim, was am Konzept Namensschild für Jemma so schwer zu begreifen ist.

»Danke, dass du so freundlich warst, Claire«, sagt sie, und erneut sammeln sich Tränen in ihren Augen.

»Schon okay.« Ich sehe weg, ehe sie wieder losheult. Pfleger Sebastian hat auch geheult. Und gebettelt. Wieder und immer wieder. Bis ich am Ende nur noch genervt war.

4

Ich werfe einen Blick auf die Uhr. Noch fünfzehn Minuten bis zum Ende dieser ersten Gruppensitzung, und der krawallige Waliser erzählt von seiner toten Ehefrau und heult wie ein Baby. Erst jetzt wird mir klar, dass ich der Trauer nie den gebührenden Respekt entgegengebracht habe. Sie unterscheidet nicht zwischen Stark und Schwach, Reich und Arm, sondern pflügt einfach gleichermaßen durch jedwedes Leben und hinterlässt überall den gleichen emotionalen Scherbenhaufen. Florence hat sich zum Waliser gesellt, spendet Taschentücher und Trost, der mich nicht die Bohne interessiert. Meine Gedanken sind ganz woanders.

Ich hatte fünfzehn Fische in mein Aquarium gesetzt und auf einen Filter verzichtet. Das Wasser war binnen weniger Tage trübe und nach drei Wochen richtig schön dunkel geworden. Ein paar der schwächeren Fische waren unterdessen gestorben, trotzdem ließ ich sie schwimmen, damit die stärkeren sie auffressen konnten. Es war gut, dass der Tod dort allgegenwärtig war, so fühlte es sich richtig an. Als Pfleger Sebastian mein Haus betrat, wies ich ihn auf meinen neuen Teppichboden hin, bat ihn höflich, die Schuhe auszuziehen, und zielte dann mit dem Hammer genau auf seinen Hinterkopf. Er war bewusstlos, noch ehe die Haustür hinter ihm zufiel. Als er wieder zu sich kam, war das Erste, was er vor sich sah, das Aquarium. Sein Blick huschte hin und her, und er versuchte, auch den Rest seines Körpers zu bewegen – allerdings ohne Erfolg. Und noch während er auf seinem Stuhl saß – die Arme nach hinten ausgestreckt und verzweifelt bemüht, sich loszumachen –, dachte ich an Dad und drückte Sebastians Kopf in das dreckige Wasser. Dann zog ich ihn wieder heraus und wartete darauf, dass das Keuchen aufhörte, bevor ich meine Fragen stellte.

»Na, wie war's im Aquarium? Konntest du was durch die Scheibe erkennen? Hast du die Fische gesehen? Und hat dir das Wasser geschmeckt?«

»Durchgeknallte Bitch!«, kreischte er, eindeutig in der Hoffnung, es könnte ihn jemand hören. »Wenn ich von diesem Stuhl loskomme, dann bring ich dich um!«

»Du glaubst, ich wäre durchgeknallt, ja?« Ich nahm die Hand von seinem Hinterkopf. »Ich meine – du müsstest es sogar wissen, stimmt's? Du bist immerhin der Experte. Ist ja dein Job, oder? Dich um Leute zu kümmern, die durchgeknallt sind. Insofern dürftest du jemanden, der durchgeknallt ist, sofort erkennen.«

»Ich mein es ernst, du Miststück! Ich bring dich um! Du hast keine Ahnung, mit wem du dich anlegst!«

»Ich dachte ja, ich lege mich mit einem Psychiatriekrankenpfleger an, der in seiner Obhut wehrlose Patienten quält«, entgegnete ich und legte abermals meine Hand an seinen

Hinterkopf. »Aber bitte, erzähl mir nur, wenn noch eine andere Persönlichkeit in dir steckt. Ich hoffe sehr, es ist eine mit Kiemen.«

»Ich bring dich um, verdammt noch mal!«, rief er gerade noch, bevor ich seinen Kopf erneut ins Aquarium drückte und der Versuch, sich zu wehren, in unnötiger Spritzerei endete. Tag eins war wirklich nervig, und ich musste ein ums andere Mal Wasser nachfüllen. Das meiste landete auf meinem Fußboden, mitsamt den Fischen. Was bedauerlich für sie und zugleich bemerkenswert war. Eines von vielen bemerkenswerten Dingen im Leben. Denn wie kann ich Mitleid mit einem Goldfisch haben, der verzweifelt über meinen Wohnzimmerteppich flippert, und mich gleichzeitig über den Mann aufregen, den ich gerade versuche zu ertränken?

An Tag zwei ging weniger Wasser daneben, und ich erfuhr, dass Sebastian durch das Glas nichts erkennen konnte, dass das Wasser scheiße schmeckte und er am liebsten sterben wollte. An Tag drei erfüllte ich ihm seinen Wunsch. Mein Sinn für Gerechtigkeit war befriedigt, als er im Moment seines Todes endlich kapierte, was diese armen, vernachlässigten Fische auf seiner Station für ein Leben gehabt haben mussten. Und selbst nach seinem Tod wollte ich, dass er es auch weiterhin kapierte – sein Kopf sah aus, als gehörte er ebenfalls ins Aquarium. Es fühlte sich richtig an, ihn dort drin zu lassen.

Stuhlbeine quietschen über den Boden, und ich bin wieder zurück im Gemeindesaal, wo die Gruppensitzung anscheinend zu Ende ist. Die Ersten verlassen den Saal, während Jemma sich noch mal an Florence wendet, die womöglich eine Sonderberatung für die unheilbar tragischen Fälle anbietet. Ich selbst mache mich auf den Heimweg und muss an den gar nicht mehr so krawalligen Waliser denken. Kehrt der jetzt in ein leeres Zuhause zurück und versinkt den restlichen Abend lang in Tränen? Als ich zu Hause über die Schwelle trete, bleibt mein Blick an den Schuhen von Pfleger Sebastian hängen, die immer noch ordentlich auf der Fußmatte stehen, wo er sie abgestellt hat. Die muss ich bald mal verschwinden lassen. Unfassbar, dass ich das noch nicht gemacht habe.

Auf dem Laufband in der Wohnzimmerecke denke ich über Trauer nach und darüber, was sie aus mir macht. Seit Dad nicht mehr da ist, habe ich zwar weder geheult noch mich besinnungslos betrunken oder ungläubig die Haare gerauft – aber ich bin ganz eindeutig leichtsinniger geworden, was die Mörderei angeht. Ich schätze, nicht alle emotionalen Scherbenhaufen sehen gleich aus.

Zwei Meilen geschafft, und ich erhöhe das Tempo. Jetzt sprinte ich, mein Brustkorb zieht sich zusammen, und kaum dass meine Beine anfangen zu brennen, erhöhe ich das Tempo noch einmal. Ich bin genau an dem Punkt angekommen, an dem ich befürchte, ich könnte stürzen, aber trotzdem weiterrenne. Mein Körper schreit bereits, ich möge aufhören, doch dann gebe ich noch mehr Gas, weil ich keine andere Wahl habe. Das Lauftraining ist kein Hobby, dem ich zum Vergnügen nachgehe. Es sichert mein Überleben. Leute, die um ihr Leben kämpfen, entwickeln nämlich überraschend viel Kraft. Und ab einem gewissen Punkt geht es nur noch um Kraft, weil das Überraschungsmoment irgendwann aufgebraucht ist.

Nach dem Training bin ich dermaßen verschwitzt, dass ich das Fenster aufreiße. Draußen geht Mrs Davis, meine einzige Nachbarin in dieser abgelegenen Straße, mit ihrem hässlichen schwarzen Hund vorbei. Er knurrt und kläfft mich wie üblich an, und wie üblich lächelt sie entschuldigend, schimpft mit dem Hund und sagt, er solle »lieb« sein. Wie üblich erwidere ich ihr Lächeln und warte nur darauf, dass Mrs Davis mich wie immer in eine Runde sinnlosen Small Talk verwickelt.

»Was war das, bitte schön, für ein Wetter?«, fragt sie. »Den ganzen Vormittag hat es ja nur geschüttet!«

»Ich weiß. Hoffentlich bleibt es jetzt trocken. Die Zeit wird es weisen.«

»Ja, wir sind beide beim Morgengassi patschnass geworden, nicht wahr?«, sagt sie zu ihrem knurrenden Hund. »Und als wir wieder zu Hause waren – schlammige Pfotenabdrücke im ganzen Haus! Aber letztendlich kann man darüber nur lachen.«

»Und Lachen ist ja die beste Medizin.«

Ohne Vorwarnung versucht der Hund, durchs Fenster nach mir zu schnappen, und Mrs Davis muss all ihre Siebzigplusserinnen-Kraft zusammennehmen, um ihn wieder unter Kontrolle zu bringen. Ich sehe zu, wie sie schimpft und an der Leine reißt, und frage mich, ob die mitleiderregende, menschenfreundliche Mrs Davis je etwas tun wird, um der unverbrüchlichen Loyalität und Wehrhaftigkeit ihres Köters gerecht zu werden.

»Oje, jetzt haben wir den Salat«, stellt sie fest und versucht, die Leine von den Hinterbeinen ihres Hundes zu wickeln. »Das Problem mit ihm ist, dass er fit ist wie ein Turnschuh und stark wie ein Ochse.« Mrs Davis liebt Vergleiche und Floskeln fast so sehr wie ihren Hund, und dafür bin ich ihr sogar dankbar. Irgendwann hatte mir nämlich gedämmert, dass diese lustigen kleinen Floskeln zur Interaktion mit Durchschnittsmenschen unschätzbar wertvoll sind. Wann immer ich inzwischen unsicher bin, was für eine Antwort wohl von mir erwartet wird, benutze ich solche Ausdrücke. Auch wenn ich mir nicht ganz sicher bin, was sie bedeuten, und selbst wenn ich sie eindeutig falsch einsetze, scheint es den Leuten egal zu sein.

»Wir gehen besser weiter«, sagt sie mit Blick zum Himmel, »bevor es wieder anfängt zu regnen.«

»Na klar, Mrs Davis. Es ist immer gut, über den Tellerrand hinauszublicken.«

»Ja, da haben Sie recht.« Sie lächelt zum Abschied und macht sich auf den Weg. Ein schöner Beweis für meine These.

Bleiben noch Hanteltraining und Klimmzüge. Anschließend nehme ich mein Skizzenbuch vom Couchtisch und blättere auf dem Weg in die Küche gedankenverloren darin herum. Ein paar Skizzen sind wirklich gelungen, und viele Ideen gefallen mir gut, trotzdem habe ich mich seit einigen Wochen nicht mehr richtig auf ein neues Projekt konzentrieren können. Ich kippe eine Dosensuppe in einen Topf, schalte den Herd ein, werfe mein Skizzenbuch auf die Arbeitsplatte und laufe nach oben, um zu duschen. Zehn Minuten später bin ich wieder unten – mit frisch gewaschenen Haaren und umgezogen. Die Suppe blubbert, und das Skizzenbuch … ist weg.

In einem solchen Moment würden Durchschnittsmenschen wie Florence und Mrs Davis eindeutig an ihrem Verstand zweifeln. Sie würden sich fragen, ob sie das Skizzenbuch womöglich gar nicht auf die Arbeitsplatte geworfen, sondern mit nach oben genommen haben. Ich selbst zweifle nicht an mir, ich weiß es besser. Jemand ist in meinem Haus.

Ich nehme die Suppe vom Herd, gieße sie in einen Becher und mache die Wohnzimmertür auf. Sie sitzt in meinem Sessel. In Dads Sessel. Das Skizzenbuch verdeckt ihr Gesicht, trotzdem weiß ich sofort, wer es ist. Ich setze mich ihr gegenüber aufs Sofa, nippe an meiner Suppe und warte darauf, dass sie etwas sagt.

»Ich bin beeindruckt, Claire. Diese Zeichnungen sind wirklich gut.« Als sie das Skizzenbuch herunternimmt und mich anlächelt, sieht sie ganz anders aus als in meiner Erinnerung. Diese Selbstsicherheit war vorhin nicht da. Sie weiß genau, dass sie meine volle Aufmerksamkeit hat. Mit überkreuzten Beinen lässt sie das Skizzenbuch achtlos zu Boden fallen und lehnt sich gemütlich zurück. Sie hat immer noch ihre Riemensandalen und den Jogginganzug an, doch von Opferverhalten kann keine Rede mehr sein. Diese Frau ist mir nach Hause gefolgt, ist in mein Haus eingebrochen und benimmt sich gerade so, als wäre sie einer Einladung gefolgt. Ich nippe an meiner Suppe und sehe sie an, versuche auszuloten, ob sie verrückt, gefährlich oder beides ist.

Als klar ist, dass sie unaufgefordert nichts weiter sagen wird, stelle ich den Becher auf dem Couchtisch ab und überlege, was ein normaler Mensch in meiner Lage tun würde.

»Jemma«, sage ich zu guter Letzt mit sanfter, leiser Stimme, »ich ahne, dass du wegen deiner Mutter eine schwere Zeit durchmachst, aber …«

»Ich hab meine Mutter gehasst«, faucht sie und setzt sich abrupt aufrecht hin. »Die alte Kuh hat ja doch immer meine Schwester bevorzugt.«

Es wird wieder still im Zimmer, und Jemma lehnt sich wieder zurück. Ich komme zu dem Schluss, dass die Frau vollkommen durchgeknallt ist. Was zumindest das grässliche Outfit erklärt. Und den Pony.

»Das muss alles sehr schwer für dich sein«, erwidere ich im selben mitfühlenden Tonfall, den ich bei meinen Besuchen in der Psychiatrie perfektioniert habe. »All die ungeklärten Probleme mit deiner Mutter sind bestimmt schwer zu ertragen, und ich verstehe, dass du wütend bist, wirklich. Aber sosehr du mit deiner Trauer zu kämpfen hast – sie gibt dir nicht das Recht, bei mir einzubrechen. Das verstehst du doch, oder?«

Meine Frage hängt ein paar Sekunden lang in der Luft. Dann steht Jemma auf.

»Tut mir sehr leid.« Sie klingt komplett kaltschnäuzig und kein bisschen so, als täte es ihr leid. »Nach dem Gruppentreffen dachte ich mir, ich würde gern mal mit dir sprechen. Deshalb bin ich dir nach Hause gefolgt. Ich hatte das Gefühl, als hätten du und ich eine Verbindung zueinander, besonders, als du meine Hand gehalten hast.« Sie schlägt den Blick nieder. »Aber dann stand ich vor deinem Haus und hatte zu große Angst, einfach anzuklopfen. Ich weiß noch, ich hab dieses offene Fenster gesehen, und dann kann ich mich erst wieder daran erinnern … wie ich hier in deinem Wohnzimmer saß.« Sie blickt zu mir auf. »Glaubst du, ich bin verrückt?«

»Natürlich nicht.« Ich stehe ebenfalls auf. »Du empfindest derzeit offenbar tiefe Trauer, und …«

»Aber ich bin in dein Haus eingebrochen«, fällt sie mir ins Wort.

»Ist schon okay.« Ich mache einen Schritt auf sie zu und überlege, wie ich sie am besten zur Haustür hinauskomplimentiere.

»Das ist nicht okay«, widerspricht sie mir, allerdings stimmt der Tonfall nicht. Sie klingt fast amüsiert. »Ich bin in dein Haus eingebrochen. Das ist kriminell. Du solltest die Polizei rufen.«

Mit der Hand an ihrem Ellenbogen schiebe ich sie sanft durchs Wohnzimmer. »Bitte, mach dir keine Gedanken. Ich will die Polizei gar nicht rufen. Ich glaube, du musst einfach nur nach Hause gehen und dich mal ordentlich ausruhen.«

Wir haben die Wohnzimmertür bereits erreicht, als sie sich abermals zu mir umdreht. »Warum willst du nicht die Polizei rufen, Claire?«

Ich sehe ihr ins Gesicht und nehme schlagartig die Hand von ihrem Ellenbogen. In Jemmas Blick liegt reine Boshaftigkeit. Ich überlege fieberhaft, wo ich meinen Hammer hingelegt habe.

»Ich hab Florence erzählt, dass ich herkommen will«, sagt sie leise, als könnte sie Gedanken lesen.

»Was hast du gesagt?« Meine Stimme klingt ruhig und kontrolliert.

»Ich hab ihr erzählt, dass wir beide in der Pause einen echten Draht zueinander gefunden und dass du mich eingeladen hättest.«

»Warum hast du ihr das denn erzählt?«, frage ich, obwohl ich es mir schon denken kann.

»Absicherung«, antwortet sie schlicht. »Wenn ich verschwinde, weiß Florence, dass ich hier war. Und irgendwas sagt mir, dass du wirklich nicht willst, dass die Polizei hier auftaucht und Fragen stellt.«

Ich kann ihren Atem auf meinem Gesicht riechen, weiß aber, dass es der unerwartete Adrenalinstoß ist, der mir Übelkeit und Schwindel beschert. Zwei kaum merkliche tiefe Atemzüge, und ich lege ein mitleidiges Lächeln auf. »Oh, Jemma, ich weiß wirklich nicht, wovon du redest. Du tust mir wahnsinnig leid, ehrlich. Es scheint dir tatsächlich schwerzufallen, du weißt schon … Freundschaften aufrechtzuerhalten. Trotzdem ist jetzt der Moment gekommen, an dem du besser nach Hause gehen solltest.«

Sie starrt mir ins Gesicht, ohne zu blinzeln, und unwillkürlich muss ich an Mrs Davis' Hund denken. An den Hund, der immer knurrt und mich ankläfft – das einzige Lebewesen, das mir ansehen kann, dass ich nicht so bin wie die anderen. Wäre es möglich, dass Jemma es ebenfalls sieht? Noch während wir auf die Haustür zuhalten, rufe ich mir zur Beruhigung die Fakten in Erinnerung. Jemma weiß nichts von mir. Wir sind uns heute zum ersten Mal begegnet. Sie ist eindeutig verwirrt und weiß nicht, was sie da sagt.

»Tschüss dann.« Ich mache ihr die Tür auf. »Und pass gut auf dich auf.«

»Tschüss, Claire«, erwidert sie süßlich. »Wir sehen uns beim nächsten Gruppentreffen.«

Doch noch ehe ich die Tür hinter ihr zuschieben kann, dreht sie sich noch mal um.

»Und noch was, Claire.«

»Ja?«

»Da liegt anscheinend ein verrottender Menschenkopf in deinem Aquarium. Vielleicht machst du das mal sauber.«

Und damit dreht sie sich um und geht.

Von der Tür aus sehe ich ihr hinterher. Ein vereinzelter Regentropfen trifft auf meine Gartenmauer. Gefolgt vom nächsten. Und übernächsten. Der Himmel ist schwarz geworden, und aus der Ferne höre ich etwas, das wie Donner klingt. Mrs Davis hatte schon recht, als sie nach Hause geeilt ist.

Da braut sich etwas zusammen.

DAMALS

»Wow! Guck dir die Blitze an!«, sagt ihr Vater und sieht aus dem Kinderzimmerfenster. »Da fragt man sich doch, ob dieses Unwetter je wieder aufhört.« Er zieht die Vorhänge zu und geht neben ihrem Bett in die Hocke. Sie hat sich bereits zugedeckt und hält ihr Lieblingsplüschtier fest im Arm. »Ihr zwei seht ja kuschelig aus!« Lächelnd steckt er die Decke um sie herum fest. »Schlaf gut, mein süßes Geburtstagskind. Und du auch, Bambi!« Er gibt seiner Tochter ein Küsschen auf die Stirn und dem Plüschtier eins auf die Nase.

»Gute Nacht, Daddy«, sagt das Mädchen, als er aufsteht. Er wirft ihr noch ein letztes Küsschen zu und dreht sich zu der Frau um, die vor der Zimmertür steht.

»Wie fühlst du dich?«, fragt er und geht auf sie zu. »Was macht die Migräne?«

»Ist schon besser geworden.« Die Frau lächelt ihn tapfer an. »Es tut mir nur fürchterlich leid, dass ich Claires Geburtstagskuchen verpasst habe. Ich hätte zu gern gesehen, wie sie die Kerzen auspustet. Kein Wunder, dass sie mich hasst.« Ihre Stimme verebbt zu einem Wispern, und langsam kommen ihr die Tränen.

»He.« Der Mann nimmt sie sanft in die Arme. »Wovon redest du? Claire hasst dich doch nicht! Sie weiß, dass es nicht deine Schuld ist, dass du mal wieder Migräne hast.«

»Wenn sie mich nicht hasst, warum hat sie dann mein Foto kaputt gemacht?«

»Schhh.« Der Mann zieht sie an sich. »Sie hat das nicht mit Absicht gemacht. Das war ein Versehen. Ich kaufe gleich morgen früh einen neuen Rahmen. Ist doch nichts dabei. »He«, sagt er erneut, als die Frau an seiner Schulter zu schluchzen beginnt. »Bitte, mach dich doch deshalb nicht fertig! Claire hasst dich nicht. Sie liebt dich. Du bist ihre Mutter. Ihre wunderbare Mutter.«

»Wie machst du das immer?«, fragt sie und sieht zu ihm hoch. »Wie kannst du jedes Mal wissen, was du gerade sagen musst?«

»Weil ich dich liebe«, antwortet er und lächelt.

»Und ich liebe dich«, erwidert die Frau und schlingt die Arme um seinen Leib. »Komm, wir gehen ins Bett«, flüstert sie, ehe sie ihn küsst. »Gib mir nur eine Minute, damit ich Claire noch Gute Nacht sagen kann.«

Sie küssen sich erneut, dann betritt die Frau das Kinderzimmer.

»Claire«, flüstert sie und geht auf das Kinderbett zu. »Es tut mir leid, dass ich nicht dabei war, als du die Kerzen ausgepustet hast. Daddy meint, der Kuchen hat dir geschmeckt.«

»Er war total lecker, stimmt's?«, sagt der Mann in der Tür. »Ich kann mich gar nicht mehr genau erinnern … Haben wir ein Stück für Mummy übrig gelassen?«

»Ja«, kommt es unter der Bettdecke hervor.

»Oh, danke ihr zwei, dass ihr mir ein Stück aufgehoben habt.« Die Frau lacht und geht neben dem Bett des Mädchens in die Hocke. »Ich freue mich schon darauf. Mein Gott, wie das draußen regnet … Da müssen wir dafür sorgen, dass du es hier richtig kuschelig hast!« Er-

neut wird die Decke um das Mädchen festgesteckt. »Es hat schon etwas Gemütliches, im Bett zu liegen, während es draußen gewittert.«

Die Frau späht über die Schulter in Richtung ihres Mannes, der lächelnd den Daumen reckt und über den Flur verschwindet.

»Der Regen klingt richtig gespenstisch, oder?« Die Frau steckt die Decke noch fester. »Ich muss da immer an Geister und Monster und andere gruselige Wesen denken, die im Schatten herumtrippeln.«

Das Mädchen rutscht tiefer unter seine Decke und schließt die Augen.

»Daddy hat erzählt, dass du seine Geburtstagsgeschenke mochtest«, fährt die Frau fort. »Du Glückspilz! Wie er dich verwöhnt! Du hast wirklich einen Draht zu deinem Daddy, stimmt's? Ich kann schon verstehen, wie du darauf kommst, dass er dich lieb hat. Aber soll ich dir etwas über Daddy erzählen, Claire?« Ihr Gesicht kommt näher.

»Was?«

»Er sieht nicht, wie die Leute in Wahrheit sind«, flüstert sie dem Kind ins Ohr. »Er sieht nicht, was du in Wahrheit bist. Aber ich kann es sehen«, fügt sie hinzu und nimmt etwas aus ihrer Tasche. »Zum Geburtstag«, sagt sie und hält ihrer Tochter die Faust hin. Ihre Finger sind fest um einen Gegenstand geschlossen.

»Was ist das?« Das Mädchen späht unter der Decke hervor.

Die Frau öffnet die Faust. »Das ist der Schlüssel zu deiner Zimmertür. Ich hab ihn wiedergefunden! Na ja, eigentlich ist das wohl eher ein Geschenk für mich, weil du ihn gar nicht bekommst. Ich behalte ihn nämlich.« Die Frau legt die Hand an den Kopf des Mädchens und fährt ihm sanft durchs Haar. »Während du unten Kuchen in dich hineingestopft hast, du verfressenes Ferkel, hab ich die Kiste mit Schlüsseln durchsucht, die unsere Vorbesitzer hiergelassen haben. Ab sofort kann ich dich in deinem Zimmer einsperren, wenn Daddy bei der

Arbeit ist, und muss deinen Anblick nicht ertragen. Ich werde nicht mehr daran erinnert, was ich immer am liebsten vergessen will. Und jetzt«, sagt die Frau und steht auf, »gehe ich mit Daddy kuscheln. Siehst du, ich hab nämlich einen echten Draht zu ihm.«

Sie starrt auf das Kind hinab, ohne zu blinzeln. Dann verlässt sie das Zimmer und schließt die Tür. Kurz herrscht Stille, doch dann kann das Mädchen es hören. Aus den tiefen Schatten in ihrem Kopf erklingt ein Trippeln. Es ist beängstigend, und das Mädchen kann dem Geräusch nicht entkommen. Dies ist der Augenblick, in dem das Trippeln beginnt.

5

Ich bin mir nicht sicher, ob er echt ist oder nur in meinem Kopf, aber ich bin dankbar für den Schrei, der mich aus dem Schlaf reißt. Ich gehe in die Küche und nehme mir ein Glas Wasser. Ich sehe das Bild immer noch vor mir, sobald ich blinzle. Schmerzen, Sterben – nichts davon macht mir Angst, doch das Bild eines Schlüssels, der sich langsam im Schloss dreht, reicht aus, damit ich eine Panikattacke und keine Luft mehr bekomme. Allein die Vorstellung, dass ich eingeschlossen werden könnte, ist seit jeher mein größter Albtraum – die einzige Nervenbahn, die ich nie umleiten konnte. Es ist der eine Gedanke, der mich stets daran erinnert, dass auch ich normal, durchschnittlich und schwach sein kann.

Jemma. Wer ist sie, und was will sie von mir? Jeder will irgendwas. Mrs Davis' Hund will Mrs Davis beschützen und bedient sich dabei seiner Instinkte, die ihm die Wahrheit über mich verraten. Nur glaube ich eben keine Sekunde lang, dass Jemma dieselben Instinkte hat – wie also kann sie mir auf die Schliche gekommen sein? Was genau weiß sie? Warum hat sie nicht längst die Polizei gerufen? Wie tief sitze ich in der Tinte?

Bislang habe ich nie den leisesten Verdacht erregt. Da kann es doch kein Zufall sein, dass mir das jetzt passiert, nur ein paar Wochen nachdem ich meinen Vater beerdigt habe. Sein Tod hat etwas in mir in Gang gesetzt, was ich zuvor nicht kannte. Meine jahrelange Erfahrung im Töten ist über Nacht von diesen Monsterwellen der Trauer davongespült worden. Ich habe seit seinem Tod zwei Menschen umgebracht, und keiner der Morde war gut geplant, keiner kam auch nur annähernd meinen sonst so akribischen Standards nahe. Habe ich einen Fehler gemacht? Irgendwas übersehen? Hat Jemma deshalb einen Blick darauf erhaschen können, wer ich in Wahrheit bin?

Ich habe den Moment mit Sebastian inzwischen zigfach, tausendfach im Kopf durchgespielt, aber niemand saß an der Bushaltestelle, als ich angehalten habe, und die lächelnden Passanten waren außer Sicht. Ein paar Fahrzeuge sind an uns vorbeigefahren, während wir uns unterhielten, aber weshalb hätte das Verdacht erregen sollen? Ein erwachsener Mann, der mitten am Tag mit der Fahrerin eines parkenden Wagens spricht. Er hat weder jemanden angerufen noch jemandem geschrieben, nachdem er in mein Auto gestiegen war, und ich weiß genau, dass uns niemand gefolgt ist. Ganz sicher kann ich mir natürlich nicht sein, aber ich glaube einfach nicht, dass Jemma durch Sebastian auf mich aufmerksam geworden ist. Ich glaube, ich war bereits auf ihrem Radar. Was mich zu der Person bringt, die ich in der Woche davor umgebracht hatte. Lucas Kane.

Ich hätte ihm nicht vom Büro zu dieser Bar folgen sollen. Was, zum Teufel, habe ich mir dabei gedacht? Wo war die Planung? Die wochenlange Planung, die ein Mord sonst erfordert? Dabei hätte es so perfekt sein können, mehr als perfekt, es hätte ein Meisterwerk werden können, das sich zwischen den Falten der Zeit nahtlos in die Unsichtbarkeit eingepasst hätte. Stattdessen stehe ich hier um vier Uhr morgens in meiner Küche und muss über sämtliche ungeschickten, holprigen Abschnitte jener Nacht nachdenken.

Lucas Kane hatte seinen Arbeitsplatz allein verlassen, war dann aber mit einem dürren, vampirhaften Mann, der im Raucherbereich vor dem Bürogebäude gewartet hatte, in Richtung Bar geschlendert. Ich hatte Vampirraucher für einen Kollegen gehalten, doch allmählich dämmert mir, dass das nicht zwangsläufig der Fall gewesen sein muss. Immerhin habe ich ihn nie aus dem Gebäude kommen sehen. Wie also sah die Verbindung zwischen Lucas und Vampirraucher aus? Waren sie Freunde, Kollegen oder beides? Ich bin mir nicht einmal sicher, ob das relevant ist, aber dass ich gar nicht erst darüber nachgedacht habe, ist schon erschreckend. Ich weiß schließlich, dass ich nicht von Annahmen ausgehen darf. Ich weiß, dass eine Annahme die Mutter des Versagens ist. Ich weiß das – und trotzdem habe ich mich von einer Annahme verleiten lassen.

Anschließend haben die beiden Männer – Freunde, Kollegen, was immer sie waren – die Bar betreten. Ich weiß noch, dass ich sie auf dem Weg dorthin beobachtet habe, wie sie redeten und lachten. Jetzt, da ich mir in Erinnerung rufe, wie unaufmerksam ich war, ist mir zutiefst peinlich, dass ich allen Ernstes geglaubt habe, sie würden über mich reden. Ich habe mich auf nichts anderes mehr konzentriert. Und jetzt, da ich genauer darüber nachdenke, schlägt die Wahrheit erbarmungslos über mir zusammen. Lucas war an jenem Abend aufgedreht, hat geplaudert und gelacht – aber Vampirraucher? Der Typ hat kein einziges Wort beigetragen.

Ich nehme einen Schluck Wasser, um mich von dem abzulenken, was in mir keimt. Nur dass es nicht funktioniert. Was Ablenkung angeht, ist ein Schluck Wasser im Grunde so gut wie wirkungslos. Inzwischen liegt es auf der Hand – warum habe ich es nicht gleich gesehen? Noch bevor ich in der Bar mit Lucas Blickkontakt aufgenommen habe, noch bevor ich ihm erlaubt habe, mir einen Drink zu spendieren, noch bevor ich ihn mit nach Hause genommen und zerstückelt habe, ist an dem Abend irgendwas ziemlich schiefgelaufen.

6

Das zweite Treffen der Trauertherapiegruppe steht an, und der Waliser ist wieder krawallig. Er redet vom Krebs seiner Ehefrau und dass einer der Scheißärzte behauptet habe, da wäre kein Tumor. Wenn die nur ihren Job ordentlich gemacht und ihn schneller gefunden hätten. Seine Fingerknöchel werden ganz weiß, als er die rechte Faust ballt, und er wird zusehends lauter. Inzwischen ereifert er sich über die ganzen Steuern, die seine Frau und er selbst gezahlt hätten – was für eine verdammte Verschwendung. Jede Menge Geld werde ins Gesundheitswesen gepumpt – und dann bekomme man doch nur eine Fehldiagnose nach der anderen. Als sein Zorn sich dem Zenit nähert, frage ich mich, warum er nicht einfach ins Krankenhaus einmarschiert und seine Faust an der entsprechenden Stelle einsetzt. Stattdessen beginnt er zu heulen und entschuldigt sich dafür, dass er laut geworden ist. Florence beteuert, dass Zorn ganz normal sei, dass er sogar zu erwarten sei, immerhin handle es sich dabei um die zweite Phase der Trauer. Sie versichert der Gruppe, dass unser Treffen ein sicherer Ort sei, an dem man seinem Zorn Ausdruck verleihen dürfe. Dabei halte ich es für eine echte Verschwendung, dass sich der Zorn des Walisers nur an diesem sicheren Ort entfaltet.

Jemma trägt Kilt und Gummistiefel, und sie zittert leicht, als sie sich zu Wort meldet. Sie spricht so leise, dass die komplette Gruppe sich vorbeugen muss, um sie zu verstehen. Sie wischt sich eine Träne aus dem Gesicht, hält kurz inne und fängt an zu reden.

»Es klingt vielleicht komisch, aber ich wünschte mir, ich könnte zornig sein«, sagt sie und schluchzt. »Ich wünschte mir, ich würde überhaupt etwas fühlen. Alles wäre besser, als nichts zu fühlen.«

Florence stemmt sich nachdrücklich nickend aus ihrem Stuhl, während ich erst mal über den Kilt nachdenken muss. Irgendwie ist er zu kurz und zu trutschig. Wo kauft man solche Sachen?

»Jemma«, quiekt Florence und streckt die Taschentuchschachtel aus, »darf ich Ihnen mal etwas sagen? Mein Mann ist vor vier Jahren gestorben, und dieses Nichts – das spüre ich immer noch. Nicht ständig, aber doch immer wieder.«

Warum reden sie von innerer Leere, als wäre das etwas Schlimmes? Für mich ist Leere der perfekte Zustand. Mein Geist wandert zurück zu dem Nichts, das ich bei meinem Mord an Lucas empfunden habe. Hätte ich damals gewusst, was ich inzwischen weiß, hätte ich dieses Nichts womöglich noch viel mehr genossen.

»Ich hab ein Buch gelesen, das ich sehr nützlich fand. Wie hieß es gleich wieder …?« Florence starrt zur Zimmerdecke und versucht, sich an Autor und Titel zu erinnern. »Nein, fällt mir gerade nicht ein.« Sie watschelt zurück zu ihrem Stuhl. »Ich sage es Ihnen, sobald es mir wieder einfällt.«

Sollte sie solche Infos nicht parat haben? Ist sie hier nicht die Gruppenleiterin?

Jemma späht in meine Richtung, und in ihren Augen blitzt etwas auf, was eindeutig keine Träne ist. Man muss ihr zugutehalten, dass Jemma die Rolle des Opfers in Perfektion spielt und fast jeden in der Runde ausgetrickst hat. Die anderen sehen ihren Kilt, die Gummistiefel, die Tränen, und verlässlich füllt das Gehirn die Lücken aus. Weil ein Gehirn nun mal genau so funktioniert: Es erzählt uns in einem fort Geschichten, die wir ihm nur zu gern abnehmen wollen. Wenn man in einer gut besuchten Bar zwei Männer zusammen sieht, dann redet das Hirn einem ein, dass die beiden Freunde sein müssen. Und selbst wenn man den Wahrheitsgehalt hinterfragen wollte – die Zeit hat man gar nicht, weil das Gehirn sich längst mit neuen Eindrücken beschäftigt.

Jemma heult schon wieder, und Florence scheint hin- und hergerissen zu sein. Einerseits will sie aufspringen und Trost spenden, andererseits macht sie sich womöglich Sorgen wegen der Gruppenregularien. Der Gruppenleiter einer solchen Gruppe hat ja wohl neutral zu sein und gelassen zu bleiben, das weiß schließlich jeder. Doch am Ende pfeift sie auf die Regeln und setzt ihre nicht unerhebliche Körperfülle überraschend schnell in Bewegung, geht vor Jemma auf die Knie und zieht die hysterische Frau an sich, damit die sich an ihrer Schulter ausheulen kann. Wir anderen inspizieren den Boden oder unsere Fingernägel, während Jemma auf Florence' dunkelblauer XXL-Strickjacke ihren Rotz verteilt und nach und nach auf den Höhepunkt jedweder anständigen Tränenreise zusteuert – auf jenen Teil, an dem abgehackte Stakkatojapser ein Zuhören, Denken oder Sprechen vollends vereiteln.

Nachdem sie weit mehr von Florence' Zeit und Strickjacke beansprucht hat, als anständig gewesen wäre, beruhigt sich Jemma allmählich wieder.

»Danke für die Umarmung, die hab ich gebraucht.« Sie legt ein tapferes Lächeln auf. »Und entschuldigt, dass ich ständig solche Zusammenbrüche habe. Es ist bloß diese Leere – es fühlt sich einfach so an, als hätte nichts mehr einen Sinn.«

»Ach, Jemma, das verstehe ich doch«, sagt Florence in ihrer verständnisvollsten Weihnachtswichtelstimme. »Mir ging es vor vier Jahren, als mein Mann gestorben ist, ganz genau wie Ihnen.«

Und wieder erwähnt sie ihren toten Mann. Die heutige Sitzung scheint für Florence ganz unter dem Motto »Florence« zu stehen. Und sie redet immer noch.

»Ich will Ihnen mal etwas erzählen – und ich will ganz ehrlich mit Ihnen sein. Vor vier Jahren«, sagt sie und sieht … wahnsinnig ehrlich aus, »hab ich ernsthaft über Selbstmord nachgedacht. Mein Mann und ich, wir waren Seelenverwandte und haben alles zusammen gemacht. Als er starb, dachte ich, wenn ich mich nicht selbst umbringen würde, dann würde das die Einsamkeit für mich erledigen. Aber Sie müssen immer daran denken«, fährt sie fort und hält dabei Jemmas Hände fest, »wir müssen *alle* immer daran denken …«, korrigiert sie sich und wendet sich an die restliche Gruppe.

Was? Woran müssen wir alle denken?

»Die Zeit heilt alle Wunden«, sagt Florence schließlich und umarmt Jemma erneut.

Die Zeit heilt alle Wunden? War das alles? Eine abgeschmackte hohle Phrase? Mehr hat sie nicht zu bieten? Ist sie wirklich geeignet, diese Gruppe zu leiten?

Jemma und Florence liegen sich wortlos in den Armen, und obwohl ich Florence nicht ins Gesicht sehen kann, lässt das leichte Zittern ihres Rückenfetts darauf schließen, dass sie ebenfalls heult. Das Regelwerk für Trauergruppen wird soeben zu Grabe getragen. Noch etwas, worum wir trauern können.

Der Waliser schlägt die Hand aufs Knie und räuspert sich. »Also, wenn das mal nicht ein Haufen depressiver Scheiße ist«, stellt er fest. »Aber ich weiß was: Warum gehen wir nachher nicht alle zusammen zum Inder? Und heitern uns mit einem Curry auf?«

Stille senkt sich herab, und sogar mir ist mulmig zumute. Florence ist auf ihren Platz zurückgekehrt und sieht irgendwie betreten aus. Was würde wohl das jüngst zu Grabe getragene Trauergruppenprotokoll dazu sagen?

»Sie müssen schon auch mitkommen, liebe Florence«, fügt der Waliser hinzu. »Ohne Sie wäre es nicht dasselbe.«

Florence' nur schlecht verhehlte Dankbarkeit für die Einladung wirkt auf mich derart erbärmlich, dass ich kotzen könnte, doch auf die restliche Gruppe scheint sie den gegenteiligen Effekt zu haben. Je mehr von uns ihre Begeisterung für ein gemeinsames Abendessen äußern, umso schlechter wird mir. Als Jemma dann auch noch gluckst, dass sie für heiß und scharf jederzeit zu haben sei, schlucke ich buchstäblich Galle. Die Stimmung in der Gruppe grenzt an vorfreudige Hysterie, als man sich für acht Uhr im *Old Bengal* verabredet. Es besteht nicht der Hauch eines Zweifels: Ich mag diese Leute eindeutig lieber, wenn sie heulen.

Am Ende des Treffens will ich gerade meinen Stuhl wegstellen, als ich meinen Namen höre und mich umdrehe. Jemma hat sich mit Florence unterhalten und will mich anscheinend dazurufen.

»Claire«, sagt sie mit einem Lächeln, als ich mich nähere. »Ich hab Florence gerade erzählt, wie gut wir uns inzwischen verstehen. Ist doch verrückt, oder? Wie schnell die Trauer einen zusammenbringt.«

Ich nicke und lächle und habe keine Ahnung, wo das hier hinführen soll.

»Und ich habe gerade zu Jemma gesagt, wie toll ich es finde, dass Sie beide zusammengefunden haben.« Florence sieht mich unverwandt an. »Ich weiß schon, Sie sagen vor der Gruppe nicht viel, Claire, aber das ist schon in Ordnung. Einige fühlen sich besser, wenn sie bloß zuhören. Trotzdem ist es wichtig, mit jemandem über seine Gefühle zu sprechen. Ich weiß jetzt, Sie haben Jemma, und Sie können auch jederzeit unter vier Augen mit mir reden, wenn Ihnen das lieber ist. Aber sagen Sie noch mal – wer ist bei Ihnen gestorben?«

»Mein Vater.«

Ihr Blick ist zu durchdringend. Ich spähe an ihr vorbei über ihre Schulter. Der Waliser, Christiana mit C und der komische kleine Mann, der sich alles aufschreibt, stehen bei den Stuhlstapeln. Auch sie unterhalten sich. Es sieht ziemlich erhitzt aus. Streiten sie sich etwa?

»Und haben Sie Ihrem Vater sehr nahegestanden?«

Was glaubst du wohl, Frau Einstein? Warum sollte ich sonst eine Trauergruppe besuchen? Ignoranter Wichtel.

»Ja«, antworte ich.

»Wir können später noch über deinen Vater reden, Claire«, meldet sich Jemma zu Wort, »wenn ich nachher bei dir vorbeikomme. Vier Uhr nachmittags hatten wir gesagt, oder?«

Nein.

»Ja«, antworte ich mit einem Lächeln.

»Perfekt«, sagt Jemma. »Und Florence, Sie hole ich dann später ab, so gegen acht. Dann können wir zusammen zum Inder gehen.«

»Das ist wahnsinnig nett.« Lächelnder Wichtel. »Ich gebe Ihnen noch meine Adresse.«

Jemma tippt sie ins Handy, und allmählich wird mir alles klar: Wenn Jemma Florence um kurz vor acht abholt und Florence weiß, dass Jemma um vier bei mir war, muss Jemma mein Haus lebend verlassen.

Florence nennt also ihre Adresse, sie diktiert sie unüberhörbar laut, buchstabiert sie gleich noch mal und erklärt sogar, wie man dorthin findet, falls Jemma sich verfahren sollte. »Aber das wird nicht passieren. Es ist ganz leicht zu finden – hinter St Matthew's die Zweite rechts. Soll ich Ihnen noch eine Wegbeschreibung schicken?«

»Kein Problem«, erwidert Jemma, »ich hab ein Navi, da verfahre ich mich nicht.«

Als Florence ihren nächsten Satz mit »Das Lustige ist …« anfängt, schalte ich ab. Wenn Durchschnittsmenschen meinen, sie müssten ankündigen, was gleich lustig wird, kann man sich einer Sache sicher sein: dass es alles andere als lustig wird.

Ich sehe erneut zum Grüppchen bei den Stuhlstapeln. Christiana mit C redet und klingt dabei sauer. Und piekfein. Unfassbar piekfein.

»Ich weiß, Sie haben kürzlich einen Verlust erlitten, genau wie wir anderen auch«, sagt sie gerade, »aber das gibt Ihnen nicht das Recht, gegen Gesetze zu verstoßen.«

»Gegen Gesetze verstoßen? Sind Sie noch ganz dicht?« Der Waliser klingt ebenfalls sauer. Und noch walisischer als sonst. »Sieben Stühle aufeinanderzustapeln heißt doch nicht, dass man gegen Gesetze verstößt!«

»Da hängen zwei Zettel – und beide verbieten unmissverständlich, mehr als sechs Stühle aufeinanderzustapeln.« Es ist das erste Mal, dass ich den komischen kleinen Mann reden höre. Er klingt genau so, wie man es erwarten würde: komisch und klein.

»Mein Derek hat sich nie auf ein Navi verlassen.«

Wieder Florence' Stimme. Aber wer ist Derek?

»Wir waren zweiundvierzig Jahre lang verheiratet ...«

Ah, der tote Ehemann.

»... und in all den Jahren hab ich ihn nicht ein einziges Mal auf eine Straßenkarte gucken sehen. Er hatte immer schon einen unglaublichen Orientierungssinn. Er hat sich nie verfahren ... Oh.«

Plötzlich verstummt Florence und klatscht in die Hände. Was ist denn jetzt? Eine Art Banalitätskrampfanfall?

»Gerade fällt mir der Titel des Buches wieder ein, das ich vorhin erwähnt habe! Das ich kurz nach Dereks Tod gelesen habe. Es heißt *Endlich Frieden schließen.* Jemma, schreiben Sie sich das auf! Die Lektüre lohnt sich wirklich!«

Noch während Jemma auf ihr Handy blickt und sich den

Titel notiert, sehe ich, wie Florence weiter den Mund bewegt, und staune über die erbarmungswürdigen Tiefen der Dumpfheit, in die Durchschnittsmenschen willens sind hinabzusteigen.

»Tschüss, Claire«, ruft Jemma, als ich mich entschuldige und gehen will. »Bis nachher um vier!«

Ich stelle noch meinen Stuhl weg und verschwinde. Ich hatte mich beim ersten Treffen gefragt, was passieren würde, wenn sieben Stühle aufeinandergestapelt würden. Bald werde ich es herausfinden.

7

In zwanzig Minuten will Jemma kommen. Mit einem Tee in der Hand starre ich den Gegenstand auf meinem Couchtisch an. Ich weiß, ich hätte ihn unmittelbar nach dem Mord entsorgen müssen, aber jetzt bin ich froh, dass ich es nicht getan habe. In meinem Kopf hat eine Zeit lang Chaos geherrscht, doch dieser Gegenstand rückt alles wieder an die richtige Stelle. Langweilig, lächerlich normal erzählt mir der Gegenstand auf meinem Couchtisch alles, was ich über Lucas und Vampirraucher wissen muss.

Ich kann mir nach wie vor nicht erklären, warum ich es damals nicht sofort gesehen habe. Normalerweise mache ich keine Fehler, wenn es um das Verhalten anderer Leute geht. Man wird zwangsläufig Expertin, wenn man Menschen so ausgiebig beobachtet wie ich. Ich weiß, dass Freundschaften jedwede Ausprägung und Gestalt annehmen können, weil ich es zigmal gesehen habe: Extrovertierte hängen mit Introvertierten ab, Schicke und weniger Schicke tauschen gern Ansichten aus, hoffnungslose Optimisten verbringen ihre

Zeit oftmals damit, Depressive aufzumuntern. In der inklusiven Welt, in der wir leben, kann anscheinend jeder mit jedem befreundet sein, solange die entscheidende Zutat für Freundschaft vorhanden ist: gegenseitiger Respekt. Und genau der hat an jenem Abend gefehlt.

An seinem letzten Abend, als Lucas die Straße entlangflanierte, schlenkerte er auf diese überschwängliche Art mit seiner Aktentasche, wie es nur jemand vollkommen Unbekümmertes tut: strahlend, lachend – fast, als hätte er etwas zu feiern. Vampirraucher hingegen schlurfte wortlos, mit hängenden Schultern und irgendwie geknickt neben ihm her und beteiligte sich kein einziges Mal an Lucas' Witzeleien. Und selbst als Lucas in der Bar auf etwas Lustiges in der Zeitung hinwies, war der Gesichtsausdruck des Rauchers immer derselbe. Weshalb war er überhaupt dort? Warum in eine belebte Bar gehen, wenn man dort keinen Spaß haben will? Und was war mit Lucas? Warum schien ihm die schlechte Laune seines Begleiters egal zu sein?

Ich nehme den Gegenstand vom Couchtisch und setze ihn mir auf den Schoß. Lucas' Aktentasche. Von außen langweilig, innen hingegen ziemlich faszinierend. Noch weiß ich nicht, was ich am Inhalt am überraschendsten finde, aber der heißeste Kandidat ist derjenige, den ich als Erstes daraus hervorziehe. Eine geladene Waffe. Wie, in aller Welt, kommt ein Weichei wie Lucas mit Clownhemd und Job in der Kunstbranche an eine Handfeuerwaffe? So einfach ist das nicht. Und wofür hat er sie gebraucht? Mir fallen nur zwei Sorten Leute ein, die eine geladene Waffe in ihrer Aktentasche mit sich herumtragen, und die erste kann ich ausschließen. Wenn Lucas ein Auftragskiller gewesen wäre, wäre es unter

Garantie schwieriger gewesen, ihn umzubringen. Sprich: Lucas muss zur anderen, nicht ganz so erlesenen Sorte der Handfeuerwaffenbesitzer gehören: zu denen, die anderen ans Bein pinkeln.

Als Zweites ziehe ich einen fetten Umschlag voller Zwanzig-Pfund-Noten aus der Aktentasche. Allmählich dämmert mir, wie die Beziehung zwischen Lucas und dem Raucher ausgesehen hat, aber klar ist es erst, als ich Indiz Nummer drei finde. Zwischen den Seiten der ordentlich zusammengelegten Zeitung stecken mehrere Fotos. Eins verstörender als das andere. Nach der Qualität zu urteilen, handelt es sich um Standbilder aus einem Amateurfilm. Ich muss an den Abend in der Bar denken, an Lucas, der auf etwas Amüsantes in der Zeitung gezeigt hat. Ich hatte angenommen, es wäre um einen Artikel gegangen, doch jetzt ist mir klar, dass Lucas die Fotos gemeint hat. Und plötzlich passt alles zusammen. Schon armselig, wie sehr ich auf Lucas konzentriert war und den Vampirraucher kaum beachtet habe – aber wer achtet schon auf einen unscheinbaren, blassen Typen, der vor einem Bürogebäude steht und raucht? Allerdings sind Leute so viel mehr als das Bild, das sie nach außen hin abgeben – was die verstörenden Fotos wunderbar belegen.

Ich nehme das erste Bild zur Hand, auf dem Vampirraucher eindeutig gut gelaunt ist. Sein Gesicht ist zu einem teuflischen Grinsen verzogen. Von Durchschnittlichkeit oder Unscheinbarkeit keine Spur.

Es liegen noch mehr Sachen in der Aktentasche, Lucas' Portemonnaie beispielsweise und ein paar Jobunterlagen, alles im Vergleich enttäuschend langweilig. Die Waffe, das Geld und die Fotos – diese drei Dinge sagen alles, was ich wissen muss, weil sie alle auf ein und dasselbe hindeuten. Nämlich auf Erpressung.

Ich lege die Gegenstände zurück in die Tasche und denke über Lucas Kane und das Schicksal nach. Wenn er nicht versehentlich meine E-Mail-Adresse angeklickt hätte, hätten sich unsere Wege nie gekreuzt. Schon lustig, dass so ein banaler Fehler ihn das Leben gekostet hat, erst recht, wenn man bedenkt, was er noch so getrieben hat. Seine Ausflüge in die Erpresserwelt müssen Lucas Kane ordentlich auf Trab gehalten haben. Kein Wunder, dass ihm in seinem Bürojob Fehler unterlaufen sind.

Als es an der Tür klopft, lege ich die Tasche zurück ins Versteck, setze meine Brille ab und öffne die Haustür. Schwer zu sagen, was meinem Sinn für Ästhetik mehr zusetzt: die Gummistiefel, der Kilt oder das widerwärtige Grinsen.

»Hallo, Jemma.« Ich mache einen Schritt zurück, damit sie eintreten kann. Sie hält zielsicher auf mein Wohnzimmer zu, fragt nicht, ob sie die Schuhe ausziehen soll, streift sie nicht mal an der Fußmatte ab. Ich gehe ihr hinterher und setze mich aufs Sofa, weil sie bereits auf meinem Sessel sitzt. Auf Dads Sessel. Wir starren einander einen Moment lang an, und ich konzentriere mich darauf, kontrolliert zu atmen. Kaum dass ich den Mund aufmache, um etwas zu sagen, gebietet sie mir mit erhobener Hand Einhalt und zieht ihr Handy aus der Tasche. Sie wählt eine Nummer, hebt das Handy ans Ohr und lässt mich die ganze Zeit über nicht aus den Augen.

»Hi, Florence«, sagt sie, als die Verbindung steht. »Hier ist Jemma. Ich wollte nur nachfragen, ob für heute Abend alles bleibt wie verabredet. Toll! Ich freu mich auch!« Sie schlägt die Beine übereinander. »Ich hab schon darüber nachgedacht«, fährt sie fort, »und wissen Sie, was, Florence? Ich bestelle mir vielleicht ein Chicken Jalfrezi. Das kennen Sie nicht? Oh, Florence, das *müssen* Sie probieren! Nein, es ist wirklich nicht scharf, und ich bestelle mir immer noch ein Stück Limette dazu. Ein klitzekleines bisschen Limette bringt die Gewürze so richtig zur Geltung.«

Ich sehe sie an und weiß genau, was sie da treibt mit ihrem Gelaber: Sie lässt mich warten und gibt mir zu verstehen, dass sie Oberwasser hat.

»Hören Sie, Florence, gerade bin ich bei Claire angekommen«, sagt sie in diesem Moment, »ich muss also aufhören. Aber wir sehen uns nachher gegen acht! Bis dann!«

Sie schiebt ihr Handy in die Tasche und räuspert sich.

»Also«, sagt sie und lehnt sich zurück. In Dads Sessel. »Hast du schon alles ausgetüftelt? Weißt du inzwischen, weshalb ich hier bin?«

Als ich nicht antworte, fängt sie an, mit dem linken Fuß auf den Boden zu tippen, hört aber nicht auf zu grinsen.

»Gut«, sagt sie nach einer Weile. »Ich hab eine Idee. Wir spielen ein Spiel. Ein Spiel namens ›Wir erzählen uns jetzt, was wir wissen‹. Okay?« Sofern sie ernsthaft mit einer Antwort rechnet, wartet sie zumindest nicht darauf. »Ich fange an. Ich weiß, dass du meinen Freund umgebracht hast.«

Ich denke kurz darüber nach, ob ich ihr den Effekt einer Kunstpause gönnen soll, entscheide mich dann aber dagegen.

»Ich weiß nicht, wovon du redest«, entgegne ich. »Ich hab deinen Freund nicht umgebracht.«

»Doch, hast du«, sagt sie. »Ich weiß, dass Lucas am Abend seines Verschwindens dieses Haus betreten hat.« Sie hält kurz inne. »Und ich weiß auch, dass er das Haus nicht mehr verlassen hat.«

»Ich glaube, da hast du mich falsch verstanden«, sage ich freundlich. »Ich rede nicht davon, ob ich Lucas umgebracht habe oder nicht. Ich rede davon, dass er dein Freund gewesen sein soll.«

Sie sieht mich einen Augenblick lang wortlos an und fängt an zu lachen. »Also, ich weiß ja nicht, wie du meine Beziehung zu Lucas einschätzt – und ehrlich gestanden ist es mir auch egal. Für den Umstand, dass du ihn umgebracht hast, ist unser Beziehungsstatus völlig irrelevant.«

»Was ich nicht verstehe«, sage ich und gehe über ihren jüngsten Einwand einfach hinweg, »ist, wie du von der Trauergruppe Wind bekommen hast. Ist das nicht ein bisschen viel des Zufalls? In ein und derselben Gruppe zu landen wie die Mörderin deines Freundes? Wie hast du das hingekriegt? Und was noch viel wichtiger ist: Warum solltest du das wollen?«

»Hast du die Regeln des Spiels schon vergessen?«, herrscht sie mich an. »Wir erzählen einander, was wir wissen. Wir stellen gerade keine Fragen.«

»Ich bin an deinem Spiel aber nicht interessiert, deshalb will ich auch gleich auf den Punkt kommen. Warum hast du nicht die Polizei gerufen?«

»Ich hab darüber nachgedacht«, antwortet Jemma, und ihr linker Fuß tippt einen Hauch schneller. »Und zwar nicht nur ein Mal.«

»Und trotzdem sitzen wir jetzt hier.« Ich mache eine Geste in Richtung Wohnzimmerfenster und der Welt, die sich davor erstreckt. »Nirgends Blaulicht und Sirenen.«

»Ich könnte sie jetzt gleich anrufen«, faucht sie, richtet sich im Sessel auf und nimmt das Handy wieder aus der Tasche. »Es bräuchte nur eine hysterische Frau, die Schreie aus diesem Haus hört, und die Polizei stürmt zur Tür herein. Und dann? Was glaubst du wohl, was dann passiert? Ich glaube, Claire, dann wäre für dich ziemlich schnell der Ofen aus. Weiß der Geier, was die Polizei hier noch findet! Allein in diesem Zimmer dürfte die Spurensicherung jahrelang beschäftigt sein.«

»Dann ruf an.« Ich lasse sie nicht aus den Augen.

»Mach ich vielleicht noch.« Sie streift ihr Handy flüchtig mit dem Blick und sieht mir wieder ins Gesicht. »Aber erst will ich mich mit dir über meinen Freund Lucas unterhalten. Über den Mann, den du umgebracht hast.«

»Lustig.« Ich fahre mit dem Finger über das ausgefranste Sofapolster. »Lucas war an dem Abend in der Bar so gar nicht freundlich zu dir. Denn du warst doch die Frau, die sich immer wieder bei ihm gemeldet hat, Jemma?«

Sie starrt mich an, ohne zu blinzeln, und ihr tippender Fuß schaltet auf Turbo.

»In Wahrheit hat er dich ziemlich abblitzen lassen«, fahre ich fort. »Mir hat er erzählt, dass du ihm nichts bedeutest.«

Obwohl sie immer noch standhaft lächelt, klingt sie leicht verkrampft. »Bild dir bloß nichts ein. Einer dürren Brünetten mit langen Beinen hat Lucas noch nie widerstehen können.«

Ich schlage die Beine übereinander und gebe ihr die Stille, nach der es sie eindeutig verlangt. Ich sehe ihr an, dass sie reden will, und ausnahmsweise höre ich ihr nur allzu gern zu.

»Lucas sollte mich an dem Abend anrufen«, sagt sie. »Als ich nichts von ihm gehört habe, hab ich stattdessen ihn angerufen. Ich hab die Hintergrundgeräusche in der Bar gehört, deshalb wusste ich, wo er war. Und weil ich mit ihm sprechen musste, bin ich hingefahren und hab gerade noch gesehen, wie ihr zusammen aufgebrochen seid. Da war mir natürlich klar, warum er nicht ans Handy gegangen war – aber sprechen musste ich trotzdem mit ihm, deshalb bin ich euch hinterhergefahren und wollte ein Stück von deinem Haus entfernt warten, bis ihr zwei fertig gevögelt hättet. Aber dann kam er nicht mehr raus.«

»Was uns zu der spannenden Frage zurückbringt, warum du nicht die Polizei gerufen hast.« Ich wickle mir einen losen Faden aus dem Sofapolster um den Finger. »Es hat nicht zufällig etwas mit Lucas' Aktentasche zu tun?« Ich reiße den Faden ab. »Oder mit den Fotos, die in der Tasche lagen? Standfotos aus einem ziemlich fiesen Film, würde ich sagen. Ich verstehe natürlich, warum du nicht willst, dass sie in die falschen Hände geraten. Du siehst darauf nicht gut aus, Jemma.«

»Ist die Aktentasche noch hier?« Mit einem Mal wird sie konkret.

»Nein«, flunkere ich. »Ich hab sie entsorgt.«

»Ich glaub dir kein Wort. Leute wie du behalten Erinnerungsstücke.«

»Leute wie ich?«

»Serienkiller. Ich gehe davon aus, dass Lucas und dieser Kopf im Aquarium nicht deine einzigen Opfer waren.«

»Na ja, ich weiß nicht, wie viele Serienkiller du kennst, Jemma, und ich kann nur von mir reden, aber ich behalte keine Erinnerungsstücke. Erinnerungsstücke sind eine sichere Bank, wenn man überführt werden will.«

»Nein, Claire.« Sie lächelt schon wieder. »Ein anonymer Anruf bei der Polizei ist die sichere Bank, wenn du überführt werden willst. Deshalb holst du mir jetzt die Aktentasche.«

»Ich kann dir nichts holen, was ich nicht mehr besitze«, stelle ich seelenruhig fest. »Aber wenn du mir nicht glaubst, dann bitte, mach dich auf die Suche. Du kennst dich doch aus, oder nicht? Ich nehme an, du bist nicht nur ein Mal hier eingebrochen.«

»Was hast du erwartet?«, brüllt sie. »Ich hab versucht, herauszufinden, was du mit Lucas gemacht hast! Und lass dir gesagt sein, Claire: Du musst dein Leben allmählich in den Griff kriegen. Ich war seit seinem Verschwinden mehrmals hier, und erst Tage später bist du überhaupt wieder nach draußen gegangen. Und ja, als es endlich so weit war, bin ich natürlich eingebrochen und hab nach Lucas und der Aktentasche gesucht. Allerdings hat mich dieser gefesselte tote Mann mit dem Kopf im Aquarium ein bisschen abgelenkt.«

»Und trotzdem hast du nicht die Polizei alarmiert.«

»Nein. Weil ich eine Chance gewittert habe. In der Küche lag diese Broschüre von der Trauergruppe, und da wusste ich, wie ich dich unverfänglich kennenlernen könnte.«

»Aber warum?« Ich habe das Gefühl, allmählich nähern wir uns dem Grund ihres Besuchs. »Warum wolltest du mich kennenlernen?«

»Weil du mir etwas schuldig bist«, antwortet sie nur. »Lucas und ich hatten unsere Zusammenarbeit gerade erst begonnen.«

»Dann war Lucas dein Kollege, ja? Und ich dachte, er wäre dein Freund gewesen.«

»Er hat mir eine neue Einkommensquelle eröffnet.« Sie geht über meinen Kommentar hinweg. »Wir hatten das ziemlich clever ausgetüftelt: Ich hab ihn mit den Videoaufzeichnungen versorgt, und er hat den Kundenkontakt übernommen. Die Leute, die wir ...«

»Erpresst haben?«

»Ja. Also, diese Leute wissen nicht, dass ich mit von der Partie bin. Sonst würde das Ganze nicht funktionieren.«

»Komm auf den Punkt, Jemma.« Wahllos zupfe ich einen weiteren Faden ab. »Was willst du mir sagen?«

»Lucas und ich, wir waren da an etwas Großem dran. Ich hatte ihm am Vortag die Details geliefert, und an dem Abend, an dem du ihn umgebracht hast, hätte ich deshalb noch mal mit ihm sprechen müssen.«

»Und?«

»Das war ein echt großes Ding, Claire – die Gelegenheit, richtig viel Kohle zu machen!«

»Und?«

»Ich bin neu im Geschäft. Lucas war der Experte.«

»Und?«

»Ich kann das nicht allein durchziehen.«

»Und?«, sage ich zum vierten Mal.

»Jetzt, da du Lucas umgebracht hast, brauche ich jemanden, der für ihn einspringt. Nur kann ich die Stelle natürlich nicht einfach ausschreiben. Für so eine Riesensache brauche ich jemanden, der bedrohlich sein kann. Jemand richtig Ekligen.« Sie hält inne und lächelt. »Ich brauche jemanden wie dich.«

Mein Gelächter schneidet durch das stille Wohnzimmer.

Jemma sieht mich weiter unverwandt an.

»Nur, damit ich dich nicht falsch verstanden habe«, stoße ich hervor und reiße mich wieder zusammen. »Du willst, dass *ich* in dein hässliches kleines Erpresser-Start-up mit einsteige?«

»Sei nicht albern.« Sie lächelt. »Ich will, dass du für mein hässliches kleines Erpresser-Start-up Aufträge ausführst.«

»Also, ich weiß nicht … Darüber muss ich erst nachdenken. Wär ich dann krankenversichert? Und gibt's eine Firmenrente?«

»Du bist echt lustig, Claire«, sagt sie. »In der Hinsicht erinnerst du mich sogar an Lucas. Er hatte auch einen guten Sinn für Humor. Hat immer alle zum Lachen gebracht. Ich glaube, so was ist in unserer Branche echt hilfreich.«

»Die Sache ist allerdings die …« Ich muss an Lucas' Sinn für Humor zurückdenken. »Erpressung ist nun mal nicht meine Branche. Danke für das Angebot – wirklich. Klingt nach einer echt tollen Gelegenheit. Nur leider nicht für mich.«

»Und warum nicht?«, herrscht Jemma mich an. Schlagartig ist ihr Lächeln verflogen. »Ist Erpressung nicht gut genug für Ihre Hoheit, die Mörderin?«

»Jeder, wie er mag«, erwidere ich. »Ich finde nur, Erpressung ist für diese Leute, die ich auf den Fotos gesehen habe, viel zu nett – Anwesende mit eingeschlossen. Ich würde sie lieber allesamt umbringen.«

Sofern ich sie damit beunruhige, lässt sie sich zumindest nichts anmerken.

»Tja, schön für dich«, sagt sie. »Eine Mörderin mit einem

Gewissen. Ich bin mir sicher, du bringst keine Unschuldigen um, nur solche, die den Tod verdient haben. Aber die Sache ist die: Leichen zahlen nicht, und ganz ehrlich – es ist mir scheißegal, ob dir Erpressung liegt oder nicht. So, wie ich es sehe, hast du gar keine Wahl. Ein Anruf bei der Polizei, Claire, mehr ist nicht nötig.«

Ich habe mir den losen Faden so fest um die Fingerkuppe gezwirbelt, dass die Haut schon ganz rot ist. Ich frage mich gerade, wie lange es dauert, bis das Blut komplett abgeschnürt ist, als Jemma plötzlich aufsteht. Sie macht einen Schritt auf das Sofa zu und blickt auf mich herab. Jetzt hat sie das Heft wieder in die Hand genommen. Als sie das Wort ergreift, klingt ihre Stimme barsch und businessmäßig – die Zeit für Small Talk ist anscheinend vorbei.

»Folgendes«, sagt sie. »Heute Abend erzähle ich Florence, wie nett es mit dir war – so nett, dass wir uns gleich für morgen bei mir zu Hause verabredet haben.« Sie wirft einen Zettel in meine Richtung. »Hier, meine Adresse. Du bist morgen um Punkt halb elf da. Jetzt bin ich hier die Chefin, Claire. Ab sofort laufe ich dir nicht mehr hinterher. Du bringst Lucas' Aktentasche mit und bekommst von mir das erste Briefing. Wenn du von diesem Plan irgendwie abweichst, rufe ich die Polizei. Wenn du zu spät kommst, rufe ich die Polizei. Wenn du mir die Aktentasche nicht bringst, rufe ich die Polizei. Hast du das kapiert?«

Als ich nicke, spüre ich nicht mal, dass ich kein Gefühl mehr im Finger habe. Ich sehe nur noch eins vor mir: einen Schlüssel. Einen rostigen Schlüssel. Der sich langsam im Schloss dreht.

Als Jemma weg ist, setze ich mich in Dads Sessel und rufe mir den Moment ins Gedächtnis, als ich Lucas Kane vor der Bar geküsst habe. Ich hatte auf dem Weg dorthin kontrolliert, wo Überwachungskameras hingen, und mich vergewissert, dass wir an einer Stelle standen, wo wir von keiner Kamera erfasst wurden. Und weil Lucas da schon nicht mehr kopfgesteuert war, war es ein Kinderspiel, ihm das Handy aus der Tasche zu ziehen und es auf dem Weg zu meinem Auto über irgendeine Mauer zu werfen. Zu keinem Zeitpunkt hatte ich bemerkt, dass wir beobachtet und verfolgt worden wären – eindeutig ein Fauxpas. Genau wie der Umstand, dass ich die Aktentasche so lange behalten habe, obwohl sie zumindest gut versteckt war. Ich verspüre ein Flattern im Bauch, das ich eigentlich nicht kenne, und als ich mich nach dem Zettel am Boden ausstrecke, frage ich mich, ob das womöglich Stress ist. Ich starre Jemmas Adresse an – den Ort, wo ich morgen lieber nicht wäre … Aber habe ich eine Wahl? Wenn sie die Polizei ruft, ist für mich alles aus. Jemma hat recht, dieses Haus würde eine kriminaltechnische Abteilung auf Jahre hinaus beschäftigen – ganz zu schweigen von meinem Gemüsegarten. Dort würden sie nicht nur Kohlköpfe entdecken.

Das Flattern im Bauch wird stärker, und als ich Magensäure schmecke, renne ich nach oben ins Bad, bleibe vor dem Waschbecken stehen und sehe ihr in die Augen. Da ist sie, meine Mutter – jedes Mal, wenn ich mich im Spiegel betrachte. Ihre Augen, ihre Haare, ihre Wangenknochen, und jetzt höre ich auch noch eine Stimme. Seine Stimme – ruhig und gemessen, die mir beteuert, dass er mich liebt und immer für mich da sein wird. Ich spritze mir Wasser ins Gesicht, und die Übelkeit nimmt ab, allerdings weiß ich immer noch nicht, was ich tun soll. Erpressung ist nicht mein Metier, so bin ich nicht. Aber mit Dad an meiner Seite kann ich es vielleicht lernen. Ich kann lernen, nach neuen Regeln zu spielen, die mir jemand anders auferlegt. Ich schließe die Augen, und plötzlich und unerwartet sehe ich ein weiteres Bild vor mir. Das Tablett einer Kellnerin. Meine Freiheit, die sich darauf auftürmt, waghalsig hoch und wackelig. Als ich die Augen aufschlage, sehe ich ihr erneut ins Gesicht, und sobald sich der stechende Blick verflüchtigt hat, bin ich mir sicher.

Jetzt weiß ich, was ich tun muss.

8

Ihre Straße sieht so aus wie erwartet: akkurat aneinandergereihte Doppelhaushälften, vor jeder ein Auto, identische Mülltonnen und eher beliebig verteilte Satellitenschüsseln. Nichts, was auf den Charakter derjenigen hinweisen würde, die hinter den Fassaden wohnen. Ihre Auffahrt ist grau gepflastert und passt zur Fassade, an der eine vereinzelte Blumenampel für einen Farbfleck sorgt. Dunkelrote Stiefmütterchen, gelbe Begonien und lilafarbene Fuchsien, die Überstunden schieben, um der Kulisse aus Vorstadt-Einheitsbrei zumindest ein klein wenig Persönlichkeit zu verleihen.

Als ich die Hand nach der Klingel ausstrecke, streife ich die Blumen und bin kein bisschen überrascht, dass es sich um Kunstblumen handelt.

Ein paar Sekunden später geht die Tür auf, und sie sieht mich leicht verdutzt an. Ich bin früh dran. Sie sieht auf die Uhr, bemerkt die Aktentasche in meiner Hand und nötigt sich ein Lächeln ab.

»Claire, wie schön, Sie zu sehen. Kommen Sie doch rein.«

Ich folge ihr in ein überheiztes, vollgestelltes Wohnzimmer. Jeder Zentimeter ist mit Zierdeckchen und Dekokitsch bedeckt. Als ich die Aktentasche auf dem Boden abstelle, lasse ich sie nicht aus den Augen. Sie versucht sich an Small Talk, allerdings antworte ich nicht, und als sie mir Tee anbietet, ahne ich, dass sie es spürt: dass hier irgendetwas faul ist. Sie zieht die Wohnzimmertür hinter sich zu und tut so, als würde sie in die Küche gehen. Stattdessen jedoch läuft sie nach oben und stochert gerade auf ihr Handy ein, als ich hinter ihr auftauche.

»Legen Sie das Handy weg, Florence.«

Als sie meine Stimme hört, erschrickt sie so sehr, dass sie das Handy fallen lässt. Sie hat nicht damit gerechnet, dass ich ihr nach oben folge. Sie weiß, dass ich ihr nicht hätte folgen *dürfen.* Sie weiß, dass ich nicht in der Schlafzimmertür stehen dürfte. Sie weiß, ich sollte keine Handschuhe tragen.

»Claire«, stößt sie hervor, zwingt sich abermals zu einem Lächeln und versucht verzweifelt, die Fassung zu wahren. »Ich wollte gerade Jemma … Ich wollte nur nachfragen, was für heute Abend geplant ist. Ich dachte, sie würde mich um kurz vor acht Uhr abholen. Mir war nicht klar, dass Sie vorher hier vorbeikommen würden. Aber kein Problem, ich bin mir sicher, das war mein Fehler, ich verstehe ständig alles falsch, das ist typisch für mich.«

Sie plappert vor sich hin und versucht, so zu tun, als wäre alles normal.

»Sollen wir einen Tee trinken«, fragt sie dann, »und unten auf Jemma warten?«

Ich kann es ihr ansehen: Noch hat sie Hoffnung. Wenn sie nur lange genug so tut, als wäre alles in Ordnung, geht diese komische Situation vielleicht vorbei.

Für einen kurzen Moment bin ich abgelenkt von drei formlosen Kleidern, die an ihrer Schranktür hängen, und ich überlege noch, welches davon das geringste Übel ist, als sie erneut das Wort ergreift.

»Claire«, sagt sie vorsichtig, »sollen wir wieder nach unten gehen? Kommen Sie, ich mache Ihnen einen Tee.«

»Welches wollten Sie denn heute Abend anziehen?«, frage ich.

»Was?«

»Welches Kleid wollten Sie heute Abend anziehen?«

Ihr panischer Blick streift die Kleider. »Ich bin mir nicht sicher«, sagt sie leise, und halb versagt ihr die Stimme. »Ich sehe in keinem davon gut aus.«

»Warum machen Sie das immer?«

»Was denn?«

»Warum machen Sie sich immer schlecht? Sie sind ein guter Mensch, Florence. Warum gehen Sie mit sich selbst so respektlos um?«

»Und Sie sind auch ein guter Mensch, Claire«, entgegnet sie und deutet meine jüngste Frage eindeutig falsch. Mit großen Augen sieht sie mir ins Gesicht.

Was glaubt sie wohl, darin zu erkennen?

»Warum gehen wir nicht wieder nach unten?«, wiederholt sie.

»Nein, Florence, erst will ich wissen, welches Kleid Sie anziehen wollten.«

»Aber warum?« Sie versucht, die Nerven zu behalten,

und das macht sie mir direkt sympathisch. »Weshalb ist es jemandem wie Ihnen wichtig, was ich anziehen will?«

»Was meinen Sie denn mit ›jemandem wie mir‹?«, gebe ich verwirrt zurück.

»Sie sind jung, Claire«, sagt sie, »und sehen gut aus. Die meisten jungen Frauen wie Sie nehmen Leute wie mich gar nicht wahr.«

»So fühlen Sie sich?«, hake ich nach. »Als wären Sie unsichtbar?«

»Ja«, antwortet sie. »Ich glaube, sobald man ein gewisses Alter erreicht hat, hört die Welt nach und nach auf, einen wahrzunehmen. Bis einen irgendeines Tages gar keiner mehr sieht.«

Ich muss kurz darüber nachdenken. Hat Dad sich gegen Ende auch so gefühlt? Während der letzten flüchtigen klarsichtigen Momente – war er nicht nur ängstlich und einsam, sondern hat sich obendrein unsichtbar gefühlt?

»Glauben Sie, das ist für jeden so?«, frage ich.

»Keine Ahnung«, antwortet sie. »Aber es dürfte wohl ziemlich normal sein.«

Irgendwas an Florence führt dazu, dass ich etwas tue, was ich sonst nie tue. Ich sage ihr die Wahrheit.

»Mein Vater war für mich nie unsichtbar.«

»Ich weiß.«

»Ich wollte nicht, dass sie ihn mir wegnehmen. Ich hab sie angefleht, dass er wieder nach Hause ziehen darf.«

»Ach, Claire.« Jetzt streckt sie die Hand nach mir aus. »Das muss sehr schwer für Sie gewesen sein.«

»Ich hab ihn unendlich vermisst, als sie ihn geholt hatten«, fahre ich fort und lasse zu, dass sie mir den Arm um die

Schulter legt. »Er fehlt mir immer noch sehr.« Ich lege den Kopf auf ihre Schulter. »Ich wünschte, ich könnte noch mal mit ihm sprechen. Nur ein einziges Mal.«

»Was würden Sie ihm denn sagen?«

»Ich würde ihn fragen, ob es ihm gut geht.«

»Ich bin mir sicher, es geht ihm gut. Ich bin mir sicher, er würde Ihnen sagen, dass er will, dass Sie glücklich sind. Bestimmt will Ihr Vater einfach nur, dass Sie mit Ihrem Leben weitermachen.«

»Da haben Sie sicher recht.« Ein paar Sekunden lang stehen wir schweigend da, und ich atme Florence' Duft ein. Sie ist wahnsinnig freundlich und wahnsinnig fürsorglich, und in ihrer Umarmung fühle ich mich geborgen. Als ich über ihre Schulter blicke, entdecke ich einen Bilderrahmen auf dem Nachttisch. Ein Mann sieht mich von dort an, er lacht, und auch er sieht freundlich und fürsorglich aus. Über dem Bilderrahmen ist ein Rosenkranz drapiert.

»Kommen Sie«, sagt sie nach einer Weile. »Gehen wir nach unten. Ich glaube, wir brauchen jetzt beide einen schönen, starken Tee.«

»Danke, Florence«, sage ich und richte mich wieder gerade auf. Sie lächelt, und ich lächle ebenfalls. »Und – Florence?«

»Ja?«

»Sie sind nicht unsichtbar.«

»Danke, Claire. Das bedeutet mir viel.«

»Die Welt hört nicht auf, Sie zu sehen. Und sie hört, was Sie zu sagen haben.«

Im Bruchteil einer Sekunde liegt das Kissen auf ihrem Gesicht. Sie ist massig, hat aber keine nennenswerte Kraft. Im Handumdrehen ist ihre geisterhafte Gestalt aufs Bett gedrückt, und die fuchtelnden Arme sind abgewehrt. Dass ihre dunkelblaue Strickjacke durchscheinend ist, fasziniert mich, erinnert mich jedoch gleichzeitig an etwas Widerwärtiges. Florence wird mit Jemmas Rotz bedeckt sterben.

Als sich nichts mehr rührt, nehme ich das Kissen beiseite und sehe ihr ins Gesicht. Ich dachte, es würde mir schwerfallen, jemand so Netten wie Florence umzubringen, aber es hat sich als ebenso einfach erwiesen wie bei den Leuten, die ich nicht leiden konnte. Ich lege mich noch eine Zeit lang neben sie, sehe mir die drei Kleider an der Schranktür an und überlege, welches sie ausgewählt hätte. Sie hat mir die Frage nie beantwortet. Ich frage mich, ob sie bereits mit Derek wiedervereint ist. Ob Seelenverwandte sich sofort wiederfinden oder ob sie einander erst suchen müssen. Aber zumindest sollte das für Derek mit seinem Orientierungssinn kein allzu großes Hindernis darstellen.

Anschließend lege ich das Kissen zurück auf ihr Gesicht und das Handy auf ihren Nachttisch, ehe ich nach unten gehe, um zu warten. Bis es an der Tür klingelt, habe ich siebzehn Platzdeckchen und dreiundfünfzig Dekosachen gezählt. Es ist Punkt acht, als Jemma die Tür zu Florence' Haus aufschiebt.

»Florence! Ich bin's, Jemma«, ruft sie und tritt über die Schwelle. »Die Tür war nur angelehnt, deshalb bin ich einfach schon mal reingekommen.« Sie bleibt im Flur stehen und sieht sich um. »Sie sollten die Haustür besser abschließen, Florence, da draußen sind ein paar zwielichtige Gestalten unterwegs.«

Hinter der Eingangstür komme ich aus der Hocke hoch und schlage die Tür zu. Jemma wirbelt herum und kreischt.

»Wo ist Florence?«, fragt sie sofort.

Sie trägt eine blaue Latzhose über einem braunen Poloshirt und an den Füßen etwas, was nach Ballettschuhen aussieht. Wo, in aller Welt, kriegt sie solche Klamotten her?

»Wo ist Florence?«, fragt sie erneut, und als mein Blick in Richtung Treppe huscht, rennt sie sofort los. Damit habe ich ihr den Fluchtweg versperrt.

Ich laufe hinter ihr her die Stufen hoch und höre sie erneut kreischen, als sie in Florence' Schlafzimmer steht. Wie erhofft, hat sie das Kissen von deren Gesicht genommen.

»Was hast du getan, Claire?« Jetzt klingt sie wütend. »Warum hast du sie umgebracht? Leute wie Florence bringst du nicht um! Du bringst nur Leute um, die es verdient haben zu sterben!«

»Das ist deine Interpretation, Jemma, nicht meine.«

Sie knautscht das Kissen zusammen, ehe sie es zurück aufs Bett fallen lässt. »Hör mal.« Sie hebt beschwichtigend die Hand. »Entschuldige, Claire. Ich weiß, ich hätte dich mit dem gebührenden Respekt behandeln sollen. Aber es ist noch nicht zu spät. Gemeinsam können wir alles schaffen.«

Sie fährt sich erst durchs Haar, ballt dann die Fäuste und macht sich bereit für die wichtigste Verkaufspräsentation ihres elenden Lebens.

»Wir könnten Partner sein, Claire – genau, wie Lucas und ich Partner waren. Diese neue Sache bringt mehr Geld, als du dir vorstellen kannst – und du kannst Teil von etwas Großem sein, Claire. Statt willkürlich zu morden, hättest du die Chance, deine Talente passgenau einzusetzen.«

Die haltlosen Schmeicheleien, die wiederholte namentliche Ansprache, kurze, atemlose Sätze – Jemma weiß eindeutig, dass sie in Schwierigkeiten steckt. Trotzdem ist sie nach wie vor auf beeindruckendem Niveau zu Multitasking fähig: Sie winselt um ihr Leben, versucht, meine Gedanken zu lesen, fragt sich, was, zur Hölle, ich hinter meinem Rücken verstecke – und zwar alles auf einmal.

»Wir haben diese einmalige Gelegenheit, Claire«, redet sie weiter. »Lass sie nicht einfach verstreichen. Wir sind nicht wie andere Leute, und das weißt du auch. Du und ich, Claire, wir haben etwas gemeinsam.«

»Haben wir nicht.«

»Oh, doch«, beharrt sie. »Wir sind uns viel ähnlicher, als du ahnst.«

»Sind wir nicht. Du bist eine Soziopathin, und ich …«

»Was? Eine Psychopathin? Willst du darauf hinaus?«

»Ich … bin kein bisschen wie du, Jemma.«

»Wie denn dann?« Sie scheint ins Wanken zu geraten. »Aber ich glaube auch gar nicht, dass du eine Psychopathin bist, Claire. Keine echte jedenfalls. Psychopathen besuchen keine Trauergruppe und trauern nicht um ihren Vater …«

»Wag es nicht, ihn zu erwähnen!«

»Entschuldigung! Entschuldigung!« Allmählich löst sie sich vor meinen Augen in Luft auf. »Ich will damit doch nur sagen: Wenn ich eine Soziopathin bin, Claire, dann bist du das ja vielleicht auch? Wir wären ein unschlagbares Team …«

»Ich bin nicht wie du. Ich bin …«

»Was?«

»Ich bin es, verdammt noch mal, leid, deine Klamotten angucken zu müssen.« Obwohl ich inzwischen durch sie hindurchgucken kann. »Eine blaue Latzhose über einem braunen Poloshirt? Ernsthaft? Das ziehst du an, wenn du essen gehen willst? Und was ist das da an deinen Füßen, verdammt? Sind das überhaupt Schuhe? Was, zum Henker, stimmt nicht mit dir?«

Sofern sie noch antwortet, höre ich es nicht mehr, weil ich bereits nach vorn schnelle: Ich stürme quer durchs Zimmer, ramme ihr Lucas Kanes Pistole in den Geistermund und drücke ab.

Es dauert nur einen Augenblick, Florence' Schlafzimmer umzudekorieren. Wenig später verlasse ich das Haus durch die Hintertür und springe mit meinen langen Beinen, die Lucas so sehr bewundert hat, über den Gartenzaun. Keine Ahnung, wie Florence' Nachbarn ticken. Womöglich gehören sie zu denen, die einen Schuss hören und annehmen, dass es bloß eine Fehlzündung oder ein Böllerschuss war. Oder sie hämmern vielleicht schon in diesem Moment an Florence' Tür. Aber ganz gleich, was das für Leute sind: Fünf Minuten nach dem Schuss schlendere ich bereits an der St Matthew's Church vorbei in Richtung *Old Bengal.* Ich freue mich schon, weil ich den ganzen Tag über noch nichts gegessen habe und jetzt schon weiß, was ich bestellen werde.

Chicken Jalfrezi mit extra Limette.

DAMALS

Das Mädchen hat Hunger. Allerdings weiß es auch, dass es zu nichts führen wird, der Frau rechts neben ihm Bescheid zu sagen. Es bringt nichts, überhaupt etwas zu ihr zu sagen. Der Arzt ruft sie auf, und das Mädchen und seine Mutter stehen im Wartezimmer von ihren Plätzen auf und folgen ihm ins Behandlungszimmer. Er schiebt die Tür hinter ihnen zu.

»Hallo«, sagt er, noch während sich alle setzen, »was kann ich für Sie beide tun?«

»Es geht um Claire«, sagt die Frau. »Irgendwas stimmt nicht mit ihr.«

»Oje, das höre ich aber gar nicht gern!« Der Arzt blättert durch ein paar Unterlagen. »Dann wollen wir doch mal sehen … Wie alt bist du denn, Claire? Ach, schau einer an, du hast heute Geburtstag! Wirst fünf Jahre alt. Alles Gute zum Geburtstag, Claire! Aber wie ärgerlich, dass es dir an deinem Geburtstag nicht gut geht. Was tut dir denn weh?«

»Ihr tut nichts weh.« Langsam knöpft die Frau ihren Mantel auf. »Es ist der Kopf. Irgendwas stimmt nicht mit ihrem Kopf.«

Der Arzt lehnt sich zurück und starrt die Frau an. Fasziniert. Dann errötet er und hüstelt, ehe er nachhakt: »Was genau meinen Sie?«

»Sie hat heute in der Vorschule schon wieder Ärger gehabt.« Die Frau lehnt sich vor. Das Kleid unter ihrem Mantel sitzt hauteng. Und es ist kurz. »Sie hat einem anderen Mädchen die Haare abgeschnitten – anscheinend mitten in der Bastelstunde. Sie ist einfach aufgestanden und hat dem armen Mädchen den Pferdeschwanz abgeschnitten.«

»Oje.« Der Arzt hüstelt erneut. »Das klingt wirklich unerfreulich.«

»Unerfreulich ist gar kein Ausdruck, Herr Doktor!« Die Frau fährt sich gedankenverloren mit dem manikürten, rot lackierten Fingernagel am Kleidersaum entlang. »Und das ist noch nicht alles. Aufgrund ihres Verhaltens hat Claire keine Freunde – keinen einzigen. Und sie versucht nicht mal, Freunde zu finden! Die anderen Kinder spielen miteinander, aber Claire bleibt einfach auf Abstand. Und beobachtet sie. Das ist doch merkwürdig! Wie gesagt, irgendwas stimmt nicht mit ihr. Sie ist nicht ganz richtig im Kopf.«

»Haben Sie darüber mal mit Claire gesprochen?«, hakt der Arzt mit einem flüchtigen Blick auf das Mädchen nach.

»Ich hab alles versucht, um ihr zu helfen, sich anzupassen«, erwidert die Frau. »Ich hab sie zum Ballett angemeldet, zum Klavierunterricht, aber nichts davon funktioniert. Sie verhält sich, als würde sie da gar nicht hinwollen.«

»Vielleicht will sie ja wirklich nicht hin«, sagt der Arzt.

»Was soll das denn heißen?«

»Haben Sie Claire mal gefragt, ob sie zum Ballett und zum Klavierunterricht will?«

»Natürlich will sie das! Welches kleine Mädchen würde nicht Ballett tanzen und Klavier spielen wollen?«

»Wenn Sie sich ernsthaft Sorgen um Claires emotionales Wohlbefinden machen, kann ich Sie zu einem Kinderpsychologen überweisen. Um eine Einschätzung vorzunehmen, sehen die sich normalerweise gern die ganze Familie an.«

»Das wird nicht nötig sein.« Lächelnd lehnt sich die Frau auf ihrem Stuhl zurück und überkreuzt die Beine. »Können Sie ihr nicht einfach etwas verschreiben, Herr Doktor? Tabletten, die sie freundlicher machen? Und besser in den Griff zu bekommen?«

»Tut mir leid.« Der Arzt lacht. »Freundlichkeitstabletten habe ich gerade nicht.«

»Und was, wenn ich Sie ganz, ganz nett darum bitte? Könnten Sie welche bestellen?«

»Nein.« Der Arzt schiebt die Unterlagen auf seinem Schreibtisch zusammen. »Tut mir leid, wenn wir uns missverstanden haben. Freundlichkeitstabletten gibt es nicht. Aber soll ich Ihnen die Überweisung ausstellen?«

»Nein«, antwortet die Frau nach einem kurzen Moment, steht auf und knöpft ihren Mantel zu. »Danke für Ihre Zeit.« Lächelnd wendet sie sich zur Tür. »Komm, Claire.«

Sie fahren nach Hause, und sobald sie vor dem Haus vorfahren, geht die Tür auf, und er steht da.

»Wo wart ihr denn?«, ruft er.

»Ich war mit Claire beim Arzt«, antwortet die Frau.

»Was? Ist sie krank? Claire, ist alles in Ordnung?«

»Sie hat heute in der Vorschule wieder Ärger gemacht«, sagt die Frau. »Sie hat einem anderen Mädchen die Haare abgeschnitten.«

»Was? Warum denn das?«, fragt der Mann. »Und warum warst du mit ihr beim Arzt?«

»Hast du nicht gehört, was ich gerade gesagt habe? Sie hat einem anderen Mädchen die Haare abgeschnitten!«

»Ich weiß, und das ist nicht in Ordnung. Warum hast du das gemacht, Claire?«

»Weil du sie so verwöhnst«, grollt die Frau, schließt den Wagen ab und hält auf die Haustür zu.

»Was hast du gesagt?«, ruft der Mann ihr hinterher.

»Weil du sie verwöhnst«, wiederholt die Frau. »Siehst du?« Sie zeigt auf den Küchentisch, auf den bereitstehenden Schokokuchen, die Karte und das Geburtstagsgeschenk. »Das muss man sich doch nur angucken. Wen wundert es da, dass sie völlig außer Kontrolle ist?«

»Das sind doch nur ein Kuchen und ein Geschenk«, entgegnet der Mann. »Immerhin hat sie heute Geburtstag.«

»Sie hat einem anderen Kind die Haare abgeschnitten«, kreischt die Frau, »und du belohnst sie auch noch dafür!«

»Ich belohne sie doch nicht dafür! Und das andere Kind tut mir leid – natürlich tut es mir leid! Und natürlich müssen wir mit Claire reden und sie fragen, was da passiert ist. Aber es wäre gemein, deshalb nicht ihren Geburtstag zu feiern.«

»Ich gebe auf.« Die Frau dreht sich mit dem Autoschlüssel in der Hand wieder zur Haustür um.

»Wo willst du denn hin?«

»Dorthin, wo ich nicht das Gefühl habe, es hört mir keiner zu.«

»Ich höre dir doch zu«, sagt der Mann und versperrt ihr den Weg. »Rede mit mir, und ich höre dir zu.«

»Nein, tust du nicht. Du bist genau wie er.«

»Wie wer?«

»Dieser verdammte Arzt! Sitzt da hinter seinem breiten Schreibtisch und redet mit mir, als wäre ich diejenige, die nichts kapiert – ein ekelhafter Kerl! Was glaubt der eigentlich, wer er ist? So was von lächerlich! Ich hab versucht, ihm zu erklären, dass mit ihr etwas nicht

stimmt, aber er hat mir nicht mal zugehört. Genau, wie du mir nie zuhörst!«

»Ich höre dir zu! Bitte, rede mit mir! Geh nicht weg, bitte! Ich liebe dich!«

»Wenn du mich liebst, warum ergreifst du dann immer Partei für Claire?«

»Mach ich doch gar nicht! Ich liebe euch beide! Bitte, bleib hier«, sagt er und streckt die Hand nach ihr aus. »Ich liebe dich über alles.«

»Das sagst du so, aber meinst du das wirklich?« Plötzlich hält die Frau inne. »Liebst du mich wirklich?«

»Natürlich.« Der Mann macht einen Schritt auf sie zu.

»Wie sehr? Wie sehr liebst du mich?«

»Ich liebe dich von ganzem Herzen.«

»Wenn das wahr ist«, sagt die Frau und sieht ihm unverwandt in die Augen, »warum willst du dann nicht, dass ich glücklich bin?«

»Das will ich doch.« Der Mann zieht sie an sich. »Dein Glück bedeutet mir alles.«

»Dabei weißt du genau, dass ich hier nicht glücklich bin!«, jammert sie und stößt ihn von sich weg. »Du weißt das, seit wir hier eingezogen sind! Du hast damals gesagt, es wäre nur vorübergehend. Du hast damals gesagt, wir würden irgendwann in ein größeres Haus umziehen, und ich könnte all die Sachen haben, von denen ich immer geträumt habe – eine geschwungene Treppe, einen begehbaren Kleiderschrank … Du hast gesagt, ich könnte das alles haben!«

»Wir ziehen irgendwann in ein größeres Haus, Ehrenwort.« Erneut streckt er die Hand nach ihr aus. »Du musst mir einfach nur ein bisschen Zeit geben.«

»Wie viel Zeit denn noch?« Sie schlägt seine Hand weg. »Wie viele Jahre wohnen wir jetzt hier? Jahre!«

»Ich weiß, und das tut mir auch leid. Aber ich tue mein Bestes, um das Geld zusammenzukriegen.«

»Ach ja? Du tust dein Bestes?«

»Natürlich! Ich mache Überstunden …«

»Diese Beförderung – die hast du abgelehnt!«, fällt sie ihm ins Wort. »Die hätte mehr Geld gebracht. Genug Geld, um endlich umzuziehen.«

»Aber die hätte auch bedeutet, dass ich weit mehr hätte arbeiten müssen. Die hätte bedeutet, dass ich überhaupt nicht mehr hier wäre. Dass ich gar keine Zeit mehr mit dir und Claire verbringen könnte.«

»Es geht immer nur um Claire, oder? Sie ist der eigentliche Grund, warum ich immer noch in diesem Drecksloch hausen muss!«

»Das Haus ist kein Drecksloch«, entgegnet er leise. »Und nichts von alledem hat mit Claire zu tun. Wir ziehen in ein größeres Haus, versprochen – sobald ich genug Geld gespart habe.«

»Und wie willst du sparen, wenn du ihr gleichzeitig Kuchen und Geschenke kaufst?«

»Es ist ihr Geburtstag! Bitte«, sagt er und will ihr erneut die Hand reichen. »Bitte, geh nicht.«

»Du hast ja keine Ahnung, wie sehr ihr zwei mich fertigmacht.« Sie schiebt sich an ihm vorbei. »Ich muss mal durchatmen.«

Er sieht ihr hinterher, als sie wegfährt. Dann betritt er die Küche, steckt fünf Kerzen in den Schokokuchen, belegt ein Sandwich und gießt sich selbst einen großen Whisky ein. Er stellt Teller und Glas auf den Esstisch und setzt sich neben das Mädchen.

»Alles Gute zum Geburtstag!«

»Danke.« Das Mädchen beißt in sein Sandwich.

»Dann erzähl doch mal«, sagt er und nimmt einen großen Schluck, »warum hast du dem Mädchen die Haare abgeschnitten? War sie gemein zu dir? Schubst sie dich herum?«

Das Mädchen lacht nur und nimmt noch einen Bissen. »Du bist ja lustig.« Sie strahlt ihn an.

»Dann schubst sie dich nicht herum?«

»Natürlich nicht!«

»Und warum machst du dann so was?«, hakt er nach. »Das verstehe ich nicht.«

»Die Lehrerin meinte, wir könnten uns für unser Bild alles vom Basteltisch nehmen, was wir bräuchten.«

»Ja, und?«

»Das Mädchen mit den langen Haaren stand am Basteltisch.«

»Ja?«

»Und ich brauchte Haare für mein Bild.«

Sekundenlang starrt der Mann wortlos in sein Glas. Schwenkt seinen Drink und nippt erneut daran. »Es ist nicht richtig, jemandem die Haare abzuschneiden«, sagt er nach einer Weile. »Das verstehst du doch, oder?«

»Es hat sich aber richtig angefühlt«, entgegnet Claire. »Das Mädchen mit den langen Haaren – ich meine, das Mädchen, das vorher lange Haare hatte … Die nervt. Sie hat alle anderen zur Seite geschubst und sich die besten Sachen vom Basteltisch geschnappt. Als ich ihr die Haare abgeschnitten hatte, hat sie sich nichts mehr geschnappt. Kann ich jetzt Kuchen haben?«

»Ach, Claire.« Der Vater legt ihr den Arm um die Schultern und zieht sie an sich. »Du erinnerst mich so sehr an meine Mutter – an deine Großmutter. Schade, dass du sie nie kennengelernt hast. Sie war genau wie du, still, aber stark, und hat immer alles so gemacht, wie sie es für richtig hielt. Du siehst ihr sogar ein bisschen ähnlich.«

»Warum haben wir denn keine Fotos von ihr?«

»Weil Mummy das, glaube ich, nicht gut fände.« Er lächelt.

»Und warum nicht?«

»Deine Großmutter war eine starke Frau, und Mummy ist eine starke Frau, und manchmal kommen zwei starke Frauen nicht gut miteinander aus.«

»Dann mochten sie sich nicht?«

»Nein.«

»Warum nicht?«

Er muss über die Frage kurz nachdenken und nimmt noch einen Schluck, bevor er antwortet. »Ich glaube«, sagt er dann bedächtig, »ich glaube, dass deine Großmutter Mummy Angst gemacht hat.«

Das Mädchen lacht. »Mummy hatte Angst?«

»Ja, manchmal.«

»Und ich bin wie meine Großmutter?«

»Ja«, sagt er, »du bist ihr wirklich sehr ähnlich. Aber jetzt zünden wir diese Kerzen an, damit du endlich deinen Kuchen kriegst.«

Der Mann singt ein Geburtstagslied, das Mädchen bläst die Kerzen aus und wünscht sich etwas. Sie essen Kuchen, und später bringt der Mann sie ins Bett, wo sie sich mit ihrem Lieblingsplüschtier einkuschelt.

»Gute Nacht, liebes Geburtstagskind!«

»Gute Nacht, Daddy.«

Er wendet sich zur Tür, dreht sich dann aber noch einmal um. »Es tut mir leid, dass dies kein wahnsinnig schöner Geburtstag für dich war. Hoffentlich wird der nächste besser!«

Das Mädchen lacht. »Du bist ja lustig«, sagt sie. »Das war der beste Geburtstag überhaupt!«

9

Beim dritten Treffen der Trauergruppe lernen wir eine Frau namens Star kennen, die neue Gruppenleiterin. Sie ist Schwarz, hat lange dunkle Haare und trägt bunte, wallende Kleider und jede Menge baumelnden Schmuck. Star gehört zu den Menschen, die man hier und da im Leben trifft und die auf diesem Planeten aufzublühen scheinen. Ihre Gesichtszüge sind von so sirupzäher Gelassenheit, dass ich unmöglich sagen könnte, wie alt sie ist. Sie sieht aus, als wäre sie um die fünfzig, aber es würde mich kein bisschen wundern, wenn sie plötzlich anfangen würde, von den guten alten Zeiten während des Zweiten Weltkriegs zu erzählen. Sie zählt ihre Qualifikationen auf, und abgesehen davon, dass sie sich speziell in Wutproblematik, Angststörungen, Depression und Trauerbewältigung fortgebildet hat, ist sie sogenannte Achtsamkeits-Coachin. Ich bin mir nicht ganz sicher, was das zu bedeuten hat, aber es scheint damit zu tun zu haben, dass Star die Augen schließt und achtsam über Dinge nachgrübelt, ehe sie irgendwas sagt. Ich will ihr die

Referenzen wirklich nicht streitig machen, aber auf mich wirkt Star eher wie Achtung-nicht-ganz-dicht.

Nachdem die Leichen entdeckt worden waren, wollte die Polizei auch mit den Teilnehmerinnen und Teilnehmern der Gruppe sprechen. Ich blickte in das präpubertäre Gesicht einer überdrehten Polizeibeamtin und erzählte ihr, dass ich keine der zwei Frauen besser gekannt hätte – ich wüsste nur, dass Jemma nach dem Tod ihrer Mutter am Boden zerstört gewesen wäre. Anschließend bedankte sich das Polizeibaby bei mir und ging seiner Wege, womöglich mit einem kleinen Umweg über die Schaukeln im Park. Ich bin schon gespannt, was die anderen der Polizei erzählt haben, und der verlässlich krawallige Waliser liefert prompt ab.

»Ich kann es, verdammt noch mal, nicht fassen!«, donnert er und schlägt sich auf die Oberschenkel, während Star nur die Augen schließt und nickt. »Ich hab den Bullen erzählt, dass ich sie gleich komisch fand. Mir war ja klar, dass die nicht ganz sauber war – so, wie die nonstop geheult hat«, erklärt er Stars Augenlidern. »Und immer ging es um ihre arme tote Mutter … Und dann kommt die Wahrheit raus.« Er kramt in seinem zerschlissenen Rucksack, zaubert die Lokalzeitung hervor und tippt vehement auf Jemmas Foto auf der Titelseite. »Jetzt kommt raus, dass die Mutter in Wahrheit quietschfidel ist und immer noch in Bognor wohnt«, sagt er. »In Bognor Regis an der Küste.«

Ich frage mich gerade, ob es noch irgendein anderes Bognor Regis gibt, das weiter im Inland liegt, als eine piekfeine Stimme an mein Ohr dringt.

»Der Zeitung zufolge«, sagt Christiana mit C, »hat Jemma

nicht einmal hier gewohnt. Da fragt man sich doch, warum sie Woche für Woche hier rausgefahren ist und so getan hat, als wäre ihre Mutter gestorben.«

»Weil sie offenkundig gaga war«, sagt der Waliser. »Nicht ganz sauber in der Birne«, ergänzt er, als bräuchte es für »gaga« eine zusätzliche Erklärung. »Eine von diesen übergeschnappten Leuten, die ständig Mitleid und Aufmerksamkeit wollen.«

Star hat immer noch die Augen geschlossen, doch jetzt hebt sie die Hände, um für Ruhe zu sorgen. Noch während sie achtsam mit sich selbst ausmacht, was sie gleich sagen will, sehe ich zu Christiana. Als Inbegriff des durchorganisierten, hochfunktionalen Durchschnittsmenschen hat Christiana gepflegte Haut, einen akkurat geschnittenen Bob, Kleidung, die zu ihrer Handtasche passt, und kein Gramm zu viel auf den Rippen. Sie muss gute siebzig sein, und ich stelle mir vor, dass sie Bridge spielt, gern wandern geht und wahrscheinlich allwöchentlich einen Sonntagsbraten zubereitet, wenn die Kinder und die mittlerweile erwachsenen Enkel zu Besuch kommen. Christiana würde die Definition von Durchschnittlichkeit fast schon auf ein gruselig neues Level bringen, wäre da nicht ein kleines Detail: Auf ihrer akkurat gebügelten rosafarbenen Bluse direkt unter den sahneweißen Perlenkettenreihen hängt ihr Christiana-Namensschild. Das Klebeetikett, das Florence ihr zwei Wochen zuvor zu Beginn der ersten Gruppensitzung ausgehändigt hat. Alle anderen haben ihr Namensschild nach der ersten Sitzung entsorgt, und Florence hat nie neue ausgegeben, aber aus irgendeinem Grund hat Christiana ihr Namensschild behalten, und weil es aller Wahrscheinlichkeit nach nicht mehr klebt, pinnt sie es sich zu Beginn jedes Treffens mit einer Sicherheitsnadel an.

Ich starre auf Christianas Namen in Florence' Handschrift und frage mich, wo Christiana das zerrupfte Etikett wohl aufbewahrt. Hat sie in ihrer Küche eine spezielle Schublade – vielleicht direkt gegenüber vom Aga-Herd? Oder bewahrt sie das Etikett im Bücherregal auf, zwischen Mary Berrys Kochbüchern und Krimis von P. D. James? Und warum hebt sie es überhaupt noch auf? Alle anderen verzichten inzwischen darauf. Warum ist es Christiana so wichtig, dass wir ihren Namen kennen? Oder vielleicht geht es Christiana auch gar nicht um uns, vielleicht spielt sie gar kein Bridge und geht auch nicht wandern. Vielleicht hat sie auch nie ein Kind gekriegt oder auch nur versucht, einen Braten zuzubereiten. Ich frage mich, wer die wahre Christiana ist und ob auch sie jenen kruden Kriterien der Übergeschnapptheit entspricht, die der Waliser eben so feinfühlig benannt hat. Gehört auch sie zu der Sorte? Oder fühlt sie sich vielleicht einfach nur verloren, so entfremdet von ihrer wahren Identität, dass das Namensschild an ihrer Brust für sie den Anker darstellt, der sie hier verortet?

Apropos übergeschnappt. Star hat wieder beschlossen zu reden.

»Ich finde nicht, dass wir über Jemmas Gemütszustand spekulieren sollten.« Sie schlägt die Augen auf. »Die arme Frau hatte offenkundig Probleme, aber es ist nicht unsere Aufgabe, die …«

»Die *arme Frau* hat Florence abgemurkst!«, poltert der Waliser. »Und ganz ehrlich? Ihre Probleme sind mir so was von schnuppe! Wir haben alle unser Päckchen zu tragen.« In der Hoffnung auf Zustimmung lässt er den Blick durch die Runde schweifen. »Nur dass keiner von uns das als Ausrede hernimmt, um Leute zu ersticken.«

Einige nicken und murmeln beifällig, was den Waliser anzufeuern scheint.

»Ich hab auch gar kein Problem damit, dass Jemma sich die Lichter ausgeblasen hat, echt überhaupt kein Problem«, sagt er – ganz Vernunft und Charme auf zwei Beinen. »Aber warum musste sie Florence umlegen? Das ist doch total unlogisch.«

»Wie gesagt.« Star schließt erneut die Augen. »Ich finde, wir sollten nicht spekulieren. Es ist noch zu früh, um sicher sagen zu können, was genau vorgefallen ist. Ich hab auch gelesen, was in der Zeitung steht«, fährt sie fort und schlägt die Augen wieder auf, »aber ich denke, wir sollten die Polizei jetzt ihre Arbeit machen und die Fakten ermitteln lassen, statt voreilige Schlüsse zu ziehen.«

Noch während Star erneut die Augen schließt, denke ich an die Polizei, an die Schlüsse, die nach einer ausgiebigen kriminaltechnischen Untersuchung gezogen werden dürfen – und zwar alles andere als voreilig. Ich muss an Jemmas DNA auf dem Kissen denken, an die Lage der Pistole direkt neben ihrer erschlafften, leblosen Hand. An die Blutspritzer auf Florence' Kleiderschrank, die den drei Kleidern – eins trostloser als das andere – das dringend benötigte gewisse Etwas beschert haben. Ich denke an Lucas' Aktentasche, die neben Jemmas Leiche gefunden worden sein dürfte, zusammen mit ihrem Handy, mit der aufgerufenen Notizfunktion und dem Titel des Buches, das Florence so hilfreich fand und das Jemmas letzte Nachricht an die Welt darstellen soll –

drei Wörter. Nicht mehr. Der Abschiedsbrief einer Selbstmörderin. *Endlich Frieden schließen.*

Christiana, die plötzlich nicht mehr imstande zu sein scheint, ihre Stimme im gesellschaftsfähigen Maß der Aufgeregtheit zu halten, reißt mich aus den Gedanken.

»Ich bin derselben Meinung wie Star«, äußert sie mit schriller Stimme. »Wir sollten nicht spekulieren.« Und dann spekuliert sie drauflos: »Wie können wir denn wissen, dass Florence Jemma nicht gebeten hat, sie …«

»Sie umzubringen?«, wirft der Waliser ein. »Du glaubst, Florence könnte Jemma darum *gebeten* haben?«

»Na ja, wir haben doch alle gehört, was Florence in der vergangenen Woche gesagt hat.« Christiana lehnt sich auf ihrem Stuhl vor. »Dass sie nach dem Tod ihres Ehemanns nicht mehr weiterleben wollte.«

»Das war vor vier Jahren!«, empört sich der Waliser. »So war das damals, aber doch jetzt nicht mehr!«

»Und woher wollen wir das wissen?« Christiana schiebt ihre Brille auf der Nase höher und beschwört ihre innere Miss Marple herauf. Als der Waliser nicht sofort etwas erwidert, fängt sie an, die Fakten an den Fingern abzuzählen. »Erstens: Wir wissen, dass Florence nie vollends über den Tod ihres Ehemanns hinweggekommen ist. Das hat sie uns in der vergangenen Woche selbst erzählt. Zweitens: Wir wissen, dass sie Selbstmordgedanken hatte, weil sie auch das erzählt hat. Drittens …«

Ich habe weder eine Ahnung, wie lang diese Liste noch werden wird, noch ein Interesse daran, es zu erfahren. Also schalte ich ab und lasse den Blick durch die Runde schweifen. Star ist wieder auf Werkseinstellung – Augen geschlossen, leichtes Nicken. Der Waliser ballt die Fäuste und sieht aus, als würde er gleich explodieren. Der komische kleine Mann sitzt neben Star, hört Christiana aufmerksam zu und macht sich Notizen, und alle anderen starren den Fußboden an. Als die Detonation erfolgt, ist sie ebenso erwartbar wie ernüchternd.

»Florence hatte keine Selbstmordgedanken!«, brüllt der Waliser und hämmert die Fäuste so hart auf die Oberschenkel, dass er morgen garantiert blaue Flecken hat. »Den Scheiß hör ich mir echt nicht länger an!«, blafft er, bleibt dann aber sitzen und hört sich den Scheiß sehr wohl länger an.

»Tut mir leid«, erwidert Christiana eilig. »Ich wollte damit niemandem zu nahetreten.« Sie hebt die Hände zu einer Ergebenheitsgeste, während meine Gedanken zurück zu Jemma und den letzten erbärmlichen Sekunden ihres Lebens wandern.

»Was wir alle im Augenblick durchmachen«, sagt Star und scheint das Ruder wieder übernehmen zu wollen, »ist eine Art Schichtung der Trauer. Zunächst ist da die Trauer, die uns hergeführt hat. Dazu kommt nun die Trauer um Ihr einstiges Gruppenmitglied und Ihre frühere Gruppenleiterin.«

Stars Augen bleiben geöffnet, als sie den Begriff »Schichtung« zu erklären versucht – die rechte Hand schiebt sich über die linke, dann die linke über die rechte –, und ich frage mich schon, wie lange sie das noch machen will, als sie zu guter Letzt weiterspricht.

»Ich glaube, jetzt wäre es hilfreich, wenn wir alle einen Moment lang versuchen könnten, eine Verbindung mit dem hier drin aufzunehmen«, sagt sie und tätschelt sich die Brust.

»Deshalb nehme ich Sie jetzt mit auf eine kurze Meditation. Hören Sie mir bitte einfach nur zu«, sagt sie, als der Waliser bereits das Gesicht verzieht und unruhig auf seinem Stuhl herumrutscht. »Ich weiß, nicht alle hier sind damit vertraut, aber ich weiß auch, dass es Ihnen helfen wird. Deshalb will ich zuallererst, dass Sie sich aufrecht hinsetzen, und wenn Sie bereit sind, schließen Sie bitte die Augen. Als Nächstes konzentrieren Sie sich auf Ihre Atmung. Auf das Heben und Senken der Brust. Die kühle Luft, die durch die Nase entweicht. Ich möchte, dass Sie sich jeden einzelnen Atemzug als Zuflucht vorstellen – als sicheren Ort, an den Sie immer wieder zurückkehren können. Was immer ringsum geschehen mag, die Atmung ist immer da.«

»Es sei denn, Jemma erstickt dich mit einem Kissen«, wirft der Waliser komplett unsarkastisch ein.

Ich reiße die Augen auf. Ein paar andere ebenfalls. Stars Augenlider bleiben geschlossen.

»Konzentrieren Sie sich wieder auf Ihre Atmung«, sagt sie und geht über den Einwurf des Walisers hinweg. »Falls Sie sich von einem Geräusch oder von irgendwelchen Gedanken abgelenkt fühlen, richten Sie die Konzentration ganz sanft wieder auf Ihre Atmung.«

Ich schließe die Augen und genieße den Moment der nichtssagenden Stille. Nach einer Weile ist Stars Stimme zurück. Sie spricht von der Umtriebigkeit unseres Geistes, vom endlosen Strom der Gedanken, der unsere Aufmerksamkeit hierhin und dorthin mitreißt. Sie schlägt vor, dass wir uns die Gedanken vorstellen wie vorbeifahrende Busse. Wir können selbst entscheiden, in welchen wir einsteigen und wie weit wir mitfahren. Ich ertappe mich dabei, wie meine Gedanken zu dem komischen kleinen Mann neben Star wandern. Meditiert er auch? Muss er sich zusammenreißen, um nicht mitzuschreiben? Oder werde ich ihn, sobald ich die Augen aufmache, manisch in sein Büchlein kritzeln sehen? Doch diesen Bus lasse ich an mir vorbeifahren. Als der nächste Bus kommt, weiß ich sofort, dass ich einsteigen und nicht mehr aussteigen werde, ehe der andere Fahrgast tot ist. Star fordert uns auf, langsam die Augen wieder aufzumachen. Ich sehe den Bus die Straße runter verschwinden, und nur beißender Vampirrauch hängt noch in der Luft.

»Also. Wie hat sich das angefühlt?«, will Star von uns wissen.

»Ich bin ganz ehrlich, Skye. Das war Zeitverschwendung«, antwortet der Waliser, »und hat mich kein bisschen entspannt.«

»Ich heiße Star, nicht Skye, und Entspannung war auch nicht oberstes Ziel. Sinn und Zweck einer Meditation ist eher, einen geschäftigen Geist wieder zur Ruhe zu bringen.«

»Ich fand's ganz gut«, sagt der komische kleine Mann. »Dabei hätte ich das wirklich nicht gedacht. Mir war Hypnose irgendwie nie geheuer.«

»Das war auch keine Hypnose«, wendet Star ein, »das war …«

»Dem Himmel sei Dank!« Er lacht. »Ich hab mir schon Sorgen gemacht, dass ich hier gleich wie ein Gockel auf und ab laufen würde!«

Christiana kichert. »Ach, Will! Jetzt muss ich aber lachen!«

»Bei einer Meditation geht es nicht darum, die Kontrolle über das eigene Ich abzugeben.« Star muss sich ein Lächeln abnötigen. »Ganz im Gegenteil: Es geht darum, ein besseres Bewusstsein für sich selbst zu entwickeln.«

»Ich fand es nützlich, mir meine Gedanken als Busse vorzustellen«, sagt Christiana. »So habe ich begriffen, dass ich mich nicht mit jedem Gedanken beschäftigen muss. Einige kann ich einfach so an mir vorbeiziehen lassen.«

»Sehr gut«, sagt Star, und ihr erzwungenes Lächeln verwandelt sich in ein echtes.

»Ich habe festgestellt, dass ich mehr Zeit hatte, mich auf wichtigere Gedanken zu konzentrieren, indem ich andere einfach vorüberziehen ließ«, fährt Christiana fort und ersetzt kurzerhand die arme Miss Marple durch ihren inneren Buddha. »Ein Gedanke, den ich nicht habe vorbeiziehen lassen – oder vielleicht sollte ich sagen: ein Bus, in den ich eingestiegen bin –, handelte von Claire.«

Als ich meinen Namen höre, blinzle ich kurz, habe mein Gesicht aber weiterhin unter Kontrolle.

»Ich habe das Gefühl, als müsste Jemmas Tod für Claire ganz besonders schwer sein«, führt Christiana aus. »Weil sie und Jemma sich doch angefreundet hatten.«

Mir ist klar, dass die anderen mich anstarren, trotzdem halte ich den Blick auf Christiana gerichtet. Außerdem halte ich den Mund. Keine Ahnung, was Christiana weiß oder zu wissen glaubt. Was ich aber weiß, ist, dass Durchschnittsmenschen Stille verabscheuen und sich genötigt fühlen, die Leere mit Wörtern anzufüllen, die an sich unnötig wären.

»Ich habe mich vergangene Woche in der Kaffeepause mit Jemma unterhalten«, fährt Christiana prompt fort, »und sie hat erwähnt, wie viel Zeit sie neuerdings mit Claire verbringt. Wie die Trauer es ihnen ermöglicht hat, eine wunderbare neue Verbindung einzugehen. Nach allem, was seitdem passiert ist, schäme ich mich fast, das jetzt zu sagen … Aber ich war ein bisschen neidisch.«

»Können Sie das genauer ausführen, Christiana?«, fragt Star und nickt, ehe sie die Augen schließt. Schon wieder.

»Na ja, wie wir ja alle wissen, kann die Trauer ein wahnsinnig einsamer Ort sein.« Christiana blickt leicht betreten drein. »Ich glaube, ich war neidisch, weil ich mir gewünscht habe, ich hätte auch eine so enge Verbindung mit jemandem aus der Gruppe geknüpft.«

»Aber Christiana«, sagt der komische kleine Mann, »du weißt doch, dass du immer mit mir reden kannst.«

»Danke, Will.« Christiana lächelt. »Das weiß ich. Seit wir letzte Woche diesen netten Abend hatten, fühle ich mich allen hier viel enger verbunden. Gleichzeitig habe ich jetzt wegen dieser dummen Eifersucht ein schlechtes Gewissen, weil Claire diese besondere Verbindung verloren hat. Jemmas Tod muss sie sehr hart getroffen haben.«

Alle sehen mich an und warten darauf, dass ich etwas sage, nur bin ich mir nicht sicher, was ich sagen soll. Muss ich jetzt Christianas erbärmliches Bedürfnis kommentieren, gemocht zu werden? Ihre abartige Eifersucht auf eine vorgetäuschte Freundschaft? Will scheint die Stille zu viel zu werden, und er beginnt draufloszustammeln, noch ehe er im Kopf die entsprechenden Worte geformt hat.

»Äh, ja, Claire, das hat Jemma letzte Woche zu mir auch gesagt. Das alles muss wahnsinnig schlimm für dich sein.«

»Natürlich ist es schlimm für sie, immerhin waren sie Freundinnen«, blafft der Waliser. »Als ich letzte Woche mit Jemma gesprochen hab, hat sie mir erzählt, sie wäre bei Claire zu Besuch gewesen und dass das nächste Treffen schon ausgemacht wäre.«

Verdammte Hacke, wie lang war denn bitte diese Kaffeepause?

»Claire, du bist letzte Woche noch dageblieben und hast mit Florence und Jemma gesprochen«, sagt Christiana sanft. »Ist dir irgendwas aufgefallen, was Jemmas Verfassung angeht?«

»Hat sie zufällig erwähnt, dass sie Florence abmurksen und sich anschließend selbst die Lichter ausblasen wollte?«, hakt der Waliser nach. Diesmal eindeutig sarkastisch.

»Ich frage mich nur, ob die ganze Sache ein ebenso großer Schock für Claire ist wie für den Rest von uns«, erklärt Christiana und dirigiert die Überlegungen der anderen in eine Richtung, die mir nicht behagt.

»Natürlich ist es ein Schock für Claire!«, poltert der Waliser. »Worauf willst du eigentlich hinaus?«

»Ich bin nur neugierig, das ist alles. Wenn Claire und Jemma so viel Zeit miteinander verbracht haben, frage ich mich einfach nur, ob Jemma irgendeine Andeutung gemacht hat. Worüber habt ihr geredet, Claire?«

»Ja, worüber habt ihr geredet?«, mischt sich Will ein. »Hat Jemma von ihrer toten Mutter gesprochen, oder hat sie dir gegenüber die Wahrheit gesagt?«

»Und wenn sie weiterhin ihre Märchen erzählt hat – wie fühlst du dich dabei, Claire?«, fragt Christiana. »Jetzt, da du weißt, dass die Trauer, von der Jemma erzählt hat, erstunken und erlogen war?«

Keine Ahnung, welche Frage ich zuerst beantworten soll, aber eins ist klar: Es ist nicht das erste Mal, dass diese Gedanken oder Busse Christiana und Will durch den geschäftigen Kopf schießen. Nach der Art zu urteilen, wie sie mich ansehen, liegt auf der Hand, dass sie darüber gesprochen haben. Was wiederum heißt, dass sie über mich gesprochen haben. Womit die beiden auf meinem Radar landen.

Weil ich die bescheidene Portion Stille, die einem die Gesellschaft für jedwede Situation zugesteht, allmählich verbraucht habe, räuspere ich mich.

»Nett von euch, dass ihr euch solche Sorgen macht«, sage ich und hüstle leise. »Aber das ist wirklich nicht nötig. Ja, ich bin mit Jemma gut ausgekommen, aber wir kannten uns ja erst ein paar wenige Wochen. Sie hat mir gegenüber mit keinem Wort erwähnt, was sie vorhatte. Vermutlich werden wir nie erfahren, warum sie es getan hat.« Und an Star gewandt, füge ich hinzu: »Ich für meinen Teil möchte einfach nur meine Trauer verarbeiten, damit mein Leben weitergehen kann.«

»Natürlich«, sagt Star und nickt. Ich rechne bereits damit, dass sie wieder die Augen schließt, doch diesmal bleiben sie offen, weit offen. Star blinzelt nicht mal. »Ich finde, dieser Wortwechsel gerade war wirklich lehrreich und bereichernd«, sagt sie. »Danke für all Ihre Beiträge. Aber Claire hat recht, wir sind hier, um mit unserer Trauer zurande zu kommen. Und bevor wir damit weitermachen – sollen wir noch eine Meditation ausprobieren?«

»Nein«, bellt der Waliser und zwinkert mir zu.

Während Star die Augen schließt und noch auf eine anderslautende Reaktion hofft, muss ich über den Waliser, Christiana und Will nachdenken. Ich sehe mich selbst meist im Schatten des Lebens stehen, wie ich still und stumm

Durchschnittsmenschen und ihre merkwürdigen Angewohnheiten ausspähe. Doch heute bin ich daran erinnert worden, dass ich nicht unsichtbar bin. Die anderen sehen mich durchaus.

Niemand verlangt nach einer weiteren Meditation, doch das scheint Star nicht davon abzuhalten. Sie bittet uns erneut, die Augen zu schließen, und kaum dass ich tue wie geheißen, gehe ich im Kopf den Plan durch, den ich mir in den letzten Tagen zurechtgelegt habe. Ich weiß, er wird mir Dad nicht zurückbringen und mir womöglich auch nicht über den Schmerz hinweghelfen, trotzdem ist die Vorstellung tröstlich – es ist der Bus, auf den ich seit jeher gewartet habe. Star will, dass wir uns auf jeden einzelnen Atemzug konzentrieren, und erinnert uns daran, dass die Atmung immer da ist – ein sicherer Ort, an dem wir uns geborgen fühlen können. Ich lausche ihren Worten und denke an die Leute auf den Standbildern aus Lucas' Aktentasche, daran, wie selig unwissend sie sind und wie wenige Atemzüge ihnen noch bleiben. Lächelnd öffne ich die Augen und sehe gerade noch, wie sich ein Kopf wegdreht, wie Augen sich schließen, und frage mich, ob ich beobachtet wurde. Der nächste Bus, der um die Ecke biegt, ist eine echte Überraschung. Ich zaudere kurz, doch dann lasse ich ihn vorbeifahren.

10

Dass Pfleger Sebastian verschwunden ist, füllt immer noch die Gazetten, was mich erstaunt. Es muss doch weit wichtigere Nachrichten geben? Doch nach wie vor wird unermüdlich über den engagierten, frommen Ehemann und dreifachen Vater berichtet, der dreißig Tage zuvor seine Krankenhausschicht beendet hat und seitdem wie vom Erdboden verschluckt ist. In den Zeitungen werden so viele Familienfotos abgedruckt, dass ich schon fast das Gefühl habe, seine Frau und die Kinder persönlich zu kennen. Ich weiß, dass sie mal vor einem Weihnachtsbaum standen, dass sie bei anderer Gelegenheit auf einem See in einem Boot saßen und irgendwann in den letzten Jahren mit dem London Eye gefahren sind. Ich habe Bilder von ihrer Hochzeit gesehen, diverse Fotos von ihm und seiner Frau mit Säuglingen im Arm. Sebastian sieht auf den Fotos gar nicht übel aus, während die frischgebackene Mutter auf den Babyfotos nicht gerade schmeichelhaft getroffen ist. Ich bin überrascht, dass sie die Bilder zur Veröffentlichung freigegeben hat.

Die Fotos werden stets von Bitten um Hinweise aus der Bevölkerung begleitet. Was ist Sebastian Sinclair zugestoßen? Weiß irgendwer irgendwas? Hat jemand etwas gesehen? Wo steckt er? Hat er das Gedächtnis verloren? Ist er von Aliens entführt worden? Oder, noch schlimmer: Ist er mit einer anderen durchgebrannt? Ich weiß aus Erfahrung, dass die Aufmerksamkeit für solche Fälle in ein paar Wochen nachlassen wird. Die Leute verlieren das Interesse, wenn keine Leiche gefunden wird, und dann ist auch ein Pfleger mittleren Alters irgendwann Schnee von gestern. Doch noch ist Sebastian in aller Munde, und ich habe mich so sehr daran gewöhnt, überall sein Gesicht zu sehen, dass ich fast wieder damit rechne, als ich die Zeitung auf meinem Wohnzimmerfußboden aufschlage.

Die Headlines auf der Titelseite handeln ausschließlich von menschlichem Leid – von einem Mädchen im Teenageralter, das als »allseits beliebt« beschrieben wird und bei einem Unfall mit Fahrerflucht tödlich verletzt wurde, und von einer drogensüchtigen jungen Mutter, die von ihren Qualen berichtet, seit sie eines Tages aufwachte und ihr Baby verschwunden war. Muss ein ordentlicher Rausch gewesen sein! Und natürlich gibt es auch noch das obligatorische Foto eines Promis, dem vorgeworfen wird, vierzig Jahre zuvor jungen Frauen unter den Rock gegriffen zu haben, und der partout nicht begreifen kann, warum das noch irgendwen interessiert. Aber sei's drum – keine Fotos von Sebastian. Weil das alles alte Nachrichten sind. Dies ist die Zeitung, die Lucas Kane an seinem letzten Abend auf Erden bei sich hatte. Damals, als Pfleger Sebastian noch am Leben war – auch wenn die Uhr da bereits tickte.

Ich nehme noch einen Schluck Kaffee und fange an, die Standbilder, die zwischen den Seiten gesteckt haben, auf zwei Stapel zu sortieren. Große Frau. Und Vampirraucher. Ich frage mich, wer von den beiden schlimmer ist, ob das überhaupt eine Rolle spielt und wen von den beiden ich lieber umbringen würde.

Ein Bild nehme ich in die Hand und sehe es mir länger an. Jede Einzelheit soll sich in mein Gedächtnis einbrennen, denn genau solche Details werten die Erfahrung des Mordens auf.

Wer immer das Filmchen gedreht hat, von dem das Standbild stammt, muss vor einem Badezimmer gestanden und hineingeblickt haben. Eine alte Frau kauert nackt auf dem gefliesten Fußboden. Vampirraucher steht über ihr und lacht. Seine Sachen sehen aus wie die Arbeitskluft einer Pflegekraft, doch die Hose hängt ihm um die Knöchel. Er ist hüftabwärts nackt, hält seinen Penis in der Hand und uriniert auf die Alte. Uriniert ihr ins Gesicht. In den Mund.

Ich nehme ein weiteres Bild hoch. Darauf ist ein Zimmer zu sehen. Die Kamera oder das Handy dürfte irgendwo ziemlich weit oben aufgestellt worden sein, vielleicht auf einem Kleiderschrank. Eine weitere alte Frau sitzt mit ausgestreckten Armen in ihrem Bett und sieht aus, als würde sie schreien. An der Bettkante stehen Jemma – in der gleichen Kluft wie der Vampirraucher – und ihr gegenüber eine große Frau, die zivile Kleidung trägt. Das Objekt der Begierde schwebt zwischen ihnen in der Luft und sieht nach einer Puppe aus. Die beiden scheinen sich die Puppe lachend zuzuwerfen.

Das dritte Foto zeigt wieder ein Badezimmer. Ein alter,

nackter Mann kniet vor der Toilette und hält den Kopf in die Schüssel. Vampirraucher steht neben ihm und pinkelt dem Alten über den Schädel. Im Badezimmerspiegel ist die große Frau zu sehen. Sie trägt einen breiten Haarreif, der die Haare aus dem Gesicht hält, und sieht Vampirraucher schmunzelnd zu. Das Bild widert mich an. Eine erwachsene Frau sollte keinen Haarreif tragen.

Auf den übrigen Fotos sind ähnliche Szenen eingefangen – die große Frau, die die Puppe der alten Dame in zusehends geistreicher Weise zweckentfremdet, während Vampirraucher sich damit zu begnügen scheint, auf unbekleidete alte Leute zu urinieren. Was ein merkwürdiges Hobby ist, sogar für so einen gruselig aussehenden Typen. Mein Hobby ist die Malerei, allerdings habe ich mich in letzter Zeit nicht mehr darauf konzentrieren können. Ich habe mich auf gar nichts mehr konzentrieren können. Bis jetzt.

Ich schiebe die Fotos zusammen und denke kurz über Durchschnittsmenschen und ihre absonderlichen Neigungen nach. Was hat es bloß mit all diesen Misshandlungen älterer Leute auf sich? Warum ist das so beliebt? Was reizt einen daran? Pfleger Sebastian, Jemma, Vampirraucher, die große Frau – vier Täterinnen und Täter, über die ich in den letzten Monaten eher zufällig gestolpert bin. Wie viele wären es wohl, wenn ich mich erst auf die Lauer legen würde? Und warum unternimmt außer mir niemand etwas dagegen? Diese Durchschnittsmenschen posten in einem fort ihre Meinungen und Selfies – doch was ist mit dem Schutz von Hilfsbedürftigen?

Ich greife zu Notizblock und Stift und blättere vor bis zur ersten leeren Seite. In einem Artikel der Lokalzeitung wurde

Jemmas Arbeitgeber erwähnt, deshalb dürften meine nächsten beiden Opfer leicht zu finden sein. Ab jetzt werde ich methodisch, penibel und organisiert vorgehen. Ab sofort gibt es keine Fehler mehr. Ich werde Vampirraucher und die große Frau ausfindig machen und jeden Aspekt ihres Alltags und ihres elenden Lebens ausspionieren. Dann kommt mir eine Idee, und als sie mir ein Lächeln ins Gesicht zaubert, schreibe ich sie mir sofort auf. Es fühlt sich gut an, wieder etwas zu tun zu haben.

11

Das Pflegeheim Waterbridge Oak ist nicht nur eine beeindruckende, es ist eine imposante Anlage: ein bildschönes Grundstück, eine schier endlose Auffahrt, Säulen zu beiden Seiten des herrschaftlichen Eingangs … Wenn dieses Gebäude reden könnte, würde man ihm die Arroganz förmlich anhören. Es weiß, dass es im weiten Umkreis das umwerfendste Gebäude ist. Und auch das Interieur ist spektakulär: blank polierte Oberflächen, ein wertvolles Mobiliar und ein makelloser Samtteppich. Die Grandezza dieses Ortes ist fast ebenso atemberaubend wie seine Scheinheiligkeit. Wie heißt es so schön? Man soll ein Buch nicht nach seinem Einband beurteilen – oder ein Altersheim nach dem Teppich.

Die Dame am Empfang hat einen osteuropäischen Zungenschlag, zu viel Make-up und ein falsches Lächeln im Gesicht, als sie mich bittet, mich in das Besucherbuch einzutragen. Anschließend erklärt sie mir, wie ich zu Zimmer zwanzig im dritten Stock komme. Als ich die Tür aufschiebe, muss ich unwillkürlich an meinen ersten Besuch bei Dad in der Psychiatrie denken. Das Erste, was ich dort wahrnahm, waren das zu schmale Bett und die rissigen Wände. Was mir aber am meisten ins Auge stach, war das mickrige Möbelstück, das wohl mal ein Kleiderschrank gewesen war. Ohne Türen, Einlegeböden und Kleiderstange war der Schrank eindeutig nicht mehr zu gebrauchen, aber das schien dort allen egal zu sein, genauso wie der Umstand, dass einem Mann, der sein Lebtag seine Kleidungsstücke ordentlich verwahrt hatte, sogar der Hauch von Würde in Gestalt eines Kleiderbügels verwehrt wurde. Wo immer mein Vater in den letzten zwei Lebensjahren steckte – ob in den Untiefen seiner Krankheit oder in erschreckenden Momenten der Klarheit: Das Erste und Letzte, was er tagtäglich vor sich sah, war ein Möbelstück, das einem offenen, aufgerichteten Sarg ähnelte. Hatte das seine Albträume befeuert? Wahrscheinlich. Hatte ihm dieser Anblick eine düstere Vorausahnung des einzigen Weges geboten, wie er eines Tages wieder aus der Klinik hinauskäme? Unter Garantie. Aber vermutlich hatte auch irgendein Idiot ein Kästchen angekreuzt und den unbrauchbaren Kleiderschrank als sicher beurteilt.

Der Kleiderschrank in Zimmer zwanzig im dritten Stock des Waterbridge Oak dient zweifellos seinem Zweck, genau wie das riesige Bett, der Couchtisch, der Plasmafernseher und das eigene Bad. Noch während ich mich in einen obszön bequemen Sessel sinken lasse, fällt mir auf, dass die elfenbeinweißen Quasten an den Raffhaltern der Vorhänge perfekt zu den Keramikfüßen der Tischleuchten passen. Natürlich. Opulenz heißt schließlich nicht, dass jede Menge teure Einrichtungsgegenstände wild zusammengewürfelt werden – Opulenz entsteht im Detail. Die schlafende Person auf dem Bett rührt sich, und ich lasse den Blick über die gerahmten Fotos an den Wänden schweifen. Aus dem niedlichen, blond gelockten Baby wurde ein schelmisch dreinblickender Schuljunge, ein leicht unbeholfen wirkender, schlaksiger Teenager und schließlich ein wenig herausragender, aber sichtlich selbstherrlicher Mann.

»Wo ist mein Baby? Was haben Sie mit meinem Baby gemacht?«

Ich bin überrascht, wie schrill ihre Stimme klingt. Von jemandem, der gerade erst aufgewacht ist, hätte ich Benommenheit erwartet. Dann erinnere ich mich an die überwältigende Macht der Krankheit, und mich überrascht eigentlich nur noch, dass ich überhaupt überrascht war.

»Wo ist mein Baby?«, wiederholt sie, und ich starre sie an und staune darüber, was das Alter mit einem Menschen machen kann. Über dem Gesicht, das garantiert einmal hübsch war, hat sich ein komplexes Netz aus Runzeln gelegt. Die Haut ist so dünn und spannt so sehr, dass ich halb damit rechne, dass ihr Gesicht quer durchs Zimmer schnalzt, sobald sie erneut den Mund aufmacht. Es ist die Frau von Lucas' Video-Standbildern, allerdings sieht sie von Angesicht zu Angesicht kleiner und zarter aus. Ich werfe einen flüchtigen Blick zurück zum Kleiderschrank, auf dem die Videokamera gestanden haben muss. Die Qualen, die sich zwischen die Runzeln im Gesicht der Frau eingeätzt haben, hat die Kamera auffangen können, ihre Zerbrechlichkeit hingegen nicht.

»Wo ist mein Baby?«, fragt sie erneut. »Was haben Sie mit meinem Baby gemacht?«

Die Tür geht auf, und ein Mann Mitte zwanzig eilt auf ihr

Bett zu. Er hat dunkle Haut, braune Augen, trägt die Arbeitskleidung eines Altenpflegers und nimmt mich mit einem flüchtigen Nicken zur Kenntnis, ehe er sich voll und ganz auf die Bewohnerin von Zimmer zwanzig konzentriert. Er hilft ihr, sich aufzusetzen, indem er die Kissen zurechtschiebt, und nimmt dann etwas vom Boden hoch.

»Hier, Kathleen«, sagt er sanft und legt ihr eine Puppe in die alten Arme. »Hier ist Ihr Baby. Heil und unversehrt.«

Die Frau wiegt die Puppe und bewegt wortlos die Lippen. Wiegenlied und Wahnsinn. Wie unendlich deprimierend.

»Wie ich sehe, haben Sie Besuch, Kathleen«, fährt der Mann fort und gießt Wasser aus einer Karaffe in das Glas auf dem Nachttisch. »Das ist aber schön.«

Keine Reaktion von Kathleen, allerdings dreht sie den Kopf in seine Richtung, als er ihr das Glas hinhält, und nimmt ein paar Schlucke durch einen Strohhalm.

»Ich heiße Ben und arbeite hier als Pfleger.« Der Mann stellt das Glas zurück und kommt mit ausgestreckter Hand auf mich zu.

»Nett, Sie kennenzulernen.« Lächelnd stehe ich auf und gebe ihm die Hand. »Ich bin Claire.«

»Hallo, Claire.« Er erwidert mein Lächeln. »Sind Sie eine Verwandte von Kathleen?«

»Nein«, antworte ich und beschließe im Bruchteil einer Sekunde, ehrlich zu sein. »Ich kenne Kathleen gar nicht. Dies hier ist unsere erste Begegnung.«

»Oh, okay.« Er sieht mich leicht verwirrt an. »Und warum …«

»Ich kannte Jemma«, beantworte ich seine unausgesprochene Frage und gebe dem Gespräch eine überraschende Wendung.

»Jemma? Jemma Williams? Jemma, die hier gearbeitet hat? Bevor ...« Kurz hängt die nächste unausgesprochene Frage in der Luft. »Bevor sie ... diese überraschende Entscheidung getroffen hat«, beendet er schließlich den Satz.

»Ja.« Dieser Ben ist wirklich sympathisch. Wer einen erweiterten Selbstmord als überraschende Entscheidung bezeichnet, hat bei mir einen Stein im Brett.

»Okay«, sagt er wieder, »aber ich verstehe immer noch nicht, warum Sie dann Kathleen besuchen.«

Ich will schon antworten, überlege es mir dann aber anders. Ich brauche einen Moment, um meine Antwort zu überdenken, weil etwas an Ben mich eiskalt erwischt hat. Die meisten Leute, denen ich begegne, besonders die guten, sind unsicher. Sie geben vor, etwas zu sein, was sie nicht sind, und bemessen ihren eigenen Wert am Urteil derer, die ebenso unauthentisch sind wie sie selbst. Doch dieser Mann, der mir jetzt gegenübersteht, ist anders. Er wirkt authentisch. Ich frage mich, wie sich das Leben für so einen Menschen wohl anfühlt.

»Ben, darf ich ganz ehrlich sein?«

»Natürlich«, sagt er. »Das ist allemal besser als die Alternative.«

Lächelnd streife ich Kathleen mit dem Blick. Sie wiegt nach wie vor ihre Puppe in den Armen und sieht glücklich aus. Oder zumindest zufrieden.

»Können wir uns irgendwo unter vier Augen unterhalten?«, flüstere ich. »Ich möchte nichts sagen, was sie aufregen könnte.«

Ben sieht kurz verunsichert aus. Dann kontrolliert er die Schutzgitter zu beiden Seiten des Betts und bedeutet mir, ins Bad zu gehen. »Also, worum geht es hier?«, fragt er, lehnt sich ans Waschbecken und sieht mich misstrauisch an.

Ich erhasche einen Blick auf mein Spiegelbild und wende mich sofort ab. Kathleen benutzt Lavendelseife und die gleiche Nachtcreme wie ich. Die Creme ist teuer und hilft angeblich gegen Falten. Ich nehme mir vor, eine andere Marke auszuprobieren.

»Ich hab Jemma nur wenige Wochen vor ihrem Tod kennengelernt«, beginne ich. »Aber auch wenn ich sie nicht lange kannte, geht sie mir nicht mehr aus dem Kopf. Ich frage mich die ganze Zeit, ob ich etwas hätte sagen oder unternehmen können, um zu verhindern, was dann passiert ist. Die Jemma, die ich kannte, war eine ganz andere Person als die aus den Zeitungen.«

»Diese Scheißzeitungen«, sagt Ben schlagartig verärgert. »Hier hängen ständig Reporter herum, die so tun, als wären sie Besucher, versetzen die Bewohner in Aufruhr und stellen Fragen zu Jemma. Moment ...« Aus der Verärgerung droht ein Vorwurf zu werden.

»Ich bin keine Reporterin, ehrlich«, sage ich eilig, doch Ben wirkt wenig überzeugt. Ich versuche es anders und appelliere an sein Mitgefühl, von dem ich weiß, dass es im Übermaß da ist. »Ich hab erst kürzlich meinen Vater verloren und Jemma vor ein paar Wochen in einer Therapiegruppe für Trauernde kennengelernt. Ihre Mutter war angeblich kurz zuvor gestorben.«

»Das wusste ich nicht«, erwidert Ben und klingt erneut verwirrt.

»Na ja, den Medien zufolge lebt ihre Mutter ja auch noch und ist wohlauf.«

»Und was hat sie dann in einer Trauergruppe gemacht?«

»Keine Ahnung. Die zweite Frau, die gestorben ist – Florence –, auch die hab ich gekannt. Sie war die Gruppenleiterin.«

»Ich kann mich gar nicht erinnern, darüber irgendetwas gelesen zu haben.«

»Das kommt noch«, versichere ich ihm. »Jetzt, da die überregionalen Medien die Sache aufgeschnappt haben, dürfte bald die ganze Geschichte öffentlich werden. Was ich Ihnen gerade erzähle, ist die Wahrheit.«

»Trotzdem verstehe ich immer noch nicht, warum Sie Kathleen besuchen.«

Ich ahne, dass ich ein bisschen Vertrauen zurückerlangt habe, mache einen Schritt vor und senke die Stimme. »Vor ein paar Tagen hab ich gelesen, dass Jemma angeblich mit dem Verschwinden eines Mannes vor mehreren Wochen in Verbindung gebracht wird. Eines Mannes, den sie von hier kannte. Anscheinend hat Jemma Lucas Kane hier kennengelernt, weil sie seine Mutter, Kathleen, gepflegt hat.«

Ben hält den Blick auf Kathleens Bett gerichtet, sagt aber nichts.

»Außerdem stand in der Zeitung, dass Kathleen dement ist und Lucas ihr einziges Kind war.«

»Und?«, hakt er nach einer Weile nach.

»Mein Vater war auch dement. Ich weiß, was für eine grässliche Krankheit das ist und wie verwirrt und verängstigt mein Vater war.«

Inzwischen sieht Ben mir wieder ins Gesicht. Offenbar

versucht er auszumachen, ob ich die Wahrheit sage oder nicht.

»Die Freunde meines Vaters konnten es irgendwann nicht mehr ertragen, ihn so zu erleben. Nach ein paar Wochen auf der Station kam keiner ihn mehr besuchen. Am Ende war ich die Einzige. Ich war die einzige Verbindung, die mein Vater noch zur Außenwelt hatte.«

»Tut mir leid, das zu hören«, erwidert er und scheint mir zu glauben. »Trotzdem verstehe ich immer noch nicht, warum …«

»Wie viele Besucher hat Kathleen gehabt, seit ihr Sohn verschwunden ist?«

»Das müsste ich im Besucherbuch nachschlagen.«

»Wie viele Besucher haben *Sie* hier gesehen?«

»Sie sind die Erste.«

»Ich muss ständig daran denken, wie schlimm es für Dad gewesen wäre, wenn mir etwas zugestoßen wäre – wenn ich mich wie Kathleens Sohn einfach in Luft aufgelöst hätte. Wenn ich Dad nicht mehr hätte besuchen können, hätte ich mir jemanden gewünscht, der Zeit mit ihm verbracht …«

»Aber Sie kennen Kathleen überhaupt nicht«, fällt Ben mir ins Wort. »Und was noch viel wichtiger ist: Sie kennt Sie nicht.«

»Aber ich könnte sie kennenlernen«, entgegne ich. »Und sie könnte mich kennenlernen. Ich meine – soweit es ihre Krankheit zulässt.«

»Ich weiß nicht …« Ben sieht verunsichert aus. »Wie Sie ja selbst schon gesagt haben, ist die Demenz eine verwirrende und beängstigende Krankheit. Ich bin mir nicht sicher, ob Kathleen da ausgerechnet Besuch von einer Fremden braucht.«

»Aber ist das nicht besser als gar kein Besuch?« Ich lege ihm sanft die Hand auf den Arm.

Als er zurückweicht, ahne ich, dass ich nur noch ein einziges Ass im Ärmel habe.

»Ich verstehe, dass Sie besorgt sind, Ben, wirklich.« Ich weiche ein Stück zurück. »Ich kann Ihnen ansehen, wie sehr Ihnen Kathleen am Herzen liegt, und ich respektiere Ihre Einschätzung. Danke, dass Sie mir zugehört haben.« Ich wende mich ab – und halte kurz inne. »Hierher zu kommen war egoistisch von mir, ich sehe es ja ein.«

»Das würde ich so nicht sagen«, widerspricht er mir. »Ich finde nicht, dass es egoistisch ist, eine alte Dame zu besuchen.«

»Nicht?« Ich drehe mich wieder zu ihm um. »Die Sache ist ja auch die ... Seit Dad gestorben ist, weiß ich nicht mehr, wo mir der Kopf steht. Es war schlimm, ihn so krank zu erleben, aber zumindest hatte mein Dasein noch einen Sinn, solange er gelebt hat. Meine täglichen Besuche bei ihm waren wenigstens eine Aufgabe.«

»Haben Sie keine Familie?«, fragt er. »Einen Mann? Kinder? Freunde?«, fügt er noch hinzu, als ich bereits den Kopf schüttle. »Haben Sie keinen Job?«

»Nein«, antworte ich, ziehe ein Taschentuch aus der Tasche und tupfe mir die Augen, so, wie es Jemma immer gemacht hat. »Dads Diagnose hat mehr oder weniger mein Leben dominiert. Ich hab in den letzten Jahren kaum noch über etwas anderes gesprochen, und wenn ich ganz ehrlich sein soll: Wer, der noch alle Sinne beisammenhat, will sich denn anhören, wie ich nonstop über eine unheilbare Krankheit rede? Ich mache ihnen keinen Vorwurf, natürlich nicht, aber meine Freunde haben sich einfach verflüchtigt.«

Ich glaube fast, ich zitiere Jemma gerade wörtlich.

»Es hat mir das Herz gebrochen, als ich darüber nachgedacht habe, dass Mrs Kane gerade das Gleiche widerfährt wie meinem Vater und niemand mehr nach ihr sieht.« Ich blinzle eine Träne weg. »Aber um ganz ehrlich zu sein, Ben, wollte ich außerdem kommen, weil ich nicht wüsste, wo ich sonst mit mir hinsollte.«

Mir versagt allen Ernstes die Stimme bei den letzten Wörtern – passend zu meinem zusehends hektischen Augentupfen. Platz da, Jemma, hier kommt die neue Königin des Fake-Opfertums!

Ich kehre zum Sessel zurück und nehme meine Tasche vom Fußboden hoch. »Auf Wiedersehen, Kathleen«, sage ich leise und schlage den Blick nieder, ehe ich langsam in Richtung Tür schleiche.

»Guten Tag, Kathleen!«

Die Stimme klingt aufgesetzt, und die Gesundheitsschuhe, die soeben den Raum betreten, sehen fast schon antik aus. Ich blicke auf, und vor mir steht die große Frau – ihr Haarreif streift beinahe den Türrahmen, als sie sich darunter hindurchduckt. Sie trägt eine lilafarbene Schlaghose, dazu eine grün gemusterte Bluse, aber das Allerseltsamste an ihr ist der Kopf, der unproportional groß und merkwürdig geformt ist, fast wie ein deformierter Kürbis, der bis Halloween nicht mehr verkauft wurde. Garantiert führt sie einen ständigen Kampf gegen die Schwerkraft, wenn sie dieses riesige Ding oben hält und auf ihrem langen, eleganten

Hals und dem schlanken Körper balanciert. Und was soll dieses Night-Fever-Outfit – hat das Jahr 1977 sie ins Hier und Jetzt katapultiert und für jedes einzelne Jahr, das seither vergangen ist, diesen unförmigen Kopf immer stärker verbeult? Von hier unten ist schwer zu erkennen, was sie gerade isst, aber anscheinend schmeckt's ihr, weil sie irgendeine schleimig aussehende Masse aus einer Plastikschale direkt in sich hineinschaufelt.

»Hallo, ich bin Deb, die Geschäftsführerin«, verkündet sie und sieht mich an wie eine Türsteherin, die in ihrem Club soeben eine Minderjährige mit Alkohol erwischt hat. »Irina vom Empfang hat mir erzählt, dass Kathleen Besuch gekriegt hat, und da dachte ich mir, ich komme mal vorbei und stelle mich vor.«

Sie wuchtet die rechte Hand in meine Richtung, und mir dreht sich der Magen um. An ihren Fingern ist bestimmt noch Essensschleim. Wir geben einander die Hand, und der riesige Kopf senkt sich in meine Richtung. Im selben Moment, da ich Essensreste zwischen ihren Zähnen entdecke, schlägt mir Anchovisgeruch entgegen. Bei diesem Anschlag auf meine Sinne dreht sich mir erneut der Magen um. Jede Faser an mir findet diese Frau widerwärtig – und das sage ich, die mal einen Grapscher aufgeschlitzt und seinen Dünndarm ausgerollt hat, nur um zu sehen, wie lang so ein Dünndarm tatsächlich ist.

»Hallo, Deb.« Ich muss den Impuls unterdrücken, meine Hand an meinem Jeansbein abzuwischen. »Ich bin Claire.«

»Und woher kennen Sie Kathleen?«, fragt sie und angelt Anchovisnachschub aus der Plastikschale.

»Claire ist eine alte Freundin der Kanes.« Bens Stimme

klingt plötzlich anders und hat eine Coolness, die zuvor nicht da war.

»Wirklich?« Deb starrt mich immer noch an.

»Ja«, antwortet Ben, tritt an Kathleens Bett und gießt ihr ein frisches Glas Wasser ein. »Claire hat mir gerade von ihrem Vater erzählt. Er hat vor Jahren mit Kathleen zusammengearbeitet.«

»In der Kanzlei in Mayfair?«

»Ja«, antworten Ben und ich gleichzeitig. »Sorry«, schiebe ich hinterher und muss nervös in mich hineinkichern.

»Schon okay«, sagt Ben und lächelt. »Ich weiß schon, dass Sie auch wunderbar selbst antworten können. Ich dachte mir nur, ich erspare Ihnen lieber, alles noch mal zu erzählen. Kathleen hat vor vielen Jahren als Sekretärin für Claires Vater gearbeitet«, erklärt er Deb. »Die beiden Familien sind seither eng befreundet.«

»War Ihr Vater Fach- oder Prozessanwalt?«, will Deb als Nächstes wissen.

»Er war Fachanwalt«, antworte ich wie aus der Pistole geschossen. In Großbritannien arbeiten Prozessanwälte bei Gericht und nicht für Anwaltskanzleien, das weiß sogar ich.

»War?«

»Wie bitte?«

»Sie sagten gerade, er *war* Fachanwalt.«

»Er ist kürzlich gestorben.«

»Mein Beileid«, sagt sie.

»Danke.«

»Aber immerhin hat er im Leben eine Menge erreicht«, fügt sie hinzu. »Ich meine – als Anwalt in einer der renommiertesten Londoner Kanzleien muss er eine Topausbildung gehabt haben.«

Da hätten wir es doch. Sicher nicht ihre einzige Unsicherheit, aber eine, die man schön ausnutzen kann.

»Ja, Dad hat in Oxford studiert. Aber das hat er auch gern mal überbetont«, füge ich hinzu und sehe nach oben, als schwelgte ich in Erinnerungen. »Besonders während der Ruderregatten. Da war er natürlich für Oxford, während ich schon aus Prinzip meinen Cambridge-Schal rausgeholt und Cambridge angefeuert habe.« Ich lächle gedankenverloren und halte den Blick weiter auf irgendwas hoch oben an der Zimmerwand gerichtet. »Wir haben uns sehr nahegestanden«, füge ich nach ein, zwei Sekunden hinzu.

»Ach, wie schön«, sagt Deb. »Solche Erinnerungen sind doch etwas Wunderbares. Hat Ben Ihnen schon einen Tee angeboten?«

Ich sehe ihr ins Gesicht. Etwas hat sich verändert. Eben noch war ich die minderjährige Trinkerin, die vor die Tür gesetzt gehörte – jetzt bin ich ein Promi, der in die VIP-Lounge geleitet wird. Und alles nur wegen eines angeblichen Cambridge-Schals.

»Ein Tee wäre großartig, danke.«

»Natürlich.« Sie lächelt. »Ben, besorgen Sie Claire doch eine Tasse Tee und vielleicht einen dieser leckeren Kekse, wenn Sie welche finden. Schade, dass heute das Wetter nicht besser ist«, sagt sie zu mir, »da hätten Sie draußen auf der Sonnenterrasse sitzen können.«

Es folgt ein unangenehmer Moment, in dem sie auf ihre Hände hinabblickt. Und die leere Plastikschale beäugt.

»Und entsorgen Sie das«, blafft sie Ben an und wirft ihm

die Plastikschale zu, was merkwürdig ist, weil es schließlich ihre ist und sie außerdem direkt neben dem Mülleimer steht. »Ich bin immer wahnsinnig beschäftigt, Claire«, wendet sie sich erneut an mich, »und nonstop auf den Beinen, deshalb muss ich sogar im Gehen essen. Mir bleibt buchstäblich nie Zeit, mich hinzusetzen.« Mit den Anchovisfingern fährt sie sich durch die Haare, die aussehen, als hätten sie ihr Fettsoll bereits erreicht. »Manchmal sehen mich die Angestellten und sagen: ›Um Himmels willen, Deb, setz dich doch mal! Immer bist du auf den Beinen!‹ Das sagen Sie immer, stimmt's?«, fragt sie Ben, der lediglich mit den Schultern zuckt und verwirrt dreinblickt. Eindeutig zu authentisch, um sich zu verbiegen. »Aber dieses Haus ist mein Leben. Ich bin mit Herz und Seele für das Personal und die Bewohner da. Und wissen Sie, was?«, fragt sie und bugsiert ihren riesigen Kopf wieder näher auf mich zu. »Endlich scheint sich all die harte Arbeit auszuzahlen. Wir sind gerade erst für den diesjährigen Care-to-Join-Us-Preis nominiert worden!«

Sie lächelt breit, was den Anchovisgeruch noch intensiviert.

»Care to Join Us ist unser Träger, der noch ein paar mehr Heime betreibt. Jedes Jahr wird die beste Einrichtung prämiert. Die Konkurrenz ist enorm, wie Sie sich bestimmt denken können, und den Preis zu gewinnen wäre wirklich eine Leistung.«

Als ich ihr Lächeln erwidere, atme ich durch den Mund. Mir ist immer noch keine passende Floskel eingefallen, aber sie spricht auch schon weiter.

»Dann lasse ich Sie jetzt mal allein, damit Sie noch Zeit

mit Kathleen verbringen können. Sehen Sie sich ruhig um, wenn sie schläft. Wir sind hier auf der Demenz-Etage mit einem eigenen Aufenthaltsraum und Speisesaal, damit es die Bewohnerinnen und Bewohner leichter und angenehmer haben. Gleich geht übrigens unsere Quizrunde los. Vielleicht mögen Sie ja teilnehmen? Und falls Sie mich brauchen sollten – mein Büro ist im Erdgeschoss. Wobei Sie mich nur selten am Schreibtisch antreffen werden. Ich bin ja nonstop auf den Beinen.«

Letzteres ist an Ben gerichtet, doch der hat das Zimmer bereits verlassen. Sie zieht in der Tür den Kopf ein und tut es ihm gleich.

Ich selbst bleibe in Zimmer zwanzig stehen und beglückwünsche mich: Meine Annahme, dass die Leitung einer solchen Einrichtung unfreundlich und suspekt sein dürfte, hat sich als richtig erwiesen – genau wie der Entschluss, mit dem authentischen Ben ehrlich zu sein. Jetzt kann ich ins Heim kommen und gehen, sooft ich will, um meinen Plan bis ins letzte Detail auszutüfteln. Ab sofort keine übereilten Entscheidungen mehr. Und keine Fehler.

Sobald ich wieder auf dem Sessel Platz genommen habe, lasse ich den Blick durch den Raum schweifen. Meine Gedanken wandern zu Florence' Schlafzimmer. Ich sehe immer noch alles vor mir: die drei Kleider am Kleiderschrank, das gemachte Bett, den Rosenkranz über Dereks strahlendem Fotolächeln. Wie ihr Schlafzimmer wohl inzwischen aussieht? Ich muss an Polizisten und Kriminaltechniker, Absperrband und Asservatenbeutel denken und male mir aus, wie die Polizei die Leichen entdeckt, die Pistole und die Abschiedsnotiz. Ich sehe vor mir, wie sie die Aktentasche aufmachen, vorsichtig das Portemonnaie und die Arbeitsunterlagen entnehmen – alles Dinge, die Lucas Kane für alle Zeiten mit den beiden toten Frauen verbinden. Minimale Ermittlungsarbeit dürfte die Polizei zu dem Zimmer und einigen verwirrenden Erkenntnissen geführt haben: Sie wissen, dass Jemma Lucas' Mutter betreut hat und dass Jemma und Lucas sich hier im Heim kennengelernt haben. Sie wissen, dass Lucas verschwunden ist, gehen davon aus, dass Jemma Florence umgebracht hat, wissen überdies, dass Jemma Selbstmord verübt hat, und vermuten nun, dass Jemma irgendwie auch in den Vermisstenfall Lucas verwickelt ist. Was die Polizei *nicht* weiß, ist, dass Jemma Lucas' Mutter gequält und Lucas davon gewusst hat.

Ich spähe zum Kleiderschrank, auf dem die Kamera gestanden haben muss. Was da wohl vorgefallen ist? Hat Lucas Unrat gewittert und die Kamera heimlich dort deponiert? Und Jemma mit den Aufnahmen konfrontiert? Und wenn ja, was ist als Nächstes passiert? Wie wurde aus Jemma, dem Quälgeist von Lucas' Mutter, seine Vampirraucher-Co-Erpresserin? Und warum hat Lucas seine Mutter weiter hier wohnen lassen, wenn er doch wusste, wie sie hier behandelt wurde?

Ein dumpfer Aufprall, und als ich hinsehe, liegt Kathleens Puppe wieder auf dem Boden.

»Wo ist mein Baby? Was haben Sie mit meinem Baby gemacht?« Sie klingt aufgewühlt.

Ich gehe zu ihr und sehe ihr in die alten, dunkelblauen Augen.

»Wo ist mein Baby?«, wiederholt sie ein wenig lauter. »Was haben Sie mit meinem Baby gemacht?«

Mit dem Blick streife ich Lucas' Babybild, sehe, wie blau seine Augen auf dem Foto sind, und denke kurz darüber nach, seiner Mutter die Wahrheit zu erzählen.

»Wo ist mein Baby?«, schreit sie. »Was haben Sie mit meinem Baby gemacht?«

Stattdessen nehme ich die Puppe hoch und lege sie ihr in die Arme. Sie wird sofort still, der Wahn ist fürs Erste besänftigt. Die Krankheit hat die Frau bereits fest im Griff, und es wäre herzlos, sie jetzt noch mit der Wahrheit zu konfrontieren. Während ich erneut Lucas' Foto anstarre, singt seine Mutter einem leblosen Gegenstand Schlaflieder, und ich bin guter Dinge, dass meine Entscheidung die richtige ist. Zwar habe ich ihr Baby aufgeschlitzt und in meinem Garten verscharrt, aber grausam muss man nun wirklich nicht sein.

12

Bei einem Tee lasse ich den Blick schweifen. Bestimmt gibt es noch schlimmere gesellschaftliche Mikrouniversen als dieses hier, aber viele ganz sicher nicht. Wir sind in einen kleinen Salon im dritten Stock des Waterbridge Oak umgezogen. Ich sitze auf einem Stuhl mit harter Lehne, der vermutlich aus dem Speisesaal hereingetragen worden ist. Ben hat Kathleen routiniert in einen Sessel platziert, und gerade führt er einen älteren Herrn aus dem Zimmer. Vampirraucher ist ebenfalls hier, lungert auf einem Stuhl an der Wand und sieht geistesabwesend und gelangweilt aus. Oder ist er nur müde? Kurz vor Ende der Schicht? Ich muss in Erfahrung bringen, zu welchen Zeiten er arbeitet. Zwei alte Damen sitzen auf dem Sofa und weigern sich, einander anzusehen. Hatten sie einen Streit? Der Mann, der aus dem Fenster schaut, muss in den Siebzigern sein. Er trägt einen Anzug und sieht irgendwie aus, als hätte er geheult. Ein blond gelocktes Kleinkind watschelt in einem fort auf den Teewagen zu und streckt die Wurstfinger nach den Keksen aus. Seine

Mutter zieht es ein ums andere Mal zurück auf ihren Schoß. Ihr südeuropäischer Teint ist unter den Augen merklich dunkler – sie sieht müde aus, fahrig, verzagt. Auch ihr Stuhl stammt aus dem Speisesaal. Kürbiskopf Deb, die nonstop auf den Beinen ist, sitzt auf dem anderen Sofa und lächelt auf das Kleinkind hinab. Ihr Blick hingegen ist eisig – ob sie befürchtet, dass das Kind den Teewagen umreißen und sich verbrühen könnte? Vermutlich will sie nur nicht, dass es sich einen der guten Kekse schnappt.

Wir bilden eine Art Halbkreis und starren den Mann in der Mitte an. Er heißt Jeremy. »Aber alle sagen Jez.« Er ist Mitte dreißig, trägt ein Sesamstraßen-Shirt, Jeans, rote Socken und braune Mokassins. Er ist der Quizmaster und der Einzige hier, der auch nur annähernd an diesem Montagvormittagsquiz interessiert zu sein scheint. Eine der alten Damen fängt an zu husten, und die andere dreht sich angewidert weg. Der Mann im Anzug tupft sich mit einem Taschentuch die Augen, Vampirraucher rutscht auf seinem Stuhl noch tiefer nach unten, Kathleen flüstert ihrer Puppe etwas zu, und das Kleinkind stürzt sich wieder auf die Kekse. Würden jetzt Außerirdische hier landen, würden sie diesen Schnappschuss irdischen Lebens vor sich sehen und unverzüglich zurück in ihr UFO flüchten. Gewisse Dinge sind einfach der Mühe nicht wert.

»Wer weiß es?«, fragt Jeremy hoffnungsvoll. »Irgendwer? Ich nehme von jedem Antworten entgegen, Sie müssen auch nicht …«

Dement sein? Schon halb an der Himmelspforte klopfen?

»… Bewohner sein«, bringt er seinen Satz zu Ende. »Na, wer traut sich? Was ist die größte Insel der Welt?«

»Australien, vielleicht?«, antwortet die Mutter des Kleinkinds und kippt hektisch Bauklötzchen auf den Boden.

»Guter Versuch, Miranda«, sagt Jeremy. »Allerdings wird Australien gemeinhin als Kontinent und nicht als Insel definiert.«

»Oh, stimmt, tut mir leid«, sagt Miranda, zieht ihren Sohn abermals von den Keksen weg und setzt ihn auf den Fußboden. Augenblicklich fängt er an, Bauklötzchen aufeinanderzudonnern.

»Kommen Sie schon, irgendwer muss doch noch eine Idee haben«, sagt Jeremy ein wenig lauter.

»Ist es Ringo Starr?«, fragt eine der alten Damen.

»Natürlich ist es *nicht* Ringo Starr!«, kläfft die andere. »Warum sagst du jedes Mal Ringo Starr?«

»Alles gut, Janet«, kommentiert Ben, der soeben wiederkommt, beschwichtigend und quetscht sich zwischen die beiden aufs Sofa.

»Auch ein guter Versuch, Edith«, sagt Jeremy lächelnd, »aber nein, es ist nicht Ringo Starr.«

»Das war kein guter Versuch«, faucht Janet. »Das war ein beknackter Versuch!«

»Ist es Ringo Starr?«, fragt Edith erneut.

»Ich glaube ja, die größte Insel der Welt ist Grönland«, sagt Ben eilig und nimmt Janets geballte Faust in die Hand.

»Das ist die richtige Antwort, Ben«, erwidert Jeremy und wird plötzlich ernst. »Allerdings muss ich daran erinnern, dass dieses Quiz nur für Bewohner und Angehörige ist, nicht für das Personal.«

»Ja, Ben«, schnaubt Kürbiskopf Deb. »Hören Sie auf mit Ihrer Angeberei.«

»Sorry.« Ben zieht eine Grimasse, woraufhin Janet vor Lachen laut quiekt.

»Gut, dann kommen wir zur letzten Frage. Es geht um Geschichte«, sagt Paragrafenreiter Jez. »Oder genauer: um ein Ereignis, von dem ich mir sicher bin, dass es Ihnen allen hier etwas sagt – den Gunpowder Plot aus dem Jahr 1605.«

Du liebe Güte! Was glaubt der wohl, wie alt diese Leute hier sind?

»Also, der Gunpowder Plot aus dem Jahr 1605«, wiederholt Jeremy und sieht ganz aufgeregt aus, »war ein gescheiterter Anschlag auf welchen König?«

Ach, du Schande. Warum stellt der so schwere Fragen? Sieht er nicht, wer vor ihm sitzt?

Der Mann im Anzug dreht sich vom Fenster weg und räuspert sich. Miranda rutscht auf die Stuhlkante vor und zieht das Kleinkind auf ihren Schoß. »Ja, Dad?«, sagt sie in Richtung des Anzugmanns. »Weißt du die Antwort, Dad? Du warst doch immer so gut in Geschichte.«

Anzugmann blickt zur Zimmerdecke und reibt leicht die Fingerspitzen übereinander. Dann sieht er Jeremy an. Kurz herrscht Stille, ehe er etwas sagt.

»Warum tragen Sie diese scheußlichen Schuhe?«

Endlich. Eine berechtigte Frage.

»Dad!«, ruft Miranda. »Sei nicht so unhöflich! Tut mir leid, Jeremy.«

»Aber das macht doch nichts«, erwidert Jeremy und versucht vergeblich, seine scheußlichen Schuhe zu verstecken, indem er die Füße unter seinen Stuhl schiebt.

»Wer trägt scheußliche Schuhe?«, fragt Edith.

»Du. Natürlich du«, faucht Janet.

»Die Antwort lautet: James der Erste«, verkündet Jeremy und schiebt seine Zettel zusammen. Das Quiz ist anscheinend zu Ende. »Gut gemacht, alle miteinander!«

»Wer ist denn James?«, fragt Edith. »Ist das der mit den scheußlichen Schuhen?«

»James ist der König, du blöde Gans!«, kreischt Janet.

»Ach, haben wir jetzt einen König? Was ist denn mit der Königin passiert?«

Ein scharfer Schmerz an meinem Bein lenkt mich ab. Das Kind steht strahlend vor mir. In der Patschehand hält es eins der Bauklötzchen und hämmert es mir vors Schienbein. Zwischen den blonden Locken, die sein rosiges Gesicht einrahmen, blitzen blaue Augen hindurch. Es ist zweifelsohne ein hübsches Kind, es bräuchte nur dringend einen Haarschnitt. Und muss eindeutig aufhören, mein Bein zu bearbeiten.

»Oscar! Hör auf!«, schimpft die Mutter. »Tut mir wirklich leid«, beteuert sie mit verängstigtem Gesichtsausdruck, und ich frage mich, wovor sie Angst hat. Glaubt sie vielleicht, ich würde ihr Kind anschreien, weil es mir den Bauklotz gegen das Bein schlägt? Machen das normale Leute heutzutage? Kleine Kinder und deren erschöpfte Mütter anschreien? Denn die Frau sieht brutal erschöpft aus. Ihre Augenlider sind schwer, und die Haare, die sie zu einem wirren Knoten verzwirbelt hat, sehen ungewaschen und fettig aus.

»Keine Sorge«, erwidere ich und gehe die Datenbank der Standardantworten für Durchschnittsmenschen in meinem Kopf durch. Am Ende entscheide ich mich für: »Er ist ein hinreißender Junge.«

Die Mutter sieht ihr Kind an und lächelt aufrichtig. »Ja«, sagt sie und folgt ihm mit einem faszinierten Blick aus ihren dunklen Augen. »Er ist ein hinreißender Junge. Er ist ganz wunderbar.«

Unwillkürlich frage ich mich, wie sich für Oscar und seinesgleichen, die ab Tag eins in die unerschütterliche Liebe ihrer Mutter gehüllt werden, das Leben wohl anfühlen mag. Doch dann erhasche ich aus dem Augenwinkel eine Bewegung. Ben und Vampirraucher helfen den zwei alten Damen auf die Füße. Sobald sie stehen, könnte ich nicht mehr sagen, wer von ihnen Edith und wer Janet ist. Ich nehme an, dass Janet die Wütendere von beiden ist, aber ich könnte auch falschliegen. Vampirraucher sieht kurz in meine Richtung, und für den Bruchteil einer Sekunde halte ich die Luft an und fürchte, dass er mich von jenem Abend in der Bar wiedererkannt hat. Dann fällt mir wieder ein, dass er ein Sadist ist, und ich atme gelassen weiter, weil Sadisten nur selten irgendwas außerhalb ihrer sadistischen Umlaufbahn wahrnehmen.

»Ich bin übrigens Miranda«, sagt die Mutter des Kleinkinds. »Frank, mein Vater, wohnt hier«, fügt sie hinzu, als wäre es seine ureigene Entscheidung gewesen, hierherzuziehen. »Er hat Demenz«, erklärt sie. »Die früh beginnende Variante. So alt ist er noch gar nicht.«

Erneut gehe ich die Datenbank für angemessene Antworten durch. Ist sie allmählich fertig? Was stimmt eigentlich nicht mit diesen Durchschnittsmenschen und ihrem Bedürfnis, jede Unterhaltung mit Informationen zu bestücken? Wissen sie gar nicht, wie wertvoll die sind? Und wie leicht man Information in Munition verwandeln kann?

»Das muss sehr schwer für Sie sein.«

»Ja, das ist es wirklich«, pflichtet sie mir mit Blick auf ihren Vater bei.

»Demenz ist eine grässliche Krankheit.« Und noch während ich es sage, wird mir vage bewusst, dass ich nicht mal in meiner Datenbank kramen musste, ehe ich die Replik parat hatte.

Oscar hat aufgehört, das Bauklötzchen gegen mein Bein zu schlagen, und drückt es mir stattdessen in die Hand.

»Wot«, sagt er. Wovon redet er?

»Stimmt, Oscar«, ruft seine Mutter, »das ist rot. Gut gemacht!« Dann sieht sie mich lächelnd an, und mir dämmert, dass ich jetzt reagieren muss.

»Danke.« Ich nehme ihm das Bauklötzchen ab, obwohl mir nicht klar ist, warum sie anscheinend glauben, dass ich es dringend haben will, und wozu ich wohl einen roten Holzklotz brauchen sollte. Kichernd dreht er sich weg, nimmt das nächste Klötzchen hoch und drückt es mir in die Hand.

»Gwün«, sagt er diesmal.

»Stimmt, Oscar«, ruft seine Mutter, »das ist grün. Kluger Junge!«

»Danke«, sage ich abermals. Er kichert und stolpert zum nächsten Bauklötzchen. Es liegen rund fünfzehn verschiedenfarbige Bauklötzchen auf dem Boden. Es könnte Jahre dauern. Wann sagt ihm die Mutter, dass es reicht? Oder verbessert wenigstens seine Aussprache?

»Guter Junge«, sagt sie stattdessen, als hätte ich um diese beknackten Klötze gebeten. Aber vielleicht ist dies ja einer der Eckpfeiler mütterlicher Liebe – die Überzeugung, dass das Glück eines Kindes alles andere überstrahlt, sogar die Wahrheit. Kein Wunder, dass Leute wie Oscar sich mächtig verschlucken, sobald sie erstmals die Realität zu schmecken kriegen.

Ich nehme ihm noch zwei Bauklötzchen ab und teile Miranda dann mit, dass ich gehen müsse. Es sei nett gewesen, mich kennenzulernen, erwidert sie, und ich antworte mit einer meiner Lieblingsfloskeln, die ich versuche, öfter einzusetzen.

»Gleichfalls.«

Für »Gleichfalls« muss ich nicht erst die Datenbank durchforsten.

Kaum dass ich aufstehe, fühlt Kürbiskopf Deb sich bemüßigt, einzuschreiten und mir zu erzählen, sie müsse gleich runter zu einer Besprechung, aber es sei nett gewesen, mich kennenzulernen, und sie hoffe, mich hier bald wieder begrüßen zu dürfen. Worauf sie Gift nehmen kann. Ich verabschiede mich von Ben und trete auf Kathleen zu. Sie ist vollkommen auf ihre Puppe fixiert und murmelt etwas Unverständliches in sich hinein. Ich frage mich kurz, ob ich mit einem Kopftätscheln davonkomme, doch dann bemerke ich, dass Miranda und Ben mich beobachten. Miranda eher unbeteiligt, Ben hingegen aufrichtig interessiert. Ich neige den Kopf, atme Kathleens Lavendelduft ein und streife ihre papierne Haut sanft mit den Lippen. Ich glaube, sie wispert etwas von einem Baby, das selig schläft, aber sicher bin ich mir nicht.

»Auf Wiedersehen, Kathleen.« Ich richte mich wieder auf. »Ich komme Sie bald wieder besuchen.«

»Also, dann, Kathleen.« Bens Stimme weht mir auf dem Weg nach draußen hinterher. »Jetzt machen wir Sie mal fertig fürs Essen. Heute gibt es Shepherd's Pie und Karamellküchlein – Ihre Leibspeisen!«

Deb steht am Aufzug, und ich bedenke sie abermals mit

einem Lächeln, halte selbst jedoch auf die Treppe zu. Das Mittagessen, das im Speisesaal serviert wird, duftet herrlich und erinnert mich daran, dass auch ich dringend etwas essen muss. Die in Make-up getauchte Empfangsdame wünscht mir auf dem Weg in die Außenwelt noch einen schönen Tag.

Als ich den Parkplatz überquere, bleibt mein Blick an einem roten Mercedes mit einem Aufkleber auf der Heckscheibe hängen. *Die Engel wachen über dich.* Ich muss an Frank denken, der gut in Geschichte war, und Kathleen, die in einer Anwaltskanzlei gearbeitet hat, und an Deb und Vampirraucher, die keinen Schimmer haben, in welcher Gefahr sie schweben. Wann ihre Engel wohl Alarm schlagen? Nur über sie zu wachen, wird womöglich nicht reichen.

13

Beim vierten Treffen der Trauergruppe haben wir einen Ehrengast: Jemmas Schwester. Sie heißt Helen und erinnert mich an einen Reiher. Langer, graziler Hals, kleine Knopfaugen – und sie hat eine Unruhe am Leib, eine Anspannung, die auf den Rest der Gruppe überspringt.

Der Waliser rutscht auf seinem Stuhl hin und her und sieht Hilfe suchend zu Star. Christiana trägt wieder ihr Namensschild, das sichtlich weniger zerknittert ist als beim letzten Mal. Hat sie es allen Ernstes gebügelt? Will kritzelt in sein Notizbuch. Was, in aller Welt, schreibt er da? Das Treffen hat doch gerade erst begonnen? Star hat uns Helen vorgestellt, und jetzt sitzt sie mit geschlossenen Augen da. Die unangenehme Stille scheint ihr vollkommen egal zu sein. Helen weint und tupft sich in einem fort mit einem Taschentuch die Augen. Der krawallige Waliser rutscht immer noch auf seinem Stuhl herum und blickt flüchtig zur Decke. In einer einzigen flüssigen Bewegung nimmt Will einen Spitzer aus seiner Tasche, spitzt seinen Bleistift und schiebt Spitzer und Holzspäne in seine Tasche. Ich frage mich, ob er das den ganzen Tag so macht und wie oft er die Späne entsorgt. Jeden Abend? Immer am Wochenende? Ich überlege gerade, ob er seltsamer oder weniger seltsam ist als Christiana, die über all die Wochen ihr Namensschild sicher verwahrt hat, als Star zu guter Letzt anfängt zu sprechen.

»Helen ist heute gekommen, weil auch sie seit Kurzem trauert ... um ihre Schwester Jemma. Und weil Jemmas Tod so plötzlich, unerwartet und schockierend war ...« – Star betont jedes neue Adjektiv stärker als das vorige –, »hat Helen das Gefühl, in der ersten Phase der Trauer festzuhängen. Im Nichtwahrhabenwollen.«

Alle Blicke sind auf Helen gerichtet, womöglich in der Hoffnung, sie möge uns vorführen, wie eine Person aussieht, die etwas nicht wahrhaben will. Und auf gewisse Weise tut sie das sogar, indem sie den Blick niederschlägt und das Taschentuch in ihrer Hand zu einer kleinen Kugel zusammenknüllt.

»Wir hatten das Gefühl, wenn Helen hierherkommen und Sie alle kennenlernen würde, könnte ihr das eventuell bei ihrer Trauerreise helfen.« Star richtet sich auf und klingt plötzlich fast ein wenig barsch. »Davon mal abgesehen, ist mir klar, dass sich jeder in der Gruppe auf einer ganz eigenen Trauerreise befindet. Die Erfahrung des einen darf die der anderen weder überstrahlen noch klein machen.«

Es folgt eine weitschweifende Lehrstunde darüber, dass man über Dinge, die es nicht wert seien, gern übermäßig nachgrüble. Ich konzentriere mich darauf, die Wörter »Grenzen«, »Respekt« und »Abschluss« zu zählen. Ich komme binnen Sekunden auf eine zweistellige Zahl und blende den Vortrag aus.

»Wenn also niemand etwas dagegen hat, dass Helen hier ist, können wir anfangen«, beschließt Star die Vorrede und rutscht auf ihrem Stuhl nach vorn. »Helen?«, spricht sie den traurigen Reiher in der Ecke an. »Wäre es in Ordnung, wenn wir mit Ihnen beginnen? Wenn Sie Fragen an die Gruppe haben, wäre es gut, sie gleich in Angriff zu nehmen.«

»Danke, Star«, schnieft Helen. »Und danke Ihnen allen, dass ich heute dabei sein darf.« Sie zupft einen Taschentuchzipfel aus der Kugel in ihrer Hand und wischt sich damit über die Nase. »Ich schätze mal, indem ich mehr über die letzten ein, zwei Wochen vor Jemmas Tod erfahre, kann ich hoffentlich besser verstehen, warum sie … das alles getan hat.« Sie knüllt ein frisches Taschentuch zu einer Kugel zusammen. »Ich muss zu meiner Schande gestehen, dass Jemma und ich in den letzten Jahren kaum noch Kontakt hatten. Als Kinder waren wir unzertrennlich«, fügt sie hinzu und tupft sich die Augen. »Aber irgendwann später hat sich das verändert.«

»Jemma hat erwähnt, dass sie eine Schwester hatte.« Christiana lehnt sich zurück und sieht Helen misstrauisch an. »Und sie hat auch erwähnt, dass Sie sich als Kinder sehr nahestanden.«

»Wirklich?« Helen lässt die nächste Taschentuchkugel in ihren Schoß fallen. »Was hat sie noch erzählt?«

»Moment …«, sagt Will und blättert in seinem Notizbuch zurück. »Ah, hier. Während des ersten Gruppentreffens meinte Jemma, dass ihre Schwester ihr die Pflege ihrer sterbenden Mutter allein überlassen habe und dass auch nach deren Tod keinerlei Kommunikation zwischen ihr und der Schwester möglich gewesen sei.«

Unfassbar, er schreibt wirklich alles mit! Was für ein merkwürdiger kleiner Mann.

»Aber warum sollte sie so was erzählen?« Helen starrt Will ausdruckslos an. »Ich meine – das stimmt doch alles gar nicht! Jemma hat Mum nicht gepflegt, und erst recht nicht allein, weil Mum keine Pflege benötigt. Sie ist gesund und munter …«

»Und lebt in Bognor«, wirft der Waliser krawallig ein. »In Bognor Regis an der Küste.«

Warum muss er das immer betonen?

»Und selbst wenn Mum Hilfe benötigt hätte«, fährt Helen fort, »hätte ich Jemma damit nicht alleingelassen! Sie weiß, dass ich das niemals getan hätte.« Das nächste Taschentuch wird zur Kugel geballt, ehe sie sich korrigiert: »Ich meine, sie *wusste,* dass ich das niemals getan hätte.« Mit einem Mal hält Helen inne. Sogar das Taschentuchzerknüllen hört auf. »Zumindest hoffe ich, sie wusste, dass ich das niemals getan hätte«, sagt sie noch und starrt dann traurig den Fußboden an.

Die einsetzende Stille wird dem Waliser anscheinend unangenehm.

»Erzählen Sie doch mal, Helen«, sagt er, »war Jemma immer schon ballaballa?«

»Wie bitte?«

»War sie immer schon … na, Sie wissen schon … ein bisschen durchgeknallt?«

»Ich weiß nicht, was Sie meinen«, stammelt Helen.

»Oh, okay. Sorry.« Für einen Augenblick hat es beinahe

den Anschein, als würde er den Mund halten. Aber er schafft es nicht. »Ich bin einfach nur neugierig. Glauben Sie, dass Jemma immer schon verrückt war, oder hat sie Florence und sich selbst in einem einmaligen Anfall von Verrücktheit umgebracht?«

Helen beugt sich vor und fängt laut an zu schluchzen. Überall liegen Taschentücher, allerdings sind sie ausnahmslos zu Kugeln zusammengeknüllt und daher nicht gerade zweckdienlich. Alle sehen die Gruppenleiterin an, aber die hat die Augen geschlossen und scheint gegen den emotionalen Tsunami immun zu sein. Ich lehne mich auf meinem Stuhl zurück und muss an Florence denken. Sie mag übergewichtig und verknallt in Zierdeckchen gewesen sein, aber eins muss man ihr lassen: Sie hätte sich längst vor Reiher Helen hingekniet und sie mit Taschentüchern und Umarmungen überhäuft.

»Gut, gut«, sagt Star nach einer Weile. »Das ist wirklich gut.«

Wirklich?

»Dieses Maß an Ehrlichkeit ist genau das, was wir brauchen.«

Ehrlich?

»Wir leugnen die Wahrheit, um uns nicht mit ihr beschäftigen zu müssen.«

Tun wir das?

»Um die Verleugnung hinter uns lassen zu können, müssen wir der Wahrheit ins Gesicht sehen.«

Wie waren gleich wieder ihre Qualifikationen?

»Es muss schwer für Sie sein, Helen, mit dem klarzukommen, was Ihre Schwester getan hat«, fährt Star fort. »Aber solange Sie die Wahrheit nicht akzeptieren, können Sie den nächsten Schritt nicht gehen.«

»Mir fällt es bloß schwer, zu akzeptieren«, sagt Helen, »dass meine Schwester eine Mörderin gewesen sein soll. Natürlich hatte sie ihre Fehler – aber die hat doch wohl jeder!«

Sie hält abermals inne und lässt den Blick durch die Runde schweifen. Insgeheim rechne ich damit, dass sie gleich das nächste Taschentuch aus der Tasche zieht, aber nein. Zum ersten Mal überhaupt schimmert da noch etwas anderes zwischen den Tränen hindurch, etwas, was mich daran erinnert, dass Reiher talentierte Jäger sind.

»Jemma war beileibe nicht perfekt«, fährt sie fort, »aber sie hätte nie jemandem etwas angetan. Das sieht ihr nicht ähnlich. Sie war eine fürsorgliche, hilfsbereite Person. Sie hat, verdammt noch mal, als Pflegehilfe gearbeitet!«

Ein Murmeln ist zu hören, und alle drehen sich nach Will um.

»Entschuldigung«, sagt er sichtlich betreten, »ich hab gerade nur zu Christiana gesagt, dass die ›Hilfe‹ in der Berufsbezeichnung nicht notwendigerweise heißt, dass jemand eine hilfsbereite Person ist.«

»Das stimmt«, pflichtet der Waliser ihm bei. »Das wäre, als würde man sagen, Fischer essen nur Fisch.«

»Hm, ich weiß ja nicht, ob der Vergleich so gut passt«, sagt Will und schreibt wie ein Verrückter in sein Notizbuch.

»Ich hab einen!«, verkündet Christiana aufgeregt. »Das wäre, als würde man sagen, ein Sachbearbeiter wäre immer sachlich.«

»Genau«, sagt Will. »Der war gut.«

»Ich glaube, wir schweifen gerade ein bisschen ab«, stellt Star fest. »Also, Helen, Sie haben davon gesprochen, wie Sie Ihre Schwester wahrgenommen haben.«

»Ich habe sie nicht nur so wahrgenommen«, entgegnet Helen ein wenig zu schnell, und ihre Wut blitzt auf. »So war Jemma wirklich – sie hat sich um Leute gesorgt. Sie hätte nie jemandem etwas angetan.«

»Aber woher wollen Sie das wissen?«, fragt der Waliser. »Sie haben doch gerade selbst gesagt, dass Sie in den letzten Jahren kaum noch Kontakt zu ihr hatten. Wie gut kannten Sie sie wirklich?«

»Sie war meine Schwester«, sagt Helen so laut, dass Will zusammenzuckt und seinen Bleistift fallen lässt. »Sie alle kannten sie erst seit ein paar Wochen. Ich war dabei, als ihr der erste Zahn ausfiel, ich hab ihr jeden Tag vor der Schule die Haare geflochten und rote Schleifen um die Zöpfe gebunden. Rot war ihre Lieblingsfarbe. Ich hab mit ihr geweint, als unser Hund gestorben ist, und sie getröstet, als sie zum ersten Mal Liebeskummer hatte. Nein, sie war nicht immer verrückt. Die Jemma, die ich kannte, war stark und lustig und zugewandt. Ich kannte sie in- und auswendig. Ich kannte sie, wie nur eine Schwester jemanden kennen kann, und deshalb weiß ich auch, dass sie zu einem Mord gar nicht imstande gewesen wäre.«

Wenn das Leben ein Film wäre, säßen wir jetzt alle wie geprügelte Hunde da und hätten ein schlechtes Gewissen, weil wir Jemma all diese fiesen Dinge andichten – aber das Leben ist nun mal kein Film, und in der Wirklichkeit hören sich Menschen zwar durchaus das eine oder andere an, lassen sich aber selten von ihrer Meinung abbringen.

»Alles schön und gut«, sagt der Waliser prompt, »und klar stehen Sie auf der Seite Ihrer Schwester. Aber Sie dürfen nicht vergessen, dass wir auch Florence kannten. Sie war eine freundliche, lebenserfahrene Lady. Und auch sie hat ziemlich sicher mal die Haare geflochten gekriegt und Zähne verloren.«

»Vielleicht war es doch keine gute Idee, hierherzukommen«, sagt Helen und packt die Taschentuchkugeln in ihre Tasche. »Ich wollte verstehen, was meine Schwester in ihren letzten Wochen umgetrieben hat, aber ich glaube, hier komme ich nicht weiter.«

»Na ja, wie Sie eben selbst gesagt haben«, wirft Will ein und blättert eine Seite zurück, »kannten wir Jemma kaum. Ich bin mir nicht sicher, ob jemand von uns Ihnen erzählen könnte, was Sie so dringend hören wollen.«

»Eine von uns könnte es vielleicht«, mischt Christiana sich ein, lehnt sich zurück, und in mir passiert etwas. Das Adrenalin schießt ein, und ich schalte auf Alarmstufe. »Stimmt doch, Claire?«

»Was soll das heißen?« Der Reiher ist sichtlich verwirrt.

»Claire hat mehr Zeit mit Ihrer Schwester verbracht als der Rest der Gruppe«, erklärt Christiana. »Jemma hat sie ein paarmal zu Hause besucht. Sie waren Freundinnen.«

Alle gaffen mich an, und jetzt, da auch Helen sich zu mir umgedreht hat, kann ich die Ähnlichkeit sogar erkennen. Sie ist hübscher als Jemma, auch wenn die Nase ein bisschen zu groß und spitz und schnabelhaft für ihr Gesicht ist. Die kleinen, dunklen Augen huschen umher, während sie versucht, ihre Gedanken zu sortieren.

»Und worüber haben Sie gesprochen? Hat sie deprimiert

gewirkt? Hat sie unsere Familie erwähnt? Bitte, ich flehe Sie an – erzählen Sie mir, was Sie wissen!«

Ich sehe, wie ihr Mund sich verzieht und eine Frage nach der anderen ausspuckt, und blende die Geräusche aus. Warum sind Durchschnittsmenschen immer so schrecklich bedürftig? Sie haben ein dermaßen simples Leben, und trotzdem finden sie ständig Gründe, sich zu beschweren. Kein Wunder, dass ich permanent angewidert bin. Was glauben die eigentlich, wie ich damit klarkomme? Ich gehöre nicht mal hierher, und ich stelle auch keine Fragen. Ich will einfach nur im Schatten stehen und in Ruhe gelassen werden. Ich will hier nicht sitzen und angegafft werden und bohrende Fragen beantworten müssen.

»Trauer.« Die Antwort kommt irgendwo aus der Tiefe. Dass ich es sage, überrascht mich selbst.

»Wie bitte?«

»Darüber haben wir gesprochen. Ich trauere um meinen Vater. Jemma hat mir erzählt, sie würde um ihre Mutter trauern. Ich hatte keinen Grund, ihr nicht zu glauben. Ich wüsste auch nicht, warum irgendwer diesbezüglich lügen sollte.«

»Das verstehe ich auch nicht«, murmelt Helen. »So was sieht Jemma ganz und gar nicht ähnlich.«

»Ich bin ja nun keine Expertin«, sage ich und streife diejenige, die angeblich Expertin ist, mit dem Blick, »aber wenn ich Ihnen einen Rat geben dürfte, würde ich aufhören, über die Person nachzudenken, die Jemma bei ihrem Tod gewesen ist, und mich stattdessen auf die Jemma konzentrieren, die Sie kannten. Sie haben Glück, dass Sie so viele schöne Erinnerungen an Ihre Schwester haben. Auf die würde ich zurückgreifen, um die Trauer zu bewältigen.«

»Gut, gut. Das war sehr hilfreich, sehr bereichernd«, sagt Star. »Ich hoffe, das hat Sie weitergebracht, Helen.«

»Nicht so richtig, nein«, entgegnet sie. »Ich weiß immer noch nicht …«

»Tut mir leid«, sagt Star und hebt die Hände, um für Ruhe zu sorgen, »aber wir müssen jetzt wirklich weitermachen. Okay.« Sie setzt sich gerade hin. »Ich glaube, jetzt ist der perfekte Moment für eine kleine Meditation. Deshalb möchte ich Sie dazu einladen, Ihre Augen zu schließen und ein paar tiefe Atemzüge zu machen.«

Ich schlage den Blick nieder und lausche Stars Stimme. Als sie anfängt, von Bussen zu reden, höre ich, wie Helen ihre Sachen packt.

»Das ist doch alles Bullshit«, sagt sie, marschiert zur Tür und zieht eine Spur aus Taschentuchkugeln hinter sich her.

Star tut so, als wäre nichts, und fordert uns auf, uns wieder auf den nächsten Atemzug zu konzentrieren, dann auf den übernächsten.

Als ich draußen einen Automotor aufdröhnen höre, öffne ich die Augen und sehe durchs Fenster. Ein roter Mercedes fährt draußen vom Parkplatz, und ich brauche keine einhundert Prozent Sehschärfe, um zu wissen, was auf dem Aufkleber an der Heckscheibe steht. Als der Wagen verschwindet, senke ich den Blick und bemerke im selben Moment, dass mich jemand beobachtet. Die Person sieht sofort wieder weg, doch der kurze Blickwechsel genügt. Hier weiß jemand, dass mit mir etwas nicht stimmt.

Hier wachen Engel – und sie sind nicht die Einzigen.

14

Am Ende der Straße liegt sie auf der Lauer. War ja klar. Leute wie sie geben nicht so schnell auf. Sobald ich näher komme, geht die Beifahrertür des roten Mercedes auf.

»Claire! Bitte reden Sie mit mir! Ich drehe noch durch, wenn ich weiter darüber grüble, was passiert sein könnte. Bitte! Ich bin verzweifelt!«

Ich spähe in den Wagen. Der Reiher sitzt am Steuer und lehnt sich über den Beifahrersitz. Sie muss ewig hier gesessen und auf das Ende des Treffens gewartet haben. Die Haut an ihrem langen Hals ist gespannt, ich sehe eine Ader darunter zucken. Sie schirmt ihre Augen gegen die Sonne ab. Das Licht ist wenig schmeichelhaft. Entlang der Kinnlinie hat sie die Foundation nicht ordentlich verwischt, und Mascara und Eyeliner scheint sie in aller Eile aufgetragen zu haben. Sie sieht wirklich verzweifelt aus – wie jemand, der dringend eine Gesichtsmaske bräuchte und ein paar Nächte durchschlafen müsste. Als sie sich kurz mit der Hand über die Augen fährt, muss ich meine Einschätzung revidieren.

Vielleicht ist es die Wimperntusche, die sich in den Krähenfüßen verteilt, oder es sind die zitternden Finger – irgendwas sagt mir jedenfalls, dass Helen mehr braucht als bloß Schlaf und eine bessere Hautpflege. Diese Frau steht am Abgrund. Was mein Interesse weckt.

»Bitte, Claire«, wiederholt sie. »Ich muss unbedingt mit jemandem reden, der Zeit mit Jemma verbracht hat, bevor sie gestorben ist. Die Leute in der Gruppe waren alle so komisch«, fügt sie hinzu, und zu ihrem ohnehin düsteren Blick gesellt sich Missbilligung. »Mit Ausnahme von Ihnen. Sie waren dort ja wohl der einzige normale Mensch.«

Entweder hat der Reiher eine miserable Menschenkenntnis, oder aber Waliser und Konsorten sollten dringend ihr Auftreten gegenüber anderen überdenken.

»Darf ich Sie zu einem Kaffee einladen? Zwanzig Minuten, länger will ich Sie gar nicht beanspruchen.«

Zwanzig Minuten. Interessante Einschätzung. So lange dauert es offenbar für einen Durchschnittsmenschen, das Unfassbare zu erfassen. Scheint mir ein unfassbar unrealistischer Schätzwert zu sein, vor allem unter Berücksichtigung sämtlicher unbekannter Größen. Wo wollen wir diesen Kaffee denn trinken? Gehen wir zu Fuß dorthin? Oder fahren wir? Läuft die Zeit, sobald wir hier aufbrechen? Oder erst nach dem ersten Schluck Kaffee? Und was, wenn die zwanzig Minuten vorbei sind? Kann ich dann einfach gehen, ganz egal, wie voll die Tassen noch sind, oder muss ich warten, bis beide Tassen leer sind? Helen fühlt sich durch mein Zögern ermutigt und tätschelt den Beifahrersitz.

»Bitte, steigen Sie ein«, sagt sie. »Ich kenne die Gegend

nicht mal. Sie sagen mir, wo das nächste Café liegt.« Sie lächelt. »Und keine Sorge, ich bin keine Serienmörderin.«

Ich erwidere ihr Lächeln, steige ein und frage mich, wie viele Serienmörder in der Geschichte des Serienmords diesen Spruch schon verwendet haben. Vielleicht sollte ich das mal ausprobieren.

Wir fahren ins Stadtzentrum, und ich lotse Helen zu einem Parkplatz. Sie zieht einen Parkschein für die Windschutzscheibe, und ich werfe einen verstohlenen Blick darauf. Zwei Stunden. So lange dauert es ihrer Einschätzung nach also tatsächlich, das Unfassbare zu erfassen. Wir spazieren zu einem Café, und als wir am Kriegerdenkmal vorbeikommen, sehe ich, wie Helen es flüchtig mustert und den Blick niederschlägt. Als Geste des Respekts? Aus echter Anteilnahme oder um meinetwillen? Als wir uns schweigend am Tresen anstellen, wetteifern Scones, Haferriegel und Cookies um meine Aufmerksamkeit, doch es sind die Kuchen, die mir in Erinnerung rufen, dass ich heute noch gar nichts gegessen habe. Jedes der überdimensionierten Stücke kostet acht Pfund. Helen fragt, ob ich auch etwas essen möchte. Ein Stück Schokokuchen – das hätte ich wirklich gern. Allerdings ist mir bewusst, dass ich kürzlich erst ihre Schwester umgebracht habe und dass der Kuchen heillos überteuert ist. Stattdessen bestelle ich ein Shortbread. Fühlt sich angemessener an.

Wir setzen uns an einen Ecktisch, und der Reiher fährt mit dem Finger über die Kante der Kaffeetasse. Als sie schließlich das Wort ergreift, klingt es wohlüberlegt.

»Zuallererst, Claire«, sagt sie und hält den Blick auf die Tischplatte gerichtet, »will ich mich bedanken, dass Sie mitgekommen sind. Zum anderen«, sagt sie und sieht mir ins Gesicht, »will ich Ihnen mein Beileid aussprechen. Ich möchte es Ihnen wirklich nicht noch schwerer machen. Ich hoffe, Sie glauben mir das.«

Ich beiße in meinen Keks und zähle stumm die Sekunden, bis unausweichlich die Fortsetzung kommt.

»Aber«, sagt sie, und ich wusste, dass sie das sagen würde, »die Sache ist die: Ich bin vollkommen ratlos, was Jemmas Beweggründe angeht. Was immer Sie mir erzählen können, wäre mir eine enorme Hilfe.«

Sie legt eine Pause ein und nippt an ihrem Kaffee. Ich glaube, sie will, dass ich rede, nur bin ich mit Zuhören eigentlich vollauf zufrieden. Außerdem schmeckt das Shortbread besser als gedacht.

»Ich habe gestern Jemmas Arbeitsplatz besucht«, sagt sie. »Jemma hat in einem Pflegeheim gearbeitet. Ich hab mit der Leiterin und mit einigen Kollegen gesprochen. Sie waren alle sehr freundlich, nicht, dass Sie mich falsch verstehen … Na ja, alle außer der Leiterin. Wenn ich ehrlich sein soll, war die alles andere als freundlich. Ich hatte fast das Gefühl, es wäre ihr lieber gewesen, ich hätte nicht mit den anderen gesprochen.«

Sie legt erneut eine Pause ein und nimmt einen zu großen Schluck Kaffee, muss husten und verzieht das Gesicht. Wahrscheinlich hat sie sich den Gaumen verbrannt, trotzdem hebt sie die Tasse erneut an die Lippen. Ich sitze reglos da und sehe sie wortlos an. Reglosigkeit und Stille – die meistunterschätzten Waffen in jedwedem Arsenal. Leute tun alles, um so einer unangenehmen Situation ein Ende zu setzen. Kippen Kaffee in sich hinein, verbrennen sich den

Mund. Erzählen alles, was sie wissen. Und mit einem Mal interessiert mich brennend, was der Reiher alles weiß. Denn wenn sie mit dem Heimpersonal gesprochen hat, dürfte sie auch mit dem authentischen Ben gesprochen haben. Hat er erwähnt, dass jemand aus der Trauergruppe da war, um Kathleen zu besuchen? Weiß der Reiher mehr, als er vorgibt zu wissen? Vielleicht, dass ich etwas mit der Sache zu tun habe? Ist dies der wahre Grund für die Einladung zu Kaffee und Keks? Vielleicht hätte ich doch ein Stück Kuchen nehmen sollen.

»Ich hab insbesondere nach Jemmas Beziehung zu Lucas Kane gefragt«, fährt sie fort. »Ich weiß nicht, ob Sie es schon in der Zeitung gelesen haben, aber angeblich hat Jemma mit seinem Verschwinden zu tun.«

Stille. Und Reglosigkeit.

»Jemma hat sich im Heim um seine Mutter gekümmert«, redet sie weiter. »Dort hat sie Lucas auch kennengelernt. Ich habe ihre Kollegen gefragt, ob an ihrem Verhältnis etwas komisch war – aber nein, nichts. Einer dort hat erwähnt, dass Jemma immer bemüht gewesen sei, Zeit mit Lucas und seiner Mutter zu verbringen, und sich freiwillig für Tagesausflüge und solche Sachen gemeldet habe. Aber er hat auch gesagt, dass das nicht weiter bemerkenswert gewesen sei. Ich meine – immerhin war das ihr Job. Ich hab mich nur gefragt …« Sie legt erneut eine Pause ein und fährt über den Rand ihrer Tasse. »Ich hab mich nur gefragt, ob da mehr war zwischen Lucas und Jemma. Ob sie Freunde waren.« Sie hebt die Tasse an die Lippen und sieht mich darüber hinweg an. »Oder ein Liebespaar.«

Ich weiß, dass sie nur darauf wartet, dass ich ihren Verdacht bestätige oder aus der Welt räume, aber ich schweige weiter, was sie merklich irritiert.

»Hat Jemma diesen Lucas Ihnen gegenüber erwähnt?«, fragt sie, und diesmal weiß ich, dass ich antworten muss. Es ist immerhin eine direkte Frage, und die Regel für direkte Fragen sind klar. Ein-Wort-Antworten sind erlaubt, aber es geht eben auch nicht weiter, ehe geantwortet wurde.

»Nein«, antworte ich.

»Sind Sie sich sicher?«

»Ja.«

»Dann hat sie Ihnen gegenüber Lucas Kane nie erwähnt?«

»Nein«, wiederhole ich.

»Und seine Mutter?«

»Nein.«

»Hat Jemma überhaupt über ihre Arbeit gesprochen? Darüber, was sie beruflich gemacht hat?«

»Nein«, antworte ich und wundere mich kurz, warum der Reiher das Bedürfnis hat, zu erläutern, was das Wort »Arbeit« bedeutet.

»Es tut mir leid, Claire«, sagt sie, auch wenn ich ihr das nicht abnehme. »Ich verstehe immer noch nicht, worüber Sie und meine Schwester gesprochen haben.«

Diesmal formuliert sie es weder direkt noch als Frage, trotzdem muss ich der Sache ein Ende setzen. Denn es ist nun mal so: Ich langweile mich. Ich langweile mich zutiefst, und zwar, seit ich mein Shortbread aufgegessen habe. Es ist offensichtlich, dass der Reiher nichts über mich weiß, und ich glaube sogar, dass er überhaupt nichts weiß. Dieser Umstand hat bei mir sehr schnell Langeweile ausgelöst, und ich kann es inzwischen kaum noch erwarten, nach Hause zu meinem Bild zurückzukehren. Seit ich angefangen habe, Deb und Vampirraucher aufzulauern, kann ich mich endlich wieder darauf konzentrieren. Es wird eine neue Küstenszene – Acryl auf Leinwand, spielerisch fließendes Wasser, das richtig gut aussieht. Schon komisch, dass ich immer dann besser arbeite, wenn ich vorhabe, jemanden umzubringen.

»Es tut mir leid, Helen«, sage ich und kontere Unehrlichkeit mit Unehrlichkeit, »aber wie schon während des Gruppentreffens erwähnt, haben Jemma und ich über unsere Trauer gesprochen.«

»Ist das alles? Sind Sie sich ganz sicher, dass meine Schwester Lucas Kane nie erwähnt hat?«

»Sie hat ihn nie erwähnt.«

»Okay.« Der Reiher legt die Hände flach auf die Tischplatte. Schweigt für einen Moment und versucht anscheinend, ihre Gedanken zu sortieren. Muss ihren Frust irgendwie in den Griff kriegen.

»Wie hat Jemma auf Sie gewirkt«, fragt sie dann, »als Sie mit ihr gesprochen haben?«

»Was genau meinen Sie?«

»Hat sie glücklich gewirkt? Traurig? Aufgeregt?«

Ich denke an zwei Frauen, die sich über Trauer unterhalten. Stelle sie mir bildhaft vor, male mir aus, wie sie sich fühlen könnten.

»Sie hat traurig gewirkt.«

»Die ganze Zeit?«, hakt Helen nach. »Hat sie depressiv gewirkt? Oder eher einsam?«, fügt sie hinzu, noch ehe ich auch nur antworten kann. »Hat Jemma einsam auf Sie gewirkt? Oder hatten Sie den Eindruck, sie könnte in einer Beziehung gewesen sein?«

Ich warte, bis sie fertig geplappert hat. Dieses unablässige Bedürfnis nach Informationen – ich frage mich wirklich, was die treibende Kraft dahinter ist. Ein schlechtes Gewissen vielleicht? Neugier? Langeweile? Vielleicht ist der Reiher selbst einsam und depressiv. Sie sieht mich stumm an, und mir dämmert, dass ich irgendwas sagen sollte.

»Helen, darf ich ganz ehrlich sein?«, frage ich, wie so oft, wenn ich noch nicht sicher weiß, was ich sagen soll.

»Ja«, antwortet sie erwartungsgemäß. Kein normaler Mensch hat diese Frage je mit Nein beantwortet.

»Ich will Sie wirklich nicht vor den Kopf stoßen und hoffe, Sie nehmen es mir nicht krumm, aber Jemma wirkte auf mich eher ...«

»Ja?« Sie rutscht auf ihrem Stuhl vor und giert nach jedem Informationsschnipsel, den ich ihr hinwerfe.

»Kopflos.«

»Kopflos«, wiederholt sie und scheint auf dem Wort regelrecht herumzukauen. »Kopflos«, sagt sie erneut, starrt ins Leere, denkt über das Wort nach, als wäre es der Schlüssel zu sämtlichen Geheimnissen des Universums. »Inwiefern?« Sie sieht wieder zu mir.

»Na ja ...« Ich rutsche auf meinem Stuhl herum, lasse den Blick hin und her huschen und imitiere all die merkwürdigen Reaktionsmuster, die der Waliser an den Tag legt, sobald Star anfängt, von Meditation zu sprechen.

»Ist schon in Ordnung, Claire«, beruhigt mich der Reiher. »Was immer Sie sagen wollen – nichts könnte schlimmer sein als das, was sowieso schon in mir vorgeht. Ich will einfach nur die Wahrheit hören.«

»Okay.« Ich setze mich aufrechter hin und tue so, als wäre

der folgende Punkt besonders relevant. »Jemma hat auf mich immer ein bisschen …«

»Ja?«

»… befremdlich gewirkt.«

»Befremdlich? In welcher Hinsicht?«

»Die Kleidung, die sie getragen hat – die war schon sehr ungewöhnlich.«

»Ach, na ja, so war Jemma eben.« Der Reiher lächelt. »Sie hatte schon immer ihren ganz eigenen Stil.«

»Wirklich?«

»O ja«, sagt sie. »Ich weiß noch, dass sie in der Oberstufe diese Phase hatte, in der sie Goth-Make-up mit Paisleyblusen und Jodhpurhosen kombiniert hat.«

Bei der Erinnerung muss der Reiher schmunzeln, und allmählich wird mir schlecht. Ich bin davon ausgegangen, dass Jemmas haarsträubender Kleidungsstil Teil ihres Fake-Opfertums gewesen wäre. Dass sie tatsächlich gern Riemensandalen mit Jogginganzügen getragen hat, macht mich richtiggehend fertig.

»Wenn ich heute daran zurückdenke«, sagt Helen, »und mich an einige ihrer Outfits erinnere, wundere ich mich, wie unsere Eltern sie jemals so aus dem Haus lassen konnten.«

Ja, das ist wirklich verwunderlich. Fast so sehr wie der Umstand, dass Jemma lange genug überlebt hat, um das Gummistiefel-Kilt-Alter zu erreichen. Ich kann doch nicht die Erste gewesen sein, die sie dafür hat umbringen wollen. Der Reiher lächelt irgendwas über meinem Kopf an, und ich habe das ungute Gefühl, dass sie in Erinnerungen schwelgt. Wenn auch nur die geringste Chance besteht, dass sie mir mehr über Jemmas Modeverbrechen erzählt, muss ich sie schleunigst aus den Gedanken reißen und ins Hier und Jetzt zurückholen.

»Womöglich hat Jemmas ›eigener Stil‹ in Kombination mit ihren regelmäßigen Gefühlsausbrüchen dazu beigetragen, dass sie …«

»Befremdlich gewirkt hat«, bringt Helen leise meinen Satz zu Ende.

»Ja.«

Sie sackt auf ihrem Stuhl leicht in sich zusammen, schlägt die Hände vors Gesicht und schluchzt. Ziel erreicht. Der traurige Reiher ist wieder da.

»Es bleiben einfach so viele Fragen offen.«

Sie wischt sich über die Augen und fährt sich dann mit der Hand durch die Haare. Ihr Haaransatz ist grau. Und fettig. Sie bräuchte neue Strähnchen. Und müsste sich dringend die Haare waschen.

»Erstens: Warum ist Jemma so weit gefahren, um diese Trauergruppe zu besuchen? Zweitens …« Sie zählt es an ihren Fingern ab. Die Fingernägel mit Resten von dunkelrotem Nagellack sind abgekaut, was mich an irgendwas erinnert. »Warum hat sie überhaupt eine Trauergruppe besucht? Warum hat sie so getan, als wäre Mum gestorben?«

Woran erinnern mich ihre Fingernägel? Dass ich nicht daraufkomme, ärgert mich.

»Warum hat Jemma so viel über Trauer geredet, obwohl sie doch gar nicht getrauert hat?«, fährt sie fort. »Drittens: Ich weiß, dass sie Lucas Kane im Pflegeheim kennengelernt hat – aber wie standen sie zueinander? Weshalb war sie im Besitz seiner Aktentasche? Und weshalb hat sie die an besagtem Abend mit zu Florence genommen?«

Florence' Kleid! Das in der Mitte hing! Ich bin mir sicher, es war lachsfarben. Und mit Jemmas Blut besprenkelt. Daran erinnern mich Helens Fingernägel.

»Und wo ist dieser Lucas?« Sie richtet sich gerade auf. »Anscheinend wird er seit Wochen vermisst. Wenn Jemma ihm etwas angetan hat, wo ist dann die Leiche? Wenn Jemma wusste, dass sie sich umbringen würde, warum hat sie dann seine Aktentasche am Tatort zurückgelassen, aber keinen Hinweis darauf, wo man ihn finden würde? Das passt doch alles nicht zusammen. Und viertens: Warum hat sie Florence umgebracht?«

Viertens? Anscheinend habe ich schon vor einer Weile den Faden und das Interesse verloren. Trotzdem bin ich mir sicher, dass es mehr als nur vier offene Fragen waren.

»Es tut mir leid, Helen, dass ich keine Ihrer Fragen beantworten kann.« Ich will das Gespräch endlich abschließen. »Für mich passt das alles auch nicht zusammen. Die Jemma, die ich kennengelernt habe, war von Trauer zerfressen. Als ich erfahren habe, dass diese Trauer nicht mal echt war, hab ich mir kurz gedacht, dass die Frau, die ich kennengelernt habe, eventuell eine Art …«

Überraschende Entscheidung getroffen hat? Wenig überzeugend.

Psychotische Episode hatte? Zu extrem.

»… Nervenzusammenbruch erlitten hat«, sage ich zu guter Letzt.

»Den Gedanken hatte ich auch schon. Natürlich«, sagt sie fast schon aggressiv. »Aber als ich mit dieser Heimleiterin gesprochen habe, meinte die, Jemma sei bis zu ihrem Tod immer eine pflichtbewusste Mitarbeiterin gewesen. Sie kam nie zu spät zu ihrer Schicht, hat sich nie krankgemeldet. Nach Nervenzusammenbruch sah es eindeutig nicht aus. Ich weiß ja auch nicht«, sagt sie und sackt abermals leicht in sich zusammen. »Kann es wirklich sein, dass ein Mensch nach außen hin etwas darstellt, was seinem wahren Wesen so sehr widerspricht?«

Japp.

Sie starrt auf den Fußboden und scheint sich in ihren Gedanken zu verlieren. Ich tue es ihr gleich. Die Regeln für rhetorische Fragen sind immerhin ziemlich entspannt. Stummes Nachdenken gehört eindeutig zu den sozial akzeptierten Reaktionen.

Als sie sich wieder aufrecht hinsetzt und meinen Blick auffängt, wirkt sie schon wieder entschlossener.

»Vielleicht können Lucas' Kollegen ja Licht ins Dunkel bringen. Ich bin morgen mit ein paar von ihnen verabredet.«

»Hoffentlich.« Und wieder frage ich mich, woher dieses Bedürfnis nach Informationen stammt. Und muss der Reiher nicht arbeiten? Hat sie keine Familie, keine Kinder? Wie kommt es, dass sie so viel Zeit hat, in den Überresten dieses Geheimnisses zu wühlen? Und warum will sie das überhaupt?

Sie nimmt ein Notizbuch aus ihrer Tasche und schlägt es auf einer beschriebenen Seite auf. Ihre Handschrift ist leserlich und so groß, dass ich sie auch kopfüber lesen kann. Die Überschrift ist unterstrichen – *Jemmas Kollegen* –, und darunter hat sie die Namen aufgelistet. Ich kann gerade noch *Deb (Leiterin), Ben, Linda, Tim* und *Gary* entziffern, ehe sie weiterspricht.

»Claire, darf ich Ihnen meine Nummer geben?«, fragt sie,

schreibt sie aber bereits auf. »Wenn Ihnen noch etwas einfällt – ganz egal, was –, bitte zögern Sie nicht, mich anzurufen.«

»Natürlich.«

Heißt Vampirraucher wohl Tim oder Gary?

»Ich fühle mich ganz elend, weil ich den Draht zu Jemma verloren habe«, fährt sie fort, während ich noch darüber nachdenke, welcher Name besser zu ihm passt. »Ich frage mich ständig, warum ich nie ans Telefon gegangen bin. Vier Jahre – und in all der Zeit hab ich nie den Kontakt zu ihr gesucht. Warum bin ich nie ans Telefon gegangen?«

Noch eine rhetorische Frage. Noch mehr Zeit für stummes Nachdenken, in der ich zu dem Schluss komme, dass Vampirraucher eher nach Gary aussieht, was womöglich bedeutet, dass er in Wahrheit Tim heißt.

»Es war nicht mal ein schlimmer Streit«, sagt sie dann. »Also – der Grund, warum wir nicht mehr miteinander gesprochen haben.«

Sie sieht mich an. Erwartet sie eine Reaktion? Glaubt sie, das würde mich interessieren?

»Das war wahnsinnig nett«, sagt sie und muss ihren Mund zu einem schiefen Lächeln verziehen. »Zeit mit jemandem zu verbringen, der Jemma vor ihrem Tod kannte. Ich nehme nicht an, dass wir uns noch mal sehen könnten, oder?«

Warum, Reiher? Wozu? Du hast hier ewig mit mir zusammengesessen und nichts in Erfahrung gebracht. Sie reicht mir ihr Notizbuch. Ich willige ein, sie noch mal zu treffen, weil die Bereitschaft zu einem weiteren sinnlosen Treffen bedeutet, dass das aktuelle sinnlose Treffen ein Ende hat. Ich blättere die Seite um, schreibe ihr meine Nummer auf und überfliege ein paar weitere ordentliche, gut lesbare Zeilen. Der Zeitpunkt ihrer morgigen Verabredung steht ganz zuoberst und darunter, als Überschrift: *Lucas' Kollegen.* Helen ist dermaßen organisiert, dass sie die komplette Seite schon vorbereitet hat. Die Liste wartet nur noch darauf, mit den entsprechenden Namen ergänzt zu werden. Ich frage mich, ob irgendeiner der Namen ihr Antworten auf ihre zig Fragen geben kann. Ob sie morgen um dieselbe Zeit der Wahrheit ein Stück näher gekommen sein mag. Ich denke darüber nach, wie ich mich verhalte, wenn ich an etwas arbeite – was ich alles dafür tun würde –, und über das Gefühl, dass etwas so lange unfertig ist, bis es tatsächlich fertig ist. Als ich ihr das Notizbuch zurückgebe, fällt mir noch etwas anderes auf. Nicht an ihr, sondern an mir. Es ist kaum wahrnehmbar, aber ich weiß, dass es da ist. Unbehagen.

Wir stehen auf, ziehen unsere Mäntel an, und sie bietet mir an, mich nach Hause zu fahren. Ich lehne dankend ab und behaupte, ein Spaziergang werde mir guttun. Sie lächelt, gratuliert mir zu meiner Figur, sagt, ich müsse ja wohl gewiss nicht trainieren, tätschelt sich selbst das Bäuchlein und sagt, sie wünsche sich, sie wäre so schlank und anmutig wie ich.

Als wir auf die Straße treten, erhasche ich einen Blick auf mein Spiegelbild im Schaufenster. Da ist sie, meine Mutter, schlank und anmutig – ihre Augen, ihre Haare, ihre Wangenknochen. Helen starrt sich selbst in der Scheibe an, wischt sich über die Haut unter den Augen und sagt, sie sehe aus, als wäre sie in den vergangenen zwei Wochen um zwei Jahrzehnte gealtert. Mir schießt erneut durch den Kopf, dass sie eine Gesichtsmaske bräuchte, sich die Haare waschen müsste und Strähnchen, eine Maniküre, eine Diät und ein paar Nächte Schlaf nötig hätte, trotzdem beteuere ich, dass sie gut aussehe. Und packe die Worte in das falsche Lächeln meiner Mutter.

Wir verabschieden uns voneinander, und sie geht zurück zum Parkplatz. Zurück zu ihrem roten Mercedes und den offenen Fragen und einem neuen Leben als Einzelkind. Ich sehe ihr hinterher, als sie davonfährt, und wünsche mir für sie, dass sie mit diesem Leben weitermacht. Flehe sie stumm an, alldem hier den Rücken zu kehren.

Die Neugier ist der Katze Tod. Und macht Hackfleisch aus einem Reiher.

DAMALS

Der Fleischgeruch von unten ist so durchdringend, dass er sie beinahe vom Schreiben abhält. Aber nur beinahe. Diese Geschichte ist bisher ihre beste. Sie weiß, es ist die beste Geschichte überhaupt, und kann es kaum erwarten, dass ihr Vater sie liest. Sie muss nur noch das Ende schreiben. Es wird kein gutes Ende, weil nie etwas gut ausgeht, aber es wird das perfekte Ende für diese Geschichte. Eine honigfarbene Katze kommt von ihrem Lieblingsschlafplatz unter dem Bett hervor und springt neben dem Mädchen auf die Matratze. Das Mädchen streicht der Katze über den Kopf.

»Honey! Raus da!«, ruft die Frau, die soeben in der Tür auftaucht.

Die Katze ignoriert sie. Das Mädchen ebenfalls.

»Honey! Komm zu Mama!« Die Frau betritt das Zimmer und nimmt die Katze vom Bett. »Guck dich an«, sagt sie und betrachtet die Katze in ihren Armen. »Mamas perfektes Mädchen. Mama liebt dich so sehr, Honey! Du bist Mamas Beste!«

Das Mädchen schreibt weiter und blickt erst auf, als die Frau es beim Namen nennt.

»Claire, komm jetzt runter. Ich brauche dich in der Küche.«

Das Mädchen legt Stift und Papier beiseite und folgt der Frau nach unten. In der Küche steht ein großer Topf auf dem Herd, und in der Luft hängt schwerer, widerwärtiger Fleischgeruch.

»Claire, du kriegst heute ein besonderes Geburtstagsessen«, sagt die Frau. »Du kannst helfen, das Fleisch zu zerschneiden.«

»Du kochst?«, fragt das Mädchen. »Du kochst doch sonst nie.«

»Tja, heute koche ich aber.« Die Frau klatscht einen Haufen rotes, schleimiges Fleisch auf ein Schneidebrett.

»Was ist das?« Das Mädchen rümpft die Nase. Das Fleisch riecht verdorben. Es riecht nach Tod.

»Leber.« Die Frau lächelt. »Ich koche Lebereintopf für dich.«

»Daddy hat gesagt, er will mit uns essen gehen«, sagt das Mädchen.

»Aber das muss er jetzt nicht mehr, stimmt's?«, entgegnet die Frau. »Das Geld kann er sparen und mehr für mich ausgeben. Du solltest die Sachen sehen, die er mir kauft, Claire! Seit er befördert wurde, macht er mir ständig Geschenke. Teuren Badezusatz, Parfüm, Unterwäsche … Und wenn wir in das neue Haus umziehen, kauft er mir noch viel mehr Sachen für den zusätzlichen Platz, den ich dort habe. Deshalb ist er auch so lange bei der Arbeit.« Sie lächelt. »Damit er mehr Geld für mich ausgeben kann.«

Immer noch lächelnd zeigt sie auf das Schneidebrett.

»Das Fleisch ist ein bisschen knorpelig. Womöglich dauert das Zerteilen länger, deshalb fang besser an. Ich gehe baden. O nein, Honey!« Sie strahlt die maunzende Katze an. »Nein, das ist nicht für dich. Das ist alles für Claire. Ein ganz besonderes Geburtstagsgeschenk.«

Die Frau verlässt die Küche. Als sie wiederkommt, trägt sie ein kurzes, schwarzes Satin-Negligé und einen Handtuchturban.

»So, Claire, das Fleisch kommt jetzt in den Topf, und dann rührst du ordentlich um.«

Die Haustür geht auf, und plötzlich ist er da.

»Hallo, Claire!«, ruft er. »Alles Liebe zum Geburtstag! Entschuldigt, dass ich so spät komme ... Was riecht hier denn so?«

»Mummy kocht«, antwortet das Mädchen.

»Was denn?«, fragt er und wirft einen Blick in den Topf.

»Leber«, erklärt die Frau. »Claire bekommt einen Lebereintopf.«

»Ich hab doch gesagt, ich führe euch heute aus.« Der Mann dreht sich vom Herd weg.

»Aber das musst du jetzt nicht mehr«, sagt die Frau, schlingt ihm die Arme um den Hals und zieht seinen Kopf näher. »Jetzt hast du mehr Zeit für andere Dinge. Für mich. Und zwar oben.«

Sie küssen einander, dann macht der Mann einen Schritt zurück.

»Nicht vor Claire.« Er streift das Mädchen mit dem Blick. »Es ist ihr Geburtstag, ich würde auch gern Zeit mit ihr verbringen.«

»Später.« Die Frau zieht ihn aus der Küche.

»Daddy, kann ich dir meine Geschichte vorlesen?«, fragt das Mädchen. »Es ist die beste Geschichte von allen.«

Er sieht erst seine Tochter, dann seine Frau und wieder seine Tochter an.

»Aber natürlich, Claire«, sagt er. »Ich will nur ganz kurz ein bisschen Zeit mit Mummy verbringen. Anschließend kannst du mir deine Geschichte vorlesen. Du kannst sie uns beiden vorlesen.«

»Ich glaube, Mummy versteht meine Geschichte nicht.« Das Mädchen dreht sich wieder zum Kochtopf um. »Da sind lauter große Worte drin.«

»Rühr einfach weiter, Claire«, sagt die Frau und zieht den Mann lächelnd hinter sich her.

Einige Zeit später taucht die Frau wieder in der Küche auf. Sie trägt immer noch ihr kurzes Negligé, das Handtuch hingegen, das zuvor um ihre Haare gewickelt war, hält sie in der Hand. Sie tritt an den Herd und schiebt das Mädchen zur Seite.

»Gut«, sagt sie. »Das braucht jetzt nur noch ein bisschen Feinschliff.«

Das Mädchen rennt hoch in sein Zimmer und will die Geschichte holen, aber die ist nicht mehr da. Sie sucht ihr Bett ab, sucht unter dem Bett, sucht überall.

Sie rennt zurück in die Küche, wo die Frau den Eintopf in eine Schüssel schöpft.

»Was hast du mit meiner Geschichte gemacht?«

»Was interessiert mich deine blöde Geschichte?«, entgegnet die Frau. »Setz dich und iss, was ich für dich gekocht habe.«

Dann erscheint auch der Mann wieder in der Küche, und lächelnd dreht sich die Frau zu ihm um.

»Warum nimmst du dir nicht ein Glas Whisky und gießt mir ein Glas Wein ein?«, fragt sie. »Wir essen später etwas anderes. Das hier habe ich nur für Claire gekocht.«

Der Mann dreht sich um und kümmert sich um die Drinks, während die Frau aufmerksam zusieht, wie das Mädchen den ersten Bissen nimmt.

»Iss langsam, Claire«, sagt sie und schmunzelt. »Du willst dich doch an deinen großen Worten nicht verschlucken.«

Das Mädchen starrt die Frau an und kaut weiter.

Als der Mann die Gläser auf dem Tisch abstellt, verharrt sein Blick auf seiner Tochter.

»Besser, sie isst das nicht«, sagt er. »Das riecht verdorben. Claire, hör auf zu essen!«

»Ich will es aber essen, Daddy«, sagt das Mädchen freundlich und nimmt den nächsten Löffel voll. »Es ist lecker. Und es schmeckt süß«, sagt sie und sieht zu ihrer Mutter. »Es schmeckt nach Honig.«

Das Lächeln im Gesicht der Mutter verblasst. Dann setzt Geschrei ein.

»Wo ist meine Katze?«, kreischt die Mutter und sieht unter dem

Tisch nach. »Honey! Honey! Wo bist du? Hör sofort auf zu essen!«, schreit sie und schlägt dem Kind auf die Hand, sodass der Löffel quer durch die Küche fliegt. »Was hast du mit meiner Katze gemacht?« Sie schüttelt das Kind. »Was hast du mit meiner Katze gemacht?«

»Beruhige dich!« Der Mann zieht die Frau von dem Mädchen weg. »Was redest du denn da? Claire hat doch die Katze nicht mitgekocht! Was ist denn los mit dir? Du klingst vollkommen verrückt!«

»Die ist verrückt!«, kreischt die Frau und zeigt auf das Mädchen. »Die ist böse! Die reine Boshaftigkeit! Genau wie deine Mutter! Siehst du das nicht?«, wendet sie sich flehentlich an ihn. »Sie hat die gleiche Finsternis an sich! Siehst du das nicht? Warum kannst du das nicht erkennen? Honey! Honey! O Gott, sie hat die Katze umgebracht! Ich sehe es ihr an!«

»Wovon redest du?«, entgegnet der Mann erneut. »Sie ist ein Kind! Ein unschuldiges sechsjähriges Kind! Unser Kind!«

»Frag sie selbst!«, kreischt die Frau. »Frag sie, was sie mit meiner Katze gemacht hat!«

»Das ist doch wahnsinnig«, murmelt der Mann. »Claire, hast du die Katze mitgekocht?«

»Nein, Daddy, hab ich nicht«, sagt das Mädchen. »Kann ich jetzt Kuchen haben?«

»Nein, kannst du nicht!«, jault die Frau. »Hoch in dein Zimmer, du hinterhältiges kleines Miststück! Honey! Honey! Wo steckst du? Ich ertrag das nicht«, heult sie und späht in den Topf auf dem Herd. »Mein armes Baby …«

»Honey ist wahrscheinlich eher im Garten als in diesem Topf«, stellt der Mann fest, woraufhin die Frau nach draußen läuft und der Mann sich zu seiner Tochter umdreht. »Vielleicht gehst du besser für ein Weilchen in dein Zimmer, Claire … bis Mummy sich wieder beruhigt hat.«

Das Mädchen rutscht von seinem Stuhl und rennt die Treppe hinauf ins Kinderzimmer. Durchs Fenster kann sie den Garten sehen. Die Frau sucht auf allen vieren einen Busch ab und ruft nach ihrer Katze. Ihr kurzes schwarzes Negligé ist verrutscht, und am Zaun stehen lachend und johlend die Nachbarjungen.

»Verschwindet!«, fordert der Mann sie auf.

Die Frau steht wieder auf, heult aber immer noch und ruft nach der Katze. Immer und immer wieder. Die Nachbarjungen machen ihre panische, verzweifelte Stimme nach und lachen umso lauter.

Die Frau watet durch die Brennnesseln am Ende des Gartens. Der Mann versucht noch, sie aufzuhalten, aber die Frau stößt ihn weg. Die Brennnesseln müssen ihr die nackten Beine verbrennen.

Lächelnd dreht das Mädchen sich vom Fenster weg. Auf ihrem Bett nimmt sie Bambi, ihr Lieblingsplüschtier, in den Arm, greift zu einem leeren Blatt Papier und fängt an zu schreiben. Die neue Geschichte wird gut, vielleicht sogar noch besser als die letzte. Eine honigfarbene Katze kommt von ihrem Lieblingsschlafplatz unter dem Bett hervor und springt auf die Matratze. Das Mädchen streicht der Katze über den Kopf und lauscht ihrem Schnurren, während es sich die neue Geschichte zurechtlegt. Womöglich geht sie diesmal sogar gut aus. Vielleicht gibt es doch Geschichten mit einem guten Ende.

15

In Kathleens Zimmer liegt auf dem Couchtisch immer ein Fotobuch, was aber nicht weiter stört. Bücher, die nicht im Regal stehen, sehen oft nach Unordnung aus, etwa die Romane und Kreuzworträtselhefte, die sich neben dem Lesesessel auf dem Boden stapeln – ausgelesen, beiseitegelegt, vergessen. Das Fotoalbum hingegen ist ein Schmuckstück, hat einen gefütterten Umschlag, Seidenpapier zwischen den einzelnen Seiten, und jedes Foto, jedes Blatt mit aufgedrucktem Text wurde mit Akkuratesse und Hingabe eingeklebt. Schwarz-Weiß-Fotos der jungen Kathleen hoch zu Ross, mit funkelnden Augen, Zahnlücke und in Reiterhose – die Sorglosigkeit in Person. Auf einem anderen Bild spielt sie in einem gepflegten Garten, auf einem weiteren steht sie neben ihren Eltern in einem Zimmer, das dem im Heim nicht unähnlich ist. Ihr Vater – die Verkörperung von Würde – wirkt unendlich stolz auf seine glamouröse Ehefrau und die Bilderbuchtochter. Auf jedem Foto ist alles bis zur Perfektion durchgestylt – Haare, Kleidung, sogar der Labrador. Ich blättere um und frage mich insgeheim, wie perfekt ihre Welt tatsächlich war.

Das kleine Mädchen Kathleen hatte sich die blonden Locken zu Zöpfen geflochten, trug als Teenager einen kurzen Bob und hat sich als Braut Blumen ins Haar gesteckt. Dass sie eine jüngere Version ihres Vaters geheiratet hat, muss ihre Eltern unendlich gefreut haben. Ich starre die Hochzeitsfotos an und stelle mir vor, wie Kathleens Vater und ihr frisch angetrauter Ehemann sich auf einen Portwein in ein Nebenzimmer zurückziehen. Ich sehe es ganz deutlich vor mir: zwei attraktive und hochkompetente Botschafter des Anstands, die Zigarre rauchen und die wichtigsten Themen des Tages diskutieren. Sie sehen beide aus wie die Sorte Mann, die tagaus, tagein Anzug trägt, Damen die Tür aufhält und niemals in deren Anwesenheit fluchen würde. Tja, so sehen sie aus. Die Wahrheit mag eine ganz andere gewesen sein. In Wahrheit könnten sowohl Kathleens Vater als auch ihr Ehemann alkohol- und pillensüchtige Womanizer gewesen sein, die ihre Frauen schlugen, kaum dass die Kameras weggepackt waren. Immerhin geben Durchschnittsmenschen seit jeher gern ein geschöntes Bild von sich selbst an die Welt ab. Eine der wenigen Marotten, die sie überhaupt interessant machen.

Dieser spezielle Aspekt der menschlichen Natur hat mich immer schon fasziniert – das unersättliche Bedürfnis, beneidet und bewundert zu werden. Tagtäglich lassen sich Abermillionen durchschnittlicher Menschen in den sozialen Netzwerken auf einen schonungslosen Wettkampf um die meisten Likes ein, ohne sich zu fragen, ob sie die Person, die sie darstellen, überhaupt noch leiden können. Wir sind an einem Punkt angekommen, an dem die Wahrheit nicht mal mehr unangenehm, sondern komplett irrelevant ist. Seit der Erfindung der Kamera haben Menschen sich verstellt, um ein falsches Bild von sich abzugeben – und genau deshalb kann ich auch durch die Fotos in Kathleens Album blättern, ohne eine Ahnung davon zu bekommen, wie ihr Leben tatsächlich war.

Ich starre die jetzige Kathleen an, die selig schlummernd in ihrem warmen, weichen Bett liegt. Sie sieht so zart und zerbrechlich aus. Und bei Sinnen. Ich frage mich, ob der Wahn sich in ihre Träume einschleicht oder ob der Schlaf ihre letzte Zuflucht ist. Ich schlage das Album zu, lege es zurück auf den Couchtisch und hoffe, dass ihr Ehemann und ihr Vater tatsächlich die Gentlemen waren, die sie auf den Fotos darstellen. Ich hoffe für Kathleen, dass das Leben, an das sie sich inzwischen nicht mehr erinnern kann, ein glückliches war.

Die Tür geht auf, und der authentische Ben tritt ein. Bevor er mich anlächelt, sieht er erst nach Kathleen. Eindeutig ein Mann mit Prioritäten und einem moralischen Kompass, der keine Auszeit kennt. Wie, in aller Welt, hält er es zwischen all den unauthentischen Gestalten hier aus?

»Hallo, Claire«, sagt er. »Wie geht es Ihnen an diesem schönen Tag?«

Ist der Tag schön? Habe ich noch gar nicht bemerkt.

»Danke, Ben, sehr gut«, antworte ich. »Und Ihnen?«

»Mir geht's prima«, sagt er. »Gefühlsmäßig ganz wunderbar, es könnte überhaupt nicht besser sein. Aber körperlich? Geht so. Ich bin gestern einen Halbmarathon gelaufen. Hab ein schönes Sümmchen für die Alzheimergesellschaft erlaufen, was großartig ist – und die Stimmung war einmalig. Aber die Strecke war eine Tortur! So viele Anstiege hab ich noch nie gehabt. Zu Hause hab ich ein Eisbad genommen, trotzdem sind meine Beine heute bleischwer, und ich hab mehr Blasen an den Füßen als Zehen!«

Ich staune, dass eine Zwei-Wort-Rückfrage eine derart ausführliche Antwort auslösen kann, bis mir mit einem Mal dämmert, dass jetzt anscheinend ich an der Reihe bin. Das Problem ist nur, dass ich aufgehört habe, ihm zuzuhören, weil mir langweilig geworden ist. Jetzt weiß ich nicht, was ich sagen soll. Mir fällt nicht mal eine Standardfloskel ein. Mein Blick bleibt an dem Fotoalbum hängen, und ich wechsle das Thema.

»Ich habe mir gerade Kathleens Fotos angesehen«, sage ich. »Sieht so aus, als hätte sie ein richtig glamouröses Leben geführt.«

»Stimmt. Ich glaube, deshalb hat ihr Sohn sie auch unbedingt hier unterbringen wollen. Er wollte, dass sie ihre letzten Tage so stilvoll verbringt, wie sie es gewohnt war.«

Bens Blick verdüstert sich für einen Moment, was mich überrascht. Denkt er an den vermissten, mutmaßlich toten Sohn? Oder weiß er einfach nur, dass der Einrichtungsstil jemandem, der geistig nicht mehr auf der Höhe ist, nichts bedeutet?

»Ihr Sohn hat mir erzählt, dass Kathleen vor ihrem Einzug eine Zeit lang in der Psychiatrie war«, sagt Ben. »Er hat auch erwähnt, wie schlimm er das fand und wie groß die Erleichterung war, als sie wieder rausdurfte.«

Kathleen rührt sich, und Ben steht sofort an ihrer Bettkante. Ich sehe ihm zu, wie er ihr aus der Karaffe ein Glas

Wasser einschenkt, und muss an Lucas Kane denken. Wer hätte gedacht, dass Lucas und ich etwas gemeinsam hatten? Jetzt, da ich weiß, dass wir die Psychiatrie gleichermaßen verabscheut haben, wird er mir wider Willen einen Hauch sympathischer. Trotz der Erpresserei, der Arroganz und der Unfähigkeit, die korrekte E-Mail-Adresse anzuklicken, war er womöglich gar kein schlechter Mensch. Nur ein fürsorglicher Sohn, der das Beste für seine Mutter wollte. Ich muss an die zerstückelte Leiche denken, die in meinem Garten verrottet. Vielleicht grabe ich sie beizeiten aus und bestatte sie woanders. An einem Ort, wo es ein bisschen schöner ist. Mit besserer Aussicht. Vielleicht unter einem großen Baum? Oder an einem Seeufer? Was er wohl lieber gehabt hätte?

Kathleen ist inzwischen aufgewacht und fragt hektisch nach ihrer Puppe. Ich teile Ben mit, dass ich draußen warte, während er sie ankleidet. Auf dem Flur begegne ich Vampirraucher, der eine ältere Dame stützt – möglicherweise Janet, aber ich glaube eher, es ist Edith. Er unterdrückt ein Gähnen. Dass er müde ist, wundert mich nicht, weil ich ebenfalls müde bin. Ich habe ihn am Vorabend verfolgt und herausgefunden, wo er wohnt, und dann habe ich bis nachts um halb zwei durch den Spalt zwischen seinen vergilbten Wohnzimmervorhängen beobachtet, wie er stundenlang *Call of Duty* spielte und eine Zigarette nach der anderen rauchte. Vampirraucher führt ein unfassbar langweiliges Leben. Nur gut, dass sein Tod alles andere als langweilig wird.

Als ich den Aufenthaltsraum betrete, sitzt Miranda vornübergebeugt vor dem Fernseher und stochert wie wild auf die Tasten der Fernbedienung ein. Als sie mich kommen sieht, zuckt sie zusammen und blickt erst verängstigt drein. Dann lächelt sie.

»Hallo, Claire. Gut, dass Sie das sind! Ich weiß, ich sollte das nicht tun … Deb hat betont, dass der Fernseher für die Bewohner da ist, aber gerade ist keiner da, und ich dachte mir, ein bisschen *Peppa Wutz* würde Oscar beruhigen … Na ja, wenigstens für ein paar Minuten.«

Ich habe keinen Schimmer, wovon die Frau spricht, außer dass es mit hektischer Zapperei zu tun hat, deshalb lasse ich sie machen. Mein Blick wandert zum Fenster. Einer der schweren roten Samtvorhänge bewegt sich. Irgendwas tut sich dort. Dann sehe ich ihn. Klein Oscar steht auf Zehenspitzen auf dem Fensterbrett. Er scheint aus dem offenen Fenster klettern zu wollen, und er wirkt ziemlich entschlossen. Ich habe mal gelesen, dass kleine Kinder sich im Gegensatz zu Erwachsenen bei einem Sturz selbst abfedern können. Hat wohl damit zu tun, dass sie im freien Fall entspannter sind. Kurz frage ich mich, ob Oscar sich auch abfedert, wenn er gleich aus dem Fenster fällt. Ich gehe nicht davon aus. Wir befinden uns immerhin im dritten Stock, und ich glaube nicht, dass Entspannung da noch eine Rolle spielt. Da dürfte von Abfedern keine Rede mehr sein. Eher verspritzt es ihn über die Sonnenterrasse.

Miranda ist immer noch mit dem Fernseher beschäftigt und sucht ein interessantes Programm. Wenn Oscar gleich aus diesem Fenster fällt, dann bekomme *ich* etwas Interessantes zu sehen. Mittlerweile hat er das Fenster gepackt und zieht sich daran hoch. Er ist erstaunlich stark dafür, dass er so klein und mopsig ist. Wenn er unten aufschlägt, gibt es Sirenen und Geheul und Fragen über Fragen. Und mit ihrem verqueren Gerechtigkeitssinn werden die Durchschnittsmenschen, die seinen Tod untersuchen, auch mir Fragen stellen, selbst wenn nichts davon auf meine Kappe geht. Ich zwinge Oscar schließlich nicht, aus dem Fenster zu klettern, ebenso wenig, wie ich seine Mutter zwinge, sich vom Fernseher ablenken zu lassen. Es ist nicht fair, aber die Eskalation durch einen Kindstod kann ich gerade nicht brauchen. Ich habe größere Pläne. Oscars Flugstunde muss fürs Erste warten.

»Miranda?«

»Ja?«

»Ich glaube, Oscar ist gerade drauf und dran, etwas Gefährliches zu tun …«

»Was? O Gott! Oscar! Was machst du denn da? Wie, in aller Welt, bist du da raufgekommen?«

Binnen einer Sekunde wird Oscar vom Fensterbrett gerissen und in die mütterlichen Arme geschlossen. Darüber scheint er alles andere als glücklich zu sein. Seine drallen Ärmchen strecken sich nach dem Fenster aus, und er fängt an zu kreischen, als würde ihm jemand die Haut abziehen. Was ein sehr spezielles Kreischen ist, eins, das ich noch nicht allzu oft gehört habe, womöglich, weil ich nur Leuten die Haut abziehe, die sich in der Schlange an mir vorbeidrängeln. Das trauen sich nicht viele. Vor ein paar Jahren gab es mal so eine Frau in der Postfiliale. Ungeheuer ungeduldig. Meinte, sie habe es zu »eilig, eilig, eilig«, um sich anzustellen, und ist einfach schnurstracks an allen vorbeigelaufen. Sehr unhöflich.

Ich halte den Atem an. Oscar stinkt. Er stinkt zum Himmel. Oder anders: Er stinkt wie Eilig, Eilig, Eilig, der die Haut abgezogen wird. Miranda sitzt mit ihrem zappelnden, stinkenden, kreischenden Sohn auf dem Schoß auf dem Sofa. Wie kann sie diesen Gestank aus der Nähe ertragen? Dann greift sie erneut zur Fernbedienung, und nach ein paar Sekunden taucht im Fernseher ein Zeichentrickschwein in einem roten Kleid auf. Das Schwein trägt gelbe Gummistiefel und hüpft zusammen mit einem zweiten Schwein durch Schlammpfützen. Oscars Empörung ist Geschichte. Stattdessen zeigt er erfreut auf den Fernseher. Dann rutscht er vom Schoß seiner Mutter und fängt an, wie die Schweine zu hüpfen. Ich sehe zu den Schweinen, die sich mittlerweile in den Pfützen suhlen, und wieder zu Oscar, der sich jetzt am Boden wälzt. Dann sehe ich Miranda an, die dümmlich lächelnd ihren Sohn betrachtet. Wenn Oscar nur schneller gewesen und hinausgeklettert wäre, wäre diese affige Szene vermeidbar gewesen.

Mit Frank an seiner Seite und Kathleen im Rollstuhl taucht Ben in der Tür zum Aufenthaltsraum auf.

»Da sind wir auch schon«, verkündet er fröhlich. »Sollen wir gleich los?«

»Sie müssen entschuldigen, Ben«, sagt Miranda. »Bevor wir gehen, muss ich erst Oscar wickeln. Es dauert auch nur fünf Minuten.«

Mit diesen Worten steht sie auf und will ihren Sohn davon abbringen, sich weiter am Boden zu wälzen. Nach allem, was ich heute von Oscar gesehen habe, wird das wahrscheinlich nicht allzu gut klappen. Und ganz wie erwartet schlägt Oscar ihre Hand weg und hält den Blick weiter stur auf die grotesken Pseudoschweine gerichtet.

Ben wirft einen Blick über die Schulter. »Miranda«, flüstert er. »Warum wickeln Sie Oscar nicht hier? Solange der Fernseher läuft, ist er abgelenkt.«

»Nein, lieber nicht«, sagt Miranda und versucht, ihren Sohn vom Fußboden hochzuziehen. »Wenn Deb das mitbekäme, wäre sie nicht begeistert.«

»Deb sitzt in einer Besprechung, und hier wird Sie niemand verpetzen«, sagt er und späht zu mir.

»Ich schweige wie ein Grab«, sage ich lächelnd und frage mich, ob Durchschnittsmenschen sich ernsthaft über so etwas aufregen. Wen juckt's, wo man eine volle Windel wechselt? Hauptsache, sie wird gewechselt, und alle können wieder durchatmen.

»Kommen Sie schon«, sagt Ben und späht abermals über die Schulter, »es ist doch sonst niemand hier.«

»Nein«, entgegnet Miranda fast barsch. »Ich kann ihn im Bad meines Vaters wickeln.« Sie schultert die Wickeltasche, zerrt den kreischenden Oscar hinter sich her, und weg ist sie.

Nach ein paar Sekunden ist auch das Kreischen weg. Der Gestank leider nicht. Frank nimmt auf dem Fernsehsessel Platz. Die beiden Schweine sitzen inzwischen an Pulten in einem Klassenzimmer und werden von einer Gazelle mit ausländischem Akzent unterrichtet. Ein Schaf sitzt da auch, außerdem ein Elefant und ein Fuchs. Frank räuspert sich und dreht sich zu mir um.

»Was ist das da im Fernsehen für eine Scheiße, verdammt?«

Ich mag den unverblümten Frank.

Ben schiebt Kathleen zum Sofa und nimmt neben ihr Platz. Als er sich hinsetzt, verzieht er leicht das Gesicht. Bestimmt der Muskelkater und die Blasen an den Füßen.

»Ich frage mich ja, was es zum Mittagessen gibt«, sagt er zu niemandem im Speziellen.

Kathleen und Frank starren den Fernseher an. Ich ahne, dass ihnen das Mittagessen egal ist, aber Ben bleibt hartnäckig.

»Am Samstag gab es Chicken Curry. Das hat unfassbar lecker gerochen. Genau das ist das Problem mit einem Speisesaal im selben Stockwerk – bei dem Geruch hat man ständig Hunger.« Er dreht sich zu mir um. »Wussten Sie, dass unser Koch früher Souschef in einem Sternerestaurant war? Er ist wahnsinnig talentiert. Unfassbar, was aus seiner Küche kommt! Und er ist Perfektionist, kommt ganz oft hoch und fragt, ob alle zufrieden sind, obwohl er unten bloß einen einzigen Mitarbeiter hat, der ihm hilft.«

Einen Augenblick lang herrscht Stille. Dann dämmert mir, dass Ben aufgehört hat zu reden und immer noch zu mir sieht. Diejenigen mit Demenz dürfen weiterhin gelangweilt dreinschauen und den Fernseher anstarren, aber ich muss antworten.

»Zu viele Köche verderben den Brei«, sage ich.

»Stimmt.« Er grinst. »Da haben Sie recht.«

Miranda ist zurück, und wir machen uns alle bereit zu gehen.

»Claire, würden Sie vielleicht Kathleen schieben?«, fragt Ben, als ich mich zur Tür wende. »Miranda hat mit Oscar alle Hände voll zu tun, und ich muss auf Frank aufpassen.«

»Natürlich.« Ich schiebe den Rollstuhl aus dem Zimmer.

Erst auf dem Flur wird mir klar, dass ich ein Problem habe. Mit dem Rollstuhl kann ich nicht die Treppe nehmen. Ich muss mit dem Aufzug fahren. Dabei hasse ich Aufzüge.

Ich hasse alles, was keine Fenster oder Türen hat, die ich nach Belieben aufmachen könnte. Dann tippeln wir alle in die Fahrstuhlkabine – zwei alte Leute, eine müde Mutter, ein sturköpfiges Kleinkind, ein Halbmarathonläufer mit schweren Beinen und ich. Alle in ein und derselben Schuhschachtel in der Zeit gefangen. Ben drückt auf eine Taste, die Türen gehen zu, und Miranda räuspert sich.

»Tut mir leid, wenn ich vorhin schnippisch geklungen habe«, sagt sie.

»Wann denn?«, fragt Ben. »Ich wüsste nicht, wann Sie schnippisch geklungen hätten.«

Allmählich verliere ich ein bisschen Respekt vor dem authentischen Ben. Warum muss er lügen? Er weiß doch genau, dass sie schnippisch war. Und warum fährt der Aufzug nicht los? Ist das normal? Vielleicht ist er auch losgefahren – aber warum springen die Ziffern auf dem Display nicht um? Da steht immer noch, dass wir im dritten Stock sind. Ben hat die Taste vor Urzeiten gedrückt. Warum bewegt sich denn nichts? Funktioniert der Aufzug überhaupt?

»Es ist nur so, dass Oscar im Moment nicht durchschläft«, erklärt Miranda. »Und manchmal bin ich so müde, dass ich richtig gereizt werde. Tut mir leid.«

Jetzt setzt sich der Aufzug in Bewegung, und ich starre aufs Display. Ziffer Drei verwandelt sich in Ziffer Zwei. Jetzt dauert es nicht mehr lange.

»Dann hältst du also deine Mummy die ganze Nacht wach?«, fragt Ben mit albern quietschiger Stimme, und Oscar fängt an zu kichern.

»O ja.« Miranda lächelt. »Er ist ein echter Frechdachs.«

Dann fängt sie an, das zappelnde Moppelkind in ihren Armen zu kitzeln. Oscars Kichern wächst an zu Gelächter, und er reißt die Arme hoch. Und plötzlich hält der Aufzug an. Zu plötzlich. Die Ziffer auf dem Display blinkt. Die Türen gehen nicht auf.

»Oscar!«, ruft Miranda und lacht. »Es tut mir so leid – ich glaube, er hat aus Versehen die Stopptaste gedrückt. Oscar! Was machst du denn da? Die Leute wollen doch nicht den ganzen Tag mit dir hier drin verbringen!«

»Kitzeln, Mummy!«, kreischt Oscar und tritt mit dem Fuß gegen das Bedienfeld, als auch schon ein Alarm einsetzt. Der Aufzug rührt sich nicht mehr. »Kitzeln, Mummy!«, kreischt er noch lauter.

Wenn wir hier feststecken und diese Leute mir meinen Sauerstoff wegatmen, dann bringe ich das Kind definitiv als Erstes um.

»Hallo? Ist alles in Ordnung?«, ertönt eine Stimme aus dem Bedienfeld.

»Hallo, Irina«, sagt Ben. »Franks Enkelkind, der kleine Frechdachs, hat den Aufzug angehalten und den Alarm ausgelöst. Könntest du uns hier rausholen? Ist ein bisschen kuschelig hier drin!«

»Alles klar«, sagt Irina. »Ich glaub, ich weiß, wie das geht. Wenn nicht, muss ich Deb rufen. Einen Moment, bitte!«

Die Stimme verschwindet, und wir verfallen in Schweigen. Ich schließe die Augen und atme tief durch. Ich muss jetzt ruhig bleiben. Der Aufzug fährt gleich weiter, und dann gehen die Türen wieder auf. Irina vom Empfang weiß, was sie tun muss, und arbeitet bereits an der Lösung. Dann schneidet mir die scharfe Klinge der Panik ins Herz. Wem mache ich hier eigentlich etwas vor? Irina steht unter Garantie vor einem Spiegel, spachtelt noch mehr Foundation in ihr Gesicht und hat die kurze Unterhaltung mit Ben schon vergessen. Ich versuche, tief ein- und auszuatmen, doch mir will nicht mehr aus dem Kopf gehen, dass die Sauerstoffmenge in dieser Kiste begrenzt ist. Es ist warm, und auf Kathleens Stirn bilden sich Schweißperlen. Sie flüstert der Puppe etwas zu, anscheinend ist alles andere egal. Die arme Frau steht eindeutig schon mit einem Bein im Grab. Sie umzubringen, wäre ein Akt der Gnade – und es bliebe mehr Sauerstoff für die anderen.

»Es tut mir so leid.« Miranda lächelt noch immer. Es tut ihr kein bisschen leid. Und warum lächelt sie?

»Seien Sie nicht albern.« Ben erwidert ihr Lächeln. »Ist doch nicht Ihre Schuld. So etwas passiert nun mal.«

Passiert nun mal? Was für ein Blödsinn.

»Dann ist das eben unser kleines Abenteuer des Tages, oder nicht?«, fährt er fort. »Eigentlich wollten wir nur spazieren gehen. Wer hätte gedacht, dass das Schicksal so etwas Spannendes für uns in petto hat!«

»Jetzt halten Sie endlich die Klappe«, blafft Frank. Genau das hatte ich auch gerade gedacht.

»Dad!«, ruft Miranda. »Sei nicht so unhöflich! Entschuldigung, Ben.«

»Schon in Ordnung, Miranda«, erwidert er. »Ihr Vater hat ja recht. Ich rede wirklich zu viel, dabei sollte ich hin und wieder einfach mal den Mund halten.«

In der Stille, die folgt, starre ich die blinkende Ziffer auf dem Display an. Mit dem Blick fahre ich die fensterlosen Wände und die Türen ab, die ich nicht aufbekomme. Die Panik hat mein Herz bereits entzweigeschnitten, schneidet die Hälften nun in Viertel … Achtel … Die Stücke versuchen noch, Sauerstoff durch meinen Körper zu pumpen, aber es funktioniert einfach nicht. Meine Brust ist wie zugeschnürt, meine Haut klamm, und mir ist schwindlig. Mein Kopf tut weh, die Luft in dieser Kiste geht langsam zur Neige, irgendwer muss aufhören zu atmen, und zwar dalli.

»Ich frage mich, was Deb dazu sagt, wenn sie aus ihrer Besprechung gerufen wird und uns retten kommen muss«, murmelt Miranda.

»Ich könnte mir vorstellen, dass sie nicht allzu glücklich ist«, erwidert Ben mit dem Hauch eines Schmunzelns im Gesicht. »Ich könnte mir vorstellen, dass sie wirklich nicht allzu glücklich ist.« Wobei letzterer Satz völlig unnötig ist. Warum sagt er das so? Warum hat er überhaupt etwas gesagt? Was ist eigentlich aus dem Vorsatz geworden, die Klappe zu halten?

»Ach, ich weiß nicht«, sagt Miranda. »Wetten, Deb wird es großartig finden, uns den Tag zu retten? Garantiert schlüpft sie in diesem Augenblick gerade in Superheldenkostüm und Maske.«

Es folgt Gelächter. Schallendes, Sauerstoff verschluckendes Gelächter, das von den fensterlosen Wänden und den Türen widerhallt, die ich nicht aufmachen kann. Ich sehe von Ben zu Miranda und wieder zu Ben und weiß, dass das Lachen von ihnen stammt, allerdings klingt es plötzlich anders, es klingt gar nicht mehr nach Lachen, dieses neue Geräusch ist unheilvoll und bedrohlich. Es ist das Geräusch eines Schlüssels, der sich langsam, furchterregend langsam in einem alten, rostigen Schloss dreht. Ich schließe die Augen, spüre, wie ich Migräne bekomme. Jedes Neuron ist in

Schmerz gekleidet, und dann tauchen Bilder aus den Tiefen meines Hirns auf. Ich sehe einen sternedekorierten Souschef in der Küche eines Pflegeheims arbeiten. Das Messer in seiner Hand hackt mit Präzision auf das Schneidebrett ein, immer und immer wieder. Er zerschneidet einen Berg aus schleimigem roten Fleisch. Das Fleisch riecht verdorben. Es riecht nach Tod. Wo bist du, Dad? Wohin bist du verschwunden? Er liegt allein in der Dunkelheit. In einer engen, kalten Kiste im Erdreich. Da drin ist nicht genügend Luft. Fühlt es sich so an, wenn man ertrinkt?

Der Aufzug ruckt an, und als die Türen aufgehen, schiebe ich Kathleen hinaus, so schnell ich nur kann. Ich muss raus, ich muss mich irgendwo in ein offenes Feld legen und in den unendlich weiten Himmel starren. Kürbiskopf Deb blickt auf mich herab und schwafelt vom Besucherbuch. Davon, dass ich mich und Kathleen austragen muss. Sie trägt … Keine Ahnung, was sie gerade trägt. Es ist lang und orange und geblümt und sieht aus wie ein Outfit, das ABBA beim Eurovision Song Contest getragen haben könnte. Sie redet von Brandschutzbestimmungen und davon, wie wichtig Hygiene- und Sicherheitsvorschriften seien, und jetzt dreht sie sich zu Ben um und erinnert ihn daran, dass er sich andere Schuhe anziehen muss, bevor er nach draußen geht.

Mit migräneverschwommener Sicht trage ich mich aus dem Besucherbuch aus, und plötzlich steht Deb neben mir und erklärt, dass Besucher und Bewohner natürlich jedwedes Schuhwerk tragen dürften, wenn sie Waterbridge Oak betreten, das Personal jedoch trage unterschiedliches Schuhwerk für draußen und drinnen. Ich schiebe Kathleen auf die Tür zu, und Deb redet immer noch, sie zeigt auf einen Umkleideraum für das Personal, und als ich sehe, wie Ben ein Paar Gummistiefel aus einem Spind nimmt und mit seinen schweren Beinen und den Blasen an den Füßen hineinsteigt, bin ich urplötzlich von blankem Hass auf Durchschnittsmenschen und ihre lächerlichen Angewohnheiten erfüllt.

Debs Stimme tritt in den Hintergrund, als ich darüber nachdenke, jede einzelne Person an diesem Ort zu massakrieren. Ich stelle mir vor, wie ich über die Flure marschiere – mit Draußenschuhen an den Füßen und einem Hammer in der Hand. Keine Sekunde zu früh stürme ich durch die Tür und werde von Frischluft umspült. Der Hass zieht sich zurück. Wenn auch nicht allzu weit.

16

Der Mann, der neben Dad begraben liegt, hat anscheinend eine Menge in sein fünfundsechzigjähriges Erdenleben gepackt. Den Trauerschleifen auf seinem Grab zufolge war er Vater, Großvater, Bruder, Sohn, Onkel, Freund, Fußballfan, Dartspieler und Guinnessliebhaber. Das hätte Dad gefallen. Es gibt Schlimmere, neben denen man in der Ewigkeit liegen kann. Dads Grab ist nicht ganz so üppig dekoriert wie das von Mr Charisma, aber seit ich ein überraschendes Faible für Pflanzen und Blumen entwickelt habe, sorge ich dafür, dass alles immer hübsch ordentlich aussieht. Heute fällt mir auf, dass die Stiefmütterchen immer noch gut aussehen, die Narzissen hingegen dem Wetter nicht standhalten. Was für eine Enttäuschung. Ich miste das Beet aus. Narzissen kaufe ich nie wieder.

»Ich hab die Rosen gerade erst am Donnerstag hergebracht, und jetzt gucken Sie mal, wie die nach dem Frost aussehen!«

Ich drehe mich um. Ein alter Mann steht an einem frisch

zugeschütteten Grab. Er hält einen Strauß Rosen in der Hand und zeigt auf die Blüten, die mit Raureif überzogen sind. Anscheinend soll mich das jetzt interessieren.

»Sie sollte nicht da unten liegen«, fährt er fort. »Sie ist bloß mit Husten ins Krankenhaus gekommen. Drei Tage später war sie tot.«

»Mein Beileid«, sage ich und wende mich wieder meiner Aufgabe zu: die ramponierten Narzissen aus Dads Grab zu buddeln. Ich höre ein Schlurfen und blicke auf. Der Alte mit den Rosen ist näher gekommen und sieht auf mich herab.

»Junge Leute wie Sie verstehen gar nicht, was Trauer ist«, sagt er, »jedenfalls nicht richtig. Meine Frau und ich waren siebenundsechzig Jahre verheiratet. Siebenundsechzig!«, wiederholt er und starrt mich mit seinen kleinen, rosa geränderten Augen an.

Im selben Moment fällt mir auf, dass seine Haut ungesund blau ist. So kalt ist es doch heute gar nicht. Ist das seine natürliche Hautfarbe, oder fängt er gerade an, wie ein Geist auszusehen? Soll ich ihn umbringen?

»Siebenundsechzig Jahre lang jeden einzelnen Tag mit jemandem zusammen zu sein – können Sie sich das vorstellen?«, fragt er und steht jetzt so dicht vor mir, dass ich seinen Atem riechen kann.

Er hat gelbe Zähne und benutzt eindeutig keine Zahnseide. Ich bin mir nicht mal sicher, ob er sich überhaupt die Zähne putzt.

»Können Sie sich das vorstellen, siebenundsechzig Jahre lang jeden einzelnen Morgen neben jemandem aufzuwachen, und plötzlich ist dieser Jemand nicht mehr da?«

Mit so einem Atem sollte er das mit den Rosen bleiben lassen und seiner Frau eine Medaille ans Grab hängen.

»Junge Leute wie Sie, die werden nie verstehen, wie sich so eine Trauer anfühlt«, sagt er – schon wieder. Hat er das nicht schon mal gesagt?

Ich drehe mich weg und ziehe weiter tote Narzissen aus der Erde. Ich habe gerade keinen Nerv, ihn umzubringen. Ich habe nicht mal den Nerv, mir irgendeine Floskel auszudenken. Das hier ist ein Friedhof, und die Regeln auf einem Friedhof sind relativ einfach: Hier wird erwartet, dass man kommt und still seiner Toten gedenkt. Hier braucht man nicht mit anderen zu interagieren – und ganz sicher braucht niemand einen Trauerwettbewerb.

»Entschuldigen Sie, junge Dame, aber ich rede mit Ihnen!«

Er hat die Stimme erhoben, und als ich immer noch nicht reagiere, packt er mich am Arm. Ich schüttle ihn ab, stehe langsam auf und drehe mich zu ihm um. Ich bin größer als er, jünger und kräftiger, weiß aber, dass das nicht der Grund ist, warum er plötzlich rückwärts strauchelt und sein Gesichtsausdruck sich verändert. Ich weiß, dass das nicht der Grund ist, warum er sich plötzlich wünscht, er hätte sich nie vom Grab seiner Frau wegbewegt.

»Tut mir leid«, sagt er, diesmal leiser. »Sie fehlt mir einfach so sehr. Ich weiß gar nicht, was ich ohne sie machen soll. Ich wünschte mir, ich wäre tot.«

Derzeit ist außer uns niemand auf dem Friedhof, und das Grab seiner Frau ist noch frisch. Er sieht ohnehin schon ziemlich geisterhaft aus, und jetzt will er auch noch tot sein. Ich ärgere mich immer noch über die Narzissen, und ich weiß, dass ein Mord mich womöglich aufheitern würde. Der Mann hat entsetzliche Angst, das habe ich gemerkt. Nicht vor dem Tod – aller Wahrscheinlichkeit nach hat das Sterben sowieso längst eingesetzt. Allerdings hat er mir in die Augen geschaut und dasselbe kalte, leere Nichts gesehen, das auch die anderen gesehen haben – als Letztes in ihrem Leben. Ich weiß, dass ich die Panik dieses alten Mannes genießen und mir wünschen werde, sie möge niemals aufhören …

Dann klingelt mein Handy, und der Bann ist gebrochen. Mein Handy hat seit Dads Beerdigung nicht mehr geklingelt, und hier und jetzt zwischen all den Grabsteinen, toten Blumen und mörderischen Absichten ist das Klingeln gleichermaßen überraschend und unwillkommen.

»Hallo?«, sage ich, als ich rangehe und der Alte eilig davonschlurft.

»Hi, Claire, hier ist Helen.«

Der Reiher.

»Hallo, Helen. Wie geht's?«

»Gut, danke. Was machen Sie gerade? Hätten Sie ein Minütchen für mich?«

»Klar. Ich bin gerade auf dem Friedhof und besuche das Grab meines Vaters.«

»O nein, das tut mir leid, Claire! Ich rufe Sie später wieder an. Wenn Sie gerade Zeit mit Ihrem Vater verbringen, will ich nicht stören.«

»Nein, schon in Ordnung. Er läuft ja nicht weg.«

»Äh, stimmt. Nein, wahrscheinlich nicht.« Nervöses Kichern am anderen Ende der Leitung, und ich sehe regelrecht vor mir, wie der Reiher mit gerunzelter Stirn auf und ab schreitet und sich mit der freien Hand durch die ungewaschenen Haare fährt.

»Ich hab mich nur gefragt, ob wir uns noch mal treffen könnten«, sagt sie. »Ich hab ein paar interessante Infos von Lucas' Kollegen bekommen – also, von den Leuten, mit denen er zusammengearbeitet hat.«

»Wirklich?« Ich bin überrascht, dass der Reiher das Bedürfnis hat, zu erklären, was Kollegen sind.

»Ja.« Sie klingt aufgeregt. »Wie sich gezeigt hat, war Lucas ziemlich hoch verschuldet. Allem Anschein nach hatte er ein Spielproblem und war einigen Leuten Geld schuldig.«

»Wirklich?«, frage ich erneut. Ein Spieler? Das würde seine erpresserische Nebenbeschäftigung erklären. Der arme Lucas. So eine verlorene Seele.

»Ja, und so langsam wird klar, dass hinter Lucas Kanes Verschwinden sehr viel mehr stecken könnte, als es den Anschein hat. Ihm dürften ziemlich viele Leute den Tod gewünscht haben.«

»Aber wissen wir denn überhaupt mit Gewissheit, dass er tot ist?«, frage ich unschuldig. »Ist seine Leiche aufgetaucht?« Ich muss an sein improvisiertes Grab in meinem Garten denken. Ich habe es immer noch nicht geschafft, ihn an einen hübscheren Ort zu bringen. Mache ich vielleicht später noch.

»Nein, immer noch nicht«, antwortet sie, »aber er muss einfach tot sein. Ich meine – er wird seit einer Ewigkeit vermisst, und bei meinen Nachforschungen …«

Nachforschungen? Der Reiher braucht eindeutig einen normalen Job.

»Bei meinen Nachforschungen«, wiederholt sie, »ist herausgekommen, dass Lucas ausschließlich Zeit bei der Arbeit, im Pflegeheim seiner Mutter, im Casino und im Wettbüro verbracht hat. Seit Wochen ist er an keinem dieser Orte mehr aufgetaucht. Wenn er nicht tot ist – wo steckt er dann?«

Arbeit, Pflegeheim, Casino, Wettbüro. Was für ein elendes Leben. Ich glaube, ich bette seine Überreste doch nicht um. Ich glaube, er ist ganz glücklich dort, wo er jetzt gerade ist.

»Wenn man das wüsste«, antworte ich und sehe dem alten Mann hinterher, der in die Ferne davonschlurft. Er hält immer noch die frostgeschädigten Rosen in der Hand.

»Sie haben doch morgen wieder Gruppentreffen, oder?«, fragt sie dann. »Könnten wir uns vielleicht anschließend treffen? Ich bin einfach so ratlos. Abgesehen vom Pflegeheim, scheint es zwischen Jemma und Lucas keine Verbindung gegeben zu haben. Warum also hatte sie seine Aktentasche dabei? Wenn man doch weiß, dass man sich in den Kopf schießen will – wie kann man da nur drei Wörter hinterlassen? Warum hat sie ihre Gründe nicht genannt und dargelegt, was mit Lucas passiert ist?«

»Vielleicht stand ihr der Sinn nicht nach Schreiben.«

»Möglich. Oder aber sie hat sich nicht selbst erschossen. Vielleicht hat jemand anders Florence umgebracht, Jemma erschossen und dann den Tatort so arrangiert, dass es aussah, als wäre es Jemma gewesen.«

»Warum sollte jemand so etwas tun?«, frage ich und sehe zu, wie der alte Mann in sein Auto steigt und davonfährt.

»Um den Mord an Lucas Kane zu vertuschen? Wie gesagt, Lucas hat einer Menge Leuten Geld geschuldet. Von denen hätte jeder ihn umbringen und den Mord dann Jemma in die Schuhe schieben können.«

»Aber warum sollte jemand ihn umbringen wollen, wenn Lucas ihm Geld geschuldet hat? Ich meine – tot kann er doch niemandem mehr etwas zurückzahlen.«

»Guter Punkt«, sagt der Reiher, und ich kann fast schon die Rädchen rattern hören. »Na ja, vielleicht hat Lucas sich ja mit jemandem gestritten, dem er Geld schuldete, und ist dabei versehentlich zu Tode gekommen? Und dann hat der Täter Jemma vorgeschoben, um alles zu vertuschen.«

»Ich weiß nicht, Helen. Das klingt ein bisschen weit hergeholt.«

»Schon klar, aber auch nicht abwegiger, als dass Jemma urplötzlich zur Massenmörderin wird. Warum hätte sie Florence und Lucas umbringen sollen? Das klingt nicht gerade plausibel.«

Ich glaube ja, dass man mehr Leute und nicht nur zwei umbringen muss, um als Massenmörderin zu gelten. Aber ich gehe darüber hinweg.

»Es würde mir helfen, wieder Ordnung in meine Gedanken zu bringen, wenn ich mit jemandem reden könnte. Claire, ich weiß, es ist viel verlangt, aber würden Sie sich noch einmal mit mir treffen? Ich gebe einen Kaffee und ein Stück Schokokuchen aus. Den hätten Sie letzte Woche doch gern gehabt.«

»Okay«, antworte ich. »Dann sehen wir uns morgen nach dem Treffen.«

»Perfekt. Tausend Dank. Aber dann lasse ich Sie jetzt in Frieden. Entschuldigen Sie die Störung!«

»Manchmal ist so eine Störung ja sogar gut«, sage ich, und

nach einem neuerlichen nervösen Kichern am anderen Ende der Leitung verabschieden wir uns voneinander.

Ich ziehe die letzten Narzissen aus Dads Grab, gieße die Stiefmütterchen und gehe. Auf Höhe der frischesten Gräber bleibe ich kurz stehen. Die Frau, die mit einem Husten ins Krankenhaus ging und nicht mehr rauskam, hieß Alice. Es ist noch zu früh für einen Grabstein, daher hängt dort bloß eine schlichte, silberfarbene Plakette an einem Holzkreuz. Alice kam 1938 zur Welt, was kurz überschlagen bedeutet, dass sie ihren müffelnden Ehemann mit gerade mal achtzehn geheiratet hat. Die arme Alice. Ich beuge mich vor und lege die Narzissen vorsichtig vor dem Kreuz ab. Zumindest hat sie jetzt ihre Ruhe.

Anschließend kehre ich zu meinem Auto zurück. Unterwegs sehe ich sie – die frostgeschädigten Rosen, die auf dem Boden verstreut sind. Überall auf dem Friedhof gibt es Mülleimer, aber der alte Mann meinte wohl, er könnte die Rosen einfach fallen lassen und das Problem anderen überlassen. Ich hebe eine nach der anderen auf – und da kommt er. Der Ärger. Dieser bescheuerte alte Mann nimmt auf andere keinerlei Rücksicht. Ich marschiere zurück zu den Gräbern, und aus dem Ärger wird Zorn. Vor Alice' Grab reiße ich jede einzelne Blüte vom Stängel ab und steche mir in die Finger, als ich die inzwischen blutigen Überreste der frostgeschädigten Rosen auf ihr Grab schleudere. Ich mache ein paar lange Schritte auf das Holzkreuz zu, hole mit dem Fuß aus und trete zu. Und trete und trete, bis das Holz splittert.

Und noch während ich das Kreuz auf ihrem Grab zertrete, weiß ich, dass ich nicht auf Alice wütend bin. Ich bin nicht mal wütend auf ihren grässlichen bläulichen Ehemann. Ich bin wütend, weil ich normalerweise ein Pokerface habe und der Reiher trotzdem bemerkt hat, dass ich die Kuchen beäugt habe. Ich bin wütend, weil ich sie unterschätzt habe. Ich bin wütend, weil sie mir bewusst oder unbewusst auf die Schliche gekommen ist. Bei diesem Gedanken trete ich erneut zu. Das letzte Stück vom Holzkreuz schießt aus der Erde und prallt gegen einen benachbarten Grabstein. Wenn nur alles so leicht auszulöschen wäre.

17

Es ist das vorletzte Treffen der Trauergruppe. Eigentlich sollten wir inzwischen die fünfte Phase der Trauer besprechen, die Akzeptanz, aber aus unerfindlichen Gründen scheinen wir zurück beim Thema Zorn zu sein. Der Waliser ist fast schon erschreckend krawallig – und zwar sekündlich mehr.

»Wenn ein Lokführer bei der Arbeit einen Fehler macht«, poltert er, »dann kriegt er die Kündigung. Wenn ein Gasinstallateur bei der Arbeit einen Fehler macht, dann kriegt er die Kündigung. Wenn ein Maurer bei der Arbeit einen Fehler macht, kriegt er die Kündigung.«

Ich sehe zu Star, die mit geschlossenen Augen dasitzt und nickt. Lässt sie den Waliser jetzt ernsthaft sämtliche Berufsbilder aufzählen, die ihm gerade einfallen?

»Wenn ein Fluglotse bei der Arbeit einen Fehler macht, kriegt er die Kündigung.«

Anscheinend.

»Wenn ein Gabelstaplerfahrer bei der Arbeit einen Fehler macht, kriegt er die Kündigung.«

Was soll das denn bitte?

»Aber wenn ein Arzt einen Fehler macht? Nee, das ist was vollkommen anderes!«

Ah, da sind wir wieder, zurück auf …

»Der Tumor bei meiner Frau war so groß wie eine Grapefruit!«, donnert er.

Ich bin mir sicher, in Woche eins war es noch eine Walnuss.

»Wie kann man so was übersehen? Diese Scheißärzte!« Er lehnt sich kopfschüttelnd zurück. »Die glauben, sie wären was Besseres! Spazieren in ihren weißen Kitteln und mit ihren Klemmbrettern auf und ab. Was glauben die wohl, wer sie sind?«

Wir alle verstehen die Frage als rhetorisch und sitzen weiter schweigend da.

»Meine Frau verrottet in ihrem Grab – aber von diesen feinen Arschlöchern in weißen Kitteln wird keiner zur Verantwortung gezogen. Kein Einziger hat sich auch nur entschuldigt! Eine Schande ist das!«

Star nickt immer noch, schlägt aber die Augen auf, und ich glaube sogar, sie will etwas sagen, allerdings ist der Waliser noch nicht fertig.

»Die sollte man alle erschießen«, verkündet er. »Die müssten in ihren weißen Kitteln alle zusammengetrieben und erschossen werden.«

Star klappt bereits den Mund auf, doch Will kommt ihr zuvor.

»Ich finde nicht, dass es fair ist, alle Ärzte über einen Kamm zu scheren«, sagt er mit seiner komischen Piepsstimme und unterbricht für einen kurzen Moment seine

Mitschreiberei. »Und ich finde erst recht nicht, dass alle erschossen werden sollten.«

»Vielleicht nicht *er*schossen«, lenkt der Waliser ein, »aber zumindest *ange*schossen. Dann würden sie zumindest halbwegs begreifen, was sie da anrichten, und verstehen, was Schmerz wirklich bedeutet.«

Ich bin hin- und hergerissen. Wenn sämtliche Ärzte an- oder erschossen würden, wer würde denn dann die Schussverletzungen versorgen? Ich glaube, das hat der Waliser nicht komplett durchdacht, und jetzt, da ich darüber nachdenke, wirkt er eindeutig aufgebrachter als sonst. Er sieht auch nicht sonderlich gut aus: glasige Augen, bleiche Gesichtshaut, zitternde Hände ... Ist er verkatert? Oder betrunken? Was immer es ist – er sieht eindeutig schlimmer aus als vor einer Woche. Nicht gerade eine Bestätigung für Star und ihre ach so magische Achtsamkeit.

»Das ist alles sehr, sehr bereichernd«, meldet sie sich zu Wort. »Ich danke Ihnen für Ihre Gedanken und Ansichten«, sagt sie an den Waliser gewandt. »All diese Ansichten haben ihre Berechtigung und sind es wert, besprochen und diskutiert zu werden.«

Wie bitte? Sogar die Massenerschießung von Medizinern?

»Der Weg durch die Trauer verläuft selten schnurgerade«, fügt sie hinzu und durchbohrt den verkaterten oder immer noch betrunkenen Waliser mit ihrem achtsamen Blick, während der Rest der Gruppe stumm abwartet. Nach einer Weile lehnt sie sich auf ihrem Stuhl zurück, schließt die Augen und holt tief Luft. Was für eine merkwürdige Person.

»Hat noch jemand etwas, was er mit der Gruppe teilen möchte?«, fragt sie schließlich.

Ein paar Sekunden verstreichen, dann neigt Will den Kopf und fängt wieder an zu schreiben. Vielleicht hofft er ja, dass er so von sich ablenkt, doch sein schräges Verhalten hat den gegenteiligen Effekt. Alle starren Wills Scheitel an, besonders Christiana mit dem Namensschild.

»Will? Wolltest du nicht etwas sagen?«

Wills Kopfhaut unter den schütteren Haaren färbt sich puterrot, und augenblicklich bin ich hoch interessiert. Vielleicht zweifelt er gleich Stars angebliche Qualifikationen an? Oder er fragt den Waliser, was er gesoffen hat. Oder vielleicht – aber nur vielleicht – hat er ja mir etwas zu sagen. Mein Puls beschleunigt sich leicht, und ich halte den Atem an, als Will langsam den roten Kopf hebt, sich räuspert, sich umsieht und zu guter Letzt den Mund aufmacht.

»Heute ist mein sechzigster Geburtstag.«

Ich lasse die Luft wieder entweichen – genau wie das letzte bisschen Hoffnung, dass Will tatsächlich im Entferntesten interessant sein könnte. Während eine vorhersehbare Geburtstagsplattitüde nach der anderen an ihn gerichtet wird, frage ich mich, was hinter diesem Bedürfnis von Durchschnittsmenschen steckt, unbedingt ihren Geburtstag mitteilen zu müssen. Wen interessiert das, bitte schön? Wen interessiert es wirklich, dass heute vor sechzig Jahren Will auf die Welt geflutscht ist? Auf mich hat das keinerlei Auswirkungen, auf niemanden in diesem Raum, aber sieh sich einer an, wie sie alle strahlen und ihm alles Gute wünschen und so tun, als wäre es ihnen wichtig. Es ist widerlich. Wenn Will irgendwem wirklich wichtig wäre, hätte er ihm doch gesagt, was längst überfällig ist: dass er mit sechzig schleunigst Ohrring und Ziegenbärtchen ablegen sollte.

»Will hat das vor ein paar Tagen erwähnt«, platzt es aus Christiana heraus, »und da hab ich gesagt: ›Das musst du der Gruppe erzählen! Bestimmt wollen sie zu deinem Sechzigsten irgendwas Besonderes unternehmen.‹ Und Will meinte: ›Ach was, Chrissy‹ – so nennt er mich jetzt –, ›mein Sechzigster interessiert die Leute doch nicht.‹ Und ich meinte: ›Klar interessiert die das! Sie werden mit dir feiern wollen!‹«

Ich starre diese widerliche Darbietung von Durchschnittlichkeit an und frage mich, was Christiana gerade am tollsten findet: dass sie und Will Freunde geworden sind, ihren neuen Spitznamen oder die Tatsache, dass sie ihren Freund zu etwas gedrängt und überredet hat, was er selbst gar nicht wollte. Ich sehe in seine Richtung. Hochroter Kopf, fahrig, von der ganzen Aufmerksamkeit eindeutig überfordert.

»Also«, fährt Christiana mit selbstgefälliger Bedeutsamkeit fort, »Will würde gern wissen, ob alle nach dem Treffen auf einen Geburtstagskaffee mitgehen würden.«

Will schlägt erneut den Blick nieder. Sein Unwohlsein ist geradezu greifbar – wäre es ein Mensch, wäre es noch krawalliger als der Waliser. Wahrscheinlich würde es quer durch den Raum marschieren und dem Waliser eine Kopfnuss verpassen. Die Stimmung im Raum ist jäh umgeschlagen – von unangenehm kann keine Rede mehr sein. Will bringt es nicht mal mehr fertig, den Blick zu heben. Er hat Todesangst, dass keiner von uns mitgehen will.

»Will hat sich überlegt, dass wir in ein Café in der Innenstadt gehen könnten«, fährt Christiana fort. »Immerhin ist heute sein Sechzigster.«

In der Stille, die folgt, starre ich die Frau an, die sich für Spitznamen und Namensschilder begeistert, und mit einem

Mal steht Wills Versagensangst im Rampenlicht. Ich starre seinen gesenkten roten Kopf und die Hand an, die nervös mit dem Bleistift spielt. Auch ihm ist vollkommen klar: Wenn man seinen Sechzigsten erreicht und jemanden wie Christiana als Sprachrohr braucht, dann ist man im Leben grandios gescheitert.

»Also, was meint ihr?«, hakt Christiana nach.

»Muss es ein Café sein?«, fragt der Waliser. »Können wir nicht in einen Pub gehen?«

»Ich weiß nicht«, sagt Christiana und wirft einen flüchtigen Blick auf ihre Armbanduhr. »Dafür ist es doch noch ein bisschen früh.«

»Schwachsinn«, entgegnet der Waliser. »Es ist ein Uhr, da sind die Pubs schon seit Stunden geöffnet.«

»Ich glaube, Will hat sich eher Kaffee vorgestellt, stimmt doch, Will?«, richtet Christiana die womöglich erbärmlichste Frage in der Geschichte aller erbärmlichen Unterhaltungen an den erbärmlichsten aller Teilnehmer. Prompt legt Wills Gefühl des Scheiterns einen Bilderbuchauftritt hin.

»Ist mir wirklich egal, wo wir hingehen«, murmelt er und starrt weiter den Fußboden an.

»Gut, dann wär das entschieden«, verkündet der Waliser krawallig. »Dann wird es der Pub.«

»Wann wäre das denn entschieden worden?«, geht Christiana dazwischen. »Die Diskussion muss mir entgangen sein.«

»Will hat gesagt, es ist ihm egal«, entgegnet der Waliser. »Und ich will in den Pub. Ich mag keinen Kaffee.«

Ah, deshalb also der Pub. Eigentlich logisch. Die meisten Pubs dürften randvoll mit Kaffeehassern sein, die alle auf

Barhockern sitzen, sich betrinken und dabei über die Schlechtigkeit von Kaffee debattieren.

»Ich finde, wir sollten abstimmen«, sagt Christiana. »Immerhin leben wir in einer Demokratie.«

»Also, ich finde, Will sollte das entscheiden«, mischt Star sich ein. Der arme rotköpfige Will. Jetzt muss sogar Flower-Power-Star ihm zu Hilfe eilen. Das Gefühl des Scheiterns steht vor seinem Publikum und treibt es zu immer tosenderem Beifall an.

»Eine Abstimmung ist schon okay«, stammelt er. »Ist doch nur fair.«

»Wer will in ein warmes, gemütliches Café?«, fragt die Verfechterin der Demokratie, Christiana. »Und wer will in einen lauten, verrauchten Pub?«

»Verraucht?«, kontert der Waliser lachend. »Wann warst du denn zuletzt in einem Pub, Chrissy?«

»Gut, das wären drei gegen drei.« Nonchalant geht sie darüber hinweg, dass der Waliser unerlaubt ihren Spitznamen benutzt hat. »Das heißt, Will entscheidet.«

»Claire hat sich gar nicht gemeldet«, stellt Will bemerkenswerterweise fest. Wie hat er das mitbekommen? Er hat den roten Kopf doch gar nicht gehoben, seit sein Geburtstag erstmals erwähnt worden ist.

»Stimmt das, Claire?«, fragt Christiana. »Oder hast du dich gemeldet?«

Zwei Ja-Nein-Fragen. Und welche beantworte ich zuerst?

»Ja«, sage ich.

»Ja, das stimmt? Oder hast du dich gemeldet?«, hakt Christiana verwirrt nach, was per se verwirrend ist, weil die ganze Verwirrung doch ihre Schuld ist.

»Ja, es stimmt. Und nein, ich habe mich nicht gemeldet«, antworte ich.

Christiana scheint allen Ernstes nach Luft zu schnappen. Wie, zum Kuckuck, hat sie in dieser Welt so lange überlebt?

»Und warum nicht, Claire?«, fragt sie. »Warum hast du dich nicht gemeldet?«

»Weil ich nach diesem Treffen gar keine Zeit habe«, antworte ich. »Ich habe schon etwas anderes vor.«

»Was denn?«, fragt sie. »Was könnte wichtiger sein als Wills sechzigster Geburtstag?«

»Ich bin schon mit jemand anderem verabredet«, sage ich und überlege, ob Ballaballa-Chrissy womöglich einen Termin beim Psychologen, eine Diagnose und Medikamente braucht. »Und ich hab das Gefühl, ich darf die Person jetzt nicht hängen lassen.«

»Bring die Person doch mit in den Pub«, schlägt der Waliser vor.

»Wir sind immer noch bei der Abstimmung«, faucht Christiana. »Wo wir hingehen, ist noch nicht entschieden.«

»Claire, es macht mir nichts aus, wenn du jemanden mitbringst«, sagt Will leise.

»Danke, Will.« Ich lächle ihn an. »Aber ich bin mir nicht sicher, ob das so eine gute Idee wäre. Ich bin nämlich mit Helen verabredet, mit Jemmas Schwester.«

»Jemma?«, poltert der Waliser? »Killer-Jemma? Ich-drück-dir-ein-Kissen-ins-Gesicht-und-blas-mir-anschließend-die-Lichter-aus-Jemma?«

Na, wenn das mal kein Spitzname ist.

»Ja, ich treffe mich mit ihrer Schwester. Helen.«

»Und warum?«, fragt die halbe Gruppe im Chor.

»Weil sie immer noch offene Fragen hat und ich glaube, dass sie jemanden zum Reden braucht.«

»Das ist sehr freundlich von Ihnen, Claire«, sagt Star. »Wirklich sehr freundlich. Aber denken Sie daran, dass auch Sie immer noch trauern. Es ist wichtig, dass man sich zuvorderst um sich selbst und dann erst um andere kümmert. Es ist wie im Flugzeug: Da legt man auch immer erst die eigene Sauerstoffmaske an, bevor man sich um die der anderen kümmert.«

Ich schaue zu ihr und nicke. Wovon redet die Frau, verdammt?

»Also, mit Jemmas Schwester ins Café zu gehen halte ich für keine gute Idee«, schnaubt Christiana.

»Ich auch nicht«, pflichtet der Waliser ihr bei. »Aber auf ein Pint in den Pub geh ich mit jedem. Claire, warum fragst du Helen nicht, ob sie mit in den Pub gehen will?«

»Wir gehen nicht in den Pub!«, kreischt Christiana. »Will wollte gerade für das Café abstimmen.«

»Wirklich, Will?«, fragt der Waliser. »Lass dich von Chrissy zu nichts drängen. Es ist *dein* Geburtstag.«

Und wieder sind alle Blicke auf Wills Scheitel gerichtet. Langsam lehnt er sich auf seinem Stuhl zurück, holt tief Luft, weicht Christianas Blick aus und sagt: »Ich glaube, ich würde gern in den Pub gehen.«

Der Waliser johlt. Standing Ovations gibt es allerdings keine, als Wills Scheitern sich ein letztes Mal verbeugt und von der Bühne geht.

»Dann wär das ja geklärt«, sagt der Waliser triumphierend. »Und Claire, du bringst Helen mit. Wir sitzen hier alle in einem Boot.«

In welchem Boot? Wovon redet er?

»Mal sehen, was sie sagt«, entgegne ich, auch wenn ich bereits entschieden habe, dass ich sie überreden will, mit in den Pub zu gehen. In Anwesenheit der anderen bin ich dem Reiher und seinen Fragen nicht allein ausgesetzt. Außerdem will ich miterleben, wie sich die Spannung zwischen den einstigen Busenfreunden Chrissy und Will weiterentwickelt.

»Danke an alle für diese wirklich erhellende, ehrliche Debatte«, sagt Star. »Ich denke, es wäre unangemessen, wenn ich mitkäme, aber ich hoffe, Sie feiern Wills Ehrentag gebührend.«

Niemand versucht, sie vom Mitkommen zu überzeugen, doch sofern sie sich außen vor fühlt, lässt sie es sich zumindest kaum anmerken. Als sie uns auffordert, die Augen zu schließen und uns auf unsere Atmung zu konzentrieren, riskiere ich einen letzten Blick in die Runde. Die Hände des Walisers zittern noch immer, Christiana schmollt, Will sieht aus wie ein geprügelter Hund und lässt die Schultern hängen. Als Letztes sehe ich zu Star, die friedlicher wirkt als jeder andere Mensch, den ich je getroffen habe. Ich schließe die Augen und konzentriere mich voll und ganz auf ihre Meditation. Es ist nie zu spät, an Magie zu glauben.

18

Der rote Mercedes parkt an exakt derselben Stelle wie in der Vorwoche. Der Reiher lehnt sich über den Beifahrersitz, schiebt die Tür auf und lächelt mich an. Sie sieht ein klein bisschen besser aus als beim letzten Mal, hat sich die Haare gewaschen und weniger Make-up aufgelegt, sodass es sich nicht so dick in den Falten um die Augen sammelt.

»Hallo, Claire! Danke, dass Sie sich mit mir treffen«, sagt sie. »Das ist wirklich sehr freundlich von Ihnen.«

Es ist schon das zweite Mal heute, dass ich als freundlich bezeichnet werde. Da wartet man sein Lebtag auf ein Kompliment, und plötzlich kommen gleich zwei auf einmal. Vielleicht sind ja nicht nur Gedanken wie Busse. Im nächsten Moment frage ich mich, warum mir das so auffällt. Warum ich überhaupt darüber nachdenke. Doch diesen Bus lasse ich vorbeifahren.

Ich steige ein und schnalle mich an.

»Dasselbe Café wie beim letzten Mal?«, fragt der Reiher und lässt den Motor an.

»Es gibt eine Planänderung. Einer aus der Gruppe wird heute sechzig, deshalb gehen alle zusammen in den Pub. Ich hab ihm erzählt, dass ich mit Ihnen verabredet bin, aber ich glaube, er wäre ein bisschen enttäuscht, wenn ich nicht auftauchen würde. Deshalb hab ich mich gefragt, ob wir nicht stattdessen dort hingehen könnten. Wir müssen auch nicht lange bleiben.«

Der Reiher lässt die Hände auf dem Lenkrad liegen und starrt nach vorn, beißt sich auf die Unterlippe und scheint sich in Gedanken zu verlieren. Diese Angelegenheit ist ihr eindeutig so wichtig, dass sie ernsthaft darüber nachdenken muss.

»Ich weiß nicht, Claire«, sagt sie nach einer Weile. »Als ich die anderen getroffen habe, war ich nicht sonderlich begeistert von ihnen.«

»Kann ich mir gar nicht erklären«, sage ich im gleichen ernsthaften Tonfall, den auch sie angeschlagen hat.

Sie sieht mich kurz an. Dann wirft sie den Kopf in den Nacken und lacht.

»Die sind schon ein bisschen schräg, oder?«, fragt sie glucksend.

»Ein bisschen?« Ich schmunzle in mich hinein. »Christiana trägt seit einem geschlagenen Monat ein und dasselbe Namensschild – und Will? Sie können in dem Raum nicht mal niesen, ohne dass er sofort mitschreibt!«

»Ach, Claire, Sie sind wirklich lustig.« Sie lacht immer noch.

Bin ich das wirklich?

»Spaß beiseite.« Sie guckt wieder ernst. »Sicher, dass die anderen nichts dagegen haben, wenn ich dort auftauche?

Ich meine – mein Abgang beim letzten Mal war ja nicht gerade freundlich. Ich kann mich dunkel daran erinnern, dass ich mitten während der Meditation rausgestürmt bin.«

»Jeder will mitten während der Meditation rausstürmen«, sage ich.

»Ach, Claire, Sie bringen mich wirklich zum Lachen!«

Tue ich das?

»Die Sache ist nur die«, sagt sie und blickt leicht beunruhigt drein. »Für einen Pub bin ich nicht richtig angezogen.«

»Ich glaube nicht, dass es dort eine Kleiderordnung gibt.«

»Hahaha, Claire, Sie bringen mich noch um!« Dann lacht sie schon wieder, und ich überlege, wie es sich wohl anfühlen würde, sie umzubringen, als mir mit einem Mal dämmert, dass ich das gar nicht will. Ich bin mir nicht sicher, woran es liegt, aber irgendwie mag ich den Reiher heute. Könnte es sein, dass ich sie gern zum Lachen bringe? Was stimmt nicht mit mir? Das muss wieder aufhören.

Ich lotse Helen zum *Red Lion,* und wir stellen das Auto dahinter ab. Kurz bevor wir aussteigen, greift sie nach hinten und zieht ihre Handtasche auf ihren Schoß. Sie nimmt einen Taschenspiegel heraus, trägt Lippenstift auf, und mein Blick bleibt an den Kartons auf der Rückbank hängen.

»Das sind Jemmas Sachen, aus ihrem Spind bei der Arbeit«, erklärt sie und tupft eine überraschende Menge Rouge auf ihre dezenten Wangenknochen. »Von dort komme ich gerade. Die Polizei hat inzwischen alles durchsucht und freigegeben. Es ist wirklich zum Heulen.« Sie greift nach hinten, zieht einen der Kartons auf und nimmt einen braunen Schuh mit Gummisohle heraus. Muss einer von Jemmas Drinnenschuhen sein. Gott bewahre, dass vom Personal einer mit Draußenschuhen diesen üppigen Teppich betritt! Bescheuerter, banaler Kürbiskopf Deb und ihre lächerlichen Regeln! Ich kann es kaum erwarten, sie umzubringen. He, allmählich bin ich wieder die Alte!

»Die meisten Kisten sind voll mit alten Zeitungen«, sagt der Reiher und trägt Wimperntusche rund um die Knopfaugen auf. »Sie glauben ja gar nicht, wie viele alte Zeitungen in diesem Spind lagen! Ich hatte keine Ahnung, dass Jemma so ein Messie war! Das wird noch was, wenn ich ihr Haus ausräume …«

Der Reiher greift erneut in die Handtasche und zieht einen Parfümflakon heraus. Sie tupft sich den Duft auf den langen Hals, und dann beobachte ich stumm, wie sie sich auch noch die Haare kämmt. Sie packt Kamm, Flakon, Make-up und Taschenspiegel ein, und endlich steigen wir aus. Der arme Reiher. Mit dieser schweren Handtasche und einer Tonne Unsicherheit belastet. Kein Wunder, dass sie so erschöpft aussieht.

Auf dem Weg zum Pub entdecken wir den Waliser.

»Gut, dass ihr kommt«, poltert er, drückt seine Zigarette auf der Erde aus und winkt uns nach drinnen. »Die beiden«, sagt er mit einer Geste in Richtung Christiana und Will, »sind das reinste Elend.«

Drinnen ist es ruhig. Auch ohne den Waliser als Fremdenführer wären Christiana und Will leicht zu entdecken gewesen. Sie sitzen an einem großen Tisch. Die übrigen Stühle sind leer, und die Stille fühlt sich unangenehm an. Das hier könnte lustig werden.

»Wo sind denn die anderen?«, erkundige ich mich.

Will starrt die Tischplatte an und nestelt an seinem Bierdeckel.

»Es ist sonst keiner gekommen«, faucht Christiana. »Ich glaube ja, die wollten alle lieber in ein Café.«

»Na, Will ja wohl nicht«, lallt der Waliser und kippt den Rest seines Pints in sich hinein. »Und es ist Wills Geburtstag, deshalb hat auch bloß seine Stimme gezählt. Also, einen Zehner in die Kasse, Mädels, und ich gehe Getränkenachschub holen.«

Während der Waliser in Richtung Tresen verschwindet, nehmen Helen und ich unsere Plätze ein. Helen sieht nervös aus, ihr Blick huscht im Pub hin und her, ehe er schließlich an Will hängen bleibt.

»Alles Gute zum Geburtstag, Will«, sagt sie höflich. »Ich hoffe, Sie genießen den Tag?«

»Nein, tut er nicht.« Klingt Christiana gerade noch piekfeiner als sonst? »Seit sein Partner vor drei Monaten einen Herzinfarkt hatte und tot umgekippt ist, hat er keinen einzigen Tag mehr genossen.«

Dann kehrt wieder Stille ein, und sie ist unangenehmer denn je. Was stimmt nicht mit dieser Frau? Sie scheint ihr Namensschild abgenommen zu haben, was an sich ein Schritt in die richtige Richtung ist – aber was soll die Fiesheit? Ich habe nie verstanden, warum Durchschnittsmenschen das Bedürfnis haben, so unfassbar gemein zu sein.

Der Waliser kommt mit einem Tablett zurück, das er – leicht wackelig – auf dem Tisch abstellt. Darauf stehen ein Pint, zwei Flaschen Pinot Grigio und fünf Gläser.

»Los, Helen«, sagt er, »Sie schenken den Wein ein!«

Helen tut wie geheißen, und sobald ein Weinglas vor ihm

steht, nimmt Will einen größeren Schluck als erwartet. Zudem hätte ich gedacht, dass Christiana sich eher zurückhalten würde, stattdessen nippt sie unaufhörlich an ihrem Wein und hält nur inne, um sich irgendwas aus dem Auge zu wischen. Der Waliser hat sein Pint natürlich schon geleert und hält sich inzwischen ebenfalls an den Wein. Doch die womöglich größte Überraschung ist Helen: Ihr lippenstiftbeflecktes Glas ist bereits leer, und prompt gießt sie sich das nächste ein. An den roten Mercedes auf dem Parkplatz erinnert sie sich wohl nicht mehr? Ich tue so, als würde ich an meinem Glas nippen, und sehe zu, wie der Alkohol die Fesseln der Durchschnittlichkeit lockert. Allerdings kann man es ihnen auch kaum verübeln, dass sie sich allesamt betrinken wollen.

Der Waliser hat eine Zeitung aus seinem Rucksack gezogen und schwadroniert lautstark und sichtlich wütend über irgendwas von der Titelseite. Mitten in seiner Tirade verliert er den Faden, und ein Lächeln macht sich auf seinem Gesicht breit. Christiana trinkt weiter, wischt sich übers Auge, trinkt, wischt sich übers Auge. Will starrt nach wie vor seinen Bierdeckel an und dreht ihn nonstop hin und her. Helen lehnt sich auf ihrem Stuhl zurück, fährt mit dem Finger leicht über den Rand ihres Glases – und urplötzlich steht der Waliser auf und geht. Was für eine Feier.

Das Augenwischen wird intensiver. Jeder nippt an seinem Wein und starrt Christiana an, die jetzt anscheinend heult. Riesige Tränen kullern ihr unkontrolliert übers Gesicht. Das Augenwischen hilft nicht. Ich glaube, das Trinken ebenso wenig. Der Reiher springt auf und ist binnen eines Wimpernschlags an Christianas Seite, legt ihr den

Arm um die Schultern und sagt: »Ist schon okay. Lassen Sie es raus.«

Christiana gehorcht und legt den nächsten Gang ein. Will steht ebenfalls auf und will die schluchzende Christiana so dringend trösten, dass er über seine Tasche stolpert und eine Bauchlandung macht. Das Heulen setzt einen Wimpernschlag lang aus, Will zieht sich hoch und eilt weiter auf Christiana zu. Das Heulen setzt wieder ein und klingt schlimmer denn je. Der Reiher stellt die Handtasche auf den Tisch und zieht eine Schachtel mit Taschentüchern heraus. Sie hat tatsächlich eine ganze Taschentuchschachtel eingesteckt! Wenn sie nur lange genug in der Tasche herumkramt, findet sie vielleicht auch noch Wills verlorene Würde.

Ich lehne mich zurück und warte darauf, dass diese lächerliche Pantomime ein Ende findet. Warum heult Christiana überhaupt? Warum tröstet der Reiher sie? Warum ist Will so peinlich? Und wo steckt der Waliser? Einen Augenblick später ist er zurück, stinkt nach Zigarettenrauch und stellt eine weitere Flasche Wein und fünf Tequilas auf den Tisch. Ich sehe aus dem Fenster und stelle mir vor, wie draußen auf dem Parkplatz ein UFO landet. Jeden Moment könnten feindliche Aliens den Pub stürmen – und was hätten sie vor sich? Eine erwachsene Frau, die wie ein Baby flennt und sekündlich mehr von einer Droge in sich hineinkippt, die dafür bekannt ist, dass man davon heulen muss. Außerirdisches Lachen erfüllt meinen Kopf, während der Waliser eins der Shotgläser vor mir abstellt. Als ich erneut aus dem Fenster sehe, stelle ich mir kein UFO mehr vor – ich sehne mir eines herbei.

Alle trinken ihre Shots, und dann werden die Weingläser

frisch aufgefüllt. Keiner bemerkt, dass ich meinen Wein in den Blumentopf auf dem Fensterbrett entsorge. Betrunkene sind nicht gerade berühmt für ihre Beobachtungsgabe. Jetzt, da Christiana aufgehört hat zu heulen und wieder sprechen kann, scheint sie die verlorene Zeit nachholen zu wollen. Ich bin mir nicht sicher, wovon sie spricht, die Wiederholungen tragen nicht gerade zur Klarheit bei. Sie redet und redet von ihrer Angst um die Welt, von dem Bösen, das überall lauere, und dass sie sich seit dem Tod ihres Mannes vor allem und jedem fürchte. Sie fühle sich ohne ihn so verloren – genau das wiederholt sie ein ums andere Mal –, sie sei komplett verloren und wisse nicht mehr, wie sie sich verhalten solle.

Will hält ihre Hand und murmelt ihr aufmunternde Floskeln zu. Der Waliser sitzt mit geschlossenen Augen zurückgelehnt auf seinem Stuhl. Ich frage mich gerade, ob er eingeschlafen ist, als er plötzlich nach vorn schnellt und anfängt, über das Böse zu reden, das alles Gute in der Welt zerstöre. Will nimmt einen großen Schluck Wein und behauptet, das Böse sei allgegenwärtig, verstecke sich selbst an den unerwartetsten Orten, und noch während ich all diesem betrunkenen Geseier lausche, schießt mir plötzlich durch den Kopf, dass mit dem Bösen, von dem sie hier alle reden, vielleicht Jemma gemeint sein könnte. Immerhin hat sie Florence umgebracht. Vielleicht nicht buchstäblich – aber das wissen sie ja nicht.

Ich sehe zum Reiher. Sofern die anderen gerade über Helens Schwester reden, scheint sie es zumindest noch nicht bemerkt zu haben. Ihre kleinen Knopfaugen starren blind auf die Tischplatte. Dann blinzelt sie unvermittelt und scheint zu rebooten. Ihr Blick flackert und bleibt an ihrer Handtasche auf dem Tisch hängen. Sie zieht sie an sich und stellt sie wieder auf dem Boden ab. Zwei Gläser Wein fallen ihrem Manöver zum Opfer. An sich wäre dies der Moment, an dem man den Abend beschließen sollte, doch stattdessen wirft der Waliser einen Zwanziger in meine Richtung und trägt mir auf, noch eine Flasche Wein zu besorgen.

Bis ich mit meiner Bestellung an der Reihe bin, dauert es ein bisschen. Inzwischen ist der Pub mit Feierabendgästen gut gefüllt. Ich sehe auf die Uhr. Halb sechs. Wir sind seit Stunden hier, und außer dass Will auf die Schnauze geflogen ist, hat noch keiner etwas auch nur annähernd Spannendes gesagt oder getan. Es ist schon erstaunlich, dass Durchschnittsmenschen noch langweiliger werden können, wenn sie getrunken haben. Als ich an den Tisch zurückkehre, helfen Christiana und Will einander auf die Beine.

»Wir glauben, wir sollten allmählich gehen, Claire«, sagt Will. »Was für ein schöner Geburtstag. Vielen Dank an euch alle!«

»Ja, find ich auch«, lallt Christiana und klammert sich Halt suchend an ihre Handtasche. Ihre Handtasche ist rot. Passend zur Jacke. Und zu ihren Augen. »Es war wirklich nett – auch wenn ich glaube, dass ich vielleicht ein bisschen zu viel getrunken hab. Ich freu mich jetzt auf zu Hause und auf eine schöne Tasse Kakao!«

Kichernd torkeln sie zur Tür. Ich rechne ganz fest damit, dass entweder einer von ihnen oder alle beide hinfallen, aber irgendwie schaffen sie es auf zwei Beinen in die Außenwelt. Kurz darauf verschwindet auch der Waliser. Ich bin mir nicht sicher, wohin, aber ich schätze mal nicht, dass er nach

Hause geht, um Kakao zu trinken. Jetzt bin ich mit dem Reiher allein. Es läuft wie geschmiert.

»Also, Helen.« Ich befülle ihr Glas. »Erzählen Sie mal, was Sie von Lucas' Kollegen erfahren haben.«

»Oh, stimmt ... Da brauch ich meine Notizen«, sagt sie und greift lustlos nach ihrer Tasche. »Ich hab alles aufgeschrieben. Aber unterm Strich hat Lucas sein ganzes Geld verspielt. Er hatte sich von mehreren Kollegen Geld geliehen und nichts davon mehr zurückgezahlt. Ach, Claire, warum hat sie das gemacht?«, fragt sie jetzt und wechselt das Thema ebenso schnell wie ihre Sitzposition. Sie liegt inzwischen halb auf dem Tisch und hebt abermals ihr Glas an die Lippen. »Das passt doch alles nicht zusammen«, lallt sie. »Ich meine – sie hatte ihre Macken, klar hatte sie die. Die haben wir alle. Niemand ist perfekt. Aber sie war keine Mörderin, Claire! Ganz ehrlich? Die Jemma, die ich kannte, war keine Mörderin.«

Sie starrt mich an, und ihre Handtasche steht immer noch auf dem Fußboden. Allem Anschein nach hat sie das Notizbuch schon wieder vergessen. Sie nimmt noch einen großen Schluck Wein.

»Und warum hab ich sie nie angerufen, Claire? In all der Zeit! Vier Jahre!«, kreischt sie – warum kreischt sie denn jetzt? »Vier Jahre, und ich hab sie nicht ein einziges Mal angerufen! Nicht ein einziges Mal! Nur wegen eines bescheuerten Streits. So bescheuert! Ich muss rausfinden, was mit ihr los war, Claire, ich muss rausfinden, was mit meiner kleinen Schwester passiert ist.« Sie nimmt den nächsten großen Schluck. Einen zu großen Schluck. Jetzt hustet sie. Dann schlägt sie die Hand vor den Mund und würgt.

Mein Schrecken spiegelt sich in ihren Augen. Kotzt sie jetzt mitten in den Pub? Als sie hervorstößt, dass sie zur Toilette müsse, steht ihr die blanke Panik im Gesicht. Sie stößt ihren Stuhl um, als sie auf die Beine kommt. Ich schnappe mir ihre Tasche und geleite sie quer durch den Pub zu den Toiletten. Als die Klotür hinter ihr zufällt, fängt sie an zu heulen.

»Ich bin total fertig, Claire«, schluchzt sie.

Ich stehe vor der Klotür und rede beruhigend auf sie ein. Versichere ihr, dass ich für sie da sei und dass ich nicht weggehe. Sie bedankt sich und fängt an zu kotzen, was mir der perfekte Moment dafür zu sein scheint, ihre Tasche zu durchwühlen. Meine Hand streift den Parfümflakon, die Schminkutensilien, den Kamm, die Taschentücher – und dann das Notizbuch. Als ich es aufschlage, geht die Tür zum Schankraum auf. Zwei junge Frauen in Hosenanzügen fragen, ob ich anstehe. Ich schüttle den Kopf, während der Reiher laut stöhnt. Dann schreit sie durch die Kabinentür: »Claire, bissu noch da?«

Nachdem ich es ihr versichert habe, kotzt sie weiter, die beiden Frauen verschwinden in den freien Kabinen, und ich blättere im Notizbuch.

Helen hat Lucas' Kollegen namentlich aufgelistet: Simon, Nicola, Adrian, Hannah, Kristian. Die Namen sind mir egal, aber was haben sie dem Reiher erzählt? War einer von ihnen an besagtem Abend auch in der Bar und hat Lucas mit mir gesehen? Ich blättere weiter. Die Handschrift ist immer noch akkurat und leserlich, sieht aber ein wenig gehetzt aus, weil der Reiher offenbar bei den Gesprächen gleich mitgeschrieben hat.

Lucas war freundlich … bloß ein Kollege … waren nicht eng befreundet.

Lucas war ein netter Kerl … hatte nichts mit ihm gemeinsam … hat ständig nur über Pferdewetten gesprochen.

Lucas war schon okay, aber irgendwann bin ich nicht mehr mit ihm in den Pub gegangen … hat nie eine Runde bezahlt.

Eine Klospülung rauscht, und die erste Frau kommt aus der Kabine. Einen Moment später gesellt sich die zweite zu ihr ans Waschbecken. Ich überfliege den Rest der Seite.

Lucas ist bei der Arbeit mit allen gut klargekommen … keine engen Freundschaften.

Lucas kam an meinem Geburtstag mit in den Pub, und ich hab ihm jeden einzelnen Drink bezahlen müssen.

Lucas hat mir erzählt, wie viel Geld er verspielt hatte. Er tat mir leid, deshalb hab ich ihm 200 Pfund geliehen. Er hat sie mir nie zurückgegeben.

Die beiden Frauen stehen jetzt am Handtrockner und reden über den ekelhaften Kotzegeruch. Laut genug, dass sie das Gebläse übertönen. Zu laut. Vielleicht wollen sie, dass der Reiher hört, was sie sagen, vielleicht hoffen sie sogar, dass sie ihn damit verletzen. Vielleicht sollte ich sie an den Köpfen zusammendonnern – wäre wahrscheinlich die schnellste Methode, damit sie endlich die Klappe halten. Stattdessen frage ich mich, warum ich mir um die Gefühle des Reihers Gedanken mache, und blättere erneut um.

Keine Ahnung, ob Lucas eine Freundin hatte … hat nie eine erwähnt.

Ich glaube nicht, dass Lucas eine Freundin hatte. Bei der Weihnachtsfeier war er ziemlich flirty.

Keine Ahnung, und es interessiert mich auch nicht, ob Lucas eine

Freundin hatte. Als klar war, dass ich meine 200 Pfund nicht zurückkriegen würde, hab ich nicht mehr mit ihm geredet.

Ich blättere durch den Rest des Büchleins. Leere Seiten. Ist das alles, was die Nachforschungen des Reihers ergeben haben? Die beiden Frauen starren in den Spiegel und ziehen ihren Lippenstift nach, und ich verspüre Erleichterung. Sie weiß nichts. Armer, betrunkener Reiher. Ich klopfe an die Kabinentür und frage, wie sie sich fühlt. Sie stöhnt, und ich teile ihr mit, dass ich schnell an den Tresen gehe und ihr ein Glas Wasser hole. Sie bedankt sich, doch dann klingt sie auf einmal panisch: Sie habe ihre Handtasche unter unserem Tisch stehen lassen. Jemand könne sie gestohlen haben. Ich versichere ihr, dass ich ihre Tasche habe, dass all ihre Habseligkeiten in Sicherheit seien. Als ich die Toilette verlasse, sprechen die Frauen vor dem Spiegel über eine gewisse Annie, die megaeingebildet sei. Ich schiebe das Notizbuch zurück in Helens Tasche und bugsiere es ganz nach unten. Sie ist der Lösung des Rätsels um den Tod ihrer Schwester kein bisschen näher gekommen, aber zumindest ist ihr Make-up in Sicherheit. Und ihr Parfüm, der Kamm, der Geldbeutel, das Notizbuch, ein …

Meine Hand streift etwas, was ich noch nicht kenne. Zwischen all dem Plunder habe ich es zunächst gar nicht bemerkt. Ich ziehe es heraus. Es ist ein brauner Pappumschlag mit der rot aufgedruckten Aufschrift »Bitte nicht knicken«, und auf die Vorderseite hat jemand in Großbuchstaben »HELEN« geschrieben. Ich drehe den Umschlag um. Er ist zugeklebt.

Ich gehe zum Tresen und stelle mich an. Eine Frau steht vor mir und fragt den Barkeeper nach den Weißweinen, die sie hier ausschenken. Sie erkundigt sich nach einem, der nicht auf der Karte steht. Ich spähe zurück in Richtung Toiletten. Der Reiher hatte seine Handtasche unbeaufsichtigt stehen gelassen. Hätte ich mich nicht darum gekümmert, wäre sie womöglich gestohlen worden, und sie hätte alles verloren. Auch den zugeklebten Umschlag. Natürlich mache ich ihn auf. Ich reiße die Lasche auf und ziehe den Inhalt heraus.

Die Frau vor mir in der Schlange redet weiter mit dem Barkeeper, allerdings höre ich ihre Stimme nicht mehr. Die Welt um mich herum verstummt. Bis plötzlich von überallher Lärm kommt. Ich sehe zum Barkeeper, der ein Weinglas einschenkt. Er hält es der Frau hin, die probieren soll. Dann unterhalten sie sich wieder, was heißt, dass sie es nicht hören können – das Geräusch in meinem Kopf. Das Geräusch wird lauter, das Knarzen aufdringlicher. Der rostige Schlüssel beginnt sich zu drehen. Ich zwinge mich, ruhig zu bleiben und mich auf meine Atmung zu konzentrieren. Ich sehe auf meine Hände hinab, die immer noch den Inhalt des Umschlags umklammern. Ich muss sofort aufhören zu zittern.

Als ich aufblicke, starrt der Barkeeper mich an. Sein Mund bewegt sich, aber ich kann noch immer nichts hören. Ich kann meine Bewegungen kaum koordinieren, aber dann schaffe ich es, den Inhalt zurück in den Umschlag zu schieben und mich langsam abzuwenden. Als ich an einem großen, mit lauter Bürohengsten und -stuten voll besetzten Tisch vorbeigehe, kommen mir zwei junge Frauen in Hosenanzügen vage bekannt vor. Sie spähen zum Tresen und lachen. Schau sich einer Annie-die-eingebildete-Weinexpertin an, was glaubt die, verdammt noch mal, wer sie ist?

Zurück in der Toilette, steht der Reiher am Waschbecken und spritzt sich Wasser ins Gesicht. Ich ramme den Umschlag in meinen hinteren Hosenbund, ehe sie sich umdreht und auf mich zuwankt. Dann wirft sie sich mir an den Hals und heult los. Ich erzähle, dass die Schlange am Tresen endlos sei, dass ich ihr aber in einem Laden ein Wasser kaufen werde, während wir auf ein Taxi warten. Der Geruch von Kotze wird stärker, als sie sich bedankt. Ich drehe den Kopf weg und ziehe sie hinter mir her nach draußen. Kaum an der frischen Luft, gerät sie ins Stolpern und lehnt sich schwer an mich, und mir fallen die Taxifahrer ein, die hinter der nächsten Ecke parken. Wird einer von denen jemand so Betrunkenen überhaupt mitnehmen? Und wohin eigentlich? Ist sie im Kopf noch klar genug, um sich an ihre Adresse zu erinnern? Dann fällt mir ihr Geldbeutel in ihrer Handtasche ein. Ist da noch genügend Geld drin, um sie nach Hause zu bringen? Und wie wird sie morgen ihren roten Mercedes abholen? Ist er nachts auf dem Parkplatz des Pubs in Sicherheit? Ich versuche, mit den Gedanken bei all diesen Fragen zu bleiben – vergebens. Ein ums andere Mal steht mir der Inhalt des Umschlags vor Augen.

Für einen kurzen Moment rollt es mit Wucht über mich hinweg, und ich muss stehen bleiben und erst wieder zu Atem kommen. Mein Kopf spult um ein paar Augenblicke zurück. Ich stehe hinter der Frau am Tresen, der Barkeeper zeigt auf Flaschen im Weinkühlschrank, ich reiße die Lasche des Umschlags auf und nehme den Inhalt heraus. Es sind Fotos, und ich starre auf das erste hinab. Darauf bin ich zu sehen, wie ich vor der Eingangstür zu einer grauen Doppelhaushälfte stehe. Ich halte Lucas Kanes Aktentasche in einer Hand und strecke mich mit der anderen nach der Klingel aus. Meine Hand streift eine einsame Blumenampel. Ich weiß, dass es sich um Kunstblumen handelt.

Die Angst wiederum ist echt.

DAMALS

»Keine Angst, Claire«, sagt die Lehrerin zu dem Mädchen und fügt lächelnd hinzu: »Du hast nichts falsch gemacht, ganz im Gegenteil.«

»Dauert es lange?«, fragt die Frau in ihrem kurzen, eng anliegenden Kleid und den Schuhen mit himmelhohen Absätzen. »Es ist nämlich so, dass ich noch einiges zu tun habe. Wir sind gerade erst umgezogen und bekommen eine neue Steintreppe. Ich muss sicherstellen, dass wir mit dem Einbau im Zeitplan bleiben.«

»Nein, es dauert nicht lange«, antwortet die Lehrerin lächelnd. »Bitte, setzen Sie sich.« Sie zeigt auf die beiden Stühle vor ihrem Pult im verwaisten Klassenzimmer. »Kommt Ihr Mann noch?«

»Nein.« Die Frau inspiziert ihre manikürten, spitzen, rot lackierten Fingernägel. »Er muss wahnsinnig viel arbeiten und kommt immer erst spät nach Hause.«

»Verstehe«, sagt die Lehrerin. »Wie schade. Ich hatte gehofft, ich könnte die Angelegenheit mit Ihnen beiden besprechen. Aber vielleicht richten Sie Ihrem Mann aus, wie zufrieden ich mit Claire bin.«

Kurz herrscht Stille, als die Lehrerin die Frau ansieht. Die Fingernagelinspektion hält an, genau wie die Stille.

»Ich weiß, dass Claire in der Vergangenheit immer wieder ein bisschen Ärger in der Schule hatte«, sagt die Lehrerin.

»Wenn das mal keine Unterschreitung ist«, fällt die Frau ihr ins Wort.

»Untertreibung«, sagt das Mädchen. »Es heißt Untertreibung.«

»Psst, Claire.« Die Frau streift die Lehrerin mit dem Blick. »Es ist unhöflich, Erwachsene zu unterbrechen. Bitte entschuldigen Sie«, sagt sie an die Lehrerin gewandt. »Claire kann sich manchmal einfach nicht beherrschen. Sie will immer so gescheit sein.«

»Aber sie ist gescheit«, erwidert die Lehrerin, »deshalb wollte ich ja auch mit Ihnen sprechen. Claires Bilder sind außergewöhnlich gut, und die Geschichten, die sie schreibt, sind – wie Sie sicher wissen – wirklich herausragend. Seit Claire in meine Klasse geht, hat sie auch kaum noch Probleme gehabt. Ich bin sehr stolz auf sie.«

Erneut inspiziert die Frau ihre Fingernägel, und die Stille hält an, bis die Lehrerin erneut das Wort ergreift.

»Claire hat mir erzählt, dass sie mal Lehrerin werden will. Anscheinend spielt sie mit ihren Spielsachen zu Hause gern Schule. Und weißt du, was, Claire?« Die Lehrerin dreht sich zu Claire um. »Wenn du weiter so fleißig bist, weiß ich genau, dass du alles schaffst, was du dir vornimmst.«

»Es tut mir leid, aber ich muss jetzt wirklich los«, sagt die Frau mit Blick auf ihre Armbanduhr. »Ich muss noch wahnsinnig viel erledigen.«

»Natürlich.« Die Lehrerin lächelt. »Claire hat heute Geburtstag, stimmt's? Sieben Jahre – und wie feierst du?«

»Wir haben Pläne«, sagt die Frau und steht auf.

Als sie schon auf die Tür zum Klassenzimmer zugehen, spricht die Lehrerin das Mädchen abermals an.

»Claire?«

»Ja?«

Die Lehrerin greift nach einem Buch, schlägt es auf, blättert bis zur Mitte und reißt ein paar Seiten heraus.

»Hier, Claire.« Sie drückt dem Mädchen die Blätter in die Hand. »Leere Seiten aus dem Klassenbuch. Jetzt kannst du echte Klassenbuchseiten benutzen, wenn du zu Hause Schule spielst. Alles Gute zum Geburtstag!«

»Danke«, sagt das Mädchen.

Sie fahren nach Hause, und als sie dort ankommen, wartet er schon vor der Tür. Der Mann mit den wütenden Tätowierungen.

Er lächelt, als die Frau aussteigt. Ihr kurzes, eng anliegendes Kleid ist über den Schenkeln nach oben gerutscht, und sie zieht es nicht runter. Als sie die Haustür aufschiebt, flüstert er ihr etwas zu, und sie lacht. Gemeinsam treten sie über die Schwelle.

»Sei nicht sauer«, sagt der Mann, kaum dass die Tür hinter ihnen zufällt, »aber ich hab die anderen schon nach Hause geschickt.«

»Wie bitte? Und warum?« Sie stakst die breite Steintreppe hoch. »Ist das Geländer schon fertig? Verdammt!«, schreit sie, als sie oben ankommt. »Die haben ihr Werkzeug überall liegen lassen – und guck dir das riesige Loch im Geländer an! Da könnte ich ja stolpern und die Treppe runterstürzen!«

Der Mann ist ihr die Treppe hinauf gefolgt. Er steht hinter ihr und schlingt ihr die Arme um den Leib. »Wenn du fällst, fange ich dich auf«, flüstert er und fährt ihr mit der Zunge übers Ohr. Sie schmunzelt und streicht ihm leicht über die Arme mit den Wölfen, Schlangen und Panthern. So viele gebleckte Zähne, so viel Haut voller wütender Tätowierungen.

»Mal ernsthaft«, sagt sie und dreht sich zu ihm um. »Ich wollte, dass das Geländer heute fertig wird. Das weißt du ganz genau. Warum hast du deine Leute nach Hause geschickt?«

»Es hat länger gedauert als gedacht, und ich musste doch sicherstellen, dass wir zwei noch genügend Zeit für uns haben.« Seine Hände wandern ihren Rücken hinab. »Du hast doch erwähnt, dass dein Mann vielleicht früher nach Hause kommen will, weil das Kind Geburtstag hat.«

Bei der Erwähnung des Kindes sieht die Frau nach unten zu dem Mädchen, das am Fuß der Treppe steht.

»Claire«, sagt sie und geht die Treppe hinunter, »der Vorarbeiter und ich müssten über die Bauarbeiten reden. Ein Erwachsenengespräch. Lauf in dein Zimmer, mach die Tür zu, und komm nicht mehr raus. Wir wollen nicht gestört werden.«

»Ich gehe in mein Zimmer und mache die Tür zu«, sagt das Mädchen, »aber schließ mich nicht ein. Es wird dort so heiß, und das Fenster geht nicht auf. Wenn die Tür abgeschlossen ist, kriege ich kaum noch Luft.«

»Okay, okay, ich schließe nicht ab«, sagt die Frau, erreicht die unterste Stufe und lacht schrill auf, als der Mann mit den wütenden Tätowierungen ihr etwas ins Ohr flüstert. »Ja, du bist ein wunderbarer Vorarbeiter«, sagt sie und dreht sich zu ihm um, »und sehr begabt mit den Händen.« Sie stellt sich dicht vor ihn, sieht dann aber über die Schulter zu dem Mädchen. »Worauf wartest du noch?«, schnauzt sie es an. »Verschwinde, los!«

Das Mädchen rennt die Treppe hoch zum kleinsten Zimmer des Hauses und macht die Tür hinter sich zu, setzt sich auf den Boden und arrangiert ihre Spielsachen zu zwei akkuraten Reihen. Bambi, ihr Lieblingsplüschtier, sitzt ganz vorn. Bambi sitzt immer ganz vorn. Dann streicht das Mädchen die Blätter aus dem Klassenbuch glatt und notiert mit Bleistift die Namen der Spielsachen in die linke Spalte. Anschließend ruft sie leise eins nach dem anderen auf und setzt ein Minus oder ein Häkchen ins Kästchen neben dem Namen. So ruft eine echte Lehrerin ihre Schülerinnen und Schüler auf. Jetzt kann sie so tun, als wäre sie eine. Und dann verliert sie sich im Spiel, bei der Planung der Unterrichtsstunde und beim Unterrichten der Spielsachen. Sie ist so vertieft, dass sie das Lachen und die lauten, erregten Stimmen vor der Tür zwar hört, aber kaum zur Kenntnis nimmt. Es zählt nur, dass ihr die Schüler zuhören, nichts anderes ist wichtig. Vielleicht wird überhaupt nie wieder etwas wichtig sein.

19

Ich bin aufs Laufband gestiegen und habe Probleme beim Atmen. An meiner Fitness kann es nicht liegen. Irgendwas stimmt nicht mit der Luft im Zimmer. Es kommt mir stickiger vor als sonst. Und sind die Wände des Wohnzimmers zusammengerückt? Ist die Zimmerdecke plötzlich niedriger? Der Boden höher? Ich springe vom Laufband und kämpfe gegen den Sauerstoffmangel an. Ich muss nach draußen. Ich schlage die Haustür hinter mir zu und renne weiter. Schon besser. Viel Luft. Viel Weite. So kann ich wieder denken.

Irgendwer hat mir an dem Abend, an dem ich Florence und Jemma umgebracht habe, vor Florence' Haus aufgelauert. Woher wusste die Person, dass ich dort auftauchen würde? Das wusste ich ja nicht mal selbst – zumindest nicht, bevor Jemma am Nachmittag bei mir zu Besuch gewesen war. Nicht, bevor ich beschlossen hatte, dass mir ihr Jobangebot nicht zusagte.

Ich renne schneller, überquere die Straße und denke an jenen Abend zurück, daran, wie ich vor Florence' Haus stand, wie ich die Hand nach der Klingel ausstreckte. Wenn ich mich nur umgedreht hätte. Wen hätte ich gesehen?

Wer außer mir wusste, wo Florence wohnte? Ich rufe mir den Tag in Erinnerung, an dem sie Jemma ihre Adresse diktiert hat. Es war der Tag, an dem die Trauergruppe abends ins *Old Bengal* gehen wollte. Das Treffen an sich war bereits zu Ende, aber der Waliser, Christiana und Will standen noch zusammen und unterhielten sich. Ich weiß noch, dass ich gerade meinen Stuhl hatte wegstellen wollen, als Jemma mich zu sich rief. Florence nannte laut und deutlich ihre Adresse, und Jemma tippte sie in ihr Handy ein. Ich hörte es, Jemma hörte es – und die drei bei den Stuhlstapeln hätten es ebenso gut hören können. Aber selbst wenn einer von ihnen die Adresse aufgeschnappt hätte – warum hätte er dort aufkreuzen sollen? Warum draußen warten und Fotos schießen? Niemand hätte ahnen können, was ich dort vorhatte.

Ich lege einen Zwischenspurt ein und nehme mir vor, an drei Straßenlaternen vorbeizurennen, ehe ich wieder in einen lockeren Laufschritt verfalle. Die Luft presst gegen meine Trommelfelle und vertreibt sämtliche Gedanken aus meinem Kopf. Es brennt in der Brust, meine Beine tun weh, aber wenigstens ist der Kopf jetzt frei. Ich laufe an der dritten Straßenlaterne vorbei, dann an einer vierten und fünften. Ich wünschte mir nur, ich könnte für alle Zeiten vor meinen Gedanken davonlaufen.

Ich werde langsamer und rufe mir die fünf Fotos aus dem Umschlag ins Gedächtnis. Auf dem Ersten stehe ich vor dem Eingang des Hauses, kurz bevor ich die Klingel drücke. Auf dem Zweiten steht Florence in der Tür und bittet mich lächelnd nach drinnen. Auf dem Dritten nehme ich Lucas

Kanes Aktentasche mit in ihr Haus. Auf dem Vierten geht die Tür hinter mir zu, und auf dem Fünften schiebt Jemma die Tür auf und betritt das Haus ebenfalls.

Ich laufe ein wenig schneller über die Straße und jogge auf den Park zu. Jemand war vor Ort, als ich Florence umgebracht und siebzehn Zierdeckchen und dreiundfünfzig Dekosachen gezählt habe. Jemand hat diese Fotos geschossen und sie mitsamt Aufnahmedatum und Uhrzeit ausgedruckt. Jemand hat die Ausdrucke anschließend umgedreht und in Großbuchstaben auf jede einzelne Rückseite geschrieben: »WARUM WAR CLAIRE AN DEM ABEND DA, ALS DIE BEIDEN GESTORBEN SIND?« Dann hat jemand die Fotos in einen Umschlag gesteckt, den Umschlag zugeklebt und gewartet, bis die Gelegenheit günstig war und er ihn Helen in die Tasche mogeln konnte. Und zumindest hier können wir den Kreis der Verdächtigen eingrenzen.

Es muss passiert sein, als ich gerade am Tresen anstand. Die Handtasche des Reihers stand auf dem Boden, und sie war betrunken, sie hätte rein gar nichts bemerkt. Will hatte seine Aktentasche bei sich. Als Christiana anfing zu heulen, ist er der Länge nach hingekracht. Der Umschlag hätte in seiner Aktentasche stecken können … Christiana hatte ihre rote Handtasche dabei. Die zur Jacke und zu ihren verheulten Augen passte. Der Umschlag hätte genauso gut auch in ihrer Tasche gesteckt haben können. Der Waliser hatte seinen abgehalfterten Rucksack dabei. Bevor er anfing zu poltern, hatte er eine Zeitung daraus hervorgezogen. Der Umschlag hätte in seinem Rucksack stecken können. Jeder von ihnen könnte gehört haben, wie Florence ihre Adresse diktierte. Und jeder hätte die Fotos in Helens Handtasche stecken können. Was nicht heißen muss, dass es einer von ihnen war. Es könnten auch zwei gewesen sein, vielleicht sogar alle drei.

Inzwischen laufe ich durch den Park und werde auf dem weichen Gras wieder ein wenig schneller. Meine Gedanken rasen mir voraus. Haben sie an dem Abend im Pub darüber gesprochen, der Waliser, Christiana und Will? Haben sie mit ihrem alkoholgetränkten Gequatsche über das Böse etwa mich gemeint? Meine Gedanken geraten außer Kontrolle – doch plötzlich ist es da: ein einziges, kleines Wort, in dem alle wirren Gedanken sich verknoten.

Warum?

Warum hat derjenige die Fotos in die Handtasche des Reihers gesteckt, statt sie der Polizei zu übergeben? Es brennt in der Brust, meine Beine tun weh, allmählich klärt sich mein Kopf – doch dann bleibe ich jäh stehen. Ich komme nicht weiter. Er versperrt mir den Weg. Ich erkenne ihn sofort wieder, und auch er weiß genau, wer ich bin. Er sieht mich. Das wahre Ich. Und er hat seit Langem auf diesen Moment gewartet.

Ich halte den Atem an, als der hässliche schwarze Köter mich umkreist. Er knurrt und fletscht die Zähne. Nur vage kann ich Mrs Davis in der Ferne erahnen: Sie kommt in unsere Richtung gerannt, kreischt den Namen ihres Hundes, aber sie ist zu weit weg. Sie wird nicht mehr rechtzeitig hier sein. Der Hund hört auf, mich zu umkreisen, fixiert mich und geht in Angriffsposition. Ich schließe die Augen und rechne jeden Augenblick mit der Attacke. Ob ich wie ein Geist aussehe? Für den Hund, meine ich? Oder bin das bloß ich, die Geister sieht? Vielleicht soll es genau so zu Ende gehen –

und womöglich hat es sogar etwas Gutes: Der Tod ist besser als eine Gefängniszelle, und der hässliche schwarze Hund hat sich die Attacke redlich verdient. Geduldig hat er auf die richtige Gelegenheit gewartet und den perfekten Moment abgepasst. Auch ein hässlicher Hund findet mal ein Korn.

Aber nicht heute. Ich reiße die Augen auf. Der Hund starrt mich immer noch an und knurrt. Warum hat er denn noch nicht angegriffen? Worauf wartet er noch? Ich halte nach Mrs Davis Ausschau. Sie ist nur noch ein kleines Stück entfernt, ich sehe ihr rotes, panisches Gesicht. Dem Hund bleibt nicht mehr viel Zeit, und ich starre ihn an. Ich sehe das gesträubte Nackenfell, die scharfen Zähne und den Speichel, der ihm von den Lefzen trieft. Er sieht gemeingefährlich aus und fest entschlossen – aber all das ist nur Gehabe. Noch so einer aus dem Königreich der Fake-Gestalten, der etwas vorgibt zu sein, was er nicht ist.

Dann ist Mrs Davis endlich da und schnappt sich die Hundeleine.

»Es tut mir so leid, Claire!«, keucht sie. »Er hat Sie joggen sehen, und das war's – da ist er einfach los wie der geölte Blitz! Es tut mir so leid – aber bitte glauben Sie mir: Er kläfft schlimmer, als er beißt.«

»Ist schon okay, Mrs Davis.« Ich lächle sie an. »Ende gut, alles gut.«

»Es ist nicht okay, Claire«, entgegnet sie mit besorgtem Blick. »Sie sind ja weiß wie ein Laken – Sie müssen Todesangst gehabt haben. Still jetzt!«, blafft sie ihren Köter an, der wieder angefangen hat zu bellen. »Ehrlich, dieser Hund hat eine große Klappe, aber nichts dahinter. Sicher, dass alles in Ordnung ist?«

»So sicher wie das Amen in der Kirche.«

»Wirklich? Ich wäre außer mir, wenn ich Sie wäre. Allein bei der Vorstellung, wie Sie sich erschreckt haben müssen, kriege ich eine Gänsehaut. Aber okay, wenn Sie sich sicher sind, dass alles in Ordnung ist, dann lassen wir Sie jetzt in Ruhe weiterjoggen. Und der hier wird für ein Weilchen in seine Hundebox gesperrt, das sage ich Ihnen!«

Ich sehe ihnen hinterher und laufe dann auf eine Bank in der Nähe des Spielplatzes mitten im Park zu. Heute ist kein Kind in Sicht, Rutsche, Wippe und Schaukeln sind leer. Ich setze mich auf die Bank. Große Klappe, nichts dahinter. So hat Mrs Davis ihren lauten, hässlichen Hund beschrieben. Genau so könnte man auch den Waliser beschreiben. Woche für Woche sitzt er bei unseren Treffen und poltert vor sich hin – aber was unternimmt er eigentlich gegen die Ärzte, die die Krankheit seiner Frau falsch diagnostiziert haben? Nichts. Und dann Will, dieses erbärmliche Buchhalterwürstchen – schreibt sich alles nur auf und verbringt sein Leben auf der Zuschauerbank. Und was Christiana angeht, hat sie es schließlich selber gesagt: Sie ist ohne ihren Ehemann verloren und weiß nicht mehr, was sie noch tun soll. Ich denke über die drei nach. Feiglinge. Alle miteinander.

Doch während ich in Florence' Haus zur Tat geschritten bin, hat einer dieser Feiglinge sich draußen versteckt. War zu feige, um einzuschreiten, und sogar zu feige, um die Fotos der Polizei zu übergeben. Große Klappe, nichts dahinter. Wer immer das war, muss geglaubt haben, es wäre ach so clever, die Fotos einfach in Helens Tasche zu stecken. Die Verantwortung ihr zuzuschieben und dann selbst schleunigst wieder in Deckung zu gehen. Aber das Schicksal hat in

Gestalt des kotzenden Reihers Einspruch erhoben. Das Glück ist mit den Tüchtigen, hätte Mrs Davis wohl dazu gesagt. Ich hingegen behaupte, dass ich Dad an meiner Seite hatte. Er ist hier, ich weiß es, sieht still und allwissend zu – und tut, was er kann, damit ich nicht erwischt werde. Dank Dad war keiner dieser Feiglinge zur Stelle, als Helen ihre Tasche unbeaufsichtigt hat stehen lassen und zur Toilette gerannt ist. Niemand von ihnen weiß, dass sie die Fotos noch gar nicht gesehen hat. Niemand weiß, dass ich sie jetzt habe.

Ich stehe auf und lasse den Blick noch ein letztes Mal über den Spielplatz schweifen. Schaukeln, Rutsche und Wippe, alle reglos und still – als würden sie nur darauf warten, dass bald etwas passiert. Ich könnte geduldig auf das Klopfen an meiner Tür warten, auf die Handschellen, die Fragen, das lebenslängliche Urteil.

Ich tue es nicht. Aber ich könnte es.

Stattdessen laufe ich zurück nach Hause und überlege weiter, wer die Fotos gemacht haben könnte. Male mir die gesichtslose Gestalt aus. Oder die Gestalten? Wer waren sie? Warum waren sie vor Ort? Wo hatten sie sich versteckt? Wie lange sind sie geblieben? Warum die feige Zurückhaltung?

Feige Zurückhaltung. Die perfekte Formulierung für einen Nachruf.

20

Der Reiher hat sich nicht nur im betrunkenen, sondern auch tags darauf im verkaterten Zustand zigmal dafür bedankt, dass ich mich um ihn gekümmert und sichergestellt habe, dass er heil nach Hause kam. Doch auch der normale Reiher scheint das Bedürfnis zu haben, seiner Dankbarkeit Ausdruck zu verleihen. Ich bin gerade unterwegs nach Waterbridge Oak, als mein Handy klingelt.

»Hi, Claire, hier ist Helen. Ich wollte mich nur noch mal bei dir bedanken, weil du dich neulich Abend um mich gekümmert hast. Und danke, dass du auf meine Tasche aufgepasst hast! Was für ein Albtraum das gewesen wäre, wenn ich die verloren hätte! Ich hätte sämtliche Bankkarten sperren lassen müssen, und dann das Handy … Ich bin dir wahnsinnig dankbar!«

»Alles gut.« Ich denke über ihre Wortwahl nach und die Leichtigkeit, mit der sie eine kleine Unannehmlichkeit zu einem Albtraum stilisiert. Ich frage mich, wie sie wohl den Verlust von etwas wirklich Wichtigem beschreiben würde.

Den Verlust ihres Verstandes zum Beispiel – oder den ihrer Freiheit.

»Es ist mir wahnsinnig peinlich, wie betrunken ich war«, sagt sie. Schon wieder.

»Alles gut«, erwidere ich. Schon wieder. »War schon okay, es gibt keinen Grund, sich zu schämen.«

»Du bist so wahnsinnig nett – und ich fühle mich einfach so schlecht, weil du dich um mich kümmern musstest!«

»Alles gut«, sage ich. Schon wieder. »War doch keine große Sache.«

»Doch, war es. Es war eine richtig große Sache. Wenn ich darüber nachdenke, was hätte passieren können, wenn du mich in diesem Zustand dort gelassen hättest ... Wenn ich meine Tasche verloren hätte – wie wäre ich denn nach Hause gekommen? Ich bin dir so dankbar! Wirklich! Mein Autoschlüssel lag in der Tasche, und ich hab keinen Ersatzschlüssel. Wenn ich den verloren hätte, wäre das der absolute Albtraum gewesen.«

»Alles gut«, sage ich zum allerletzten Mal. »Aber wenn du mich jetzt entschuldigen würdest? Ich bin gerade auf dem Weg zu ...«

Zu was? Was soll ich jetzt sagen? Vielleicht zum Einkaufen? Zu einem Arzttermin? Zur Autowäsche? Zu einem Gottesdienst? Einer Bibliothek? Die Möglichkeiten sind unerschöpflich.

»Zu einer Verabredung«, sage ich schließlich. »Ich bin unterwegs zu einer Verabredung«, wiederhole ich. »Kann ich vielleicht später zurückrufen?«

»Natürlich! Tut mir leid, ich wollte dich nicht aufhalten.

Ich hab nur angerufen, um zu fragen, ob ich dich mal zum Essen einladen kann, um mich bei dir zu bedanken.«

»Ist doch nicht nötig«, sage ich.

Doch ihr Wortschwall an meinem Ohr nimmt gar kein Ende.

»Doch, es ist nötig. Wenn ich überlege, was es nach sich gezogen hätte, wenn ich die Handtasche tatsächlich verloren hätte! Es wäre ein …«

»Essen wäre toll.« Ich kann mir nicht noch eine Definition von dem anhören, was Helen unter einem Albtraum versteht. »Aber ich müsste jetzt wirklich Schluss machen …«

»Na klar. Wir reden ein andermal weiter! Tschüss!«

»Tschüss.«

»Oh, und – Claire? Danke noch mal! Es bedeutet mir wirklich viel …«

Ich lege auf, was nicht mal unhöflich ist. Es ist bitter nötig. Ich fahre weiter in Richtung des Pflegeheims und denke über zwei Schwestern nach: über Jemma, die Erpresserin, die unschuldige Menschen in ihrer Obhut gequält hat. Und über den Reiher, der ständig das Bedürfnis hat, es allen recht zu machen. Ich frage mich, ob die Schwestern immer schon so unterschiedlich waren oder ob irgendwas vorgefallen sein könnte, was dazu geführt hat, dass sie sich so auseinanderentwickelt haben. Ich muss an ihre Mutter denken, die in Bognor Regis an der Küste wohnt. Ist es ihre Schuld, dass Jemma so wurde, wie sie war? Stimmt es, dass sie Helen bevorzugt hat? Gibt sie sich eine Mitschuld an Jemmas Tod? Ist sie von Trauer zerfressen? Interessiert es sie überhaupt?

Auf dem Parkplatz des Pflegeheims ist erstaunlich viel los. Genau wie in meinem Kopf. Irgendwann ergattere ich eine Parklücke und spaziere auf das Gebäude zu. Irina am Empfang sieht seltsam aus. Das Make-up ist das gleiche wie sonst – sie hat höchstens ein bisschen mehr Lippenstift aufgetragen –, aber was ist mit ihrem Haar los? Es scheint zu krausen Löckchen frisiert und mit Haarnadeln am Kopf fixiert worden zu sein. Überaus schräg. Ich trage mich ins Besucherbuch ein und nehme die Treppe in den dritten Stock, spähe dort in Kathleens verwaistes Zimmer und folge der Musik, bis ich in den Aufenthaltsraum komme.

»Guten Tag, Claire!«, ruft Deb, als ich in der Tür stehe. »Willkommen zu unserer Vierzigerjahre-Teeparty!«

Du liebe Güte. Jetzt weiß ich genau, wie sich feindliche Außerirdische bei der Landung auf einem fremden Planeten fühlen müssen. Was, zum Teufel, geht hier vor? Zuallererst die Musik! Eine schrumpelige alte Lady – könnte Janet sein, aber ich glaube, es ist Edith – schmettert ein Liedchen über die Kreidefelsen von Dover, und wer immer sie ist: Sie hat eine erstaunlich kräftige Stimme, auch wenn sie leicht ins Schrille kippt. Ben tanzt mit einer weiteren alten Lady – könnte Edith sein, aber ich glaube, es ist Janet – mitten im Raum vor und zurück. Er lächelt, während sie eher wütend aussieht. Sie tanzt zwar, aber nicht mit Leib und Seele. Und dann die Klamotten! Kürbiskopf Deb, die nonstop auf den Beinen ist, lächelt mich von einem Sessel aus an, während ich noch überlege, worauf ich mich zuallererst konzentrieren soll: Ihre fettigen Haare sind zu einem strengen Knoten zurückgekämmt, was die enorme Größe ihres Kopfes zusätzlich betont. Und warum hat sie sich zu einer Vierziger-Party als viktorianische Gouvernante verkleidet? Warum sind ihre Outfits immer um Jahrzehnte daneben? Die ganze Sache ist einfach nur schlimm. Da sitzt sie in ihrem langen schwarzen Kleid mit ausgefranstem weißen Spitzenkragen lächelnd auf diesem Sessel und winkt mit einem Plastik-Union-Jack. Es ist grauenvoll.

»Wow«, stoße ich hervor, was immer gut ist, wenn einem im Eifer des Gefechts nichts anderes einfallen will.

»Bitte, nehmen Sie sich einen Tee und ein Stück Kuchen«, fordert sie mich auf. »Unser Koch hat ein Rezept aus den Vierzigern herausgekramt. Ein bisschen schlicht, aber Sie müssen das kosten! Schließlich hat unser Koch mal in einem Sternerestaurant gearbeitet!«

Ich nehme mir eine Tasse Tee vom Getränkewagen und sehe mich um. Kathleen sitzt neben Frank auf dem Sofa. Eine aschfahle Miranda und ein gelangweilt dreinblickender Mann sitzen auf Esszimmerstühlen, die an der Wand stehen. Oscar, das Kleinkind, hüpft auf der Tanzfläche herum, lässt sich dann aber immer wieder lachend auf seine vier Buchstaben fallen.

»Oscar«, sagt der gelangweilte Mann, »das ist nicht die Reise nach Jerusalem. Entweder tanzt du jetzt, oder du setzt dich, aber nicht beides.«

Ich habe keine Ahnung von Kleinkindern, aber nach allem, was ich an Oscar beobachten konnte, glaube ich nicht, dass er mit irgendwas davon aufhören wird. Als das Hüpfen-Hinsetzen-Lachen weitergeht, seufzt der gelangweilte Mann und will gerade aufstehen, doch Miranda hält ihn zurück.

»Lass ihn, Nicholas. Er stört doch niemanden. Er rastet nur aus, wenn du jetzt dazwischengehst.«

»Meinetwegen«, sagt Nicholas und setzt sich wieder. »Aber denk daran, was in dem Buch steht: Man darf das

Leben nicht in Angst vor dem nächsten Ausraster verbringen.«

»In dem Buch steht aber auch, dass wir uns genau überlegen sollen, welcher Kampf sich auszufechten lohnt«, faucht ihn Miranda an.

»Während wir uns gleichzeitig darüber im Klaren sein sollten, dass wir diejenigen sind, die die Regeln setzen«, wendet Nicholas ein. »Du erinnerst dich noch an das Kapitel über Kontrolle in jeder Lebenslage, oder?«

»Natürlich«, sagt Miranda. »Und an das Kapitel, in dem es heißt, dass die Freiheit des Ausdrucks und der freie Wille gefördert werden sollen.«

»Während man jederzeit die Kontrolle hat«, sagt Nicholas.

Worüber reden die beiden? Ist das neuerdings die Art, wie Durchschnittsmenschen kommunizieren? Indem sie Kapitelüberschriften zitieren?

»Hallo«, sagt Miranda, als sie meinen Blick auffängt. »Claire, das ist Nicholas, mein Ehemann. Nicholas, das ist Claire.«

Nicholas steht auf, um mir die Hand zu schütteln.

»Schön, Sie kennenzulernen, Claire«, sagt er und mustert mich mit einem intensiven Blick aus dunklen Augen. Dann fährt er sich mit der Hand durch den dichten schwarzen Haarschopf, ehe er vage zu den alten Bewohnern zeigt. »Und welcher davon ist Ihrer?«

»Ich bin hier, um Kathleen zu besuchen«, antworte ich und weiß bereits jetzt, dass ich Nicholas nicht ausstehen kann. Der Waliser würde ihn ein Arschloch nennen, und da wäre ich ganz seiner Meinung. Die arme Miranda. Kein Wunder, dass sie so kläglich wirkt.

»Hallo, Kathleen«, sage ich, beuge mich vor und hauche ihr ein Küsschen auf die Wange. Lavendel steigt mir in die Nase, und als sie mich mit ihren dunkelblauen Augen ansieht, habe ich für einen Moment das Gefühl, als würde sie mich gleich ansprechen. Ich sehe ihr in die Augen. Ist sie noch irgendwo da drin? Und kämpft gegen unsichtbare Mächte an? Ist sie sich dessen bewusst, dass der Irrsinn ihr die Vergangenheit gestohlen hat und drauf und dran ist, ihr auch die Zukunft zu stehlen und das letzte bisschen Persönlichkeit zu Staub zu zermalmen? Kann sie der unsichtbaren Macht lange genug die Stirn bieten, um etwas Sinnvolles zu formulieren? Ihr Blick wandert zur Puppe in ihren Armen, und sie fängt an zu murmeln. Weg ist sie. Keine Ahnung, ob sie je da war.

»Schlimme Krankheit, nicht wahr?«, sagt Nicholas, als ich mich auf einen Esszimmerstuhl setze.

»Ja«, pflichte ich ihm bei. »Wirklich schlimm.«

»Ich ziehe meinen Hut vor den Leuten, die hier arbeiten. Die müssen die Geduld von Heiligen haben, alle miteinander.«

Sowie sie ein Kompliment gewittert hat, zieht Kürbiskopf Deb, die nonstop auf den Beinen ist, vom Sessel um auf einen Esszimmerstuhl.

»Das ist ungeheuer freundlich von Ihnen, Nicholas«, kräht sie. »Dabei sollte ich den Hut eher vor Ihnen ziehen! Sie sind Arzt, Sie retten Leben! Claire, Nicholas ist Arzt. Er rettet winzigen Frühchen das Leben.«

»Leider kann man sie nie alle retten«, erwidert Nicholas mit einer Bescheidenheit, die ich ihm nicht abkaufe. »Aber man tut sein Bestes.«

»Natürlich tut man das«, sagt Deb. »Sie als Mediziner haben alle einen Orden verdient! Sie sind alle Superhelden!«

»Na, ich weiß nicht«, sagt Nicholas lächelnd. »Ich bin einfach nur Teil eines tollen Teams. *Neonatal-Nick und seine Armee der Engel,* so werden wir genannt.«

Ich spähe zu Kathleen, die immer noch, ohne auch nur ein einziges Mal zu blinzeln, auf ihre Puppe hinabstarrt, und erlebe für den Bruchteil einer Sekunde einen perversen Moment des Neids: Unsichtbare Macht heißt für sie zumindest, dass sie sich das hier nicht anhören muss.

»Nicholas hat recht«, sage ich und beschließe, dieses Fest der Kriecherei zu meinem Vorteil zu nutzen. »Sie arbeiten wahnsinnig hart, Deb. Wie viel Freizeit haben Sie denn überhaupt noch während der Woche?«

»Nicht genug.« Sie lacht. Ich lächle, sage aber nichts darauf. Ich will, dass sie es ausführt.

»Ich hab zwei Tage in der Woche frei«, fährt sie fort. »Oder besser: Ich *sollte* zwei Tage in der Woche freihaben, aber in der Realität bin ich durchgehend in Bereitschaft.«

Kein Friede den Gottlosen, schießt es mir durch den Kopf, aber ich halte den Mund.

»Dienstags hab ich immer frei«, sagt sie dann in die Stille hinein. »Der zweite Tag ist flexibel.«

»Und was machen Sie gern in Ihrer freien Zeit?«

Ich denke bereits über den Dienstag nach. Für einen Mord genauso gut wie jeder andere Tag.

»Ich mach den Hausputz, gehe spazieren, arbeite ein bisschen im Garten, gehe einkaufen ... Ich hab wahnsinnig viel zu tun«, seufzt sie. »Ich bin wirklich nonstop auf den Beinen.«

»Und Ihre Familie, Deb?«, hake ich nach, weil ich noch immer über den Dienstag nachdenke, an dem ich bei ihr einbrechen und sie umbringen werde. »Haben Sie überhaupt genügend Zeit für sie?«

»Mein Beruf ist mir überaus wichtig«, erwidert sie unüberhörbar defensiv. »Ich habe mir nie Zeit für Kinder erlaubt. Vor ein paar Jahren war ich verlobt, aber das führte letztlich zu nichts, weil ich …«

Ihn angewidert habe?

»Weil mir klar wurde, dass ich mich mit weniger zufriedengegeben hätte, als ich verdiene. Ich habe bei allem, was ich mache, extrem hohe Ansprüche. Auch in Sachen Männer.« Sie lacht und legt Nicholas die Hand auf die Schulter, als müsste sie sich festhalten. »Oje, das klang jetzt unhöflich! So hab ich es nicht gemeint!«

Mein Lächeln ist aufrichtig. Ohne Ehemann, Freund oder Kinder, die unangemeldet auftauchen könnten, besteht kein Grund zur Eile. Wenn ich sie umbringe, kann ich mir alle Zeit der Welt nehmen, und ich nehme mir gern Zeit. Ich starre diesen riesigen Kopf an, der auf diesem langen, eleganten Hals wackelt, wenn sie lacht, und gestatte mir einen Moment der Vorfreude. Kürbisse zu schnitzen macht immer Spaß. Und in diesem Jahr muss ich nicht mal bis Halloween warten.

»Die Wahrheit ist aber doch: Ich liebe meinen Beruf«, sagt sie jetzt. »Er macht mich enorm stolz. Hab ich schon erwähnt, dass wir in diesem Jahr für den Care-to-Join-Us-Preis nominiert sind? Wie Sie sich denken können, wäre so ein Preis eine echte Auszeichnung.«

»Ich hab genug von dem Scheiß«, blafft Frank und steht

abrupt auf. »Ich würde jetzt bitte gern nach Hause gehen.«

Miranda eilt auf ihren Vater zu. »Du *bist* zu Hause, Dad. Du wohnst jetzt hier, schon vergessen?«

»Nein. Ich wohne nicht bei diesen Leuten.« Mit Entsetzen im Blick sieht er sich um. Dann marschiert er auf das Fenster zu und brüllt im Vorbeigehen Edith an: »Hören Sie auf mit diesem verdammten Lied!«

Als er das Fenster erreicht, starrt er in die Außenwelt, und das Entsetzen in seinem Gesicht schlägt um in Angst. »Wo ist das Meer?«, schreit er, und die Panik zersplittert seine Stimme. Er rennt zum nächsten Fenster. »Wo ist das Meer?«, schreit er wieder. »Was haben Sie mit dem Meer gemacht?«

Aus heiterem Himmel taucht Vampirraucher auf und steuert – dicht gefolgt von Deb – auf Frank zu. Miranda steht neben ihrem Vater und versucht, ihn zu beschwichtigen.

»Du wohnst nicht mehr am Meer, Dad, du wohnst jetzt hier, schon vergessen? Das hier ist jetzt dein Zuhause.«

Frank starrt sie einen Moment lang an, räuspert sich und lächelt höflich. »Junge Frau«, sagt er, »wenn ich kurz Ihre Zeit beanspruchen dürfte? Könnten Sie mir bitte nach Hause zurückhelfen? Ich scheine mich verirrt zu haben.«

Er guckt wieder aus dem Fenster, runzelt die Stirn und betrachtet die Aussicht, ehe er sich erneut zu Miranda umdreht.

»Ich muss in die Eastbury Avenue«, sagt er leise. »Wenn Sie mich am Bahnhof Bournemouth rauslassen könnten? Von dort finde ich allein zurück.«

»Dad«, sagt Miranda sanft. »Ich bin's, Miranda. Du wohnst

nicht mehr in der Eastbury Avenue, Dad. Du wohnst jetzt hier.«

Kurz herrscht Stille im Raum, und für einen Moment bin ich mir nicht sicher, was als Nächstes passieren wird. Da ist etwas in Franks Blick, was ich nicht deuten kann. Ist es Einsicht? Erkenntnis? Es besteht schließlich die Möglichkeit, dass er seine Tochter wiedererkennt, dass er sich daran erinnert, wo er ist, und sich wieder beruhigt. Es besteht außerdem die Möglichkeit …

»Junge Frau«, schimpft er stattdessen los, »ich verlange, dass Sie mich nach Hause bringen! Augenblicklich!«

»Dad«, fleht Miranda ihn an. »Ich bin's! Miranda! Deine Tochter! Dad, du *bist* zu Hause, du wohnst jetzt hier. Ich komme dich jeden Tag besuchen, zusammen mit Oscar, deinem Enkelkind. Dad, bitte beruhige dich …«

»Sie sind nicht meine Tochter!«, donnert er. »Meine Tochter ist jung und hübsch und würde mich nie von zu Hause wegbringen! Ich weiß nicht, wer Sie sind oder wovon Sie reden – ich wohne in der Eastbury Avenue in einem Haus am Meer. Dort wohne ich zusammen mit meiner Frau Sophie. Wo ist sie? Wo ist mein Telefon? Ich muss telefonieren! Geben Sie mir mein Telefon! Wie lange bin ich schon hier? Wer kümmert sich um die Geschäfte? Der Lebensunterhalt von dreihundert Angestellten hängt von mir ab! Bringen Sie mir mein Telefon!«

»Dad«, sagt Miranda zittrig. »Mum ist vor sechs Jahren gestorben. Du führst deine Geschäfte nicht mehr. Du wohnst jetzt hier. Du hast immer noch Oscar und mich, Dad …«

»Ich kenne Sie nicht, und ich kenne Oscar nicht!«, kreischt er und sieht sich um. Er starrt einen nach dem anderen an und rückt seine Krawatte zurecht. »Hören Sie.« Er sucht Blickkontakt mit Vampirraucher. »Ich will keinen Ärger machen, aber ich fürchte, hier liegt ein schreckliches Missverständnis vor. Am besten spreche ich mit dem Geschäftsführer.«

»Frank«, sagt Deb sanft, »mein Name ist Deb, und ich bin die Heimleiterin. Warum gehen wir nicht in mein Büro und unterhalten uns dort weiter?«

»Ja, das wäre gut.« Frank räuspert sich erneut. »Ich bin mir sicher, wir finden eine Lösung. Am besten, Sie rufen meine Frau an, die macht sich sicher schon Sorgen.«

»Gut«, sagt Deb. »Mein Kollege hier bringt Sie in mein Büro. Ich komme sofort nach.«

Während Vampirraucher Frank aus dem Raum geleitet, führt Deb Miranda zurück zu ihrem Stuhl.

»Am besten, Sie überlassen es uns, Ihren Vater wieder zu beruhigen«, sagt sie. »Wenn Sie dabei sind, führt das womöglich zu noch mehr Aufregung – bei ihm ebenso wie bei Ihnen.« Sie dreht sich zu Nicholas um. »Wir sind für derlei Situationen bestens ausgebildet.«

Und damit wendet sie sich zur Tür und zieht den Kopf ein. Es ist aber auch eine enorme Herausforderung, all diese Selbstgefälligkeit durch die schmale Tür zu kriegen.

Obwohl die Musik verstummt ist, besingt die alte Dame weiterhin die Kreidefelsen von Dover. Ich bin mir sicher, das Lied hat auch Strophen, aber vielleicht kann sie sich nicht mehr an den Text erinnern. Der Refrain wiederholt sich so nervig wie eine gesprungene LP. Ben sieht verstohlen hinüber zu Miranda. Er wirkt besorgt. Derjenige jedoch, der tatsächlich besorgt sein *sollte,* hält den Blick nach unten gerichtet und wischt unablässig auf seinem Handy herum. Vielleicht sucht Nicholas ja im Internet nach Hinweisen darauf, wie man seine Ehefrau tröstet, wenn der Schwiegervater sich nicht mehr an selbige erinnern kann.

»Er weiß nicht mehr, wer ich bin.« Mirandas Blick ist leer, scheint zugleich nichts und alles auf einmal zu erfassen. »Er weiß nicht mehr, wer ich bin«, wiederholt sie und blinzelt, weil sie die kommenden Jahre bereits vorausahnt, die erforderliche Geduld, die Frustration und die Tränen.

Nicholas starrt immer noch auf sein Handy. Ben sieht zu Miranda. Ich weiß, er will ihr beistehen, ich weiß sogar, was er sagen will, weil ich das alles selbst schon gehört habe. Damals, als Dad in der Psychiatrie war, saß ich in zig Besprechungen mit Ärzten, die mir erklärt haben, was eine Demenzerkrankung mit sich bringt. Einer von ihnen hat sogar ein Diagramm gezeichnet, um darzulegen, dass die Demenz keinen schnurgeraden Weg einschlägt, sondern mitunter sogar zurückspult, weshalb sich Dad an einem Tag nicht mehr an meinen Namen erinnert und am nächsten Tag dann doch wieder. Das Diagramm hätte ich nicht gebraucht, ich hatte die Erklärung auch so verstanden. Allerdings blieb mir schleierhaft, warum solche Erklärungen Trost spenden sollten. Demenz ist unheilbar, und wenn es ohnehin nur noch in Richtung Tod läuft, will man da wirklich den langen, verschlungenen Weg durch Würdelosigkeit und Verwirrung – oder nicht eher den direkten? Ich weiß, Dad hätte den direkten Weg bevorzugt. Und ich glaube, bei Frank wäre es ebenso. Ich glaube, es wäre bei jedem so, der seine Sinne beisammenhat.

Bens Blick lodert, und ich frage mich, ob ich nicht vielleicht falschliege. Vielleicht will er Miranda gar nicht wegen ihres Vaters trösten. Vielleicht will er ihr sagen, dass sie immer noch hübsch und jung sei – aber das kann er nicht. Die Regeln für Durchschnittsmenschen sind diesbezüglich recht klar. Ein Mann kann eine erschütterte Frau nicht trösten, solange sich der Ehemann der erschütterten Frau in unmittelbarer Nähe besagter erschütterter Frau aufhält. Und diese Regeln für Durchschnittsmenschen gelten selbst in dieser verqueren Version des echten Lebens, in der die Hälfte der Leute im Raum nicht mal weiß, auf welchem Planeten sie leben.

Mirandas Blick ist starr auf den Teppich gerichtet, als die ersten Tränen kullern. Sie wischt sie nicht weg. Dafür verdient sie meinen Respekt. Dann sackt sie in sich zusammen, schlägt die Hände vors Gesicht und stößt ein Geräusch aus – jeder raue Atemzug klingt lauter als der vorige. Nicht mehr lange, und das Lied von den Kreidefelsen ist nicht mehr zu hören. Unterdessen starrt Nicholas weiter auf sein Handy.

Ohne nachzudenken, stehe ich auf und gehe auf Miranda zu, nehme sie in die Arme und spüre die Wärme ihrer Tränen. Die Regeln für Durchschnittsmenschen besagen, dass eine Frau eine erschütterte Frau trösten darf, während sich der Ehemann der erschütterten Frau in unmittelbarer Nähe besagter erschütterter Frau befindet – allerdings treiben mich keine Regeln für Durchschnittsmenschen an. Warum kauere ich also neben ihrem Stuhl, und ihr Kopf liegt auf meiner Schulter? Weshalb habe ich die Arme um sie geschlungen und erzähle ihr, alles werde gut? Ich frage mich, ob es daran liegt, dass ich weiß, wie sie sich gerade fühlt. Ich frage mich, ob es daran liegt, dass ich Dad jenen langen, verschlungenen Weg habe entlangwanken sehen. Ich frage mich, ob das, was ich gerade empfinde, Mitleid ist. Und wenn ja, warum das Gefühl ausgerechnet jetzt einsetzt.

Irgendwann nimmt das Schluchzen ab. Sie hebt langsam den Kopf von meiner Schulter und starrt einen Punkt hinter mir an. Kürbiskopf Deb, die nonstop auf den Beinen ist, ist inzwischen zurück und sitzt jetzt auf dem Sofa – auf dem Platz, den Frank gerade erst geräumt hat. Sie suhlt sich in ihrer Machtposition und holt tief Luft. Sie hat eine Nachricht zu überbringen.

»Ihr Vater hat sich beruhigt«, sagt sie an Miranda gewandt. »Er ist wieder in seinem Zimmer und erholt sich.«

»Tausend Dank, Deb«, sagt Nicholas. »Gott sei Dank ist alles geklärt.«

»Alles geklärt?« Miranda wirbelt herum und starrt ihren Ehemann an. »Was genau ist denn geklärt? Hast du nicht gesehen, wie aufgebracht er war? Wie orientierungslos und verwirrt? Und das ist erst der Anfang, Nicholas! Gar nichts ist geklärt!«

»Na ja, wenn das erst der Anfang ist«, entgegnet ihr Ehemann und lässt sie nicht aus den Augen, »solltest du vielleicht dickfelliger werden. Was nützt es dir, jedes Mal in Tränen auszubrechen, sobald dein Vater sich aufregt? Das könnte noch jahrelang so weitergehen.«

Ich spähe zu Ben und sehe gerade noch, wie er den Mund verzieht. Einem so netten Menschen wie ihm muss es schwerfallen, dieselbe Luft zu atmen wie Nicholas.

»Nicholas hat nicht ganz unrecht«, sagt Deb. »Die Demenz ist grausam, und ich verstehe, warum Sie so erschüttert sind, aber Sie müssen stark bleiben. Ihr Vater ist hier in Sicherheit und wird gut versorgt. Sie kommen ihn täglich besuchen. Sie tun doch ohnehin schon alles, was Sie tun können.«

»Wirklich?«, fragt Miranda. »Sie haben gehört, wie gern er nach Hause zurückkehren würde. Wir haben ihn aus Bournemouth weggeholt – weg von allem, was er kennt.«

»Zu seinem eigenen Vorteil«, blafft Nicholas. »Du weißt, welche Probleme er dort hatte. Er ist die Straßen entlanggewandert und hat sich nicht mehr ausgekannt. Weißt du gar nicht mehr, wie er beinahe sein Haus abgefackelt hat?«

»Doch«, faucht Miranda. »Ich frage mich nur, ob wir ihn nicht zu Hause pflegen oder ihn zumindest in Bournemouth hätten unterbringen sollen.«

»Das hatte ich vorgeschlagen!«, brüllt Nicholas. »Aber du meintest doch, du willst ihn täglich besuchen! Als wir umgezogen sind, hast du darauf bestanden, dass dein Vater mitkommt. Das waren alles deine Entscheidungen, und ich hab zu allem, was du wolltest, Ja gesagt.«

»Tja, vielleicht waren das die falschen Entscheidungen«, entgegnet sie leise.

Ich kehre zu meinem Stuhl zurück und schließe die Augen. Von den ganzen ungefilterten Emotionen im Raum fühle ich mich glatt in die Trauergruppe zurückversetzt. Ich rechne fast damit, dass Star gleich den Kopf zur Tür hereinsteckt und uns auffordert, unsere Gedanken als Busse zu betrachten. Wenn Durchschnittsmenschen authentisch sind, werden sie fast liebenswert – sogar Nicholas.

»Er ist bildhübsch, Ihr Junge. Wie heißt er?«

Ich reiße die Augen auf und versuche, nicht alarmiert dreinzublicken. Eine der alten Damen ist unbemerkt in meine persönliche Distanzzone eingedrungen und redet mit mir. Ihr Gesicht ist so nah an meinem, dass ich ihren warmen Atem auf meiner Wange spüre.

»Er ist bildhübsch«, wiederholt sie und sieht zur Seite. »Wie heißt er?« Ich folge ihrem Blick. Sie sieht Oscar an. Der Kleine sitzt inmitten von Bauklötzchen auf dem Fußboden. Er türmt sie übereinander, einen auf den anderen, und fängt mit einer Engelsgeduld jedes Mal wieder neu an, wenn der Turm zusammenkracht. Sein Mund ist vor Konzentration gekräuselt, und immer wieder streicht er sich eine blonde Strähne aus den riesigen blauen Augen. In einer Hinsicht hat die alte Dame, die zu nah vor mir steht, recht: Er ist tatsächlich bildhübsch.

»Er ist nicht mein Junge«, entgegne ich.

»Nicht Ihr Junge?« Ihr Blick huscht wieder zu mir. Ich sehe die Haare, die ihr auf dem Kinn sprießen, und mehr geplatzte Äderchen als intakte Haut auf dem eingefallenen Gesicht. »Nicht Ihr Junge?«, wiederholt sie. »Wo sind dann Ihre Kinder?«

»Ich hab keine«, antworte ich.

»Keine Kinder? Oh, das ist nicht gut! Ein nettes Mädchen wie Sie sollte Kinder haben! Sie wissen ja gar nicht, was wahre Liebe ist, ehe Sie ein Kind in die Welt gesetzt haben.«

Ihr Atem streicht mir wieder übers Gesicht, und ich nehme eine Muffigkeit wahr, die zuvor nicht da war. Der Raum fühlt sich warm an, unangenehm warm. Warum macht denn niemand ein Fenster auf? Von irgendwoher kommen ein Schluchzen und eine gedämpfte Unterhaltung, die nicht bis zu mir durchdringt, und dann ist plötzlich Ben da und führt die alte Dame weg. Alle anderen im Raum sehen Miranda an. Sie weint wieder.

»Jetzt komm schon, Miri«, sagt Nicholas. »Ich verstehe ja, dass du geknickt bist. Aber wie Deb schon gesagt hat, ist dein Vater hier gut versorgt. Denk auch an Oscar, Miri. Unser lieber kleiner Junge braucht eine glückliche Mutter. Ich weiß, es ist schrecklich traurig, aber dein Vater hatte ein langes, erfülltes Leben, Miri. Der Frank, den ich kennengelernt habe, würde jetzt sagen: Wisch dir die Tränen weg, und zieh die Mundwinkel hoch.«

Er lehnt sich auf seinem Stuhl zurück und lässt den Blick von einem zum anderen schweifen, womöglich, weil er eine Runde Applaus erwartet. Was Motivationsansprachen angeht, war diese gar nicht mal schlecht, aber ich möchte doch anmerken, dass Nicholas ein bisschen zu oft den Namen »Miri« eingeworfen hat und das »erfüllte Leben« ein unangebrachtes Klischee ist. Schließlich ist Frank noch gar nicht tot, und somit klingt diese Phrase etwas übereilt.

»Nicholas hat recht, Miri«, sagt Deb. »Sie haben eine wundervolle Zukunft vor sich. Und wissen Sie – nicht jeder hat solches Glück.« Sie hievt ihren Oberkörper nach vorn, greift sich ein Taschentuch vom Couchtisch und tupft sich die Augen, ehe sie weiterspricht. »Ich muss ständig an Jemma denken«, schnieft sie. »Jemma, die hier gearbeitet hat«, fügt sie als Erklärung hinzu. »Es bricht mir das Herz, wenn ich darüber nachdenke, wirklich.«

Dann schnäuzt sie sich und inspiziert den Inhalt des Taschentuchs. Sie ist wirklich die widerwärtigste Version der Durchschnittlichkeit, die ich je erlebt habe.

»Jemma war meine Kollegin«, fährt sie fort. »Aber sie war

auch eine Freundin. Ich kann nicht fassen, dass sie nicht mehr da ist.« Wieder ein Nach-vorn-Hieven, ein frisches Taschentuch, neuerliches Augentupfen. »Wissen Sie, sie war gar nicht viel älter als Sie, Miri. Und wissen Sie, was das Erschreckendste ist? Ich hatte keine Ahnung, was in ihr vorging.«

War das wirklich das Erschreckendste?

»Die ganze Zeit über, die ich hier mit Jemma zusammengearbeitet habe, hatte ich keinen Schimmer, in welcher Verfassung sie war«, sagt Deb. »Ich meine – mir war natürlich klar, dass sie leicht exzentrisch war. Das sah man schon daran, wie sie sich angezogen hat. Aber selbstmordgefährdet? Nein. Ich hatte keinen Schimmer. Und was glauben Sie wohl, wie ich mich dabei fühle, Miri? Was glauben Sie, was es für mich heißt, zu wissen, dass eine Freundin so etwas vor mir verheimlichen konnte?«

Deb schüttelt traurig den Kopf, was ich voller Optimismus als Hinweis auf das Ende der Geschichte deute.

»Wenn ich auch nur geahnt hätte, was in Jemma vorging«, sagt sie und zerschlägt damit all meine Hoffnungen, »hätte ich irgendwas tun oder sagen können. Stattdessen muss ich jetzt bis ans Ende meiner Tage mit dem leben, was sie getan hat.« Sie schüttelt erneut den Riesenkopf und atmet tief ein. »Ich weiß, dass die Krankheit Ihres Vaters Sie traurig macht, Miri«, seufzt sie. »Aber zumindest haben Sie eine Zukunft vor sich. Denken Sie auch mal an Jemma. Die hat ihre Zukunft weggeworfen. Und denken Sie auch mal darüber nach, was das mit mir gemacht hat.«

Als Deb sich zurücklehnt und die Augen schließt, nehme ich stumm zur Kenntnis, wie sich die Stimmung im Raum verändert hat. An irgendeinem Punkt in den letzten Minuten ist aus der Vierzigerjahre-Teeparty eine Lehrstunde in Narzissmus geworden.

Es ist tatsächlich so leise, dass ich Kathleens kaum hörbares Murmeln wahrnehme, das sich an die Puppe richtet. Als ich Deb zuhören musste, fühlte es sich an, als würde ich mich in einem Feld mit Brennnesseln wälzen. Die Stille hingegen fühlt sich an wie eine weiche, samtige Decke.

»Die letzte Begegnung mit Jemma werde ich nie vergessen.«

Aua. Die Brennnesseln brennen nach der Samtdecke umso mehr. Warum sagt ihr denn keiner, dass sie die Klappe halten soll? Wo ist eigentlich Frank, wenn man ihn mal braucht?

»Ich glaube, das werde ich bis an mein Lebensende nicht vergessen.«

Was heißt, dass sie es sich nicht mehr lange zu merken braucht.

»Ich war gerade aus meinem Büro gekommen, als ich Jemma die Treppe habe hocheilen sehen. Sie hatte eins ihrer scheußlichen Outfits an – einen Kilt, glaube ich, und dazu Gummistiefel. Ich hab ihr hinterhergerufen, und sie hat sich umgedreht und gelächelt. Sie sah glücklich aus, Miri. Glücklich und sorglos.«

Es folgt eine längere Pause, trotzdem weiß ich, dass Deb gleich weiterreden wird. Ich werfe einen flüchtigen Blick auf die Uhr und versuche zu überschlagen, wie lange ich schon hier bin. Fünfzehn Minuten? Zwanzig, vielleicht? Ich muss an das Regelwerk von Durchschnittsmenschen denken und frage mich, was wohl die angemessene Dauer eines Pflegeheimbesuchs ist. Fünfzehn Minuten sind sicher zu kurz, aber fünfundzwanzig sollten akzeptabel sein. Ich starte meinen mentalen Countdown. Noch fünf Minuten, und ich kann wieder gehen.

»Ich war gerade auf dem Weg zu einer Lunch-Besprechung und hatte keine Zeit, mit Jemma zu reden«, führt Deb aus. »Ich hab noch gesagt, wir würden uns später sprechen – aber wissen Sie, was später passiert ist, Miri? Miri?«

Langsam hebt Miranda den Blick. Wenn man bedenkt, dass sie gerade an die zehn Minuten lang geheult hat, sieht sie gar nicht so übel aus. Ihre dunklen Augen wirken müde, aber ihr Mittelmeerteint ist makellos, als sie die Gegenfrage stellt: »Was ist passiert?«

»Was dann passiert ist, Miri«, sagt Deb und holt erneut tief Luft, »ist, dass ich Jemma nie wiedergesehen habe. Sie hat sich später am selben Tag umgebracht.«

Deb sieht sich um, ehe sie sich auf dem Sofa zurücklehnt und die Augen schließt. In der darauffolgenden Stille muss ich an einen Film denken, den ich mal gesehen habe. Vielleicht waren es auch mehrere Filme, die zu einem verschmolzen sind. Es könnte auch ein Buch gewesen sein – aber woher auch immer es stammt: Auf dem Bild, das ich gerade vor Augen habe, sitzen mehrere Leute um ein Lagerfeuer herum und erzählen einander Gruselgeschichten. Nach der Vierzigerjahre-Teeparty und der Lehrstunde in Narzissmus sind wir jetzt bei einem Campingtrip angekommen. Vielleicht ist Deb von Anfang an auf diesen entscheidenden Punkt zugesteuert: dass Jemma in Geistergestalt die Treppe von Waterbridge Oak auf und ab geschwebt war. Womöglich geistert sie immer noch durch diese Flure, auf ewig dazu verdammt, Gummistiefel und Kilt zu tragen.

»Wie Sie sich bestimmt denken können, Miri«, fährt Deb fort und schlägt die Augen wieder auf, »ist dies alles für mich wahnsinnig erschütternd. Wirklich wahnsinnig erschütternd.«

Kann irgendwer dieses Lagerfeuer austreten? Doch schon im nächsten Moment sind wir wieder im Narzissmus-Vorlesungssaal.

»Das ist sehr tragisch, Deb«, sagt Nicholas. »Ein so junges Leben derart vergeudet – und wie niederschmetternd für Sie.« An seine Frau gewandt fügt er hinzu: »Wir haben solches Glück, Miri. Dein Vater hatte ein wunderbares Leben. Ein langes, erfülltes Leben.«

Wow. Eine Wiederholung der Erfülltes-Leben-Phrase *plus* erneute Nennung des Namens Miri. Nicholas ist im Handumdrehen zu meinem neuen unbeliebtesten Menschen geworden.

Ich stehe auf, stelle meine Teetasse zurück auf den Servierwagen und gehe zu Kathleen, um mich zu verabschieden. Sie hat die Augen geschlossen. Vielleicht schläft sie. Ich hauche ihr ein Küsschen auf den Scheitel und stelle mir vor, dass die unsichtbare Macht wie eine unerschütterliche Armee soeben die Gelegenheit ergreift, sich neu zu formieren und neue Angriffe zu planen auf all das, was von Kathleens Verstand übrig ist. Ich wünschte mir, die Macht würde von ihr ablassen. Sieht sie die weiße Fahne nicht? Ich wende mich zum Gehen.

Als ich über den Flur laufe und mit den Füßen schier im Samtteppich versinke, öffnet sich vor mir eine Tür, und Vampirraucher kommt heraus. Als er mir entgegenkommt, hat er den Gang eines Versagers, die Präsenz eines Niemands und das spöttische Grinsen eines Mannes im Gesicht, der gern auf alte Leute pisst und dem Einhalt geboten werden muss. Meine Pläne für seinen Tod nehmen Gestalt an. Ich muss nur noch ein wenig Urin für sein Waterboarding sammeln, und dann kann es losgehen. Notiz an mich selbst – mehr Evian trinken. Als sich unsere Wege kreuzen, fange ich seinen Blick auf und lächle. Als Geist sieht er eindeutig besser aus – beinahe interessant. Jetzt dauert es nicht mehr lange.

21

Bei unserem letzten Gruppentreffen bin ich früh dran, helfe Star, einen Stuhlkreis aufzustellen, und suche mir den Stuhl aus, von dem ich den besten Blick auf die Tür habe. Star nimmt sich den Platz direkt am Fenster, und als ich in ihre Richtung spähe, hat sie die Augen geschlossen. Ob sie wohl schon wieder meditiert? Tut sie das vor jeder Gruppensitzung? Vor jeder Mahlzeit? Vor jeder Entscheidung? Vielleicht hat sie sogar eine kurze Meditation eingelegt, bevor sie sich für ihren Sitzplatz entschieden hat? Hat jemand Meditation schon mal überdosiert? Ist Meditation wie Rotwein? Ein Schlückchen am Tag ist gesund, aber nur etwas zu viel des Guten – und schon landet man in der Gosse? Allerdings sieht Star nicht aus wie jemand, der in der Gosse landen könnte. Ganz im Gegenteil, sie wirkt ganz und gar zufrieden dort, wo sie gerade ist.

Draußen fährt ein Auto vor, und ich konzentriere mich wieder auf die Tür. Ich will die Gesichter sehen, wenn sie den Raum betreten. Vor allem will ich sehen, wie sie gucken, wenn sie mich sehen. Wer immer die Fotos in Helens Tasche geschmuggelt hat, wird damit rechnen, dass ich inzwischen in U-Haft sitze. Wer wird am überraschtesten dreinblicken, wenn ich immer noch hier bin? Am verängstigtsten? Einer dieser Feiglinge wird sich doch wohl etwas anmerken lassen.

Will kommt als Erster. Er sieht verstohlen in meine Richtung und schlurft dann auf den Stuhl neben Star zu. Dort setzt er sich, zieht seine Aktentasche auf den Schoß, öffnet die Schließe und fängt an, in der Tasche zu wühlen. Ich frage mich, wonach er sucht. Möglicherweise nach gar nichts – vielleicht ist die ganze Wühlerei bloß eine Finte. Vielleicht versucht er nur, sich zu beschäftigen, damit er meinem Blick ausweichen kann.

Christiana ist die Nächste, die kommt, und für den Bruchteil einer Sekunde reißt sie die Augen auf, als sie mich entdeckt. Man könnte angesichts des lächerlichen Namensschilds auf etwas anderes schließen, aber Christiana ist nicht dumm. Sie weiß, dass ich ihren erstaunten Blick bemerkt habe.

»Hallo, Claire«, stammelt sie und setzt sich auf den Platz neben Will. »Du bist doch sonst nicht so früh da.«

Will durchwühlt immer noch seine Tasche und hebt nicht mal den Blick, um Chrissy zu begrüßen. Er ist heute eindeutig nervös und rastlos. Andererseits wirkt er immer nervös und rastlos.

Weitere Teilnehmer kommen. Der Waliser trifft als Letzter ein. Er sieht fürchterlich aus. Und stinkt nach Zigaretten. Er lässt sich auf den letzten freien Platz fallen und sieht sich in der Runde um, ehe sein Blick an mir hängen bleibt. Und zwar abrupt. Zu abrupt? Ich spähe zu Will, der immer noch in der Tasche herumwühlt. Mein Blick huscht zu Christiana, die sofort wegsieht. Als ich zurück zum Waliser schaue, starrt er einen Punkt über meinem Kopf an. Sein Blick ist glasig und reglos. Was genau geht in ihm vor? Der Panzer eines Menschen ist nun mal nicht zu deuten.

Star fordert uns auf, uns auf unsere Atmung zu konzentrieren. Ich schließe die Augen und denke fieberhaft nach. Es könnte jeder von ihnen gewesen sein. Jeder von ihnen hätte sich vor Florence' Haus verstecken, die Fotos schießen und sie später in die Tasche des Reihers stecken können. Star schlägt wieder einmal vor, dass wir uns unsere Gedanken als Busse vorstellen, und ich frage mich, auf welchen Bus Christiana wohl aufspringt. Ist sie in Gedanken bei einem Leben nach der Trauergruppe? Und fragt sich, was sie mit ihrem zerknitterten Namensschild anfangen soll? Oder denkt sie über mich nach? Weiß sie, was ich getan habe? Nimmt sie sich vor, zur Polizei zu gehen? Und was ist mit Will? Wird er in sein Schattendasein zurückkehren, oder könnte jemand wie er jemandem wie mir Einhalt gebieten? Und dann wäre da noch der Waliser. Er sieht aus wie einer, der wieder der Vergessenheit anheimfallen wird – aber schaut er vorher vielleicht noch kurz bei der Polizei vorbei?

Stars Stimme ist die perfekte Mischung aus Trost und Ruhe, doch diesmal funktioniert es nicht. Mein Verstand ist viel zu beschäftigt, die Busse stauen sich, und es kostet mich das letzte bisschen Selbstbeherrschung, ruhig sitzen zu bleiben. So müssen sich Tiere im Gehege fühlen: beobachtet und wehrlos. Aber noch sitze ich nicht hinter Gittern, und ich bin alles, nur nicht wehrlos. Ich bin stärker als jeder andere hier, stärker als sie alle zusammen. Ich könnte jetzt einfach den Hammer aus meiner Tasche nehmen und sie auf Reisen schicken. Eine Handvoll Geister, die auf ewig miteinander umherziehen. Wenn ich schon geschnappt werde, dann kann ich mir noch einen letzten Blutrausch gönnen, bevor dem Morden ein Ende gesetzt wird.

Star redet wieder, bittet uns, unsere Gedanken allmählich zu sammeln und in den nächsten Atemzug zu schicken. Ein Bus löst sich aus dem Stau, und ich steige ein. Das Rauschhafte liegt mir nicht. Ich mag das Wort »Blutrausch« nicht, und ich will auch nicht, dass das Morden ein Ende hat. Zumindest *noch* nicht. Ich rufe mir die Pläne für Vampirraucher und Deb ins Gedächtnis – ihr Tod wird akribisch und ganz bewusst kein bisschen rauschhaft sein. Meine Atmung wird tiefer, und mein Kopf beruhigt sich wieder. Ich bin in den richtigen Bus eingestiegen. Jetzt muss ich nur noch eine letzte Hürde nehmen. Ich muss herausfinden, wer die Fotos gemacht hat, und verhindern, dass diese Person zur Polizei geht. Das muss doch machbar sein …

Als ich die Augen aufschlage, ist er da. Ich wusste es! Immer dieser Blick! Immer in Lauerstellung, immer auf der Suche nach etwas, was ich nicht recht deuten kann. Der Blick ist anders, seit Florence und Jemma tot sind. Er durchdringt mich, erkennt mein wahres Ich. Ich begegne ihm, und der Blick weicht mir aus, trotzdem weiß ich Bescheid.

Star beendet die Meditation und lächelt dann einen nach dem anderen im Raum dümmlich an.

»Wie Sie alle wissen«, sagt sie nach einer Ewigkeit, »ist heute das letzte Treffen unserer Gruppe, und ich möchte jeden bitten zu erzählen, was er aus diesem Kurs mitnehmen konnte. Eine Sache, die Sie mit nach Hause nehmen.

Also, ist irgendwer mutig genug und möchte den Anfang machen?«

Es folgt das obligatorische Unangenehme-Stille-Sandwich: unangenehme Stille, gefolgt von dem unangenehmen Moment, in dem zwei oder mehr Leute gleichzeitig das Wort ergreifen, gefolgt von weiterer unangenehmer Stille. Ich lasse Star nicht aus den Augen. Sie sitzt mit geschlossenen Augen da, und die sanfte Liebkosung der Gelassenheit verleiht ihrem Gesicht einen fast erleuchteten Glanz. Dann folgt dieser unangenehmen Stille ein weiteres Aufeinanderprallen von Stimmen, doch diesmal wird Christiana lauter und nimmt das Heft in die Hand. Sie scheint eindeutig darauf aus zu sein, ihre Zähne in das Unangenehme-Stille-Sandwich zu schlagen.

»Ich glaube, was mir am ehesten die Augen geöffnet hat«, sagt sie, »war die Begegnung mit dem Thema Achtsamkeit. Die hat mir eine Ruhe und eine Gelassenheit beschert, ohne die ich ehrlich nicht gewusst hätte, wie ich das alles überstehen soll.« Sie hält inne und sieht zu Star, aber sofern sie sich von ihr Bestätigung erhofft, wird sie die anderweitig suchen müssen: Star rührt sich nicht. Sie hat die Augen geschlossen und einen neutralen Gesichtsausdruck aufgelegt. Auch Christiana schließt die Augen, und wieder versinkt der Raum in Stille. Ich frage mich, ob das, was Christiana die Augen geöffnet hat, allen Ernstes heißt, mit geschlossenen Augen dazusitzen. Bin ich wirklich die Einzige, die das ironisch findet?

»Ich hab gelernt, dass Trauer der einsamste Ort auf der Welt ist«, sagt der Waliser.

»Entschuldigung, aber ich war noch nicht fertig«, unterbricht ihn Christiana, deren Augen plötzlich wieder offen sind.

»Na, dann mal los«, sagt der Waliser.

»Jetzt hab ich den Faden verloren«, keift sie wütend.

»Ach, ich bin mir sicher, wenn du nur lange genug die Augen zumachst«, sagt der Waliser, »dann kommen all die Züge und Busse und U-Boote und Sattelschlepper voller Gedanken wieder zu dir zurück.«

»Hast du schon mal darüber nachgedacht, dass du die Trauer nur deshalb als einen einsamen Ort empfindest, weil du so ein durch und durch unangenehmer Mensch bist?«, fragt Christiana.

»Was ist denn plötzlich aus deiner Ruhe und Gelassenheit geworden, Chrissy?«, gibt der Waliser zurück.

»All diese Gefühle sind gut«, kommentiert Star, setzt sich in ihrem Stuhl kerzengerade auf und guckt mit einem Mal ernst. »Genau wie die unterschiedlichen Gedanken. Schließlich sind die Wege durch die Trauer nie identisch. Trotzdem sollten wir uns immer daran erinnern, dass wir dem Weg des anderen mit Respekt begegnen.«

»Ich bin extrem respektvoll gegenüber anderen und ihren Wegen!«, ereifert sich Christiana. »Wohingegen er« – sie zeigt auf den Waliser – »ständig versucht, die Bedeutung zu unterminieren, die Achtsamkeit für mich hat.«

»Dass ich nicht lache, Chrissy«, sagt der Waliser. »Du hast vor ein paar Wochen zum allerersten Mal von Achtsamkeit gehört. Wie kann dir das so wichtig sein?«

»Wie kannst du es wagen!«, kreischt Christiana. »Du bist wirklich der abscheulichste …«

»Will«, geht Star mit überraschendem Nachdruck dazwischen, »machen wir mit Ihnen weiter. Was glauben Sie – was haben Sie in diesem Kurs gelernt?«

»Ich hab doch noch gar nicht fertig erzählt, was *ich* gelernt habe«, geifert Christiana.

»Ich würde jetzt trotzdem gern mit Will weitermachen«, erwidert Star.

»Es macht mir nichts aus, wenn Chrissy erst fertig erzählt«, sagt Will.

»Will!«, donnert Star. »Erzählen Sie uns bitte, was Sie hier gelernt haben!«

Nervös spielt Will an seinem Bleistift herum. Stars Augen sind wieder geschlossen, und die Maske der Ausgeglichenheit sitzt, allerdings haben wir soeben alle mit angesehen, wie sie ganz kurz verrutscht ist. Sogar ein Zen-Guru verliert also hin und wieder die Contenance.

»Ich hab gelernt, dass es immer auch ein paar Gemeinsamkeiten gibt, auch wenn unsere Wege durch die Trauer unterschiedlich sind«, sagt Will. »Offenbar empfinden wir alle Wut, und wir alle wollen die Wahrheit nicht wahrhaben.«

»Und was gibt Ihnen das für ein Gefühl?«, hakt Star nach.

»Ich finde das tröstlich«, antwortet Will. »So fühle ich mich weniger allein.«

»Trotzdem sind wir allein«, erwidert der Waliser. »Wir sind allein auf diese Welt gekommen, und wir werden auch allein von ihr abtreten. Die Trauer erinnert uns wieder daran.«

»Ich finde es wirklich nicht fair, dass er sein Lieblingsthema in einem fort weiter ausbreiten darf«, schnaubt Christiana, »während mir die Gelegenheit dazu verwehrt bleibt.«

»Und wie geht es Ihnen dabei, Claire?«, fragt Star und wischt Christianas Kommentar derart effektiv beiseite, dass ich mir kurz nicht sicher bin, ob die weinerlich-piekfeine Stimme überhaupt echt war. »Was haben Sie gelernt?«

Ich sitze kurz schweigend da und überlege. Was habe ich gelernt? Ich habe gelernt, dass Trauer brutal und rücksichtslos ist. Dass sie meinem Verstand Schnippchen schlägt, dass sie in mir Zweifel weckt und mich zu Fehlern verleitet. Ich habe gelernt, dass Trauer jeden trifft, sogar Leute wie mich. Ich habe gelernt, dass ich Dads Anwesenheit immer spüren werde, dass er immer in meiner Ecke des Rings stehen wird, immer an meiner Seite. Aber die wichtigste Lektion ist wohl, dass ich – obwohl ich nicht in diese Welt gehöre – alles tun würde, um darin zu überleben. Irgendwer hustet, was mich wieder daran erinnert, dass sie auf mich warten.

Ich entscheide mich für eine Antwort. »Ich habe gelernt, dass jedes Ende ein neuer Anfang sein kann. Die Trauer macht es einem möglich, ein neues Kapitel aufzuschlagen.«

Das restliche Treffen verläuft ohne weitere Zwischenfälle. Christiana darf noch mal über Achtsamkeit reden, Will spitzt eine Handvoll Bleistifte an, der Waliser starrt zur Decke, und Star geleitet uns durch eine letzte Meditation. Als ich am Ende meinen Stuhl wegstelle, frage ich mich, wie mein nächstes Kapitel im Leben wohl aussehen wird. Wartet die Polizei schon auf mich, wenn ich heimkomme? Wird nach meiner Festnahme auch Mrs Davis befragt? Wird sie der erste Mensch sein, der an einer Überdosis Floskeln erstickt?

Als ich gerade gehen will, höre ich meinen Namen, und ich weiß: Das war's. So also hat das neue Kapitel begonnen.

Ich drehe mich um und blicke direkt in zwei Augen, die unablässig auf mich gerichtet zu sein scheinen.

»Claire, ich glaube, wir müssten reden.«

»Ja«, sage ich bloß, »das glaube ich auch.«

22

Mein Hammer ist eine Schönheit. Für den Rest der Welt ist er bloß ein Hammer, für mich jedoch stellt er die Brücke zwischen meinen Wünschen und meiner Lebenswirklichkeit dar. Er ist stets verlässlich und immer für mich da und ermöglicht es mir, bei meinen Taten zu brillieren. Als bester Freund war der Hammer in allen entscheidenden Momenten meines Lebens dabei und ist es heute selbstverständlich auch.

Ich hatte damit gerechnet, dass die Konfrontation sofort erfolgen würde. Sobald ich meinen Namen gehört hatte, war ich auf Anschuldigungen gefasst, auf Geschrei und panische Anrufe bei der Polizei, aber dann kam nichts dergleichen – nur ein leise vereinbarter Treffpunkt in der Stadt. Heute Abend sieben Uhr. Wir treffen uns an einem öffentlichen Ort, weil uns beiden klar ist, dass wir reden müssen. Mir will nur nicht aus dem Kopf gehen, dass dies eine Falle sein könnte. Wird die Polizei auch dort sein, in einem geparkten Kastenwagen warten und so tun, als kämen sie vom örtlichen Gasversorger oder von einem Internetprovider? So ist es immer in Filmen. Vielleicht observieren sie längst mein Haus? Ich spähe durchs Wohnzimmerfenster. Riesige Regentropfen fallen vom Himmel. Die Straße ist leer und verwaist. Ich sehe auf die Uhr. Ich muss los.

Bevor ich nach draußen gehe, nehme ich Dads Regenschirm von der Garderobe. Ich benutze nie einen Regenschirm, ich habe den Sinn nie verstanden. In einer Welt, in der Durchschnittsmenschen jedem Raubtier im Internet ihre komplette Existenz offenlegen, amüsiert es mich, dass sie sich vor Regen schützen. Dads Regenschirm ist klassisch und praktisch – genau, wie er selbst es war. Ich lege die Finger um den hölzernen Griff und frage mich, wann der Regenschirm zuletzt im Einsatz war. Wann hat Dad ihn zuletzt trocken geschüttelt, zusammengeklappt und an den Haken gehängt? Wusste er, dass es das letzte Mal sein würde? Weiß man das je? Wird dies das letzte Mal sein, dass ich zur Tür hinausgehe? Ganz kurz erwäge ich, einen finalen Blick über die Schulter zu werfen, ein letztes Mal all das in Augenschein zu nehmen, was ich je gekannt habe. Stattdessen mache ich die Haustür auf und trete hinaus in den Regen.

Es ist leise. Gespenstisch leise. Ich gehe an Häusern vorbei und stelle mir vor, wie die Bewohner darin leben. Wie sie kochen, fernsehen, über den Regen sprechen – und sich allesamt vollkommen sicher sind, was der nächste Tag bringen wird. So sicher, dass sie über den nächsten Tag wahrscheinlich nicht einmal nachdenken. Diese Selbstgefälligkeit kotzt mich an. Ich packe den Regenschirm meines Vaters noch ein bisschen fester und marschiere in Richtung Hauptstraße. Dort sind ein paar mehr Autos unterwegs. Eins davon bremst ab und umfährt eine Pfütze, damit ich kein Spritzwasser abbekomme. Diese Weitsicht des Fahrers ... Hat er die immer? War die Umrundung der Pfütze seine gute Tat des Tages, oder versucht der Fahrer, ständig alles richtig zu machen? Ein Jogger überholt mich, keucht schwer und scheint Tempo machen zu wollen. Der Regen muss ihm doch die Sicht rauben. Hinten auf seinem Trikot entdecke ich ein Logo und den Schriftzug *Just Do It!* Hat er sich genau das gedacht – *Mach einfach!* –, als er seine Laufschuhe geschnürt und durchs Fenster geguckt hat? Denkt er das bei allem, was er in Angriff nimmt? Muss doch nervig sein, mit so einem Motto zu leben. Und potenziell gefährlich.

Ich habe die Ladenzeile und die Kneipen erreicht. Durch eine Windbö schlägt Dads Regenschirm um, und ich muss stehen bleiben, um ihn wieder umzudrehen. Vor dem Kriegerdenkmal unterhält sich ein Pärchen. Die Frau hält ein Mädchen an der Hand, das anscheinend die Stufen hochlaufen will. Der Mann will in einem Tapaslokal essen gehen, worauf die Frau nicht gerade scharf ist. Sie will lieber irgendwo essen, wo es eine Kinderkarte für Jessica gibt. Jessica könne doch auch Brot oder so etwas in der Art essen, sagt der Mann, doch die Frau besteht darauf, dass Jessica etwas Ordentliches zu essen bekommt. Jessica hat gelbe Gummistiefel an den Füßen und springt von der dritten Stufe des Kriegerdenkmals in eine Pfütze, ehe sie die Stufen abermals hochsteigt. Bei jedem Platscher lacht sie laut auf und sieht nicht so aus, als wäre es ihr wichtig, wo sie gleich essen geht. Der Mann sagt zur Frau, sie solle sich bitte bald entscheiden, damit sie endlich ins Trockene kämen. Ich verstärke den Griff um Dads Regenschirm und ziehe weiter.

Kurz vor unserem Treffpunkt muss ich wieder an Dad denken. Wann hat er den Regenschirm zuletzt gebraucht? Hat er dabei an mich gedacht? Sich Sorgen gemacht? Macht er sich immer noch Sorgen? Werde ich je etwas tun, worauf er stolz sein kann? Und knapp zwanzig Meter von meinem Ziel entfernt frage ich mich, was Dad wohl sagen würde, wenn er jetzt hier wäre. Ich schließe für einen Moment die Augen und versuche, mir Dads gelassene, beruhigende Nähe zu vergegenwärtigen. Noch ein paar Meter, und ich bin da.

Dann bleibe ich jäh stehen. Irgendwas stimmt nicht. Ich gehe im Kopf die Strecke zurück bis zu jenem Moment, da ich die Haustür zuziehe. Was war da? Ich muss an den Wagen denken, der langsamer wurde und die Pfütze umfahren hat. Hat er abgebremst, um die Pfütze zu umfahren oder damit der Fahrer mich besser sehen konnte? Und war das Logo des Joggers ein Zufall oder ein Zeichen? Und dann das Pärchen, das sich wegen eines Tapaslokals uneinig war ... Ich muss an die Tochter denken, die gelben Gummistiefel, die in die Pfütze platschten.

Und urplötzlich sehe ich den Zusammenhang. Ich bin mit den Gedanken wieder im Waterbridge Oak und schaue mir die Schweine im Fernsehen an. Diese lächerlichen Zeichentrickschweine mit gelben Gummistiefeln, die durch Matschpfützen hüpfen. Warum fallen sie mir jetzt wieder ein? Haben sie eine tiefere Bedeutung?

Ich gehe weiter und habe den *Red Lion* binnen Sekunden erreicht. Ich muss aufhören, mich selbst ins Bockshorn zu jagen, und sollte mich wieder an meinen Plan halten. Ich gehe an der Eingangstür des Pubs vorbei zum Parkplatz auf der Rückseite. Dort stelle ich mich hinter einen parkenden

Wagen, klappe Dads Regenschirm ein und lasse ihn in meine Tasche fallen. Meine schwarze Regenkapuze beschert mir Deckung, aber an einem so dunklen, verregneten Abend entdeckt mich hier ohnehin niemand. Ich sehe auf die Uhr. Zehn vor sieben. Ich bin rechtzeitig auf meinem Posten. Jetzt muss ich nur noch warten.

Während eine Minute nach der anderen verstreicht, frage ich mich, ob Dad sich je gewünscht hat, ich wäre anders. Ich frage mich, ob er sich weitere Kinder gewünscht hat. Normale Kinder. Wenn, dann hat er mir gegenüber nie ein Wort darüber verloren. Er meinte immer, es sei völlig okay, so zu sein wie ich, und dass er meinen schrägen Sinn für Humor schätze, der seinem gar nicht unähnlich sei. Ich frage mich, ob er meine aktuelle Situation wohl amüsant fände, wie ich im strömenden Regen auf dem Parkplatz eines Pubs stehe und auf die wichtigste Begegnung meines Lebens warte. Wie die Person heißt, die ich treffen soll? Tja, das ist das Beste daran: Ich habe keinen Schimmer.

Die Hintertür zum Pub geht auf, und jemand kommt nach draußen. Er ist es. Er ist allein. Ich sehe die Flamme, als er sich eine Zigarette anzündet. Da ist sie – meine einzige Chance. Ich husche aus dem Schatten und schleiche lautlos näher. Er hat mir den Rücken zugekehrt. Der Regen peitscht mir ins Gesicht, sodass ich kaum etwas sehe und nur dem Zigarettengestank folgen kann. Ich blinzle mir den Regen aus den Augen, nehme den Hammer aus meiner Tasche – und halte inne. Der Rauch geht nicht durch ihn hindurch. Er sieht nicht aus wie ein Geist.

Dann fällt der Groschen. Das, was nicht gestimmt hat, hatte mit den Zeichentrickschweinen rein gar nichts zu tun. Und mit einem Mal bin ich mir bei gar nichts mehr sicher. Trotzdem ist dies meine einzige Chance. Jetzt gilt's.

Ich lasse den Hammer in meine Tasche zurückgleiten. Er dreht sich um.

»Claire«, sagt der Waliser, »du bist ja patschnass! Ich dachte, wir würden uns drinnen treffen. Komm, gehen wir rein!«

Ich lasse mich in den Pub scheuchen und suche mir einen Platz direkt am Kamin. Als er mit einer Flasche Rotwein und zwei Gläsern zurückkommt, gerät er kurz ins Straucheln, und ich frage mich, wie viel er schon getrunken hat. Ich wusste, dass er frühzeitig hier sein würde. Ich wusste, dass er noch nach draußen kommen würde, bevor ich hier auftauchte. Ich wusste nicht, dass wir uns gleich eine Flasche Rotwein teilen würden, denn ich dachte, zu diesem Zeitpunkt wäre er längst tot.

»Claire«, sagt er, »danke, dass du dich mit mir verabredet hast.« Er kippt ein volles Glas Rotwein in sich hinein, ehe er sich das nächste einschenkt. »Muss mir Mut antrinken«, sagt er lächelnd, und ich lächle zurück. »Ich war dermaßen nervös«, sagt er dann. »Ist schon lange Jahre her, seit ich zuletzt mit einer Frau ausgegangen bin, mit der ich nicht verheiratet war.«

Und damit fügt sich das Bild ganz logisch zusammen. All die Momente, in denen ich ihn dabei ertappt habe, wie er mich angestarrt hat, statt zu meditieren. Ich habe seinen Gesichtsausdruck fehlinterpretiert. Ich dachte, er wüsste etwas über mich. Ich habe mich getäuscht.

»Seit meine Frau gestorben ist, bin ich wahnsinnig einsam«, sagt er, »und ich hätte nie gedacht, dass jemand, der so gut aussieht wie du, an mir interessiert sein könnte. Aber so, wie du mich heute angeguckt hast, Claire …« Er lehnt sich vor. »Na ja, du hast ja selbst gesagt: Jedes Ende ist auch ein neuer Anfang. Die Trauer beschert einem ein ganz neues Kapitel im Leben.«

Ich greife zu meinem Glas, nippe daran und denke fieberhaft nach. Als ich das Glas wieder abstelle, lasse ich diesen traurigen, einsamen Trinker noch eine Weile über seine tote Ehefrau wehklagen und auf Ärzte schimpfen. Als mein Glas schließlich leer ist, gebe ich ihm behutsam einen Korb, stehe auf und gehe. Nichts für ungut. Einfach nur falsch verstandene Signale.

Falsch verstandene Signale. So was kommt vor.

DAMALS

»Ich kann mich nicht klarer ausdrücken«, sagt der Mann mit den wütenden Tätowierungen. »Ich will mit dir zusammen sein. Immer. Nicht nur, wenn dein Ehemann bei der Arbeit ist. Ich will dich für mich allein.«

»Aber du hast mich doch für dich allein«, erwidert die Frau. »Na ja, so gut wie. Er ist ständig bei der Arbeit. Sein Chef lässt ihn schuften wie ein Tier.« Lächelnd schlingt sie ihm die Arme um den Hals. »Er schuftet wie ein Tier, damit ich leben kann wie eine Königin.«

»Meine schöne, sexy Königin.« Er zieht sie näher zu sich. »So schön, dass du ein Model sein könntest. Apropos, machen wir jetzt diese Modeschau oder nicht?«

»Unter einer Bedingung«, sagt die Frau und hat mit einem Mal einen ernsten Gesichtsausdruck. »Du sorgst dafür, dass das Geländer morgen fertig wird.«

»Deal.« Der Mann grinst.

Dann rennen sie beide kreischend und lachend nach oben und bleiben vor einer Zimmertür stehen.

»Moment noch.« Die Frau dreht den Schlüssel im Schloss herum.

»Ich will nicht, dass das kleine Miststück rauskommt und stört. Sie wollte mich vor dieser Lehrerin blamieren. Hält sich für wahnsinnig clever – ein fürchterliches Balg. Und die Lehrerin erst – was für eine hässliche Kuh! Dass eine, die so aussieht und sich so anzieht, es wagt, auf jemanden wie mich dermaßen herabzublicken. Was für eine Unverschämtheit!«

»Schhh«, macht der Mann. »Ist doch Verschwendung, darüber nachzudenken. Dir steht eine Modeschau bevor!«

Die Frau lacht, als im selben Moment das Hämmern einsetzt.

»Lass mich raus!«, ruft das Mädchen hinter der verschlossenen Tür. »Es ist heiß, und das Fenster geht nicht auf! Lass mich raus!«

»Halt die Klappe, Claire!«, ruft die Frau und lacht. »Je mehr Getöse, umso länger bleibst du da drin. Und dein lieber Daddy kommt erst in ein paar Stunden nach Hause. An deiner Stelle würde ich lieber die Klappe halten. Tut mir leid«, sagt sie zu dem Mann, ehe sie im Schlafzimmer verschwindet. Einen Augenblick später kommt sie in einem kurzen schwarzen Business-Kostüm und einem neuen Paar himmelhoher Stöckelschuhe wieder heraus.

»Sehr schön«, sagt der Mann. »Der Sexy-Sekretärinnen-Look. Dreh dich mal um. Und jetzt geh die Treppe runter.«

Lächelnd stolziert sie an ihm vorbei und steigt langsam Stufe für Stufe nach unten.

»Wunderschön«, ruft der Mann. »Aber langsamer! Jetzt bleib stehen!«, sagt er, als sie etwa auf halber Höhe der Steintreppe angelangt ist. »Sieh mich an. Und jetzt zieh langsam das Jackett aus. Und jetzt wieder hoch. Langsamer! Guck mich die ganze Zeit an! Das war schon gut, aber ich weiß, das kannst du noch besser. Die Absätze könnten höher sein und der Rock kürzer. Das waren sechs von zehn Punkten.«

»Wenn du höhere Absätze willst, dann räum besser das Werkzeug

hier weg«, sagt die Frau. »Sonst stolpere ich noch und breche mir das Genick.«

»Okay, okay.« Der Mann schiebt die Sachen mit dem Fuß beiseite und kickt Hämmer, Meißel und Schraubendreher zu einem unordentlichen Haufen auf dem oberen Treppenabsatz zusammen. »Bin gespannt auf das Nächste«, ruft er, als die Frau abermals hinter einer geschlossenen Tür verschwindet. »Und denk an die Regeln: Die Klamotten müssen bei jedem Mal kürzer werden.«

»Ich glaube, das hier wirst du lieben«, ruft die Frau nach einer Weile. »Schreibst du dir die Punkte auf?«

»Ich hab keinen Zettel dabei.« Er klopft seine Taschen ab. »Aber Moment …« Er schließt die Tür auf und stürmt das Zimmer des Mädchens. »Ich brauch Papier. Gib mal das Blatt her.«

»Nein, das ist mein Klassenbuch! Das brauche ich noch!«

»Tja, und jetzt brauche ich es.« Der Mann reißt es ihr grinsend aus der Hand. »Meine Güte, ist das klein hier!« Er lacht. »Da ist ja der Kleiderschrank deiner Mummy größer! Und es ist brüllend heiß – warum machst du denn das Fenster nicht auf? Ach ja, hab ich vergessen. Das Fenster lässt sich nicht öffnen, oder? Lass los!«, blafft er das Mädchen an, das die Seite nicht hergeben will. »Für so ein kleines Ding bist du verdammt stark!« Er entreißt ihr das Blatt mit der einen und stößt sie mit der anderen Hand von sich weg.

»Geben Sie mir das zurück!«, brüllt das Mädchen und stürzt auf ihn zu.

Lachend dreht er sich weg und wirft die Tür hinter sich zu.

»Bereit für Outfit Nummer zwei?«, ruft die Frau.

»Na klar!«, antwortet der Mann. »Wenn das mal nicht besser ist«, kommentiert er, als die Frau wieder auf den Flur heraustritt. »Kürzer und enger. Und sind die Absätze höher? Das gibt Extrapunkte. Dann sind das eindeutig acht von zehn Punkten.«

Die Frau schreitet langsam an ihm vorbei und bleibt dann erneut wie geheißen auf halber Treppe stehen.

»Was ist das da neben deinem Fuß?«, ruft er von oben.

»Was denn?«, hakt sie verwirrt nach. »Da ist nichts.«

»Doch, da ist etwas«, ruft er. »Das seh ich doch von hier. Auf der mittleren Stufe, direkt neben dir. Bück dich mal und sieh's dir an!«

»Aber da ist nichts.« Die Frau bückt sich. »Ich kann jedenfalls nichts sehen.«

»Bist du dir sicher?«, ruft der Mann. »Dreh dich mal um und beug dich vor. Schau genau hin!«

»Da ist wirklich nichts«, sagt die Frau, dreht sich um, und beugt sich so weit vor, dass ihr Slip zu sehen ist.

»Mein Fehler.« Der Mann lacht. »Komm wieder hoch, meine schöne, sexy Königin!«

Als die Frau die Treppe erklommen hat, zieht er sie an sich. »Hiermit erkläre ich dieses Outfit zum Gewinner.« Er fährt ihr mit beiden Händen über den Körper.

»Die Show ist doch noch gar nicht vorbei.« Sie schmunzelt. »Das nächste Outfit wird dich umhauen. Es ist winzig! Das gibt hundertprozentig eine Zehn!«

»In dem Fall brauchen wir wohl Musik«, beschließt er, während sie erneut im Schlafzimmer verschwindet. »Zu Outfit Nummer drei will ich dich tanzen sehen.« Er greift zum Radio der Bauarbeiter, das vor der Lücke im Geländer neben den aufgehäuften Werkzeugen steht. Er dreht kurz am Regler, bis Musik läuft, und stellt die Lautstärke hoch, bis es dröhnt.

»Mein Gott, hast du mich erschreckt!«, sagt er plötzlich und klingt tatsächlich kurz panisch. »Gruseliges Kind! Hab ich vergessen, dich wieder einzusperren? Wie lange stehst du schon da?«

»Ich brauche mein Klassenbuch«, sagt das Mädchen ganz ruhig.

»Geben Sie mir mein Klassenbuch zurück. Das brauche ich für mein Spiel.«

»Tja, und ich brauche es für mein *Spiel«, sagt der Mann mit einem höhnischen Grinsen. »Also, zieh Leine!«*

»Wie machen Sie das?« Das Mädchen geht einen Schritt auf ihn zu.

»Was?«, gibt der Mann verwirrt zurück.

»Dass Ihre Tätowierungen weggehen. Wie machen Sie das?«

»Du bist echt schräg«, sagt er, lacht und blickt auf die Tattoos an seinen Armen hinab. »Kein Wunder, dass du keine Freunde hast. Los, verpiss dich wieder in dein Zimmer.«

»Ich kann durch Ihre Tätowierungen hindurchsehen«, stellt sie leise fest. »Ich kann komplett durch Sie hindurchsehen.«

»Was, zum Teufel, redest du da?«

»Sie sehen aus, als wären Sie schon weg.«

»Es reicht. Zurück in dein …«

Und mit einem Mal ist da eine Bewegung. Eine irrsinnig schnelle Bewegung – und ein irrsinnig kräftiger Stoß. Schockiert taumelt er rückwärts. Eine Sekunde lang sieht es fast so aus, als würde er das Gleichgewicht wiedererlangen. Doch der nächste Stoß ist ebenso kräftig. Das darauffolgende Geräusch kommt im exakt richtigen Moment, im Takt der Musik und mit der perfekten Lautstärke. Es ist das Geräusch von Leere.

»Mach die Augen zu, und erst aufmachen, wenn ich es sage!«, ruft die Frau über die laute Musik hinweg. »Ich bin mir sicher, das wird eine Zehn. Augen zulassen … Claire, was machst du denn hier draußen?«, fragt sie, als sie durch die Schlafzimmertür kommt. »O Gott!« Sie klingt schlagartig panisch. »Ist Daddy früher nach Hause gekommen?«

»Nein«, antwortet das Mädchen. »Warum hast du denn einen Bi-

kini an, Mummy? Gehst du schwimmen? Und warum trägst du diese langen Stiefel dazu?«

»Geht dich nichts an, verdammt, du neugieriges kleines Miststück«, blafft die Frau sie an. »Du hast hier draußen nichts zu suchen. Weißt du, wo der Vorarbeiter hingegangen ist?«

»Was der gesagt hat, hat gestimmt, Mummy«, sagt das Mädchen.

»Was? Wer?«

»Der Vorarbeiter. Was der gesagt hat, hat gestimmt.«

»Was meinst du? Wovon redest du?«

»Da liegt etwas auf der mittleren Stufe.«

»Herrgott, Claire, kannst du ausnahmsweise mal nicht so sonderbar sein?« Die Frau stakst auf ihren hohen Hacken auf das unfertige Geländer zu. »Was soll denn da sein?«

Dann kreischt sie. Doch jenseits des Kreischens und der Musik ist eine Stille, die gleich ein geschäftiges Gehirn durchdringen wird.

»O Gott!«, kreischt die Frau. »Warum bewegt er sich nicht? Ist das Blut? Claire, was ist mit ihm passiert?« Sie schiebt sich an dem Mädchen vorbei, eilt die Steintreppe runter und geht neben dem Mann in die Hocke. »Claire, hast du gesehen, wie er gestürzt ist?«

»Mummy!«, ruft das Mädchen von oben.

»Claire, er atmet nicht! O Gott, was ist hier passiert?«

»Mummy!«, ruft das Mädchen von der viertnächsten Stufe.

»Ich glaube, er hat sich den Kopf auf dem Stein aufgeschlagen!«

»Mummy!«, ruft das Mädchen von der drittnächsten Stufe.

»Ich muss einen Notarzt rufen!« Inzwischen weint die Frau. »Irgendwer muss ihm helfen!«

»Mummy!«, ruft das Kind von der übernächsten Stufe.

»Nicht jetzt, Claire!«

»Aber ich muss dir was sagen. Es ist wichtig!«

»Was?« Die Frau dreht sich zu dem Mädchen um, das nur noch eine Stufe entfernt steht.

»Du siehst als Geist viel schöner aus.«

Und als der Hammer zuschlägt, trifft er ins Schwarze. Begrüßt den Schädel und verabschiedet ein Leben voller Verachtung. Die Frau sackt über dem Mann zusammen – mit weit offenen Augen, die leer in Richtung des oberen Treppenabsatzes starren.

Das Mädchen lässt den Hammer fallen und rennt zurück in sein Zimmer, um Bambi zu holen. Dann rennt es noch ein paarmal hin und her und schleppt auch die übrigen Spielsachen nach unten. Einige davon setzt sie dem Mann auf den Rücken. Andere lehnen an seinen mit wütenden Tätowierungen übersäten Armen. Die Klassenbuchseite hält er immer noch fest in der Hand. Das Mädchen zupft sie aus den Fingern und konzentriert sich auf Bambi. Setzt Bambi auf den nackten Bauch der Mutter ganz vorn in die Klasse. Und dann ist es so weit. Endlich kann sie ihr Spiel fortsetzen. Hoch konzentriert streicht sie die Klassenbuchseite glatt. Und fügt lächelnd zwei neue Namen hinzu.

23

Ich habe alles auf dem Wohnzimmerboden ausgebreitet, bin der Wahrheit aber noch immer kein Stückchen näher gekommen, trotzdem muss sie hier irgendwo sein. Sie hat es selbst gesagt. Ich lasse mich auf meinen Sessel fallen und rufe mir den Tag in Erinnerung, an dem sie gestorben ist. Jemma saß genau hier, auf diesem Sessel, als sie es gesagt hat. Die Trauergruppe hat mich so sehr abgelenkt, dass ich die entscheidenden Hinweise übersehen habe. Dabei war die Wahrheit immer schon da, direkt vor meiner Nase. Warum hab ich sie nicht gesehen?

Es war der Kommentar von Kürbiskopf Deb – der hat nicht gestimmt. Ich habe das Kind mit den Gummistiefeln gesehen, das die Stufen vor dem Kriegerdenkmal hochgestiegen ist, und das hat eine Erinnerung ausgelöst. Nicht an die Zeichentrickschweine – sondern an Debs Kommentar: Sie hatte erwähnt, sie habe Jemma zuletzt in Gummistiefeln und Kilt die Treppe hinauflaufen sehen. In dem Moment war es mir nicht klar, aber genau die waren verkehrt – die Gummistiefel. Auf der Treppe. Deb ist immerhin ziemlich drakonisch, was diese Regel angeht – sie hat sie mir sogar genau erklärt. Wie hat sie es gleich wieder formuliert? Besucher und Bewohner dürfen innerhalb von Waterbridge Oak die Schuhe tragen, die sie tragen wollen. Das Personal hingegen muss draußen Draußenschuhe und drinnen Drinnenschuhe tragen. Gummistiefel sind die draußigsten Draußenschuhe, die man sich vorstellen kann – warum also ist Jemma in Gummistiefeln die Treppe hochgelaufen? Warum hat sie nicht erst ihre Drinnenschuhe angezogen?

Ich stehe auf, gehe in die Küche, stelle den Wasserkocher an, werfe einen Teebeutel in einen Becher, überlege es mir anders und gieße mir stattdessen ein Glas Wasser ein. Mit einem Mal bin ich rastlos, nervtötend rastlos. Schalte das Radio ein, in dem ein Lied läuft, das mir entfernt bekannt vorkommt, schließe die Augen und überlege. Wenn Star jetzt hier wäre, würde sie sagen, ich solle mich auf meine Atmung konzentrieren. Ich konzentriere mich aufs Einatmen und versuche, mich zu beruhigen. Wenn Star mich hier und jetzt fragen würde, was sie mich gestern gefragt hat, hätte ich eine vollkommen andere Antwort parat. Wenn ich etwas über Trauer gelernt habe, dann, dass sie mir den Blick auf die Wahrheit verstellt und mich verblödet hat. Denn ich war tatsächlich blöd, daran besteht kein Zweifel.

Ich nehme einen Schluck Wasser und rufe mir ins Gedächtnis, was genau Deb gesagt hat. Sie sei unterwegs zu einer Lunch-Besprechung gewesen, als sie Jemma zuletzt gesehen habe. Jemma sei im Waterbridge Oak in Gummistiefeln und Kilt die Treppe hinaufgelaufen. Und später am Tag habe sie sich umgebracht. Warum habe ich auf den Zeitpunkt nicht reagiert? Am Vormittag vor ihrem Ableben war Jemma noch in der Trauergruppe und hat Florence' dunkelblaue Strickjacke vollgeheult. Um vier Uhr nachmittags desselben Tages hat sie mich besucht. Laut Deb war sie um die Mittagszeit im Pflegeheim. Warum? Sie hatte frei. Wenn sie gearbeitet hätte, dann hätte sie ihre Arbeitskleidung und Drinnenschuhe getragen. Was also hatte sie dort zu suchen? Zwischen dem Gruppentreffen und ihrem Treffen mit mir lagen nur ein paar Stunden. Es war ein wichtiger Tag für Jemma, der Tag, an dem sie eine Mörderin erpressen wollte. Warum Zeit vergeuden und am Arbeitsplatz erscheinen, wenn sie doch freihatte?

Es sei denn, sie hätte dort vorbeischauen und etwas abholen müssen. Nur was? Ich denke zurück an den Moment, als sie am Nachmittag bei mir auftauchte. Sie hatte eine Handtasche dabei. Ich weiß noch, dass sie ihr Handy herausnahm, um Florence anzurufen. Ansonsten schien sie nichts Wichtiges dabeigehabt zu haben. Und wenn sie an dem Tag zum Pflegeheim gefahren war, um etwas abzuholen, hätte dieser Gegenstand nicht in ihrem Spind gelegen? Die Spinde jedoch stehen im Umkleideraum im Erdgeschoss. Jemma war unterwegs nach oben. Wohin war sie unterwegs? Oben sind nur die Zimmer der Bewohner, außerdem der Aufenthaltsraum und der Speisesaal. Oben hätte sie bestimmt nichts aufbewahrt, denn dort sind nur … Leute.

Im Radio läuft der nächste Song, und ich drehe die Lautstärke hoch. Sofern ich damit versuche zu übertönen, was mein Bauch mir sagt, funktioniert es nicht. Mein Bauch schreit mir etwas zu – was er im Übrigen schon tut, seit ich am Vorabend auf dem Parkplatz des Pubs stand und den Hammer wieder weggepackt habe. Könnte es sein, dass Jemma nach oben lief, weil sie mit jemandem sprechen wollte? Hatte Jemma einen Komplizen? Weiß noch jemand über Lucas Bescheid? Und über mich? Ich schließe erneut die Augen und hole noch mal tief Luft, während mir hundert Gedanken gleichzeitig durch den Kopf gehen. Ich wünschte mir, ich könnte erkennen, welche Busse wichtig sind und welche ich vorbeifahren lassen sollte, aber ich bin mir bei gar nichts mehr sicher. In dieser wirren Vernetzung aus Erpressung und Mord weiß ich nicht mehr, ob ich die Spinne oder die Fliege bin.

Ich kehre zurück ins Wohnzimmer, setze mich wieder auf meinen Sessel und muss an die gefährlichste all meiner Feindinnen denken: die Vermutung. Als Jemma am Tag ihres Todes auf diesem Sessel saß, hat sie mir weisgemacht, dass die Erpresserkooperation nur sie selbst und Lucas umfasste, und ich bin davon ausgegangen, dass das die Wahrheit war. Als ich den zugeklebten Umschlag in der Handtasche des Reihers entdeckte, habe ich sofort vermutet, dass ihn jemand im Pub dort hineingesteckt hätte. Wann werde ich endlich die Macht der Vermutung anerkennen? Die Vermutung setzt jedem rationalen Gedanken ein vorzeitiges Ende. Dieser Umschlag mit Fotos zum Beispiel – darüber hätte ich besser nachdenken müssen. Meine Vermutung, dass er in der Handtasche des Reihers gelandet war, während ich am Tresen angestanden hatte, hat dazu geführt, dass ich nicht mal darüber nachgedacht habe, dass der Umschlag bereits in ihrer Tasche gelegen haben könnte, noch ehe sie den Pub betrat. Womöglich hatte der Reiher ihn schon seit Stunden mit sich herumgetragen. Ich beiße die Zähne zusammen, als mir dämmert, dass sie mir sogar selbst erzählt hat, wo sie zuvor gewesen war. Sie hätte mir gar keinen deutlicheren Hinweis geben können, aber angesichts der Macht der Vermutung habe ich das Gewicht ihrer Ausführungen nicht begriffen.

Der Song im Radio ist fertig, und eine Nachrichtensprecherin verliest die Nachrichten. Sie klingt barsch und autoritär. Noch während sie anfängt, über irgendeinen Skandal in Regierungskreisen zu reden, denke ich zurück an den Tag, als ich im roten Mercedes auf dem Parkplatz des Pubs saß und der Reiher anfing, seine Unsicherheiten mit Lippenstift, Rouge und Mascara zu untermalen. Auf dem Rücksitz des Wagens lagen Kisten voller alter Zeitungen und Müll, und sie erzählte, dass sie eben erst im Pflegeheim gewesen sei und Jemmas Spind ausgeräumt habe. Warum ist mir das nicht eher aufgegangen? Irgendwer im Pflegeheim könnte ihr den Umschlag in die Handtasche gesteckt haben. Vielleicht dieselbe Person, zu der Jemma unterwegs war, als sie an jenem Tag die Treppe hochlief.

Ich kann nicht anders, jetzt bin ich überzeugt, dass es mit diesem Coup zu tun hat, von dem Jemma gesprochen hat. Sie saß genau hier, als sie davon schwärmte, dass sie und Lucas an etwas ganz Großem dran seien. Sie habe Lucas erst tags zuvor in die Einzelheiten eingeweiht, und am Abend seines Todes habe sie deshalb noch mal mit ihm sprechen wollen. Ich bin mir fast sicher, dass Lucas gewisse Einzelheiten zu ihrem Coup in seiner Erpressertasche hatte – zusammen mit der übrigen Erpresserausrüstung. Doch jetzt habe ich den Inhalt seiner Aktentasche vor mir auf dem Wohnzimmerboden ausgebreitet und kann immer noch nichts erkennen. Ich sehe die Zeitung und die entlarvenden Fotos, die Lucas darin versteckt hatte. Ich sehe den Umschlag mit Bargeld, aber das war es auch schon. Sonst ist da nichts. Ansonsten befanden sich in Lucas' Aktentasche nur Arbeitsunterlagen und sein Portemonnaie. All das habe ich damals schon durchgesehen und nichts von Interesse entdeckt.

Könnte ich irgendetwas übersehen haben? Ich denke nicht. Allerdings muss ich gestehen, dass ich seit Dads Tod etliche Fehler gemacht habe. War es falsch, Lucas' Portemonnaie und die Papiere bei Florence liegen zu lassen? War es falsch, die Aktentasche neben Jemmas Leiche zu deponieren? Ich bin es nicht gewöhnt, an mir selbst zu zweifeln, aber irgendwie passt nichts richtig zusammen. Das Einzige, was ich sicher weiß, ist, dass die Aktentasche mitsamt Portemonnaie und Arbeitsunterlagen mittlerweile bei der Polizei liegt, und wenn ich darin etwas übersehen haben sollte, dann ist dieser Zug jetzt abgefahren.

Die Nachrichtensprecherin redet über den vermissten Pfleger, Sebastian Sinclair. Anscheinend liegt sein Verschwinden inzwischen knapp zwei Monate zurück, und die Polizei hat die Öffentlichkeit erneut um Hinweise gebeten. Weshalb kommt das immer noch in den Nachrichten? Tagtäglich verschwinden Leute, und ich frage mich, warum einige in den Medien mehr Aufmerksamkeit erregen als andere.

Eine wirklich spannende Frage – allerdings muss ich mich wieder aufs Wesentliche konzentrieren. Wenn Jemma an jenem Tag die Treppe hochlief, um jemanden zu treffen – wer sollte das gewesen sein?

Irina war mir von Anfang an suspekt. Jemand, der so viel Make-up aufträgt, muss etwas zu verbergen haben. Andererseits sitzt Irina am Empfang im Erdgeschoss. Und was ist eigentlich mit dem Sternekoch, von dem ich so viel gehört, den ich aber nie zu Gesicht bekommen habe? Der angeblich extra in den Speisesaal im dritten Stock kommt, um sich zu erkundigen, ob alle zufrieden waren – könnte sich Jemma mit ihm getroffen haben? Noch eine spannende Frage für meine Liste mit spannenden Fragen, über die ich später nachdenken sollte. Und was ist mit Ben? Mit dem ehrlichen, authentischen, Halbmarathon laufenden, netten Ben? War das alles nur gespielt? Hat Ben bei der Erpresserei mitgemacht? War er Lucas' und Jemmas Komplize bei dem mysteriösen Coup, von dem sie gesprochen hat?

Die Rastlosigkeit treibt mich erneut ans Fenster. Es ist ein schöner Tag – was für ein Kontrast zum gestrigen Regen! Der blaue Himmel und die Sonne beißen sich dermaßen mit meiner Laune, dass ich die Vorhänge zuziehen muss. Nichts von alledem ergibt einen Sinn. Selbst, wenn jemand anders beteiligt gewesen wäre, selbst, wenn Jemma die Treppe hochgelaufen wäre, um sich mit jemandem zu treffen – nichts davon ergäbe Sinn. Denn wenn Jemma im Pflegeheim einen Komplizen gehabt hätte – weshalb hätte sie das Risiko eingehen sollen, sich dort mit der Person zu treffen und damit unnötig Aufmerksamkeit zu erregen? Was hätte sie ihr erzählen wollen, was so wichtig gewesen wäre? Am Vormittag war sie beim Gruppentreffen, wo sie beschlossen hat, mich um vier und Florence um acht Uhr abends zu treffen. War das die Info, die sie weitergeben wollte? Und wenn ja, warum hat sie nicht einfach mit ihrem Komplizen telefoniert oder ihm eine Nachricht geschickt? Warum musste sie ihn aufsuchen?

Trotz ihres breitbeinigen Auftretens muss sie Angst gehabt haben. Jemma war kein Durchschnittsmensch wie Florence oder Mrs Davis. Um durchschnittlich zu sein, muss man nett sein – und dumm. Jemma war weder noch. Ihr war bewusst, dass sie um vier Uhr nachmittags das Haus einer Mörderin betreten würde. Sie *muss* Angst gehabt haben. War sie deshalb an besagtem Tag noch mal im Pflegeheim? Wollte sie jemanden in ihren Plan einweihen? Wollte sie jemandem erzählen, was sie vorhatte und wo sie hinwollte? Hat sie ihrem Komplizen meine Adresse gegeben? Und die von Florence? War es besagter Komplize, der vor Florence' Haus stand und die Fotos geschossen hat? Wenn ja … ergibt dieser Teil immer noch keinen Sinn. Wenn Jemmas Komplize mich gesehen hätte, als ich Florence' Haus betrat – weshalb, in aller Welt, hat er Jemma dann nicht gewarnt, dass ich bereits dort war? Wer immer die Fotos von mir gemacht hat, ist schließlich lange genug geblieben, um auch Jemma beim Betreten von Florence' Haus zu fotografieren. Und dann? Warum hat er Jemma nicht gewarnt? Oder die Polizei alarmiert? Oder selbst das Haus gestürmt? Oder Hilfe gerufen? Mal abgesehen davon, dass er die Fotos in die Handtasche des Reihers gesteckt hat, hat der Komplize – sofern es ihn gibt – nichts weiter unternommen. Und darauf kann ich mir keinen Reim machen.

Mit einem Mal dämmert mir, dass ich zwischen Fenster und Laufband auf und ab tigere. Ich bin zu einer Person geworden, die umhertigert. Ich liste offene Fragen in meinem Kopf auf und tigere herum. Was, bitte schön, ist mit mir los?

Die Nachrichtensprecherin hat das Thema Sebastian beendet und redet inzwischen von dem Promi, der vor vierzig

Jahren jungen Frauen unter den Rock gegriffen hat und wahrscheinlich gar nicht fassen kann, warum das immer noch jemanden interessiert. Anscheinend ist heute sein Antrag auf Revision des Urteils über sechs Jahre Freiheitsstrafe abgeschmettert worden. Sechs Jahre. Ich frage mich, ob er auch nur eine Sekunde dieser Zeit mit etwas anderem als Selbstmitleid und Empörung verbringen wird. Wie mögen sich seine Opfer heute fühlen, die schon seit vierzig Jahren mit der Sache gestraft sind? Ich nehme Lucas' Zeitung vom Wohnzimmerboden hoch. Ich weiß noch, dass ein Foto des besagten Promis auf der Titelseite abgedruckt war. Ich starre ihn an, studiere sein Gesicht. Spannend, dass Männer wie er immer irgendwie gleich aussehen. Wie so ein unattraktiv-hämisches Dauergrinsen wohl zustande kommt? Durch die gottgegebene Kombination aus Anspruch und Arroganz? In dem Artikel wird besagter Promi zitiert, er werde die lachhaften Anschuldigungen aus der Welt schaffen und seinen Namen reinwaschen. Er beschreibt sich selbst als ehrlichen, gläubigen Familienvater. Sebastian wurde genau so beschrieben, was ihn nicht davon abgehalten hat, sich an wehrlosen Patienten zu vergreifen. Keine Ahnung, ob gläubig je wieder als verlässliches Persönlichkeitsmerkmal genannt werden sollte.

Ich lasse die Zeitung wieder zu Boden fallen, trete ans Fenster, drehe mich nach dem Laufband um – und halte jäh inne. Was hat dieser Promi gleich wieder gesagt? Er werde die Anschuldigungen aus der Welt schaffen und seinen Namen reinwaschen? Anschuldigungen? Sind wir über dieses Stadium nicht weit hinaus? Hat er nicht gerade sein Berufungsverfahren verloren? Ich nehme die Zeitung hoch und drehe sie um. Und da steht es, auf der Titelseite. Stand die ganze Zeit da, ich habe es nur nicht gesehen. Bin ich bescheuert? Durchschnittlich? Ich starre die Titelseite der Zeitung an. Das Datum. Die Zeitung ist fast drei Jahre alt. Warum hatte Lucas am Tag seines Todes eine so alte Zeitung dabei? Und dann fällt mir noch etwas anderes ein. All die Kisten auf der Rückbank des roten Mercedes. Was hat der Reiher über Jemma gesagt? Dass ihr Spind mit alten Zeitungen voll gewesen sei. Sie habe nie etwas weggeworfen. Ich starre erneut die Zeitung an. Ist es das? War das die Zeitung, die Jemma Lucas am Tag vor seinem Tod in die Hand gedrückt hat? Sind die Einzelheiten zu ihrem großen Coup irgendwo in dieser Zeitung zu finden?

Ich überfliege die Artikel auf der Titelseite. Lese von der Empörung des Promis. Vom Grauen, das eine drogenabhängige junge Mutter durchmacht, seit sie aufgewacht ist und festgestellt hat, dass ihr Baby verschwunden ist. Die Tragödie eines Teenager-Mädchens, das bei einem Unfall mit Fahrerflucht ums Leben kam – eines Mädchens, das »allseits beliebt« war. Mein Mund fühlt sich staubtrocken an, als ich die Zeitung aufschlage und jeden einzelnen Artikel lese. Dann schlage ich die Zeitung wieder zu, trete ans Fenster und ziehe die Vorhänge wieder auf. Die Sonne nervt nicht mehr. Ich will, dass sie ausleuchtet, was mir allmählich dämmert.

Eine Stunde später sitze ich in einem Zug, der mich an die Küste bringt.

24

Nachdem es passiert war, fuhren wir an genau so einen Ort. Es war Juli und wollte gar nicht mehr aufhören zu regnen. Egal, wo wir hingingen, blickten die Leute in den Himmel und redeten vom »berühmten britischen Sommer«. Mir war der Regen egal, ich bemerkte ihn kaum. Ich war mit meinem Vater in den Ferien, und meine Mutter war tot. Es war die glücklichste Zeit meines Lebens, und nicht mal seine Trauer tat dem Ganzen einen Abbruch. Er trank viel Whisky und vergoss Tränen, allerdings nehme ich an, das war der Schock. Ich frage mich ja, was schlimmer ist: nach einem langen Arbeitstag nach Hause zu kommen und die Ehefrau tot aufzufinden – oder sie halb nackt auf einem fremden Mann liegen zu sehen. Ich bin mir nicht sicher, was meinen Vater so sehr erschüttert hat, aber womöglich spielt es auch gar keine Rolle. Was immer die Ursache war – sein Schmerz war real. Das weiß ich jetzt. Jetzt, da auch ich mich mit Trauer auskenne.

An meinem siebten Geburtstag kam er nach Hause und fand mich spielend neben den beiden Leichen vor. Er brach noch auf der Treppe zusammen und nahm ihren toten Kopf in die Arme. Er strich ihr die Haare aus den starren Augen und heulte. Heulte wie ein Tier. Er hatte sie geliebt. Er hatte sie wirklich geliebt. Das ist eines von zwei Dingen an meinem Vater, die ich wohl nie verstehen werde: seine Liebe zu meiner Mutter – und warum er mir nie gesagt hat, dass er über mich Bescheid wusste.

Als das Heulen ein Ende hatte, blickte er auf und sah mir in die Augen, als wollte er mich fragen, was da passiert war. Doch noch bevor ich antworten konnte, überlegte er es sich anders. Er wollte es anscheinend lieber nicht hören. Stattdessen legte er vorsichtig ihren toten Kopf ab und nahm Bambi in die Hand. Sagte, wir müssten jetzt all meine Spielsachen zurück in mein Zimmer bringen, und sobald das getan sei, solle ich oben auf ihn warten. Ich stand am oberen Treppenabsatz und sah ihm zu. Er nahm ein Taschentuch aus der Hosentasche, nahm den Hammer hoch und wischte ihn sauber. Dann drückte er die Hand des Vorarbeiters um den Hammergriff, ehe er den Hammer neben dem Kopf meiner Mutter zurück auf den Boden fallen ließ.

Anschließend kam er hoch, ging vor mir in die Hocke und legte mir seine Hände auf die Schultern. Er sah wahnsinnig ernst aus. Er sagte, es habe einen Unfall gegeben, einen schrecklichen Unfall, und Mummy sei tot. Er sagte, wir müssten jedem erzählen, dass es ein Unfall gewesen sei. Ein schrecklicher Unfall. Es sei wirklich wichtig, dass alle wüssten, dass es ein Unfall gewesen sei. Ein schrecklicher Unfall. Er sagte es immer und immer wieder, wie ein Echo, das mit jeder Wiederholung glaubhafter wurde. Es habe einen Unfall gegeben. Einen schrecklichen Unfall.

»Claire«, sagte er, »verstehst du, was ich sage? Das war ein Unfall. Ein schrecklicher Unfall. Claire, hast du das verstanden?«

»Ja, Daddy«, antwortete ich, »ich hab's verstanden.« Was stimmte. Ich hatte es verstanden. Ich hatte verstanden, dass ich damit davonkommen würde.

Es folgten der Anruf bei der Polizei, Blaulicht und jede Menge Leute, die im Haus auf und ab liefen. Ich blieb mit Dad oben, spähte jedoch hin und wieder nach unten. Als jemand anfing, die Leichen zu fotografieren, drückte ich seine Hand.

»Daddy«, flüsterte ich, »können wir die Fotos behalten?«

»Nein«, antwortete er leise. »Nein, Claire, können wir nicht.«

»Okay«, sagte ich. »Aber Daddy?«

»Ja?«

»Kann ich jetzt meinen Geburtstagskuchen haben?«

Er ging erneut vor mir in die Hocke und schloss mich in die Arme. Kam mit dem Gesicht ganz nah an meins heran und flüsterte: »Claire, kannst du so tun, als wärst du traurig? Nur, solange diese Leute hier sind?«

»Okay«, sagte ich. »Aber warum?«

»Weil Mummy gerade gestorben ist«, flüsterte er.

»Okay«, sagte ich fast tonlos. »Aber wenn diese Leute weg sind, kriege ich dann meinen Geburtstagskuchen?«

»Ja, Claire«, gab er flüsternd zurück.

Eine Zeit lang stand er unter Verdacht. Sie glaubten, er hätte sie beide in rasender Eifersucht ermordet. Dad trug mir auf, in meinem Zimmer zu warten, während er mit dem zuständigen Ermittler sprach, einem Mann in einem hässlichen braunen Anzug. Ich stand hinter der geschlossenen Tür und hörte zu, als sie über den Todeszeitpunkt und über Alibis redeten. Als Nächstes wurde das unfertige Geländer erwähnt, dann die Steinstufen. Die High Heels meiner Mutter und das Werkzeug, das kreuz und quer herumlag. Unterdessen wartete ich nur darauf, dass meine Zimmertür aufgehen würde. Dass jemand kommen und mein wahres Ich entlarven würde. Doch stattdessen redeten sie über den Hammer: wie er aus großer Höhe herabgefallen sein müsse, um mit solcher Wucht einzuschlagen. Als immer und immer wieder davon die Rede war, fühlte ich mich hintergangen. War's das? War ich es nicht einmal wert, dass man für einen kurzen Moment über mich nachdachte?

Dann öffnete der Mann im hässlichen braunen Anzug meine Zimmertür. Ging vor mir in die Hocke und bleckte die gelben Zähne zu einem schiefen Lächeln. Er eröffnete mir, dass es einen Unfall gegeben habe, einen schrecklichen Unfall, und dass meine Mutter gestorben sei. Er sagte, er könne mir ansehen, dass ich erschüttert und verängstigt sei. Er könne aber auch sehen, wie ungeheuer tapfer und stark ich sei. Er selbst sei schon viele Jahre bei der Polizei und habe in all der Zeit viele beängstigende und erschütternde Dinge gesehen. Aber er habe auch das Beste an der menschlichen Natur gesehen: die Unverwüstlichkeit des Menschen, Hoffnung und Liebe. Ich stand da, hörte ihm zu und fragte mich, ob er immer noch so unfassbar selbstsicher klingen würde, wenn er wüsste, was er alles *nicht* gesehen hatte. Er wuschelte mir durch die Haare und lächelte. Sagte, es würde alles gut werden. Ich konzentrierte mich darauf, traurig zu gucken, um nicht das Gesicht zu verziehen, und fühlte mich durch den Kontakt mit so viel belangloser Alltäglichkeit regelrecht beleidigt.

Nach der Beerdigung schlug Dad vor, für einige Zeit wegzufahren, und so landeten wir an einem Ort wie diesem. An einem Ort, an dem einen die Möwen wecken, an dem einen in jedem Laden Eimer und Schäufelchen willkommen heißen und jeder sich verpflichtet zu fühlen scheint, Eis zu essen, ganz gleich, bei welchem Wetter. Und während dieses Urlaubs fanden wir unseren Ort, mein Vater und ich: die Inspiration für so viele meiner Bilder – den Zwischenraum zwischen meinem Glück und seiner Trauer. Einen Ort, an dem er sich an seine Erinnerungen hielt. Und an dem mein Leben wachsen und gedeihen konnte.

Die Möwen in diesem Küstenstädtchen kreischen irgendwo hoch über mir um die Wette, als ich dem Fahrer die Adresse nenne und auf der Rückbank Platz nehme. Dem Fahrer zufolge dauert die Fahrt plus/minus zwanzig Minuten. Ich sehe aus dem Fenster und denke nach. Über die zweite Sache an Dad, die ich nie verstanden habe. Nämlich, warum er nie darüber gesprochen hat, was ich in Wahrheit bin.

Der Fahrer redet von einem neuen Verkehrsleitsystem, und ich heuchle murmelnd Interesse, widme seinen Ausführungen aber nicht den geringsten Raum in meinem Kopf. Ich denke nicht mal über eine passende Floskel nach. Mit den Gedanken bin ich in einer Zeit, als ich glaubte, Dad würde mich schlussendlich mit alledem konfrontieren, was er wusste. Wir saßen am Küchentisch, vor etwa zehn Jahren. Ich hatte damals eine Zeit lang an der örtlichen Vorschule gearbeitet, da muss ich rund vierundzwanzig gewesen sein.

Dad fragte, wie mein Tag gewesen sei, und ich erzählte es ihm. Erzählte, wie mich die Schulleiterin einbestellt habe, weil irgendwer sich über mich beschwert hatte. Ich erzählte Dad von den lächerlichen Eltern, die in einem fort von ihren wunderbaren Sprösslingen schwärmten und immer nur Genialität sahen, wo überhaupt keine war.

Eine Frau war besonders beknackt. Sie beschwerte sich über mich, weil ich ihrem Kind beim Krippenspiel die Rolle eines Kamels zugedacht hatte. Sie hatte ein echtes Problem mit Kamelen, diese Frau – ein Kamel war für ihren Sohn schlicht und ergreifend nicht gut genug. Sie wollte, dass er den Josef spielte oder einen der drei Weisen aus dem Morgenland. Wenigstens einen Schäfer mit Solopart. Ich weiß noch, dass ich im Büro der Direktorin stand, zusah, wie sich ihr Mund bewegte, und unterdessen von Stille träumte. Von der reinen Stille zwischen ihren Schreien.

Irgendwie muss Dad geahnt haben, was ich vorhatte, denn während unserer Unterhaltung am Küchentisch verstummte er plötzlich. Dann eröffnete er mir, es werde immer lächerliche Eltern und widerwärtige Leute geben. Er riet mir, eine berufliche Pause einzulegen, die er mir finanzieren würde. Mich auf die Malerei zu konzentrieren und mich von lächerlichen Leuten fernzuhalten. In diesem Augenblick war es mir klar, weil es geradezu auf der Hand lag: Er wusste, dass ich sie umbringen wollte. Er wusste, dass die Kamelhasserin sterben musste. Allerdings hat er das nie so formuliert, und aus Respekt gegenüber meinem Vater reichte ich die Kündigung ein. Trotzdem wusste er, dass ich nie aufhören würde, ich selbst zu sein. Er kaufte ein abgelegenes Haus, in das wir beide einzogen. Und am Vorabend jeder Dienstreise entwickelten wir eine Art Ritual: Er beteuerte mir, wie sehr er mich liebe. Dass er mich bis ans Ende der Zeit lieben werde.

»Hab Spaß, während ich weg bin, Claire«, sagte er immer, »und bitte, sei vorsichtig. Ich könnte es nicht ertragen, wenn dir etwas zustoßen würde.«

Woraufhin ich ihn umarmte und seine unausgesprochene Bitte zur Kenntnis nahm: *Tu, was immer du tun musst, während ich fort bin, Claire. Aber sei vorsichtig. Was immer es ist, Claire, lass dich nicht erwischen.*

Das Taxi entfernt sich von der Küste, und die Möwen verstummen. Wir lassen die schöne Aussicht und die Touristen mit ihren prallvollen Geldbeuteln hinter uns, die Welt der Sandstrände, der Kitesurfer und des Optimismus. Am Ziel angelangt, bezahle ich die Fahrt und sehe mich um. Genau so habe ich es mir vorgestellt: Eine Jugendclique lungert an der Ecke herum. Sie haben die Kapuzen ins Gesicht gezogen und Zigaretten in der Hand. Als ich näher komme, blicken sie von ihren Handys auf und beäugen mich misstrauisch.

Ich zeige ihnen das Foto aus der Zeitung und frage, ob sie mir die Adresse nennen können. Sie starren mich noch eine Weile misstrauisch an und ziehen an ihren Zigaretten. Ich biete ihnen Geld an. Sie nennen mir die Adresse. Als ich den Zehner aus meinem Geldbeutel nehme, kommen sie näher und werfen einem von ihnen, einem Jugendlichen mit blauen Augen und schlechter Haut, verstohlene Blicke zu. Er scheint ihr Anführer zu sein. Einen Moment lang herrscht reglose Stille, als er meinen Geldbeutel anstarrt, dann den Blick hebt und mir ins Gesicht guckt. Er sieht es, sobald er mir in die Augen schaut. In das kalte, finstere Nichts. Ich merke ihm an, dass er am liebsten zurückweichen würde, aber seine Clique sieht zu, und er darf jetzt nicht das Gesicht verlieren. Also reißt er mir den Zehner aus der Hand, grinst gespielt verächtlich und sagt: »Ist ja nett …«

Was ist nett? Mein Arsch? Mein Busen? Was will dieser picklige Babygangster mir sagen? Wie mutig ist er wirklich?

»… mit dir Geschäfte zu machen«, sagt er dann, und ich lächle ihn an, ehe ich meinen Geldbeutel zurück in die Handtasche schiebe und mich auf den Weg mache. Womöglich sind es sogar ganz liebe Jungs – diese Gang aus kapuzenbewehrten Jünglingen. Klar, eigentlich sind sie zu jung, um zu rauchen und an Straßenecken herumzulungern, aber was sollen sie denn sonst machen? Für Klausuren lernen? Klarinette üben? Diese kapuzenbewehrten Jugendlichen leben nun mal nicht in einer Welt aus Klarinetten und Leistungsnachweisen. Sie leben hier, in dieser Welt, und müssen mit dem Kartenblatt klarkommen, das ihnen ausgeteilt wurde. Müssen wir das nicht alle?

Ich gehe auf den heruntergekommenen Wohnblock zu und nehme die Treppe hoch in den siebten Stock. Als ich vor Wohnung elf stehe, denke ich kurz über die Person nach, die dort drinnen wohnt. Nach minutenlangem Klopfen macht sie mir auf, und auch wenn sie höchstens Anfang zwanzig ist, sehe ich ihr gleich an, dass sie kein gutes Blatt erwischt hat.

»Lauren?«, frage ich und strecke ihr die Hand entgegen. »Ich bin …«

Sie hört es sich gar nicht an, sondern dreht sich um und verschwindet wieder in ihrer Wohnung. Ich folge ihr und schiebe die Eingangstür zu. Es stinkt. Zigaretten, verdorbene

Lebensmittel, Dreck. Wenn ich die Mischung werbewirksam benennen müsste, würde ich sie als »desolat« bezeichnen. Ich bleibe in der Wohnzimmertür stehen, während sie sich auf das Sofa in der Mitte setzt und anfängt, sich eine Zigarette zu drehen. Überall am Boden liegen leere Cider-Dosen. Sie zündet sich die Zigarette an, zieht daran, nimmt eine der Dosen zur Hand und ascht hinein. Dann nimmt sie eine weitere Dose, die hinter ihr steht, trinkt einen Schluck und stellt sie neben sich auf den Boden. Sie rutscht auf die Sofakante und wiegt sich leicht hin und her, bevor sie noch einmal lange an ihrer Zigarette zieht. Anschließend greift sie erneut nach einer Dose, nimmt einen Schluck, verzieht das Gesicht und hebt die Zigarette an ihre Lippen. Womöglich hat sie gerade die falsche Dose erwischt. Sie blickt auf und blinzelt. Sieht sie überrascht aus? Hat sie schon wieder vergessen, dass ich hier bin? Auf einer derart leeren Leinwand sind Gefühle unmöglich zu lesen.

»Sind Sie vom Amt?«, fragt sie und nimmt noch einen Schluck. »Sind Sie wegen dem Schimmel da?«

»Ja, Lauren«, antworte ich kurzerhand, »ich bin wegen des Schimmels da.«

Sie nickt und zieht abermals an ihrer Zigarette. Streckt den Arm nach der Dose aus. Der Arm ist wahnsinnig dünn. Wie ein Zweig. Überhaupt ist sie dürr, höchstens vierzig Kilo. Ich könnte sie mit Leichtigkeit mitten entzweibrechen. Sofern sie nicht ohnehin längst zerbrochen ist.

»Wie geht es Ihnen, Lauren?«, frage ich. »Wie fühlen Sie sich?«

»Gut, gut.« Sie fährt sich mit der freien Hand durch die Haare. »Mir geht's gut.« Die blonden Haare sind strähnig und ungewaschen. »Gut, wenn das mit dem Schimmel erledigt ist, bevor …«

»Bevor was, Lauren?«

»Bevor er zurückkommt.« Sie blickt mit ihren riesigen blauen Augen zu mir auf, ehe sie erneut nach der Dose greift.

»Bevor wer zurückkommt, Lauren?«

»Mein Alfie. Mein Baby. Ich will nicht, dass er irgendwo spielt, wo es schimmelt.«

»Nein, das wollen wir nicht. Aber das kriegen wir hin«, sage ich mit einem Lächeln.

»Danke.« Sie ascht in die nächstbeste Dose, leert eine weitere und öffnet eine dritte. »Ich will, dass alles bereit ist, wenn er zurückkommt. Seine Spielsachen liegen alle schon da.«

Sie greift zum anderen Ende des Sofas und nimmt zwei Plüschtiere in die Hand. Das eine scheint ein blauer Elefant zu sein, das andere ein gelber Eisbär. Sind Eisbären nicht weiß? Vielleicht war er es früher ja mal.

»Er hat diese Sachen geliebt«, sagt sie, lässt sie wieder fallen und hebt ihre Dose an die Lippen. »Wir warten schon seit knapp drei Jahren auf ihn, und wir können auch noch länger warten.«

»Ich bin mir sicher, er kommt bald nach Hause, Lauren.«

»Glauben Sie?«

»Ja, ganz bestimmt.«

»Er hat da drüben gelegen, direkt da, wo Sie jetzt stehen, als er verschwunden ist. Ich hab nur ganz kurz die Augen zugemacht. Und als ich wieder wach war, war er verschwunden. Ich hab überall nach ihm gesucht. Die ganze Wohnung hab ich abgesucht, den ganzen Häuserblock. Aber er war weg. Hat sich einfach so in Luft aufgelöst. Glauben Sie wirklich, dass er bald zurückkommt?«

»Ja, das glaube ich.«

»Was glauben Sie, wo Leute hingehen, wenn sie sich in Luft auflösen?«

»Keine Ahnung.«

Sie zieht ein letztes Mal an ihrer Zigarette, lässt die Kippe in eine der Dosen fallen und bläst einen perfekten Rauchring in die Mitte des Zimmers. »In einem Moment war er noch da«, sagt sie und ist von ihrem Rauchring wie in einen Bann geschlagen. »Und im nächsten Moment war er weg.«

Der Rauchring löst sich in Wohlgefallen auf, trotzdem starrt sie weiter die Stelle an, wo er gerade noch war.

»Müssen Sie sich den Schimmel ansehen?«, fragt sie unvermittelt und dreht sich nach mir um.

»Ja, das wäre hilfreich.«

Trotzdem bleibt sie auf dem Sofa sitzen und hebt stattdessen die Dose an die Lippen. »Ich wünschte mir, er wäre im Krankenhaus geblieben«, sagt sie, ehe sie den Rest Cider in sich hineinkippt.

»Wer?«

»Alfie«, sagt sie. »Ich hab ihn täglich besucht. Konnt es gar nicht erwarten, dass er nach Hause kommt. Aber jetzt wünschte ich mir, er wäre im Krankenhaus geblieben. Dort war er in Sicherheit. Da wusste ich immer genau, wo er war.«

»Warum war er denn im Krankenhaus?«

»Ihm ging's nicht gut bei der Geburt.« Sie starrt etwas am Boden an. »Ich dachte, das wär wegen der Sache an seinem Bein gewesen, ich dachte, deshalb müssten sie ihn dortbehalten, in einem dieser Brutkästen, aber dann haben sie gesagt, damit hätte es gar nichts zu tun.«

»Was war das denn für eine Sache am Bein, Lauren?«

»Er hatte so ein rotes Zeichen am Bein. Genau hier.« Sie legt die zittrige Hand an ihren knochigen rechten Oberschenkel. »Damit war er auf die Welt gekommen.«

»Ein Muttermal?«

»Ja, so was in der Art«, sagt sie geistesabwesend. Ihr Blick huscht inzwischen hin und her, und ich frage mich, wonach sie Ausschau hält. Nach der nächsten Dose? Einer zweiten Zigarette? Einer zweiten Chance? »Sie meinten, es ging ihm deshalb nicht gut, weil er bei der Geburt so klein war.« Sie greift hinter sich nach der nächsten Dose. »Die Lunge brauchte Unterstützung. Aber das war nicht meine Schuld!« Sie sieht mir unvermittelt ins Gesicht. »In der Schwangerschaft war ich gesund. Ich schwöre, ich hab Obst und Gemüse gegessen und hab auch keine …« Sie bringt den Satz nicht zu Ende und hebt die Dose an die Lippen. »Ich hab nichts falsch gemacht. Ich hoffe, seine Lunge ist jetzt okay.« Sie streckt sich nach ihrem Tabakbeutel aus. »Deshalb ist es auch so wichtig, das mit dem Schimmel zu regeln. Ich will nicht, dass es ihm wieder schlecht geht.«

»Natürlich«, sage ich. »Wo ist denn der Schimmel?«

»Da drüben«, sagt sie und zeigt in Richtung Fenster, bevor sie sich die nächste Zigarette dreht. Ich durchquere das Zimmer und halte auf ihrer Höhe kurz inne. Sie konzentriert sich so sehr auf Tabak und Papierchen, dass sie gar nicht bemerkt, dass ich hinter ihr stehen geblieben bin. Sie hat keine Ahnung, in welcher Gefahr sie schwebt. Ich mustere ihren Nacken. Die Frau ist winzig, wäre spielend leicht zu vernichten. Ich stelle mir vor, wie ich meine Hände auf ihre Schultern lege und ihr den Hals zudrücke. Nichts wäre einfacher. Oder gütiger. In weniger als einer Minute könnte ich ihrem Leid – all den Tagen, die noch vor ihr liegen – ein Ende setzen. Tag für Tag zu warten und auf etwas zu hoffen, was nie eintreten wird ... Es juckt mir in den Fingern. Ich könnte sofort loslegen. Ich würde ihr einen Gefallen tun. Ich würde der Gesellschaft einen Gefallen tun – die Stütze und die Gesundheitskosten, die ich den Steuerzahlern ersparen würde! Ich könnte diese Schmarotzerin von ihrem Elend erlösen und weitere finden, für die ich das Gleiche tun könnte. Dignitas für alle – Flugtickets in die Schweiz und dicke Geldbeutel wären nicht mehr nötig. Bei mir wäre es gratis.

Sie zündet ihre Zigarette an und nimmt einen tiefen Zug. Dann hebt sie die Dose an die Lippen, nimmt einen Schluck und starrt wieder irgendwas am Boden an. Ich denke erneut darüber nach, ihr die Hände um den Hals zu legen, aber es wäre verkehrt, es fühlt sich falsch an, diesen Tod für mich zu beanspruchen. Die Sucht hat den Nährboden längst bereitet. Die Sucht hat ihr allen Stolz und alle Freude genommen und die Chance auf eine Zukunft. Soll die Sucht auch die Ernte einfahren.

Als ich die Wohnung verlasse, bläst sie Rauchringe in die Luft. Auf dem Weg aus dem siebten Stock die Treppe hinunter habe ich hinreichend Zeit, darüber nachzudenken, was als Nächstes passieren dürfte – nachdem die Sucht ihren Preis eingeheimst hat. Lauren ist drogensüchtig und Alkoholikerin und hat unter Garantie geglaubt, ein paar Trauben und Möhren in der Schwangerschaft wären als Vorbereitung auf ihre Mutterschaft ausreichend. Sie hat zugelassen, dass ihr das Baby in ihrer Obhut gestohlen wurde, und statt Tag und Nacht nach ihm zu suchen, schmachtet sie lieber im selbst auferlegten Exil der Sucht vor sich hin. Es muss doch einen speziellen Ort für solche Mütter geben. Für diejenigen, die ihre eigenen Gelüste vor die Bedürfnisse ihrer Kinder stellen. Als ich den letzten Treppenabsatz hinunterlaufe, stelle ich mir den Blick aus Laurens riesigen blauen Augen vor, wenn sie begreift, was das Schicksal für sie bereithält. Ich sehe die Panik vor mir, wenn sie kapiert, dass es keine Droge gibt, die ihren Schmerz betäuben könnte, nur die schwere Bürde der Schuld, die sie gemeinsam mit all den anderen unfähigen Müttern trägt. Für alle Zeiten umgeben von ihren Fehlern und inmitten von Flammen.

Im innersten Kreis der Hölle.

25

Ich frage mich, warum Irina meint, eine Maske tragen zu müssen. Schließlich muss sie jeden Morgen vor dem Spiegel die langwierige Aufgabe in Angriff nehmen, sich in eine andere Person zu verwandeln. Als ich mich ins Besucherbuch eintrage, ist ihr falsches Lächeln auf mich gerichtet. Doch wer weiß, vielleicht ist das Lächeln auch gar nicht falsch, vielleicht ist es ja ihr echtes Lächeln? Womöglich ist Irina, die Rezeptionistin, trotz allen Make-ups die Echteste von uns allen? Zumindest ist ihre Maske auf einen Blick erkennbar.

Ich steige die Treppe hoch in den dritten Stock und schiebe die Tür zu Zimmer zwanzig auf. Kathleen sitzt im Rollstuhl am Fenster. Sie sieht blass und zerbrechlich aus, zerbrechlicher als sonst. Ben und eine tatkräftig wirkende Krankenschwester stehen zu beiden Seiten des Rollstuhls. Die Frau hält Kathleens Handgelenk und misst deren Puls.

»Was meinst du?«, fragt Ben.

»Bin mir nicht sicher.« Die Krankenschwester notiert etwas in Kathleens Akte. »Sie hat leicht erhöhte Temperatur, aber sonst scheint alles in Ordnung zu sein. Vielleicht ist es nur dieser Infekt, der gerade rumgeht. Der Arzt sollte auf alle Fälle vorbeikommen und noch mal nach ihr sehen.«

Nachdem die Schwester das Zimmer verlassen hat, steckt Ben die Decke um Kathleens Beine fest und legt ihr die Puppe in die Arme.

»Machen Sie sich keine Sorgen, Claire«, sagt er und fängt meinen Blick auf. »Wie die Krankenschwester gesagt hat, ist es wahrscheinlich dieser Infekt, der gerade rumgeht. Die Hälfte der Bewohner und des Personals ist angeschlagen, und die arme Miranda sieht gar nicht gut aus. Sie sieht aus, als hätte sie nicht geschlafen, seit ...« Ben verstummt, als vom Flur plötzlich Getöse zu hören ist, und eilt nach draußen.

Die Männerstimme auf dem Flur ist laut, fordernd und kompromisslos. »Ich hab meinen Mantel und meinen Hut an und will jetzt gefälligst raus!«, sagt jemand unüberhörbar autoritär.

»In Ordnung, Frank«, sagt Ben beschwichtigend, »dann machen wir jetzt unseren Spaziergang.«

Ich male mir aus, wie Ben Frank diskret in Richtung Aufenthaltsraum führt. Frank krakeelt immer noch herum. Er klingt heute auffällig starrsinnig und fast so krawallig wie der Waliser während einer seiner Tiraden.

»Ja, Frank, wir wissen, dass du jetzt rauswillst«, sagt eine zweite Männerstimme. »Das hast du schon fünfzig Mal erwähnt.«

Die Stimme klingt gelangweilt und überheblich. Nicholas. Ich sehe ihn vor mir, wie er auf dem Sessel sitzt und auf sein Handy starrt.

Dann mischt sich, den Tränen nah, eine erschöpfte, müde Frauenstimme in die Unterhaltung ein. Miranda.

»Stillhalten, Oscar«, ruft sie mit schriller Stimme. »Halt einfach einen Moment still, dann kann ich dir die Jacke zuknöpfen.« Kurz herrscht Stille, die von Kinderlachen gestört wird. »Gut, Oscar«, sagt Miranda matt. »Wo sind deine Handschuhe? Ach, weißt du, was? So kalt ist es heute gar nicht. Du brauchst keine Handschuhe. Komm, Dad, dann gehen wir jetzt draußen spazieren.«

»Miranda«, sagt eine Männerstimme sanft – so sanft, dass es sich nur um Ben handeln kann. »Warum lassen Sie Nicholas und mich nicht mit Ihrem Vater und Oscar spazieren gehen? Sie sehen aus, als könnten Sie ein Päuschen vertragen.«

»Ist schon okay«, sagt Nicholas barsch, »ein bisschen frische Luft wird ihr guttun.«

»Normalerweise würde ich das auch so sehen«, erwidert Ben. »Aber wenn sie sich auch diesen Infekt eingefangen hat, sollte sie besser im Warmen bleiben.«

»Keine Sorge, Ben, es wird schon gehen«, sagt Miranda, und ich meine fast, ihr tapferes Lächeln vor mir zu sehen. »Ich hab zwei Paracetamol genommen, bevor wir gekommen sind, und es geht mir schon besser … Ach, Oscar!«, ruft sie plötzlich. »Was hast du denn mit deinen Schuhen gemacht?«

»Ich möchte jetzt bitte raus«, donnert Frank über das Kinderlachen hinweg. »Ich hab meinen Mantel an, und ich will jetzt draußen einen Kaffee trinken. Ich will raus in den …«

»Okay, Dad!«, schreit Miranda. »Nicholas, könntest du bitte Oscars Schuhe suchen?«

»Wie sehen die denn aus?«, fragt er, und ich kann mir seinen verdrossenen Gesichtsausdruck dabei vorstellen.

»Klein und blau mit einem Dinosaurier auf beiden Seiten«, blafft sie.

»Wann hatte er sie denn zuletzt an?«, fragt Nicholas, und ich spüre, wie Mirandas Frust steigt. Ich stelle mir vor, wie ihr Frust durch den Aufenthaltsraum streicht und Nicholas an der Gurgel packt.

»Keine Ahnung, wann er sie zuletzt anhatte«, faucht sie. »Warum fragst du ihn nicht selbst?«

»Oscar, Kumpel«, versucht Nicholas, sich über das Kichern und Trampeln hinweg Gehör zu verschaffen. »Oscar, wo hast du denn deine Schuhe gelassen? Weißt du noch, wann du sie zuletzt anhattest?«

»Nein!«, ruft eine Kinderstimme, und erneut setzen Kichern und Trampeln ein.

»Miri, ich glaube, Oscar weiß nicht mehr, wann er seine Schuhe zuletzt anhatte«, teilt Nicholas ihr mit. »Ah, Moment – sind es die da? Miri, diese kleinen blauen Schuhe mit den Dinosauriern – sind das Oscars Schuhe?«

»Ja«, antwortet sie matt, und ich frage mich, was er wohl glaubt, wer sonst hier im Pflegeheim kleine Dinoschuhe trägt. Frank, vielleicht? Die fleißige Krankenschwester? Mr Sternekoch? »Oscar! Bitte, Oscar! Guck mal – Mummy hat deine Dinoschuhe! Bitte hör auf herumzurennen, damit Mummy dir die Schuhe anziehen kann.«

Nach dem zunehmenden Trappeln zu urteilen, hat Oscar anscheinend nicht die Absicht, stehen zu bleiben. Er scheint auch nicht gerade darauf erpicht zu sein, die Füße in Schuhe zu schieben, seien es nun Dinoschuhe oder andere.

»Es ist ein Albtraum«, seufzt Nicholas, und ich sehe vor mir, wie er sich wieder auf den Sessel sinken lässt.

»Warum setzt du dich denn jetzt hin?«, ruft Miranda und erbringt damit den Beweis, dass meine Vorstellung eine Punktlandung war. »Warum hilfst du mir nicht, ihm die Schuhe anzuziehen?«

»Ich hab meine Schuhe schon an«, sagt Frank, noch bevor Nicholas etwas erwidern kann. »Genau wie meinen Hut und meinen Mantel.«

»Ja, ich weiß, Dad«, sagt Miranda. »Oscar! Komm jetzt sofort her!«

Wieder eiliges Trappeln und fröhliches Quieken.

»Superheld Oscar kommt zur Rettung!«, sagt Ben in einer Stimme, die Durchschnittsmenschen gern an den Tag legen, sobald sie die Welt kleinerer Durchschnittsmenschlein betreten. Ich stelle mir vor, wie Ben den Jungen hochhebt, als wäre er ein kleiner Superman, damit Oscar gar nicht mitbekommt, wie man ihm die Schuhe überstreift.

»Danke, Ben«, wimmert Miranda, und ich frage mich, wann die Stimmung bei ihr gekippt sein mag. »Also dann – gehen wir?«

»Miranda«, sagt Ben wieder ernst, »ich muss wirklich darauf bestehen, dass Sie Nicholas und mich allein gehen lassen. Sie sehen aus, als würden Sie jeden Moment zusammenklappen.«

Sofern sie protestiert, ist es quasi nicht hörbar, auch wenn Nicholas kein Problem hat, sich wieder einzumischen. »Was? Wir bringen die beiden raus? Gleichzeitig? Können wir Oscar nicht hierlassen?«

»Nein.« Ben klingt betont fröhlich. »Superhelden werden

nicht zurückgelassen. Stimmt doch, Superheld Oscar, oder?« Mehr Durch-die-Luft-Fliegen und Quieken, gefolgt von Schritten über den Flur in Richtung Aufzug. Frank verkündet, dass er Hut und Mantel anhabe, Oscar lacht so sehr, dass er Schluckauf bekommt, Ben schwingt ihn durch die Luft, Miranda ruft ihnen ein »Tschüss« aus dem Aufenthaltsraum hinterher, und Nicholas' Schweigen ist womöglich das ohrenbetäubendste Geräusch von allen. Sobald die Aufzugtüren hinter ihnen zugehen, verebben die Stimmen, und als ich kurz darauf aus dem Fenster in Zimmer zwanzig sehe, überqueren sie gerade die Straße, spazieren in Richtung Stadtzentrum, und im dritten Stock ist es still.

Kathleen schläft immer noch, trotz des Aufruhrs. Vielleicht hat in ihrer Welt, in jenem unerforschten Territorium zwischen Leben und Tod, Lärm keinerlei Bedeutung mehr. Ich nehme eine Decke von ihrem Bett und stecke sie über jener fest, die bereits über ihren dünnen Beinen liegt. Ich habe den leisen Verdacht, dass es in ihrer Welt kalt ist. Dann verlasse ich ihr Zimmer und ziehe die Tür hinter mir zu. Privatsphäre ist wichtig und muss stets respektiert werden. In welcher Welt auch immer.

Miranda sitzt zusammengesunken auf einem Sessel in der Ecke des Aufenthaltsraums. Sie hat die Augen geschlossen, und ich erkenne auf den ersten Blick, was Ben zuvor gemeint hat: Sie sieht wirklich nicht gut aus. Ich setze mich ihr gegenüber aufs Sofa und warte darauf, dass sie die Augen aufschlägt. Als es so weit ist, sieht sie erst kurz verwirrt und dann schlagartig verängstigt aus.

»Tut mir leid«, sage ich freundlich. »Ich wollte Sie nicht erschrecken.«

»Nein, nein«, stammelt sie, »Sie haben mich nicht erschreckt. Ich bin nur überrascht, das ist alles. Ich hab Sie gar nicht kommen hören.«

»Wissen Sie, was lustig ist?«

»Nein«, antwortet sie. »Was denn?«

»Jedes Mal, wenn ich Sie sehe, gucken Sie verängstigt.«

»Wirklich?« Ihr Blick huscht zur Zimmerdecke. »Das war nicht meine Absicht.«

»Erinnern Sie sich noch an unsere erste Begegnung?«, frage ich. »Das war hier in diesem Raum, während dieser albernen Quizrunde. Sie sahen verängstigt aus, als wir uns erstmals unterhalten haben. Als wäre es Ihnen sehr unangenehm.«

»Da war ich bestimmt nur gestresst.« Sie sieht mich flüchtig an. »An einem Ort wie diesem ist es schwierig, Oscar unter Kontrolle zu halten. Bei unserer ersten Begegnung war ziemlich viel los, wahrscheinlich hab ich mir Sorgen gemacht und wollte nicht, dass Oscar herumtobt und alle wahnsinnig macht.«

»Natürlich. Das kann ich verstehen. Aber was war mit unserer zweiten Begegnung? Als überhaupt keine Bewohner anwesend waren?«

»Tut mir leid, ich kann mich nicht …«

»Da saßen Sie vor dem Fernseher. Als ich hereinkam und Sie sich umgedreht haben, sahen Sie verängstigt aus.«

»Ach, da war ich nervös, dass Deb mich erwischen würde.« Sie nimmt ihr Handy aus der Tasche. »Sie wissen ja selbst, wie Deb sein kann, wenn Nicht-Bewohner den Fernseher für sich beanspruchen.«

»Verstehe«, sage ich. »Und beim letzten Mal?«

»Tut mir leid, aber wann sollte das gewesen sein?«

»Bei der Teeparty. Ich hab den Raum betreten, Sie haben mich angesehen, und ich weiß noch, dass Sie ... ganz grau im Gesicht geworden sind.«

»Grau im Gesicht?« Lächelnd legt sie ihr Handy auf den Schoß. »Ich weiß nicht mal, was das heißen soll. Ich wüsste gar nicht, wie ich grau im Gesicht werden sollte, wenn ich es probieren müsste.«

»Entmutigt«, sage ich als eine Art Erklärung. »Sie sahen entmutigt aus.«

»Oh.« Sie spielt an ihrem Handy herum. »War das der Tag, an dem mein Vater sich nicht mehr erinnern konnte, wer ich bin, und mit meiner verstorbenen Mutter reden wollte? Ich kann mir vorstellen, dass ich da nicht gerade vor Freude gestrahlt habe.«

»Sie sahen entmutigt aus, noch bevor Ihr Vater sich nicht mehr an Sie erinnert hat und anfing zu schreien.«

»Hören Sie, Claire.« Sie lehnt sich leicht vor. Dabei hält sie ihr Telefon in der Hand versteckt, und ich kann nicht mehr sehen, was sie damit macht, ob sie es vielleicht gerade entsperrt. »Wollen Sie auf etwas Bestimmtes hinaus? Weil ich mich nämlich nicht gut fühle und auf ein bisschen Ruhe und Frieden gehofft habe, bevor Oscar und mein Vater wieder zurückkommen.«

»Ich habe gestern Lauren Blake getroffen.«

Und das reicht. Das reicht, damit die Stimmung schlagartig kippt. Damit das Schicksal eine neue Wendung nimmt. Sechs Wörter, und es gibt kein Zurück. Das Handy fällt in ihren Schoß.

»Ich bin mit dem Zug nach Poole gefahren«, fahre ich fort.

»Sie kennen Lauren, nicht wahr, Miranda? Lauren Blake? Blondine, riesige blaue Augen. Die gleichen Augen wie Oscar.« Und noch während sie mich anstarrt, kommt mir ein Gedanke, und ich kann einfach nicht widerstehen. »Sehen Sie«, sage ich und bewundere die Tiefe ihrer Gefühle, die sie diesmal nicht beiseiteblinzelt. »Genau *so,* wie Sie jetzt schauen, geht grau im Gesicht, Miranda.«

26

»Wie geht es ihr?«, fragt Miranda nach einer Weile und wischt sich eine Träne aus dem Auge.

Mit dieser Reaktion hatte ich nicht gerechnet. »Wem?«, frage ich.

»Lauren«, sagt sie. »Wie geht es ihr?«

»Einem Junkie, deren Sohn vor drei Jahren verschwunden ist? Was meinen Sie denn, wie es ihr geht?«

»Keine Ahnung. Ich hab wohl immer gehofft, sie würde noch mehr Kinder kriegen. Und dass es ihr gut geht.«

»Na ja, keine Ahnung, wie es ihr heute geht, aber gestern sah es mir nicht danach aus, als würde es ihr gut gehen. Gestern sah sie aus wie eine Drogensüchtige, eine Alkoholikerin, die in einer verdreckten, verschimmelten Wohnung wohnt, billigen Cider trinkt, sich Zigaretten dreht und darauf wartet, dass ihr kleiner Junge wie von Zauberhand wieder bei ihr auftaucht.«

»Mein Gott.« Sie schlägt die Hände vors Gesicht. »Was habe ich nur getan?«

»Sie haben Oscar die Chance auf ein anständiges Leben geboten«, antworte ich. »Sie sollten einen Orden dafür bekommen – Sie und Ihr unerträglicher Ehemann. Ich nehme an, es war seine Idee?« Die Zeitung raschelt, als ich sie aus meiner Tasche ziehe. »Ich hab den Großteil der nötigen Infos aus diesem Artikel.« Ich schlage die entsprechende Seite auf. »Auf Laurens Foto ist die Ähnlichkeit nicht zu übersehen, und im Text steht sogar, in welcher Wohnanlage sie wohnt und dass sie im Krankenhaus Poole entbunden hat. Poole liegt ganz in der Nähe von Bournemouth, nicht wahr? Wo Sie früher gewohnt haben.«

Keine Reaktion. Sofern sie weint, dann sind es stille Tränen.

»Als ich bei Lauren war und als sie erwähnt hat, dass ihr Baby im Brutkasten lag, war mir sofort klar, dass Neonatal-Nick die Finger im Spiel gehabt haben muss.«

»Machen Sie sich nicht über ihn lustig, Claire.« Sie blickt zu mir auf. »Was glauben Sie, wer Sie sind, verdammt? Sie – ausgerechnet Sie – sind doch nun wirklich nicht in der Position, irgendwen zu verurteilen!«

»Das stimmt.« Ich schiebe die Zeitung zurück in die Tasche und frage mich, wie viel Miranda über mich weiß oder zu wissen glaubt. »Und ich will ihn auch gar nicht verurteilen. Wenn Sie mich fragen, haben Sie und Ihr Ehemann, wie gesagt, einen Orden verdient. Ich bin bloß neugierig, das ist auch schon alles. Ein Baby zu entführen ist doch hochgradig riskant – und Sie scheinen mir nicht die Person zu sein, die gern Risiken eingeht. Ich wüsste wirklich gern, warum Sie das gemacht haben.«

»Das ist nicht schwer zu erklären«, sagt sie nach ein paar

Sekunden Stille. »Wir konnten selbst kein Kind bekommen.« Ihr Blick huscht erneut zur Zimmerdecke. »Ich kann durchaus schwanger werden«, sagt sie nach einer Weile. »Ich hab acht positive Schwangerschaftstests zu Hause, die das beweisen. Hab es nie übers Herz gebracht, sie wegzuwerfen. Sie sind wohl die einzige Verbindung, die ich zu den Babys habe, die ich nicht austragen konnte ... Keine Ahnung ...«

Sie greift in ihre Tasche, nimmt ein Taschentuch und noch etwas anderes heraus, etwas Blaues. »Und ganz egal, was Sie von ihm halten, Claire – Nicholas ist ein guter Mann. Er hat nach jeder Fehlgeburt meine Hand gehalten und mir versichert, dass wir nicht aufgeben und dass wir eines Tages unser Baby bekommen würden. Als ich ihn irgendwann bei der Arbeit besucht habe, hab ich dort Oscar entdeckt.« Sie umklammert den blauen Gegenstand in ihrer Hand. »Er war so winzig – und überall Schläuche! Er konnte aus eigener Kraft kaum atmen. Ich hab ihn angesehen, er hat die Augen aufgeschlagen – und das klingt jetzt vielleicht bescheuert, aber ich hab es gespürt. Ich hab es sofort gespürt. Das war unser Baby.«

Sie öffnet die Faust und starrt den Gegenstand an. Einen Kinderhandschuh.

»Nicholas hat mir von Lauren erzählt, von den Drogen und dem Alkohol, und ich weiß auch nicht, was genau es war, aber irgendwas in mir hat die Kontrolle übernommen. Irgendwas hat die Kontrolle über meinen Verstand übernommen. Womöglich war es die Trauer. Ich hatte acht Kinder verloren, vielleicht hat die Trauer mich auf links gedreht und dafür gesorgt, dass die finstere Seite übernommen hat, weil ich anfing, darüber nachzudenken, wie unfair das war.

Warum konnte ein Junkie wie Lauren ein Baby bekommen und ich nicht? Ich hab sie sogar vor dem Krankenhaus rauchen sehen – und dann ist sie hochgegangen und hat diesen wunderschönen Jungen besucht. Obwohl sie nach Zigaretten gestunken hat. Ich hab sie dafür gehasst. Ich kannte sie gar nicht, aber ich hab sie gehasst. Und jedes Mal, wenn ich dem Kleinen in die Augen gesehen habe, hab ich diese Verbindung gespürt – als wären wir dazu bestimmt, zusammen zu sein. Als er aus dem Krankenhaus entlassen werden sollte, hab ich mich gefühlt, als würde ich diese acht Kinder noch mal verlieren. Ich konnte nicht schlafen und nichts mehr essen. Bin nur noch wie ein Zombie herumgelaufen. Konnte an nichts anderes mehr denken als an den kleinen Jungen.«

Sie verstummt und sieht mich an. Ich glaube, sie will, dass ich irgendwas dazu sage, doch mir fällt keine einzige Floskel ein.

»Sie sind doch mit einem Arzt verheiratet – hätte der nicht einen Kollegen oder so empfehlen können?«

Als sie nicht antwortet, tue ich etwas, was ich sonst nur selten tue. Ich erzähle ihr die Wahrheit.

»Ich bin in den letzten vier Wochen in einer Trauertherapiegruppe gewesen. Und ich hab festgestellt, dass so was tatsächlich hilft. Manchmal hilft es, mit anderen über seine Probleme zu reden«, füge ich hinzu. »So etwas muss einem nicht peinlich sein.«

Sie muss lachen. »Sorry, Claire, ich will Ihnen und dieser Gruppe gegenüber wirklich nicht respektlos erscheinen, aber ich glaube nicht, dass diese Gruppentherapie irgendetwas genützt hat. Ich habe gesehen, wie Sie das Haus dieser armen Frau betreten haben. Ich habe den Schuss gehört. Ich weiß, was Sie getan haben.«

»Dann waren Sie diejenige, die an dem Abend vor Florence' Haus gestanden und Fotos von Jemma und mir gemacht hat. Warum?«

»Sie hatte die Wahrheit über Oscar herausgefunden.« Sie starrt den Handschuh in ihrer Hand an. »Hat mir erzählt, sie würde zur Polizei gehen, wenn ich nicht täte, was sie von mir wollte. Sie hat mir eine Adresse gegeben und mir in Aussicht gestellt, wenn ich dort hinfahren und Fotos schießen würde, dann würde sie das mit Oscar für sich behalten.«

»Dann hat sie Sie erpresst.« Dieser Teil wäre also geklärt. »Aber wie hatte sie das mit Oscar herausgefunden? Und woher wusste sie, dass ich zu Florence fahren würde?«

»Sie hat mich *erpresst*«, betont sie. »Wir haben uns nicht nahegestanden, und sie hat mich nicht in ihre Überlegungen eingeweiht.«

»Okay«, sage ich, »dann verstehe ich jetzt, warum Sie dort waren und die Fotos geschossen haben. Aber eins verstehe ich immer noch nicht – nämlich, was Sie als Nächstes getan haben.«

Sie starrt immer noch wortlos auf den Handschuh hinab und scheint nicht geneigt zu sein, von allein weiterzusprechen, deshalb tue ich es.

»Als Sie erfahren haben, dass Jemma tot war – warum haben Sie die Fotos in die Tasche des Reihers geschoben? Was haben Sie damit bezweckt?«

»Reiher?«, fragt sie und sieht mich verwirrt an.

»Helen«, korrigiere ich mich. »Jemmas Schwester.«

»Sie haben die Fotos gefunden?« Sie dreht den Handschuh hin und her. »Das ist bedauerlich … erklärt aber, warum Sie nicht längst verhaftet wurden.«

»Warum?«, hake ich nach. »Wenn ich Sie wäre, hätte ich, sobald ich von Jemmas Tod erfahren hätte, die Fotos vernichtet und nie wieder darüber nachgedacht.«

»Aber Sie sind nicht ich, Claire. Das verstehen Sie nicht. Ich hab immer noch ein Gewissen. Ich bin mir nicht sicher, ob das für Sie ebenfalls gilt.«

Ich glaube, sie erwartet darauf eine Antwort von mir, aber mir will nichts einfallen.

»Ich hab Jemmas Schwester hier kennengelernt«, fährt sie fort. »Sie war hier, um Jemmas Schrank auszuräumen. Die arme Frau war vollkommen fertig und konnte einfach nicht begreifen, was da passiert war. Sie konnte nicht glauben, dass ihre Schwester zu einem Mord imstande gewesen sein soll. Sie war verzweifelt auf der Suche nach Antworten. Dass sie es sich nicht erklären konnte, war die reinste Folter. Und ich wusste es – ich wusste genau, was ihrer Schwester zugestoßen war. Ich hab die Fotos in ihre Tasche gesteckt, weil ich ihr weiteres Leid ersparen wollte. Und weil ich mich selbst davon überzeugen musste, dass ich trotz allem ein guter Mensch bin, dass ich immer noch zwischen Richtig und Falsch unterscheiden kann.«

»Sie sind ein guter Mensch«, sage ich, weil ich endlich zum entscheidenden Punkt kommen will.

»Wirklich?«, gibt sie zurück. »Würde ein guter Mensch einer anderen Frau ein Baby stehlen?«

»Jeder macht mal Fehler.«

»Ein Fehler wäre, mit dem Pkw die Busspur zu nehmen.

Das war mehr als ein Fehler, Claire – ich hab zugelassen, dass die Finsternis meinen Verstand übernommen hat.«

Warum redet sie ständig von Finsternis?

»Übrigens – vergessen Sie, was ich eben gesagt habe. Ich glaube nicht, dass darüber zu reden Ihnen helfen würde«, sage ich und wundere mich insgeheim, warum ich von Finsternis nichts hören will. »Darüber zu reden macht Sie nur wahnsinnig.«

»Nein!«, sagt sie unverhofft direkt. »*Nicht* darüber zu reden – *das* macht mich wahnsinnig! Ich habe außer mit Nicholas nie mit irgendwem darüber geredet. Ich muss irgendwem erzählen, was ich getan habe.«

»Okay …« Ich sehe auf die Uhr und hoffe, dass sie sich auf die Highlights beschränkt. »Erzählen Sie es mir.«

»Im selben Moment, da ich der Finsternis erlaubt habe, meinen Verstand zu kapern«, sagt sie und rutscht unruhig auf dem Polster herum, »habe ich zugelassen, dass ich eine komplett andere Person wurde. Verbittert. Neiderfüllt. Ich konnte nicht fassen, dass jemand wie Lauren ein Baby haben konnte und ich nicht. Ich habe mir eingeredet, dass das nicht fair wäre – und dass dieser kleine Junge viel eher zu mir gehörte.«

Sie lehnt sich zurück und sieht erneut an die Decke. Kramt weiter in ihrem Gedächtnis. Ich frage mich, was ihr Gewissen gerade sagt.

»Nicholas hatte mir erzählt, dass das Jugendamt schon involviert war und Lauren das Baby wahrscheinlich sowieso verlieren würde. Es hat mir das Herz zerrissen, wenn ich darüber nachdachte, dass der Kleine in Obhut genommen und von Fremden versorgt werden könnte. Wir gehörten doch zusammen! Und ehe ich michs versah, hatte ich eine Idee. Nicholas hat sich nach einer neuen Stelle umgesehen, und wir sind umgezogen. Dann ist er eines Abends zu Lauren gefahren und hat ihn sich geholt. Es sei ganz einfach gewesen, hat er erzählt. Sie hatte die Tür nicht abgeschlossen und hat sich nicht mal gerührt. Wir haben Oscar mit in unser neues Haus genommen. Die ganze Zeit hab ich befürchtet, dass wir geschnappt werden würden, aber das ist nicht passiert. Niemand hat uns verdächtigt. Ich hatte mich monatelang zurückgezogen, und nach all den Fehlgeburten konnten Familie und Freunde sogar verstehen, warum wir meine ›Schwangerschaft‹ bis zuletzt geheim gehalten hatten. Niemand hat kritische Fragen gestellt, und ich habe mich darangemacht, die beste Mutter zu werden, die ich nur sein konnte.« Der Hauch eines Lächelns umspielt ihre Lippen. »Zum ersten Mal in meinem Leben habe ich mich wirklich lebendig gefühlt. Wir waren eine Familie. Und überglücklich.« Sie lässt den Handschuh in ihren Schoß fallen und sieht mich an. Das Lächeln ist wieder verschwunden. »Bis wir es eines Tages nicht mehr waren.«

Ich bin mir nicht sicher, ob sie mit ihren Ausführungen fertig ist, aber ich habe eindeutig genug gehört. Wir sind an einem Punkt angelangt, da wir aufs Wesentliche zu sprechen kommen müssen.

»Es gibt keinen Grund, warum Sie nicht wieder eine glückliche Familie sein können«, erwidere ich. »Ich bin die Einzige, die Ihr Geheimnis kennt, und Sie sind die Einzige, die meines kennt. Wenn wir beide den Mund halten, kann das Leben wieder zur Normalität zurückkehren.«

»Sie verstehen das nicht«, sagt sie. »Wir haben beide

scheußliche Verbrechen verübt. Für Leute wie uns gibt es keine Normalität. Das habe ich inzwischen eingesehen.«

Sie blinzelt ein paarmal hektisch, und ich frage mich, was in ihr vorgeht.

»Wie konnte ich so dumm sein und glauben, dass ich einer anderen Frau das Baby stehlen und dann einfach glücklich weiterleben könnte?«, fragt sie. »So funktioniert das Leben nicht. Man muss für alles einen Preis bezahlen.«

Ihr Fuß fängt an, im Takt des Blinzelns auf dem Boden aufzutippen.

»Kurz, nachdem wir Oscar zu uns geholt hatten, ist Dads Zustand immer schlimmer geworden. Präsenile Demenz, hieß es – und ich betrachtete das natürlich als Strafe für mein Verbrechen. Und meine Ehe … Von einem Tag auf den anderen hat mein Ehemann, der zuvor alles für mich getan hätte, der für mich sogar ein Baby entführt hatte … Dieser Ehemann hat mich plötzlich mit anderen Augen angesehen. Er hat so getan, als wäre alles in Ordnung, trotzdem wusste ich Bescheid. Wir gingen einander auf die Nerven, und er hat immer häufiger Überstunden gemacht. Wurde zusehends geheimniskrämerisch. Hat ständig nur noch auf sein Handy geschaut. Ich weiß, dass er sich mit anderen trifft. Das Schlimme ist aber: Es ist mir egal. Wie also sollte mein Leben je wieder zur Normalität zurückkehren, Claire?« Sie nimmt den Handschuh erst in die eine, dann in die andere zitternde Hand. »Ich habe das Leben einer anderen Frau zerstört. Und damit habe ich auch mein eigenes Leben zerstört.«

Ich sehe dem Blinzeln und dem Fußtippen und dem Zittern zu. Sie sollte sich mal wieder beruhigen.

»Miranda«, sage ich freundlich, »ich glaube, Sie sind gerade ein bisschen melodramatisch. Sie hatten einfach eine Pechsträhne, das ist alles. Sie können sich doch nicht ernsthaft die Schuld an der Demenz Ihres Vaters geben – und was Nicholas angeht: Den verdammten Fremdgeher können Sie doch jederzeit verlassen und mit Oscar noch mal ganz neu anfangen. Niemand braucht je zu erfahren, was Sie getan haben. Nicholas wird sich doch nicht selbst belasten, indem er darüber redet – und ich erzähle es auch niemandem.«

Sie sieht mich unverwandt an. Trotzdem ahne ich, dass sie mit den Gedanken woanders ist.

»Ich glaube wirklich, dass Sie eine richtig gute Mutter sind«, fahre ich fort. »Ich sehe doch, wie Sie Oscar anschauen. Wenn jeder so eine Mutter hätte, wäre diese Welt ein anderer Ort. Ich will Sie nicht verletzen, Miranda, ich will nur, dass Sie und Oscar ein erfülltes, glückliches Leben führen – allerdings muss ich mir sicher sein können, dass Sie niemandem von mir erzählen.«

Das Blinzeln, Fußtippen und Zittern hört auf. Sie konzentriert sich wieder auf mich. Sie ist wieder da – und hält still. Zu still. Kann jemand wirklich *zu* still sein?

»Ich habe das Band zwischen einer Mutter und ihrem Kind zerschnitten«, sagt sie, »das Kostbarste, was es gibt. Genau, wie die alte Dame gesagt hat: Man weiß gar nicht, was wahre Liebe ist, ehe man ein Kind zur Welt gebracht hat.«

»Welche alte Dame?«, frage ich verwirrt. »Was – Janet? Edith? Miranda, die beiden sind total plemplem! Hören Sie doch nicht auf sie!«

»Aber es stimmt«, entgegnet sie. »Lauren hat ihr Baby geliebt. Sie wusste, was wahre Liebe bedeutet. Und ich hab ihr Leben zerstört …«

Ich wünschte mir, sie würde wieder mit dem Fußtippen anfangen. Warum macht mich ihre Reglosigkeit denn so nervös?

»Wenn Sie sich erst wieder besser fühlen«, sage ich, »dann begreifen Sie bestimmt auch, dass Sie Oscar das größte Geschenk gemacht haben, das man jemandem machen kann: Sie haben ihm eine Chance im Leben eröffnet.«

»Eines Tages verliere ich ihn«, entgegnet sie. »Dafür wird das Schicksal schon sorgen. Ein solches Verbrechen bleibt nicht ungesühnt.«

»Sie verlieren ihn nicht«, beschwichtige ich sie. »Es muss doch niemand davon erfahren.«

»Das Schlimmste daran wird sein, in Oscars bildschönes Gesicht zu sehen«, fährt sie ungerührt fort und blinzelt die Tränen weg, »sobald ihm dämmert, was ich getan habe. Und genau das kann ich nicht ertragen.« Jetzt kullern die Tränen. »Zu wissen, dass dieser Moment irgendwann kommt – der Moment, in dem er mein wahres Ich erkennen wird.«

»Oscar muss es doch gar nicht erfahren, Miranda! Niemand wird es ihm erzählen. Hören Sie, womöglich haben Sie sich nur diesen Infekt eingefangen und sind deshalb ein bisschen niedergeschlagen. In ein, zwei Tagen geht es Ihnen wieder gut, ganz bestimmt. Ich muss nur eines wissen«, füge ich hinzu und setze mich vor auf die Stuhlkante, damit sie begreift, wie wichtig meine folgende Frage ist: »Haben Sie vor, irgendwem von mir zu erzählen?«

Sie denkt einen Augenblick darüber nach und lächelt dann. Schlagartig sieht sie jünger aus, friedvoller.

»Keine Bange, Claire«, sagt sie leise. »Ich nehme Ihr Geheimnis mit ins Grab.«

Urplötzlich ist da Bewegung. Farbe blitzt an mir vorbei – und dann splittert Glas. Meine Hand schnellt noch hoch, um sie aufzuhalten, und ich höre ein *»Nicht!«*, das von mir stammen muss, weil das Wort in meinem Kopf widerhallt. Ich sehe, wie sie abspringt, und für einen kurzen Moment scheint sie regelrecht in der Zeit stillzustehen, in der Luft zu hängen, diesen blauen Handschuh zu umklammern … Und dann ist sie weg.

Kühle Luft schlägt mir entgegen, und ich bleibe mit meinem Schrei allein zurück.

Ich stürze auf das Fenster zu. Miranda liegt unten auf der Sonnenterrasse. Sie rührt sich nicht, aber noch könnte sie am Leben sein. Ein Sturz aus dem dritten Stock – vielleicht hat sie ihn überlebt. Ich renne auf die Treppe zu und komme im Flur an Kathleen vorbei, die sich im Rollstuhl in Richtung Aufenthaltsraum vorarbeitet und nach ihrem Baby ruft. Mir war nicht klar, dass sie den Rollstuhl selbst bewegen kann. Das Splittern der Fensterscheibe und mein Schrei müssen sie geweckt haben. Vielleicht haben Geräusche in ihrer Welt ja doch eine Bedeutung. Ich habe den Treppenabsatz beinahe erreicht, als ich innehalte. Kathleen ist fast an der Tür zum Aufenthaltsraum angelangt. Ich stelle mir vor, wie sie auf das kaputte Fenster zurollt … und kehre um.

»Hallo!«, schreie ich. »Ist hier noch jemand? Irgendwer muss auf Kathleen aufpassen!«

Hat dieser blöde Infekt allen die Sprache verschlagen? Alle unsichtbar gemacht? Ich laufe auf Kathleen zu und schiebe sie wieder auf den Flur. Ich kann sie nicht einfach dort oben zurücklassen, sie könnte sich an den Scherben verletzen oder aus dem Fenster fallen.

»Hallo?«, schreie ich erneut.

Keine Reaktion. Also muss ich sie wohl im Aufzug mit runternehmen. Ich drücke auf die Taste und warte darauf, dass die Türen aufgehen. Sie ruft immer noch nach ihrem Baby. Ganz kurz erwäge ich, in ihr Zimmer zu laufen und die Puppe zu holen, doch im selben Moment geht der Aufzug auf, und ich schiebe sie hinein. Ich drücke die Erdgeschosstaste und warte. Kaum dass die Türen zugleiten, setzt die Panik ein, aber ich zwinge mich, ruhig zu bleiben.

»Wo ist mein Baby? Was haben Sie mit meinem Baby gemacht?«

»Alles gut. Wir holen Ihr Baby gleich, versprochen.« Ich schließe die Augen. Ich brauche nicht mal eine Minute lang in dieser Kiste zu stehen – ich muss jetzt lediglich Ruhe bewahren. Meine Gedanken wandern zurück zu dem Moment, kurz bevor Miranda gesprungen ist. Sie sah so friedlich aus. In der Endgültigkeit ihrer Entscheidung muss sie Trost empfunden haben. Wie gut, dass sie am Ende ihren Frieden gefunden hat. Ich reiße die Augen wieder auf – schließlich weiß ich gar nicht, ob es überhaupt das Ende war. Vielleicht ist sie noch am Leben.

»Was haben Sie mit meinem Baby gemacht? Wo ist mein Baby?«

»Alles gut«, wiederhole ich und starre das Display mit den Ziffern an. Wir sind jetzt auf Höhe des zweiten Stocks. Nicht mehr lange. Ich schließe erneut die Augen. Und sehe abermals Miranda vor mir, die auf der Erde liegt. Ich habe im Leben genügend Leichen gesehen, um eine zu erkennen, doch diesmal weiß ich es nicht mit Gewissheit. Noch gibt es eine Alternative.

Der Aufzug hält. Sind wir schon im Erdgeschoss? Sowie ich die Augen aufschlage, schrillt der Alarm los und vertreibt jeden anderen Gedanken. Die Ziffer auf dem Display blinkt, und Kathleens Hand schwebt über der Stopp-Taste.

»Kathleen! Haben Sie da draufgedrückt?« Ich schlage ihre Hand weg und drücke abwechselnd die anderen Tasten auf dem Bedienfeld.

»Wo ist mein Baby? Was haben Sie mit meinem Baby gemacht?«

»Kathleen!«, schreie ich und drücke panisch eine Taste nach der anderen. »Was haben Sie getan?«

»Nein, Claire. Was haben *Sie* getan?«

Und angesichts dieser sechs an sich unscheinbaren Wörter, die durch den ohrenbetäubenden Alarm hindurchdringen, packt mich das blanke Entsetzen, ich starre die schmale Frau im Rollstuhl an und taumle rückwärts gegen die Kabinenwand. Was ich in diesem Moment in ihren Augen erkenne, ist weit schlimmer als die Finsternis, die sie vermutlich in meinen sehen kann.

»Sieht ganz so aus, als hätten wir ein bisschen Zeit für uns, Claire«, sagt sie. »Dann erzählen Sie mal. Was genau haben Sie mit meinem Baby gemacht?«

27

Ich kauere auf dem Boden einer Kiste und komme hier nicht mehr raus. Ich stecke in meinem Albtraum fest, bin aber zugleich hellwach. Kathleen redet über den grässlichen Alarm – wohlformuliert und mit kultivierter Stimme. Sie sagt, sie wünschte sich, das Schrillen würde für einen Augenblick verstummen, damit sie wieder klar denken könne. Dabei scheint sie ganz wunderbar denken zu können. Mit ihrem Denkvermögen scheint rein gar nichts verkehrt zu sein. Es ist überaus strukturiert und stimmig – jedenfalls weitaus mehr als mein eigenes. Wenn man erst die Stopp- und dann die Alarmtaste drücke, erklärt sie mir, halte der Aufzug an und lasse sich nur von außen wieder in Bewegung setzen. Mittlerweile lächelt sie und erzählt, dass »dieses Püppchen vom Empfang« beim letzten Mal eine Ewigkeit gebraucht habe, um den Aufzug wieder in Gang zu setzen. Und da habe sich nicht gerade jemand aus einem Fenster im dritten Stock gestürzt. Kathleen geht davon aus, dass wir womöglich noch ein Weilchen im Aufzug feststecken, was doch schön sei, sagt sie, das eröffne uns die Möglichkeit, einander richtig kennenzulernen.

Warum redet sie so? Was ist aus ihrer Demenz geworden? Wo kommt diese Frau plötzlich her?

»Wer sind Sie?«, will ich von ihr wissen.

»Kathleen«, antwortet sie und streckt mir ihre Hand entgegen. »Kathleen Kane. Nett, Sie kennenzulernen.«

Ich gebe ihr die Hand. Ihre Haut fühlt sich kühl und dünn an, wie Papier. Als sie die Hand wieder auf ihren Schoß fallen lässt, kann ich das Netz aus Adern unter der kühlen Papierhaut erkennen. Ich denke über ihr Herz nach, das Blut durch diese Adern bis empor in ihr Gehirn pumpt. Ihr Gehirn, das offenbar immer noch einwandfrei funktioniert. Ich schließe die Augen, damit die Kiste aufhört, sich zu drehen. Ich muss aufhören, an Kathleens Adern zu denken.

»Ist alles in Ordnung?«, fragt sie besorgt. »Sie sehen aus, als ginge es Ihnen nicht gut. Das ist mir schon beim letzten Mal aufgefallen, als wir im Aufzug feststeckten.«

»Und mir ist etwas an Ihnen aufgefallen, Kathleen«, erwidere ich mit einem gekünstelten Lächeln. »Sie scheinen gar nicht mehr wie verrückt herumzuschreien.«

»Immer diese jungen Leute!« Sie schüttelt den Kopf. »Kein Respekt vor den Alten. Nicht alle alten Leute sind dement, Claire.«

»Aber diejenigen, die in einem Demenzheim wohnen, sollten ja wohl dement sein!«, rufe ich. »Warum sind Sie hier? Warum tun Sie so, als wären Sie verrückt?«

»Aus dem gleichen Grund, der das Handeln der meisten Menschen bestimmt, würde ich meinen.« In aller Seelenruhe streicht sie die Decken über ihren Beinen glatt.

Sie *muss* verrückt sein. Es gibt keine andere Erklärung.

»Also?« Sie nimmt mich mit eisigem Blick ins Visier.

Ich bin verwirrt. »Was – also?«

»Was glauben Sie denn, welcher Beweggrund das Handeln der meisten Menschen bestimmt?«, fragt sie mich. Bedächtig und von oben herab. Wie eine Lehrerin, die sich an die Dümmste in der Klasse wendet.

»Keine Ahnung.« Ich streiche mir die Haare aus dem Gesicht. Ich schwitze. Es ist unfassbar warm hier drin.

»Vielleicht möchten Sie ja lieber über etwas anderes sprechen, Claire?«, schlägt sie lächelnd vor. »Etwa über die Luft in diesem kleinen, kaputten Aufzug? Die Luft, die jetzt schon viel stickiger ist als noch vor zwei Minuten. Wie es wohl *in* zwei Minuten sein wird? Oder in zehn Minuten?«

»Liebe«, sage ich und muss das Wort regelrecht hervorpressen. Die Aufzugwände drehen sich wieder. »Ich glaube, der wichtigste Beweggrund menschlichen Handelns ist Liebe.«

»Falsch.« Sie legt die Fingerkuppen beider Hände aufeinander. »Warum müssen junge Leute immer alles derart romantisieren? Es gibt einen weit wichtigeren Beweggrund, Claire. Kommen Sie schon, versuchen Sie es noch mal.«

»Ich weiß nicht, wovon Sie reden, Kathleen. Tut mir leid, aber …«

»Kommen Sie, Claire«, sagt sie erneut, »noch ein Versuch. Wir haben schließlich nicht alle Zeit der Welt. Wir haben ganz eindeutig nicht alle Zeit der …«

»Familie.«

»Wieder falsch.« Sie schüttelt den Kopf. »Ich will ganz ehrlich sein: Dieses Gespräch ist eine Enttäuschung. Es ist die erste intelligente Unterhaltung, die ich seit Ewigkeiten führe, und ich hatte gehofft, Sie wären darin ein bisschen besser. Aber egal. Die Antwort lautet natürlich: Geld.«

»Geld?« Ich versuche, meine Atmung zu kontrollieren. Durch die Nase einatmen, durch den Mund ausatmen. »Ich weiß nicht, was Sie meinen.«

»Der wichtigste Beweggrund menschlichen Handelns ist Geld«, erklärt sie. »Insbesondere für die Leute, die keines haben.«

»Ich verstehe immer noch nicht …«

»Lucas hat mein ganzes Vermögen verspielt«, fällt sie mir ins Wort. »Ich hatte es ihm überlassen, weil er es anlegen sollte, und er hat es verspielt. Alles.«

»Und?«, frage ich vor dem nächsten kontrollierten Einatmen.

»Haben Sie mal Pflegeheime für Leute gesehen, die kein Geld haben? Mir ging es körperlich nicht mehr gut, deshalb konnte ich nicht mehr zu Hause wohnen bleiben, und Lucas hat mich zu ein paar Pflegeheimen gefahren, die ich mir noch hätte leisten können. Ich war schockiert. Absolut schockiert. Rissige Tapeten, zerkratztes Holz, speckige Vorhänge, dieser Uringestank … und das Essen! Nein, in keins dieser Heime wäre ich gezogen. Ich mag schöne Dinge, Claire. Ich war mein Lebtag von schönen Dingen umgeben. Wissen Sie, dass ich damals an meiner Schule die Einzige war, die ein eigenes Pferd besaß? Hätte ich meinen Lebensabend etwa in einer lausigen Absteige mit Gemeinschaftsbad und billigem Linoleumboden fristen sollen? O nein.«

»Aber wenn Sie kein Geld haben, wie können Sie es sich dann leisten, hier zu wohnen?«

»Ich mag kein Geld mehr haben, aber ich habe das hier«, sagt sie und tippt sich an die rechte Schläfe. »Ich war immer schon eine kluge Frau und meinen Altersgenossinnen weit voraus. Zwischen mir und den anderen Anwaltssekretärinnen lagen Welten. Die anderen kamen und gingen, tippten mit ihren perfekt manikürten Fingernägeln auf ihre Schreibmaschinen ein … Ich hingegen arbeitete jahrzehntelang in der Kanzlei und machte weit mehr, als bloß zu tippen: Ich habe gelesen. Akten und Artikel und Schriftwechsel. Ich habe so viel gelesen, wie ich nur konnte, und kenne unsere Gesetze ganz genau. Sind Sie mit dem Mental Health Act vertraut?«

»Ja.«

»Gut. Dann wissen Sie auch, dass eine Person gemäß Abschnitt drei zur medizinischen Behandlung in eine Einrichtung zwangseingewiesen werden kann?«

»Ja.« Ich starre ihr ins Gesicht. Ihre runzligen Gesichtszüge verschwimmen.

»Wussten Sie auch, dass eine Person, die gemäß Abschnitt drei zwangseingewiesen wurde, anschließend das Recht auf kostenfreie entsprechende Nachsorge hat?«

»Nein«, sage ich, und es fühlt sich an, als würde alles vor meinen Augen trüb werden, »das wusste ich nicht.«

»Doch«, sagt sie begeistert. »Steht alles in Abschnitt 117 des Mental Health Act! Es war kinderleicht! Ich musste bloß dafür sorgen, dass ich eine Zeit lang in der geschlossenen Psychiatrie landete, und Lucas helfen, die Ärzte nach und nach in die entsprechende Richtung zu lenken. Sie müssen wissen – Abschnitt 117 schreibt Nachsorgeleistungen vor, die das Risiko einer Verschlechterung der vorangegangenen psychischen Erkrankung reduzieren. Jedes Mal, wenn sie versucht haben, mich woanders unterzubringen, ist meine ›psychische Erkrankung‹ schlimmer geworden. Aber kaum dass ich hier war, habe ich mich wieder beruhigt.«

Sie ist verstummt, und plötzlich kann ich ihre Miene nicht mehr deuten. Mal abgesehen von ihrer Selbstzufriedenheit und ihrem Stolz.

»Aber dann mussten Sie ja so tun, als wären Sie verrückt«, sage ich und versuche, einen Schuss Realität in die von Wahnsinn geschwängerte Atmosphäre zu entlassen.

»Stimmt«, sagt sie. »Und die Zeit, die ich in der Psychiatrie verbracht habe, war zweifelsohne schwierig. Aber ich wusste, dass sie nur Mittel zum Zweck war, und in meiner Zeit dort habe ich viel gelernt.« Sie lehnt sich vor, schließt die Augen, und als sie sie wieder aufschlägt, starrt sie durch mich hindurch. Mit leerem Blick. Völlig weggetreten. »Wo ist mein Baby? Was haben Sie mit meinem Baby gemacht?«, wimmert sie, blinzelt – und da ist sie wieder. »Das habe ich in der Zeit dort einstudiert«, erzählt sie schmunzelnd. »Der Wahnsinn kann ein guter Lehrmeister sein.«

»Ich weiß nicht, wie Sie das fertigbringen«, sage ich, während hinter meinen Augen der Schmerz pulsiert. »Wie können Sie die ganze Zeit über tun, als wären Sie verrückt?«

»Muss ich ja gar nicht die ganze Zeit«, widerspricht sie mir. »Was glauben Sie denn, wie oft die Leute hier nach mir sehen? Das Pflegepersonal macht seinen Job, aber die meiste Zeit bin ich mir selbst überlassen. Ich höre Radio, lese, puzzle, sehe fern und warte auf die nächste Mahlzeit. Und die Mahlzeiten hier sind fantastisch! Wussten Sie, dass der Koch mal in einem Sternerestaurant gearbeitet hat? Mein

Lieblingstag ist der Montag, da gibt es nämlich Shepherd's Pie und anschließend Karamellküchlein, und die sind unfassbar gut!«

»Aber wie schaffen Sie das?«, will ich wissen. »Sie müssen sich doch langweilen, wenn Sie tagaus, tagein hier eingesperrt sind – und so tun müssen, als wären Sie verrückt.«

»Das war anfangs auch meine größte Sorge. Aber dank einer höchst unerwarteten Abfolge von Ereignissen habe ich mich kein bisschen gelangweilt. Ganz im Gegenteil. Mein Leben ist seit meinem Einzug ins Waterbridge Oak spannender denn je.«

»Wirklich?«

»Na ja, es fing mit diesen Übergriffen an. Auch wenn es nicht wirklich Übergriffe waren, nicht im engeren Sinne, bloß diese grässliche Deb und Jemma, die meine Puppe hin- und hergeworfen haben. Was für ein lächerliches, unreifes Verhalten! Trotzdem habe ich Lucas davon erzählt, er hat eine versteckte Kamera installiert und sie prompt dabei gefilmt. Das war schon aufregend. Als er Jemma damit konfrontiert hat, hat sie natürlich versucht, alles abzustreiten. Sogar, als er ihr die Aufnahmen gezeigt hat, meinte sie noch, Deb hätte sie dazu genötigt. Sie hätten ihr Gesicht sehen sollen, Claire, als ich das Wort ergriffen habe! Als ich meinte, ich hätte sie schließlich dabei gesehen, wie sie diese blöde Puppe herumgeschleudert hat. Dieser Gesichtsausdruck war Gold wert! Ich habe ehrlich gedacht, gleich kippt sie uns um!«

»Dann hat Jemma über Sie Bescheid gewusst?«

»O ja. Wir sind uns nach und nach richtig ans Herz gewachsen, Jemma und ich. Ich mochte sie. Sie war clever und ziemlich gut darin, sich rauszureden, wenn es darauf ankam. Als Lucas damit gedroht hat, sie anzuzeigen, wenn sie nicht zahlen würde, hat Jemma ihm tief in die Augen geblickt und bloß gemeint, das solle er ruhig machen. Mutig und ziemlich abgebrüht! Sie hat ihren Lohnzettel aus der Tasche gezogen und uns gezeigt, was sie verdient – und ich muss zugeben, Claire, ich war schockiert. Ich weiß nicht, wie jemand mit so einem mickrigen Gehalt überleben kann. Es ist eine Tragödie. Die meisten Pfleger hier schuften sich wirklich ab, und wenn man überlegt, mit welchem Schwachsinn sie sich tagtäglich abgeben müssen, dann hätten sie weiß Gott eine Menge mehr verdient. Aber egal – Jemma hat Lucas jedenfalls gesagt, dass er es nie zu etwas bringen werde, wenn er die Pfleger erpresse. Wenn er richtig Kohle machen wolle, könne sie ihm vielleicht helfen. Und dann hat sie uns von anderen Misshandlungen im Heim erzählt, von viel schlimmeren Vorkommnissen. Sie könne Beweise organisieren, und mit genug Beweismaterial könne Lucas sogar Care to Join Us erpressen, die Dachgesellschaft. Eine große Institution wie diese werde alles tun, um zu verhindern, dass die Filmchen an die *Daily Mail* gingen. Allerdings dürfe er kein Filmchen verschicken, auf dem sie selbst zu sehen sei – da war sie sehr nachdrücklich.«

»Aber warum sollte die Dachgesellschaft zahlen?« Ich kneife die Augen zusammen. Die Schmerzen hinter meinen Augen werden sekündlich schlimmer. »Sie hätten die fraglichen Leute doch einfach entlassen können. Übrigens hat Lucas sehr wohl einen Pfleger erpresst«, füge ich eilig hinzu. Noch nie ist meine Klaustrophobie derart lange auf die Probe gestellt worden. »Und zwar, als ich ihm zum ersten Mal begegnet bin.«

»Wirklich? Tja, ich kann nicht behaupten, dass ich überrascht wäre«, sagt sie. »Typisch Lucas – konnte sich noch nie an Abmachungen halten ... Womöglich brauchte er eilig Geld, um über die Runden zu kommen. Er war nicht gut, was das Finanzielle betraf, der Arme. Und Sie haben natürlich recht, es bestand durchaus die Möglichkeit, dass CJU ...«

»CJU?«

»Care to Join Us, Claire. Natürlich bestand durchaus die Möglichkeit, dass sie nicht zahlen würden, aber Lucas und Jemma fanden, dass es einen Versuch wert sei. Der Plan war, dass Lucas Jemma verschonen und sie ihn im Gegenzug mit Beweismaterial versorgen würde, auf dem Kollegen von ihr sich danebenbenahmen – und überdies sollte sie sicherstellen, dass ich hier gut behandelt würde. Eine Zeit lang lief das auch ganz prima, und gerade, als es irgendwann drohte, langweilig zu werden, ist etwas wahnsinnig Aufregendes passiert!«

Inzwischen habe ich eine ausgewachsene Migräne und kann den Blick nicht mehr fokussieren. Meine Sicht verschwimmt, meine Knie sind weich. Ich glaube nicht, dass ich jetzt noch aufstehen könnte, aber das hat auch nicht mehr oberste Priorität. Der nächste Atemzug zählt, sonst nichts. Ich konzentriere mich nur noch auf den nächsten Atemzug. Und dann auf den übernächsten.

»Ich saß gerade im Aufenthaltsraum und habe mir eine Quizshow angesehen«, fährt Kathleen fort, »als dieses furchtbare Paar mit dem schrecklichen Kind hereinkam. Diese Kröte hat sofort angefangen, herumzurennen und Lärm zu machen. Dermaßen außer Kontrolle! Zu meiner Zeit durfte man Kinder sehen, aber nicht hören. Lucas hatte als Kind allerbeste Manieren, dafür hatte ich gesorgt. Diese jungen Leute heutzutage machen ja alles anders. Glauben, sie wüssten es besser – aber was sie sich damit einbrocken! Lassen Sie sich das gesagt sein!«

Ich denke an den wunderbar artigen kleinen Lucas und den verkommenen, spielsüchtigen Erpresser, der später aus ihm geworden ist. Aber ich sage nichts, sondern konzentriere mich auf meinen nächsten Atemzug.

»Die Frau hat einfach den Sender gewechselt«, empört sich Kathleen, »und irgendeinen Kinderschwachsinn eingeschaltet, nur um den Jungen bei Laune zu halten. Ich war ihr egal – natürlich! Aber Leute wie ich sind für jeden unter fünfzig ja ohnehin unsichtbar.«

Unwillkürlich muss ich an Florence denken. Sie hat das Gleiche gesagt – dass sie sich unsichtbar gefühlt habe. Ich frage mich, was Florence wohl sagen würde, wenn sie jetzt hier wäre. Ich frage mich, ob sie mich in den Arm nehmen und mir erzählen würde, dass alles wieder gut werde. Dass ich schon nicht in einer Kiste, die ich nicht aufbekomme, einen Erstickungstod sterben werde.

»Und dann haben sie angefangen, sich zu streiten«, fährt Kathleen fort, und kurz weiß ich nicht, von wem sie spricht. Mir fällt es zunehmend schwer, ihr zu folgen. »Erst hat mich das nicht weiter interessiert, die beiden haben sich ja ständig über dieses und jenes gestritten. Aber dann war die Rede von einem Muttermal, die Frau wurde ganz weinerlich, und da war mein Interesse geweckt. Sie war wütend auf ihren Mann, weil er die Windel des Jungen auf dem Fußboden im

Zimmer ihres Vaters gewechselt hatte. Sie meinte, in dem Moment hätte jemand reinkommen und das Muttermal sehen können. Sie solle sich beruhigen, hat er gesagt, und aufhören, ständig alles zu dramatisieren. Die Geschichte sei schon seit Jahren nicht mehr in der Zeitung gewesen, die sei längst vergessen. Nach einem kleinen Jungen mit einem Muttermal am Bein werde nicht mehr gesucht. Dann kam jemand anders herein, und die beiden verstummten. Und wissen Sie, was, Claire?« Sie lehnt sich zu mir vor. »Sie haben nicht einmal leiser gesprochen, obwohl ich direkt neben ihnen saß. So unsichtbar bin ich!«

Die Empörung ist ihr tief in jede einzelne Runzel eingemeißelt, und unwillkürlich wünschte ich mir, sie wäre in diesem Augenblick tatsächlich unsichtbar. Das Einzige, was noch schlimmer ist, als in einer engen Kiste zu sterben, ist, in dieser Kiste zusammen mit jemandem zu sterben, der gar nicht mehr aufhört zu reden.

»Ich konnte es natürlich kaum erwarten, Jemma zu erzählen, was ich mit angehört hatte«, fährt sie fort, »und es hat auch nicht lange gedauert, bis sie die Lücken gefüllt hatte. Sie hat eine Zeitung von damals aufgetan. Wussten Sie, dass sie ganze Jahrgänge von Zeitungen in ihrem Haus aufbewahrt hatte? Sie war schon ein kleiner Messie, diese Jemma! Merkwürdige Person, schräger Kleiderstil … Aber egal. An diesem Punkt wurde es dann wirklich aufregend! Endlich hatte Lucas die Chance, an richtig viel Geld zu kommen. Uns war sofort klar, dass sie jede Summe bezahlen würden, um dieses Kind zu behalten – und die Familie ist wohlhabend. Der Ehemann ist Arzt, und Frank hat immerhin in einem fort von dem Unternehmen gefaselt, das er mal geleitet hat. Dass er dreihundert Angestellte hatte, bevor er den Verstand verloren hat. Wir waren auf eine Goldmine gestoßen!«

Ich schließe die Augen. Was Kathleen da erzählt – stimmt das alles wirklich? Ist Geld tatsächlich der wichtigste Beweggrund menschlichen Handelns? Sind Durchschnittsmenschen so banal? So vorhersagbar? So enttäuschend?

»Aber bevor wir auch nur die Gelegenheit hatten, unseren Plan in die Tat umzusetzen, sind Sie aufgetaucht.« Sie lächelt mich an. »Gerade, als ich geglaubt hatte, das Leben könnte gar nicht aufregender werden.«

Warum lächelt sie? Immerhin hab ich ihren Sohn umgebracht. Und sie *weiß*, dass ich ihren Sohn umgebracht habe.

»Sie haben Jemma derart in Panik versetzt, Claire«, sagt sie immer noch mit einem Lächeln, »dass sie geheult hat, als Lucas verschwunden war. Sie meinte, sie habe Sie und ihn bis zu Ihrem Haus verfolgt, und er sei nicht mehr herausgekommen. Sie wollte zur Polizei gehen, aber das habe ich ihr ausgeredet. Ich habe ihr erklärt, wenn die Polizei am Ende Lucas' Aktentasche und die Fotos aus diesem grässlichen Video in die Hände bekäme, würde sie richtig Ärger bekommen, und ich wollte nicht, dass Jemma ihren Job verliert. Da wäre meine Lage hier ziemlich schwierig geworden. Also ist Jemma bei Ihnen eingebrochen, um nach der Aktentasche zu suchen, und bei dieser Gelegenheit ist sie über den Ertrunkenen in Ihrem Aquarium gestolpert. Das hat sie ziemlich aus der Bahn geworfen. So was erwartet man aber auch nicht in irgendeinem Wohnzimmer in einer Vorstadtsiedlung. Sagen Sie, Claire – wer war dieser Mann? Das habe ich mich oft gefragt. Was hat er Ihnen getan?«

»Er war Pfleger auf der Demenzstation meines Vaters und hat ihn gequält.« Mein Mund fühlt sich staubtrocken an. Ich habe schon eine Weile nichts mehr gesagt.

»Na, das klingt aber doch, als hätte er bekommen, was er verdient hatte«, stellt Kathleen fest. »Ist das Ihr Antrieb, Claire? Ist das Ihr Motiv? Pflegekräfte umzubringen, die nicht Ihren Ansprüchen entsprechen? Sehr löblich. Aber was war mit Lucas? Was hat er Ihnen getan? Hat er Ihnen Geld geschuldet?«

»Er hat mein Bild in die engere Auswahl für einen Kunstpreis genommen«, sage ich, »und dann wieder aus der Auswahl rausgeworfen.«

»Und?« Sie klingt verwirrt. »Ist das alles? Dafür haben Sie ihn umgebracht?«

»Da hatte ich eine schlechte Phase«, biete ich ihr als Erklärung an. »Ich war ziemlich durch den Wind. Ich hatte gerade erst meinen Vater beerdigt.«

»Verstehe«, sagt sie, allerdings nehme ich es ihr nicht ab. »Und wie haben Sie ihn umgebracht?«

»Sind Sie sicher, dass Sie das hören wollen?«

»Ja. Ich denke schon.« Und diesmal nehme ich es ihr ab.

»Ich hab ihn erstochen.«

»Dann ist er schnell gestorben?«, will sie wissen, und ich rufe mir besagten Abend in Erinnerung: Lucas, den ich an mein Bett gefesselt hatte. Die Schreie und das viele Blut.

»Schneller als der Mann im Aquarium«, sage ich.

»Das ist gut.« Sie lehnt sich auf ihrem Rollstuhl zurück. »Das ist gut.«

»Das ist *gut?*«, wiederhole ich so schnell, dass ich husten muss. Ich versuche, mich zu beruhigen und wieder zu Atem zu kommen. Noch ist ausreichend Luft da. Nicht gerade jede Menge, aber ausreichend. »Ist das alles?«, hake ich nach, als ich wieder normal atmen kann. »Mehr haben Sie dazu nicht zu sagen? Ich habe Ihr einziges Kind umgebracht. Ist Ihnen das egal?«

»Natürlich ist mir das nicht egal. Aber ich hätte ihn ohnehin bald verloren.« In aller Seelenruhe streicht sie erneut über die Decken auf ihren Beinen.

Wie kann sie so gefühllos sein? Aber vielleicht war es auch eine Vorschau auf die Bestrafung, die vor mir liegt: auf ewig mit einer alten Version meiner Mutter in einer engen Kiste festzustecken.

»Ich habe nicht mehr lange zu leben«, sagt sie dann. »Ich spüre, dass ich bald sterbe. Können Sie sich vorstellen, wie sich das anfühlt?«

Für einen kurzen Moment hält sie den Mund, und ich denke über die Frage nach.

»Vielleicht können Sie das«, sagt sie dann leise. »Womöglich spüren Sie ja auch gerade, dass Sie sterben. Ich weiß jedenfalls, dass ich sterben werde. Ich spüre, wie alles in mir nach und nach den Dienst einstellt.«

Nur nicht ihre Stimme. Ich habe noch nie einen sterbenden Menschen so viel reden hören.

»Trotzdem habe ich keine Angst vor dem Tod. Nicht mehr. Nicht wie früher. Als Lucas gelebt hat, hatte ich Angst davor, ihn allein zurückzulassen. Er hat so vielen Leuten Geld geschuldet! Weiß der Himmel, welchen Ärger er sich eingehandelt hätte! Sie haben ihn vor sich selbst gerettet und mir einen Gefallen getan. Jetzt wartet er auf mich, wenn es für mich so weit ist. Sie alle warten auf mich: Lucas, Mutter, Vater, Aladin …«

»Ihr Ehemann hieß Aladin?«, hake ich verwirrt nach. Mein gequälter Verstand ruft sich die Hochzeitsbilder aus ihrem Fotoalbum in Erinnerung. Der Botschafter des Anstands neben seiner Braut hat nicht gerade ausgesehen wie ein Aladin.

»Nein, mein Mann hieß Gregory. Aladin war mein Pferd.«

»Ah. Verstehe.«

Die Unterhaltung verebbt, und als ich meine Augen schließe und den Kopf gegen die Aufzugwand lehne, ist nur noch der Alarm zu hören. Allmählich sollte ich meine Optionen durchdenken. Einen Plan schmieden. Einen Plan, der miteinschließt, Kathleen umzubringen. Allerdings kann ich mit Migräne nicht mal den Kopf bewegen. Ich bekomme kaum die Augen auf.

»Wie lange stecken wir hier wohl schon fest?«, fragt sie. »Eindeutig länger als beim letzten Mal, oder?«

»War Jemma an dem Tag bei Ihnen?«, entgegne ich, um das Thema zu wechseln. »An dem Tag, als sie starb?«

»Ja. Und sie war wahnsinnig aufgedreht. Kam in den merkwürdigsten Klamotten in mein Zimmer marschiert und meinte, sie habe einen Plan. Sie meinte, sie werde Sie dazu erpressen, mit ihr zusammenzuarbeiten, und die Sache sei bombensicher, denn wenn sie nicht wie verabredet bei Florence auftauche, werde Florence der Polizei einen entsprechenden Hinweis geben. Die arme Jemma! Sie war sich so sicher, dass ihr Plan aufgehen würde! Dass Sie Florence gleich mit umbringen würden, scheint ihr nicht in den Sinn gekommen zu sein. Mir natürlich schon – ihr aber nicht. Sie war wirklich eine seltsame Person. Eine hoffnungslose Optimistin, könnte man sagen, was auch diese Kleiderwahl erklärt. Nur eine hoffnungslose Optimistin würde Gummistiefel und Kilt kombinieren. Aber wie dem auch sei«, sagt sie, »ich habe so getan, als wäre ich brennend interessiert, habe sie nach sämtlichen Details ihres Plans ausgefragt, mir Florence' Adresse gemerkt und Jemma anschließend viel Glück gewünscht. Mir war klar, dass die Chancen nicht schlecht standen, dass ich sie niemals wiedersehen würde, und ich wusste, dass dies auch bedeuten würde, dass ich die Verbindung zu Ihnen verliere – zu der Person, die meinen Sohn umgebracht hatte. Dabei musste ich doch sicherstellen, dass Sie für das, was Sie ihm angetan haben, bezahlen würden!«

Die Drohung entgeht mir nicht, aber ich muss mich auf meinen Verstand fokussieren. Der wendet sich gerade gegen mich. Redet mir ein, dass die Luft allmählich knapp wird und ich hier drin ersticken werde. Dabei weiß ich doch, dass noch genügend Luft da ist. Ich muss Ruhe bewahren.

»Sobald Jemma gegangen war«, fährt sie fort, »bin ich im Rollstuhl rüber in den Aufenthaltsraum und habe auf die Frau mit dem Kind gewartet. Sie kommt ihren Vater täglich besuchen. Diese Frau braucht allmählich ein eigenes Leben! Obwohl …« Sie muss lachen. »Dafür ist es ja wohl jetzt zu spät.«

Ich muss an meinen Hammer denken. Er liegt immer noch in meiner Handtasche im Aufenthaltsraum im dritten Stock. Heute Morgen dachte ich noch, ich könnte ihn bei Miranda gebrauchen, und hätte nie geglaubt, dass ich ihn inzwischen gern bei Kathleen einsetzen würde. Aber das will ich. Wirklich. Ich male mir aus, wie ich den Hammer hoch über Kopf halte und auf ihre rechte Schläfe ziele. Ihn mit aller Kraft auf dieses Gehirn zuschleudere, das immer noch funktioniert. Allerdings habe ich den Hammer nicht hier, und selbst wenn, wäre ich wohl kaum in der Lage, ihn einzusetzen. Ich habe gerade nicht mal die Kraft, auf die Beine zu kommen und sie zu erwürgen. Hat Dad sich in den letzten zwei Jahren seines Lebens auch so gefühlt? Wie hat er das ausgehalten – in einer Hölle auf Erden gefangen zu sein?

»Jedenfalls bin ich während dieser Antiquitätensendung eingenickt, als sie schlussendlich auftauchte. Die üblichen Faxen – das Kind rennt auf und ab wie ein Wilder, und sie schaltet natürlich sofort um, damit der Junge sich irgendeinen Schwachsinn ansehen kann. Keinerlei Rücksichtnahme – alles dreht sich nur um sie. Tja, aber was als Nächstes passiert ist, war einfach nur wunderbar. Ich habe mich zu ihr umgedreht und gesagt: ›Entschuldigen Sie, Frau Kidnapperin, aber könnten Sie bitte wieder die Antiquitätensendung einschalten? Die hat gerade wirklich Spaß gemacht.‹ Das hätten Sie sehen sollen, Claire! Sie ist buchstäblich vom Sofa gehüpft! Sie solle sich gleich wieder hinsetzen und ruhig bleiben, habe ich zu ihr gesagt und bin dann sofort auf den Punkt gekommen. Ich habe ihr erzählt, ich wisse, dass sie das Kind entführt habe, und dass ich zur Polizei gehen würde, wenn sie nicht täte wie geheißen. Dann habe ich ihr die Adresse gegeben und aufgetragen, Fotos von allen zu machen, die das Haus betreten oder verlassen.«

»Dann waren Sie das.« Meine Stimme klingt merkwürdig. Schwach. Durchschnittlich. »Sie haben Miranda erpresst.«

»Ja, das habe ich doch gerade gesagt. Haben Sie Probleme, mir zu folgen, Claire? Muss ich langsamer sprechen?«

»Dann hat Miranda«, sage ich eher zu mir selbst als zu Kathleen, »in all der Zeit, die ich herkam, über Sie Bescheid gewusst. Sie wusste, dass Sie nicht dement sind.«

»Ja, und sie hat den Mund gehalten, weil ich es ihr aufgetragen habe. Sie hat exakt das getan, was ich zu ihr gesagt habe – weil sie Panik hatte, dass sie dieses grässliche Kind verlieren könnte. Sie hat vor Florence' Haus Wache geschoben, die Fotos geschossen, und sobald sie mir die überreicht hatte, waren wir quitt. Endlich wusste ich, wie Sie aussahen. Ich kannte das Gesicht der Person, die meinen Sohn umgebracht hatte.«

»Sie hat noch weitere Abzüge von den Fotos gemacht.« Meine Stimme ist nur mehr ein Wispern. Selbst, wenn ich nicht in diesem Aufzug sterbe, ist mein Leben vorbei. Ich werde aus dieser Kiste herausgeholt und in eine andere gesteckt. Es wäre besser, ich würde hier drin sterben.

»Also, davon weiß ich nichts«, erwidert sie. »Ich weiß nur, dass sie mir einen Stapel Fotos überreicht hat, und dann musste ich eine Entscheidung treffen. Die Fotos der Polizei zu überreichen, hätte bedeutet, meinen wahren Gesundheitszustand zu offenbaren und meinen Wohnplatz hier zu verlieren. Andererseits konnte ich Sie doch nicht einfach davonkommen lassen. Schwierig! Ich war immer noch am Überlegen, was ich mit Ihnen anfangen sollte, als Sie aus heiterem Himmel in meinem Zimmer auftauchten. War das zu fassen? Eine echte Serienmörderin kam mich besuchen! Mich, die ich gerade noch Angst gehabt hatte, dass ich mich langweilen könnte! Das Leben ist seither überaus unterhaltsam. Ich habe angenommen, dass Sie als Nächstes diese grässliche Deb umbringen würden – und es war einfach nur herrlich, das Ganze aus der ersten Reihe zu verfolgen. Ich fand es ganz wunderbar, Sie zu beobachten, wie Sie sie ausgespäht haben. Ihr Fragen gestellt haben. Alles über ihren Alltag und ihr Leben in Erfahrung gebracht haben. Das war fantastisch! Deshalb habe ich auch noch ein bisschen damit gewartet, die Polizei zu informieren. Erst sollten Sie diese schreckliche Frau umbringen. Schade, dass das jetzt wohl nicht mehr klappt, aber das ist allein Ihre Schuld – Sie haben zu lange gebraucht! Ich sterbe, Claire. Ich kann nicht ewig warten.«

Ich zwinge mich, sie anzusehen. Sie hat sich in ihrem Rollstuhl zu mir vorgelehnt.

»Ich weiß, es ist riskant, mit Ihnen so offen zu sprechen«, sagt sie und muss fast lachen, »aber als die Gelegenheit da war, dachte ich mir: Verdammt noch mal, warum eigentlich nicht? Vielleicht habe ich nie wieder die Gelegenheit. Und dann Ihr Gesichtsausdruck! Also, wenn der mal nicht tausend Tode wert war! Wenn Sie mich also umbringen möchten, dann machen Sie es besser gleich. Weil diese Türen jeden Moment aufgehen könnten, und dann ist alles aus, Claire. Dann wird jeder erfahren, was Sie sind.«

Ich versuche aufzustehen, aber meine Beine tragen mich nicht, und ich weiß ohnehin, dass ich sie nicht umbringen kann. Sie mag uralt sein, aber sie sieht noch nicht aus wie ein Geist. Ich schließe die Augen und lasse zu, dass die Finsternis mich wie ein Leichentuch umhüllt. Ich muss an die Finsternis denken, von der Miranda gesprochen hat. Die Finsternis, die ihr den Verstand geraubt und sie zu einem Menschen gemacht hat, den sie nicht wiedererkannte. Diese Finsternis hier ist anders. Selbst ohne Migräne ist mein Verstand verquer, und ich lebe mit der Finsternis, seit ich sieben

Jahre alt war. Seit meinem ersten Mord. Ich wusste immer, dass sie da war. Doch die Finsternis jetzt ist mir fremd, sie ist endgültig. Ich spüre, wie sie auf mich zurückt, und strecke mich förmlich nach ihr aus. Die Wellen der Trauer schlagen über mir zusammen, und ich lasse sie über meinen Kopf hinwegrollen. *Ich hab dich so sehr vermisst, Dad. Nimm mich mit, ich bin bereit.*

Er ist fast da, und ich bin fast da, doch dann schlage ich die Augen auf. Die Aufzugtüren sind offen, und der Alarm ist verstummt. Kathleen redet und redet, und die Wellen verebben und nehmen Dad und alles andere mit. Alles, was mir ein Gefühl von Sicherheit beschert hat.

28

»Diese Frau hat meinen Sohn umgebracht! Sie hat Jemma umgebracht und noch eine Frau und einen Mann! Und wahrscheinlich noch andere Leute! Und sie wollte Sie ebenfalls umbringen!«

Ich atme die frische Luft ein und stemme mich hoch. Deb und zwei Krankenschwestern starren in den Aufzug, und Kathleen posaunt meine Geheimnisse aus. Nicht alle – nur diejenigen, über die sie Bescheid weiß. Aber um ehrlich zu sein, ist das bereits zu viel. Der Sauerstoff bringt mein Gehirn schlagartig wieder in Gang, und ich gehe meine Optionen durch. Ich habe keine. Es ist vorbei. Das war's.

»Die Frau ist gefährlich! Sie sieht nicht so aus, aber sie ist eine extrem gefährliche Serienmörderin«, ruft Kathleen. »Ich weiß von vier Menschen, die sie umgebracht hat, aber ich gehe davon aus, dass es noch viel mehr waren! Sie müssen sie unbedingt wegsperren, bis die Polizei kommt!«

Die Krankenschwestern sehen entsetzt aus. Sie starren mich an, starren mich mit großen Augen an, und urplötzlich ist wieder mein siebter Geburtstag. Ich sitze in meinem winzigen Zimmer und höre den Stimmen zu, die durch die geschlossene Tür dringen. Der Mann im hässlichen braunen Anzug redet mit Daddy, und ich zähle im Kopf die Sekunden runter: Irgendwer macht gleich die Tür auf und entlarvt mein wahres Ich. Damals bin ich davongekommen und danach an vielen weiteren Tagen – doch heute komme ich nicht mehr davon.

»Sie hat einen Mann in einem Aquarium ertränkt«, kreischt Kathleen, »und meinen Sohn erstochen, nur weil sie einen schlechten Tag hatte! Und Jemma – an die können Sie sich noch erinnern, oder? Den Mord hat sie wie einen Selbstmord inszeniert.«

Die Krankenschwestern wechseln verschreckte Blicke. Dann sehen sie wieder mich an. Die Wahrheit ist raus, und wenn die Polizei jetzt meinen Garten umpflügt, dann finden sie Lucas. Ich hätte ihn doch woandershin bringen sollen. Ich hätte sie alle woandershin bringen sollen. Ich schließe die Augen und denke an Dad. Während meiner letzten Momente in Freiheit spreche ich stumm mit ihm. *Es tut mir aufrichtig leid, Dad. Ich weiß, ich habe dich enttäuscht.*

Ich schlage die Augen wieder auf. Die Krankenschwestern haben sich nicht von der Stelle gerührt. Jetzt oder nie. Habe ich noch genügend Kraft, um mich an ihnen vorbeizuschieben?

Dann ergreift eine von ihnen das Wort. »Wie lange geht das schon so?«, fragt sie mich. »Wie lange ist sie schon so verwirrt und durcheinander?«

»Etwa eine Viertelstunde«, bringe ich schließlich heraus. Verwirrt. Und durcheinander. »Sie war oben in ihrem Zimmer schon ziemlich aufgeregt«, füge ich hinzu, als die Neuronen in meinem Gehirn endlich anfangen zu feuern. »Ich dachte, sie hätte sich vielleicht diesen Infekt eingefangen, und der hätte ihr aufs Gemüt geschlagen. Deshalb wollte ich sie auch nach unten bringen, aber dummerweise hab ich die Puppe vergessen. Dann haben wir eine ganze Weile im Aufzug festgesteckt.« Allmählich komme ich so richtig auf Touren. »Ich glaube, das war zu viel für sie.«

Die Krankenschwester nickt. Dann betritt sie den Aufzug und schiebt Kathleen nach draußen in den Empfangsbereich.

»Was?«, ruft Kathleen. »Wo gehen wir denn hin? Wo bringen Sie mich hin? Mit mir ist alles in Ordnung! Ich bin gesund! Sie müssen die Polizei rufen!«

»Ist schon okay, Kathleen«, murmelt die Krankenschwester und schiebt sie auf die Krankenstation zu. »Im Aufzug festzustecken muss ganz fürchterlich gewesen sein. Ich gebe Ihnen etwas zur Beruhigung.«

»Nein!«, kreischt Kathleen. »Sie müssen mir zuhören! Ich habe Beweise! Fotos in meinem Zimmer! Bitte, Sie müssen mir glauben! Sie hat mein Baby umgebracht! Diese Frau hat mein Baby umgebracht!«

Noch während sie kreischend den Flur entlang verschwindet, geleitet Deb mich aus dem Aufzug heraus und sieht mich beunruhigt an.

»Hören Sie, Claire«, sagt sie. »Es hat einen schrecklichen Unfall gegeben, mit Miranda.«

»Miranda?«, frage ich verwirrt.

»Ja. Es sieht ganz danach aus, als wäre sie oben im dritten Stock aus dem Fenster gesprungen.«

Ich schlage die Hände vor den Mund. »O Gott. Wie geht es ihr?«

»Der Arzt ist gerade draußen, und der Rettungswagen ist schon unterwegs«, sagt sie. »Aber es sieht nicht gut aus. Sie reagiert nicht mehr.«

»O Gott«, wiederhole ich.

»Die Polizei ist jeden Augenblick da. Womöglich werden sie mit Ihnen reden wollen.«

»Natürlich«, sage ich. »Ich helfe gern, wo ich kann. Aber ich hab nichts gesehen oder gehört. Als Kathleen sich plötzlich so aufgeregt hat, hab ich nach Hilfe gerufen, aber oben war niemand.«

»Es war niemand vom Personal auf der Station? Sind Sie sich da sicher?«

»Ja, absolut. Das kann ich der Polizei auch gern erzählen.«

Sie schweigt für ein paar Sekunden. »Sie sehen erschöpft aus, Claire«, sagt sie dann. »Muss sehr anstrengend für Sie gewesen sein, mit Kathleen in so einem Zustand in diesem Aufzug festzustecken.«

»Ja, es war fürchterlich. Aber nichts im Vergleich zu dem, was mit Miranda passiert ist.«

Sie legt mir den Arm um die Schultern. »Ich glaube, Sie haben für heute genug erlebt. Fahren Sie nach Hause, und ruhen Sie sich aus.«

»Aber ich muss doch mit der Polizei sprechen«, wende ich ein. »Ich muss denen doch erzählen, was ich weiß.«

»Aber wie Sie selbst gerade gesagt haben, Claire, haben Sie gar nichts gesehen oder gehört.«

»Ich weiß nicht …« Ich beiße mir auf die Unterlippe. »Ich

finde, ich sollte hierbleiben, bis die Polizei da ist, und denen sagen, dass ich im dritten Stock war.«

»Aber was nützt das, Claire?« Deb nimmt den Arm wieder von meiner Schulter. »Hören Sie«, sagt sie dann knapp. »Sobald die Sanitäter da sind, wird es hier zugehen wie in einem Zirkus. Sie haben doch gesehen, wie gestresst Kathleen war, nachdem sie im Aufzug eingesperrt war. Was glauben Sie denn, wie die Bewohner reagieren, wenn überall Blaulicht und Absperrungen und Polizisten sind? Ich muss auf das Wohl unserer Bewohnerinnen und Bewohner achten. Deshalb muss ich auch darauf bestehen, dass nur das notwendigste Personal hierbleibt.«

»In Ordnung, Deb«, sage ich, »das verstehe ich. So hab ich es noch gar nicht gesehen.«

»Warum sollten Sie auch?«, erwidert sie. »Es ist ja nicht Ihr Job, es so zu sehen. Machen Sie sich wegen des Besucherbuchs keine Gedanken. Darum kümmere ich mich für Sie. Sie konzentrieren sich einfach darauf, dass Sie wieder nach Hause kommen.«

»Danke, Deb«, sage ich. »Ich laufe nur schnell hoch in Kathleens Zimmer und hole meine Handtasche, und dann mache ich mich auf den Weg.«

Sofern sie noch etwas sagt, höre ich es nicht mehr. Sie hat sich bereits umgedreht und schreibt irgendetwas ins Besucherbuch. Ich nehme an, sie fälscht meinen Eintrag, weil sie nicht will, dass die Polizei erfährt, dass ich hier war. Schließlich könnte ich erzählen, dass auf der Demenz-Etage kein Personal war. Deb hat immer noch ihren Care-to-Join-Us-Preis im Sinn. Womöglich nimmt sie auch nach wie vor an, sie hätte noch gute Karten.

Auf dem Weg in den dritten Stock nehme ich zwei Stufen auf einmal. Ich schnappe mir meine Handtasche aus dem gespenstisch eisigen Aufenthaltsraum und eile weiter zu Kathleens Zimmer. So viele Stellen gibt es nicht, wo sie die Fotos versteckt haben könnte. Noch während ich suche, fallen mir das Radio, die Lesebrille, der Bücherstapel und die Kreuzworträtselhefte am Boden neben dem Sessel auf. Diese Hefte sind mir doch schon mal aufgefallen? Warum fand ich sie damals nicht komisch? Ich durchsuche den Kleiderschrank, sehe unter der Matratze nach, hinter den Bilderrahmen an der Wand – und irgendwann bleibt mein Blick an ihrem Album hängen. Ich finde die Fotos in der gefütterten hinteren Buchdecke. Clever. Aber nichts anderes war zu erwarten.

Ich schiebe sie in meine Tasche und sehe mich ein letztes Mal um. Durchs Fenster sehe ich, wie sich drei Männer aus Richtung Stadtmitte nähern. Einer davon trägt einen Hut, der zweite schwingt ein kleines Kind superheldenmäßig durch die Luft. In der Ferne sind bereits Martinshörner zu hören, und ich wende mich zur Tür.

Als ich das Pflegeheim Waterbridge Oak hinter mir lasse, werden die Martinshörner lauter, und ich muss erneut an den kleinen Jungen denken. Aus irgendeinem Grund denke ich lange an seine Dinoschuhe. Dann denke ich an den Moment, in dem die Fliegerei aufhört. In dem er wieder auf dem Boden steht. Die Dinos werden immer noch da sein – aber was ist mit den Superhelden? Werden die auch noch da sein?

29

Der Mann, der neben Dad beerdigt wurde, mag seinen gestrigen sechsundsechzigsten Geburtstag nicht mehr gefeiert haben, aber das hat andere nicht davon abgehalten, seinen Ehrentag zu begehen. Auf dem Grab sind Heliumballons und offene Guinness-Dosen verteilt, und ich bin mir nicht ganz im Klaren darüber, was ich von alledem halten soll. Ich will wirklich mehr Verständnis für Durchschnittsmenschen und ihre Eigenarten aufbringen, aber ich kann mir nicht helfen: Das ist doch Müll. Kippt das Bier über seinem Grab aus, wenn's sein muss – aber dann werft die Dosen doch gefälligst weg! Ist das denn zu viel verlangt? Ich versuche, unvoreingenommen darüber nachzudenken, ich versuche es wirklich. Trotzdem finde ich Rücksichtnahme auf dem Friedhof schlichtweg angemessener als Heliumballons. Und ich weiß, das geht als Floskel nicht durch, aber vielleicht sollte es eine werden.

Dads Grab ist im Gegensatz zu dem seines Nachbarn ordentlich und adrett. Es ist noch immer zu früh für einen

Grabstein, deshalb konzentriere ich mich auf Blumen und Grünpflanzen. Ich habe in der vorigen Woche einen Rosenbusch gepflanzt, und er scheint angewachsen zu sein. Heute muss ich die letzten Stiefmütterchen ausbuddeln und sie durch Nelken ersetzen. Ich mag Grabpflege. Hier zu sein hat etwas Tröstliches. Hier kann ich leichter denken.

Es ist jetzt einen Monat her, seit Miranda aus diesem Fenster gesprungen ist, sich den Schädel auf der Sonnenterrasse aufgeschmettert hat und auf dem Weg ins Krankenhaus gestorben ist. Seither war ich nicht mehr im Waterbridge Oak. Warum auch? Kathleen ist nicht mehr dort, sie ist jetzt bei Lucas, ihrer Mutter, ihrem Vater und bei Aladin. Wo immer das ist – sie ist hoffentlich glücklich. Und hoffentlich gibt es dort keinen billigen Linoleumboden.

Ben hat sich angewöhnt, mich zwei-, mitunter dreimal die Woche anzurufen. Er ruft sogar an, wenn er gar nichts zu berichten hat. Ich mag unsere Telefonate. Er hat mir erzählt, dass Kathleens mentaler Zustand sich kurz vor ihrem Tod rapide verschlechtert habe und sie zurück in die Psychiatrie verlegt worden sei, wo sich überdies ihr körperlicher Zustand verschlechtert habe, ehe sie zu guter Letzt an einer Lungenentzündung verstorben sei. Sie sei bis zum Ende verwirrt gewesen, habe etwas von Ertrinken und Schüssen erzählt und dass ihr Sohn erstochen worden sei. Ben hat ihren Tod als Gnade bezeichnet.

Die größte Nachricht aus Waterbridge Oak handelt jedoch von Deb. Noch während sie auf ihren Care-to-Join-Us-Preis hoffte, erlangte sie Berühmtheit ganz anderer Art. Mehreren Boulevardzeitungen waren erschütternde Bilder einer Überwachungskamera zugespielt worden, auf denen Deb, Jemma und ein weiterer Angestellter die alten Menschen in ihrer Obhut quälten. Ben hat mir erzählt, dass Deb und Gary (*wusste* ich's doch, dass Vampirraucher wie ein Gary aussah!) festgenommen wurden und derzeit auf ihre Prozesse warten. Sieht ganz danach aus, als würde Deb wohl keinen Preis mehr einheimsen, was schade ist – das wäre wirklich eine Leistung gewesen.

Ben muss immer tief Luft holen, ehe er anfängt, über Miranda zu sprechen. Ich glaube, er hat einige Zeit gebraucht, um darüber hinwegzukommen. Niemand versteht so recht, warum sich Miranda das Leben genommen hat. Weil ihr die Demenz ihres Vaters dermaßen schwer zu schaffen gemacht hat, glaubt Ben. Sie könnte eventuell eine nicht erkannte Depression gehabt haben. Manchmal unterhalten wir uns über Trauer, und ich lasse ihn an den Perlen der Weisheit teilhaben, die mir in der Trauergruppe zuteilgeworden sind. Es gefällt mir, wenn ich seiner Trauer Linderung verschaffen kann. Das führt mir vor Augen, wie weit ich gekommen bin – dass ich sämtliche Phasen bewältigt habe und inzwischen bei der Akzeptanz angelangt bin. Ben hat auch erzählt, dass Frank inzwischen gar keinen Besuch mehr bekomme. Nicholas sei nach Mirandas Tod nur noch ein einziges Mal da gewesen. Anscheinend hatte er Oscar dabei – und eine Frau, die sogar noch mehr Make-up aufgetragen hatte als Irina. Nach allem, was man so höre, eine Krankenschwester. Bestimmt eine aus Neonatal-Nicks Armee der Engel. Ben sagt, er vermisse Miranda, und er vermisse vor allem Oscar. Er sagt, das dritte Stockwerk sei ohne die beiden nicht mehr dasselbe. Ich frage mich, was die Zukunft für den Jungen bereithalten mag. Für den Jungen mit den blonden Locken und den riesigen blauen Augen, der immer konzentriert die Lippen zusammenpresst, wenn er einen Turm aus Bauklötzchen baut. Ich frage mich, ob er je erfährt, wie sehr er vermisst wird.

Ich richte mich auf und betrachte die weißen Nelken. Sie sehen gut aus, als wären sie immer schon da gewesen.

Ich verabschiede mich von Dad und kehre zurück zum Parkplatz. Dort wartet der rote Mercedes auf mich. Helen hat darauf bestanden, dass sie mich fährt. Sie meinte, das täten Freundinnen nun mal. Wir sind jetzt Freundinnen. Ich habe eine Freundin. Sie findet mich lustig, und ich mag es, sie zum Lachen zu bringen. Ich steige ein, und sie lächelt mich an.

»Alles okay?«, fragt sie.

»Ja«, antworte ich.

Erst ein paar Straßen weiter ergreift sie wieder das Wort. Ich weiß genau, was sie tut: Sie will eine respektvolle Distanz zwischen das Grab meines Vaters und den Rest unseres Tages legen. Sie ist immer respektvoll, denkt andauernd an andere. Das ist einer der Gründe, warum ich sie mag.

»Sicher, dass es dir nichts ausmacht mitzukommen?«, erkundigt sie sich.

»Natürlich nicht.«

»Danke, Claire«, sagt sie. »Ich weiß, es ist ein bisschen komisch. Es fühlt sich nur gerade so an, als wäre es das Richtige. Ich glaube, so kann ich besser mit der Sache abschließen. Klingt das logisch?«

»Ja«, behaupte ich. »Das klingt total logisch.«

Tut es nicht, aber ich mag es, mit Helen befreundet zu sein, und noch während ich aus dem Autofenster starre, dämmert mir, dass dies womöglich das Außergewöhnlichste ist, was mir seit Dads Tod widerfahren ist. Dad hat mir alles bedeutet. Ich habe sonst nie jemanden gebraucht. Inzwischen schon. Und wenn das bedeutet, dass ich so tun muss, als würde irgendetwas logisch klingen, obwohl das gar nicht der Fall ist, dann ist es eben so.

»Danke, Claire«, sagt sie erneut. »Wir müssen auch nicht lange bleiben. Nur ein kurzer Höflichkeitsbesuch, dann gehen wir wieder – und hinterher lade ich dich zu dem Essen ein, das ich dir immer noch schulde, weil du damals auf mich aufgepasst hast, als ich so betrunken war, und mich sicher nach Hause gebracht hast.«

»Du schuldest mir gar nichts, Helen.«

»Doch«, sagt sie. »Das war wahnsinnig nett von dir. Wenn ich darüber nachdenke, was da alles hätte passieren können ...«

»Wie viele Leute kommen eigentlich?«, frage ich, als wir vor einer Ampel halten.

»Keine Ahnung.« Sie dreht sich zu mir um. »Ich glaube, nur die Leute, mit denen Lucas zusammengearbeitet hat. Das waren auch diejenigen, die mir davon erzählt haben. Die sind echt nett – ich glaube, du wirst sie mögen. Ich kann immer noch nicht fassen, dass sie mich dazu eingeladen haben. Ich hätte nie gedacht, dass sie noch etwas mit mir zu tun haben wollen, nachdem ... du weißt schon ...«

»Nachdem – was?«

»Na ja, nach allem, was vorgefallen ist.« Die Ampel springt auf Grün. »Nachdem Jemma getan hat, was sie eben getan hat ...«

»Aber das war doch nicht deine Schuld«, wende ich ein.

»Ich weiß. Trotzdem war Jemma meine Schwester.« Sie fährt auf eine Schnellstraße. »Ich kann einfach nicht anders, als mich ein bisschen verantwortlich zu fühlen. Und ich kann immer noch nicht fassen, was sie getan hat. Ich bin so wütend auf sie!« Sie schlägt beide Hände aufs Lenkrad. »Wie konnte Jemma sich an diesen Quälereien beteiligen? Wie konnte sie hilflose Leute derart behandeln? Mir wird schlecht, wenn ich nur daran denke! Schlecht vor Scham!«

Ich beäuge ihr Profil. Ich will sehen, wie ein wütender Schlecht-vor-Scham-Durchschnittsmensch aussieht, während er das Tempolimit überschreitet.

»Der arme Lucas«, sagt sie, wieder etwas ruhiger. »Ich frage mich, ob wir jemals herausfinden, was mit ihm passiert ist.«

»Vielleicht«, sage ich. »Eines Tages.«

»Am wahrscheinlichsten ist doch, dass er den Quälgeistern seiner Mutter auf die Schliche gekommen ist«, sagt sie. »Vielleicht hat er ja Jemma damit konfrontiert, und sie hat ihm etwas angetan.«

»Vielleicht.«

»Sie muss mit seinem Verschwinden irgendetwas zu tun haben. Warum sonst hätte sie seine Aktentasche haben sollen? Sie könnte sich deshalb umgebracht haben – vielleicht konnte sie mit der Schuld nicht mehr leben.«

»Vielleicht«, sage ich zum dritten Mal.

»Möglicherweise war ihr die Schuld zu viel. Die Quälerei ... und was sie mit Lucas gemacht hat. Vielleicht konnte sie sich keinen anderen Ausweg mehr vorstellen.«

»Vielleicht«, erwidere ich und frage mich, wie oft ich das noch sagen kann, bis sie es bemerkt.

»Ich wünschte mir, ich hätte Jemma in den letzten Jahren nähergestanden.« Sie fährt von der Schnellstraße ab. »Ich wollte, sie hätte das Gefühl gehabt, sie hätte mit mir reden können.«

»Du kannst dir doch nicht die Schuld geben für das, was passiert ist, Helen!«

»Ich weiß. Es tut einfach weh … zu wissen, dass ich sie nicht so gut gekannt habe, wie ich gedacht hatte.«

Den Rest der Fahrt verbringen wir schweigend. Ich weiß, wo wir sind, hier war ich schon mal. Damals habe ich so getan, als würde ich dort drüben auf den Bus warten. Ich habe auf dieser Bank gesessen und in die Schaufenster gestarrt.

Helen parkt, und wir steuern die Bar an. Als wir eintreten, drückt uns ein Mann ein Blatt Papier in die Hand, dann sehen wir uns nach einem Sitzplatz um. Sie haben die ganze Bar gemietet, und die Versammlung ist größer, als ich erwartet habe. Ich starre auf das Blatt Papier und sehe in Lucas' strahlendes Gesicht. Lustig, dass Fotos ihm einfach nie gerecht werden.

Ein Mann in einem pink gestreiften Hemd und Skinny Jeans stellt sich vorn hin und räuspert sich.

»Danke, dass ihr alle gekommen seid«, sagt er. »Mein Name ist Simon, und ich habe mit Lucas zusammengearbeitet.« Er zieht ein paar Karteikarten mit Stichworten aus der Tasche. »Wie ihr alle wisst, haben wir Lucas jetzt schon eine Weile nicht mehr zu Gesicht bekommen, und Tatsache ist nun mal, dass wir nicht wissen, ob wir ihn überhaupt jemals wiedersehen.« Eine kurze Pause entsteht, als er zum nächsten Kärtchen weiterblättert. »Über sein Verschwinden ist in den Medien viel spekuliert worden, und tatsächlich haben wir heute auch einen Reporter hier … Aber über Lucas selbst ist kaum etwas gesagt worden. Deshalb haben wir diese informelle Gedenkveranstaltung organisiert. Um uns an Lucas und sein Leben zu erinnern und um bei den wilden Spekulationen hoffentlich mal die Pausetaste drücken zu können.«

Die Pausetaste drücken? Was für ein Idiot.

»Und genau deshalb haben wir heute diese informelle Gedenkveranstaltung organisiert«, sagt er.

Hat er das nicht eben schon mal gesagt? Liest er gerade von ein und demselben Kärtchen ab?

»Um Lucas zu ehren. Um Geschichten von ihm zu erzählen. Um uns den extravaganten Menschen in Erinnerung zu rufen, der er war.«

Er drückt seine Redepausetaste, und ich sehe verstohlen zu Helen. Sie wischt sich eine Träne aus dem Augenwinkel und nickt. Der arme Reiher. Ich hoffe, diese lächerliche Gedenkveranstaltung beschert ihr wirklich eine Art Abschluss.

»Und damit möchte ich«, sagt Skinny-Jeans-Simon, »den ersten Redner nach vorn bitten.«

Nach und nach treten Lucas' Kollegen, Schulfreunde, Nachbarn, und wer immer sonst flüchtig durch sein Leben gedriftet ist, nach vorn und erzählen zunehmend langweilige Geschichten über den großartigen Mann. Ich versuche, unvoreingenommen zu sein, wirklich. Trotzdem bin ich mir sicher, dass die meisten dieser Leute Lucas gehasst haben. Haben sie sich nicht kürzlich erst unisono darüber beklagt, dass er nie eine Runde ausgegeben hat? Warum tun sie jetzt so, als wären sie betroffen? Wünschen sie sich so verzweifelt, in der Zeitung erwähnt zu werden?

Ich lasse den Blick durch die Bar schweifen. Es kommt mir

vor, als wäre es noch gar nicht lange her, dass Lucas und ich dort drüben saßen. Ich muss an den Abend zurückdenken und an alles, was seitdem passiert ist. Wenn ich an den entscheidenden Moment zurückkehren könnte und all das wüsste, was ich heute weiß, würde ich ihn immer noch umbringen? Als ich mit ihm geflirtet und über seine Witzchen gelacht habe, hatte ich keine Vorstellung, was ich mir damit einbrocken würde. Ich glaube, ich wäre aufgestanden und gegangen. Ein Mord ist es nicht wert, alles dafür zu verlieren. Das ist mir jetzt klar. Mein Herz schlägt jedes Mal schneller, wenn ich daran denke, dass Kathleen meine Geheimnisse aus dem Schatten ins Licht geschleudert hat. Den Ereignissen, die nur in meinem Kopf lebendig waren, hat sie eine Stimme verliehen. Ich habe solches Glück, dass ihr niemand geglaubt hat, aber nur auf das Glück darf ich mich nicht verlassen.

Skinny-Jeans-Simon stellt gerade die nächste Rednerin vor. Sie hat lange braune Haare, mehrere Piercings im Gesicht und eindeutig eine Vorliebe für Batikklamotten. Sie erzählt, dass sie nie das Vergnügen gehabt habe, Lucas kennenzulernen, allerdings habe sie für ihn ein Gedicht geschrieben. Jetzt ziehen sie wirklich alle Register. Meine Gedanken schweifen erneut ab, und ich denke an Dad. Ich glaube, er würde meine Entscheidung gutheißen, ja, er wäre sogar stolz. Es ist nie zu spät, ihn stolz zu machen.

Ich habe entschieden, die Mörderei an den Haken zu hängen und stattdessen etwas anderes zu versuchen. Ich will jemand werden, der seine Freundinnen und Freunde zu Gedenkveranstaltungen begleitet. Ich will mit Leuten telefonieren, selbst wenn es nichts zu sagen gibt. Ich will endlich aufhören, Durchschnittsmenschen zu verurteilen. Ich will mein Leben so leben wie sie.

Die Batikfrau mit den langen Haaren hat ihren Lyrikvortrag beendet. Sie behauptet, auch wenn sie Lucas nie kennengelernt habe, werde sie ihm auf ewig dankbar sein. Er habe eins ihrer Bilder in die engere Auswahl für einen Kunstpreis genommen, erzählt sie, und zwar kurz bevor er verschwunden sei. Wenig später habe sie unverhofft die Gelegenheit bekommen, eine Indienreise zu machen, trotzdem werde sie ihm diese Anerkennung nie vergessen. Sie setzt sich wieder, und Simon nimmt seinen Posten ganz vorn wieder ein.

»Danke, Claire, für dieses wunderbare Gedicht«, sagt er. »Und dafür, dass wir es auf die Rückseite unseres Handouts drucken durften – mitsamt deinen Illustrationen.«

Noch während er den nächsten Redner ankündigt, drehe ich das Blatt in meinen Händen um und lese die Verse auf der Rückseite.

Ich hab dich nie getroffen
Ein Gedicht von Claire Stokes

Ich hab dich nie getroffen, kenne nur deinen Namen
vom zigfach wiederholten Hörensagen.
Wo ist Lucas? Wohin mag er verschwunden sein?
Weiß es jemand, wann kommt er wieder heim?
Du gabst mir eine Chance und glaubtest an mich,
für dein großes Zutrauen danke ich
und wünsche dir, wo immer du jetzt bist,
dass dort ewiger Frieden ist.

Unter den Versen ist ein Boot mit einem gebrochenen Mast abgedruckt, und schlagartig fühle ich mich an den Morgen nach Dads Beerdigung zurückversetzt. Ich muss an Lucas' zweite E-Mail denken.

Dann ist das da vorn die andere Claire. Die Claire, die in die engere Auswahl gekommen ist. Die *meinen Platz* auf der Shortlist bekommen hat. Und was hat sie daraus gemacht? Nichts. Sie ist hippievernebelt durch Indien gegondelt, ehe sie ein komisches Boot gezeichnet und damit ein beknacktes Gedicht illustriert hat, das sich nicht mal ordentlich reimt – oder mit Booten zu tun hätte. Oder hat es das? Ich lese die Verse erneut. Ich kann nirgends ein verstecktes nautisches Thema entdecken. Was für ein beknacktes Gedicht.

»Claire?«

Als ich meinen Namen höre, drehe ich mich um.

»Alles in Ordnung?«

Der Reiher sieht mich besorgt an. Ich starre auf meine Hände hinab. Ich habe das Blatt Papier zu einer kleinen Kugel zerdrückt. Meine Fingerknöchel sind von der Anstrengung ganz weiß.

»Alles bestens«, sage ich, presse ein Lächeln hervor und entspanne die Hände. »Mir ist nur gerade ein bisschen flau.«

»Es ist aber auch ziemlich warm hier drin«, sagt sie. »Hoffentlich sind es nicht mehr viele Redner.«

Es sind nicht mehr viele. Kurz darauf ist die Veranstaltung zu Ende. Lucas' Kollegen kommen, um Helen zu begrüßen, und sie stellt mich einem nach dem anderen vor. Ich schüttle Hände, lächle, allerdings bin ich mit den Gedanken woanders. Ich halte Ausschau nach der Batikfrau. Sie steht in einer Ecke, unterhält sich mit jemandem und hat ihren Mantel schon angezogen. Zumindest glaube ich, es ist ein Mantel. Er ist lang und wallend und mit Blumen und Mustern in sämtlichen Farben des Regenbogens übersät. Sie verabschiedet sich. Sie geht gleich.

Ich nehme Helen beiseite.

»Mir geht es nicht gut«, sage ich. »Wäre es okay, wenn wir ein andermal essen gehen?«

»Natürlich«, sagt sie. »Gib mir eine Minute, dann verabschiede ich mich von den anderen und fahre dich heim.«

»Ach was«, entgegne ich. »Du solltest noch bleiben und mit Lucas' Kollegen reden.«

»Quatsch«, sagt sie. »Wenn es dir nicht gut geht, dann bringe ich dich nach Hause. So etwas machen Freundinnen.«

»Du bist wirklich eine gute Freundin«, sage ich. »Aber du musst dich doch noch mit den anderen Leuten über Lucas unterhalten. Das wird dir über die Sache hinweghelfen.«

Schweigend denkt sie nach.

»Ich schaffe das schon«, sage ich mit einem Lächeln. »Ich rufe dich morgen an, und dann machen wir einen Termin zum Essengehen aus.«

»Aber nur, wenn du dir ganz sicher bist.«

»Bin ich«, erwidere ich, wir verabschieden uns mit einer kurzen Umarmung, und dann verlasse ich die Bar.

Das Manteldings sticht mir sofort ins Auge. Die Frau hält auf die Bushaltestelle zu. Ich muss in dieselbe Richtung. Genau genommen, folge ich ihr also gar nicht. Wir haben nur zufällig dasselbe Ziel. Ich denke über die Entscheidung nach, die ich erst jüngst gefällt habe: dass ich beschlossen habe, der Mörderei den Rücken zu kehren und etwas Neues auszuprobieren. Aber im Augenblick tue ich ja nichts Verkehrtes, ich gehe einfach nur auf die Haltestelle zu. Ich will den Bus nach Hause nehmen. Ich mache einfach nur, was jeder Durchschnittsmensch in meiner Lage tun würde.

Als ich die Bushaltestelle erreicht habe, überquert die andere Claire die Straße und stellt sich in die Schlange für die Gegenrichtung. Sie steht jetzt an einer anderen Haltestelle, will in eine andere Richtung als ich. Ich könnte jetzt einfach hier auf meinen Bus warten. Ich könnte zusehen, wie sie in ihren Bus steigt und aus meinem Leben verschwindet. Ich könnte heimfahren, an meinem Bild weiterarbeiten, mit Ben telefonieren und durchschnittlich sein. Könnte ich. Ich glaube, ich will es sogar.

Und dann kommt ihr Bus. In dem Moment, als sie sich umdreht, kreuzen sich unsere Blicke, und ich kann durch sie hindurchsehen. Und da weiß ich es. Ich habe es immer gewusst. Ich habe immer gewusst, welchen Bus ich nehmen werde.

DANKSAGUNG

Vielen herzlichen Dank an meine phänomenale Literaturagentin Cathryn Summerhayes, die einfach alles möglich macht und mit Coolness, Humor und Ruhe mühelos ihre magischen Strippen zieht.

Meine großartige Lektorin Miranda Jewess: Ich stehe für immer in deiner Schuld! Georgina Difford, Therese Keating, Rhian McKay, Drew Jerrison und das ganze Viper-Team: Danke, dass ihr so engagiert arbeitet und meinem Buch so ein tolles Zuhause gebt!

Luke Speed, Anna Weguelin und Jess Molloy von Curtis Brown – danke fürs Beantworten meiner Fragen und dafür, dass ihr euch angehört habt, welche Fortschritte die Hüft-OP meines Hundes und seine Unterwasserlaufband-Therapie machen. Mir ist durchaus bewusst, dass ich ziemlich viel darüber geredet habe.

Dieses Buch wäre immer noch ein Word-Dokument irgendwo auf meinem Laptop, hätte nicht Jan Moran Neil das Potenzial der Urfassung erkannt, hätte Cornerstones Literary Consultancy nicht so fantastisches Feedback gegeben, hätte nicht Wanda Whiteley so hilfreiche Kritik geübt, Jamie Groves nicht entscheidende Überarbeitungshinweise geliefert, und hätten sie alle nicht dabei geholfen, dass mein Text entdeckt wurde. Ich bin euch auf ewig dankbar!

Ein besonderer Dank geht an meinen fabelhaften Freund Dan Thompson für den »Chor, der keinerlei Charisma abbekommen hat« – danke, Dan! Und tausend Dank an Gayle Creasey, von der der Busvergleich stammt und die mich gerade lange genug zum Schweigen gebracht hat, damit wir meditieren konnten.

Dafür, dass sie jede Fassung von allem, was ich je geschrieben habe, gelesen und immer nur unerschütterlich positiv und ermutigend reagiert hat, geht ein riesiges Dankeschön an meine Schwester Karen. Ich danke Catherine, Kevin und unserer wunderbaren Mutter dafür, dass sie mich immer daran erinnert haben, wie wichtig es ist, sich auch in düsteren Zeiten den Humor zu bewahren. Danke für eure große Liebe und Unterstützung. Ihr seid die Besten!

Ich bin wahnsinnig dankbar dafür, zur selben Zeit auf dieser Welt zu sein wie so viele Menschen, die ich liebe und verehre – und was für eine perfekte Gelegenheit, das auch mal zu sagen! Danke an meine Familie und an meine Freundinnen und Freunde, vor allem an Pat und Chris Wallace, Mark, Harry, Georgia, Emma, Sinead, Erinn, Ciara, Orla, Matthew, Roxy, Daniel, George Powell, Kylie und Angus Ray, Zoe, Steve, Nikolai und Theia Harris, Susan Mustoe, Marie, Laurence und Eleanor Field, Chrissy French (mit Harry und Scarlett!), Mohit Kochar, Clare Holt (danke, dass du mir den Namen Claire geliehen hast und so viel netter bist als sie),

Katie und Tim Rolfe, Pearl Close, Vicki Wanless, Eleanor Parpotta, Katharine Blom, Eve Cinnirella, Will Awad, Dot Hickson, Sarah Baker und Kath Ward.

Meinem Ehemann Marc und unseren Kindern Grace, Charlie, Lucy und Sam (und natürlich auch Star und Wilfred) danke ich dafür, dass ihr mein Ein und Alles seid, und dafür, dass ihr nie über mich lacht. Oder besser gesagt, dass ihr nur ein bisschen gelacht habt, als ich erzählt habe, ich würde ein Buch schreiben.

Zu guter Letzt geht mein größter Dank an meinen Vater – für all die Inspiration, die Erinnerungen und das Lachen. Wie sehr ich mir wünschte, er wäre noch hier, um dieses Buch zu lesen. Du fehlst mir sehr, Dad, obwohl es sich komischerweise so anfühlt, als wärst du immer ganz nah. Aber ich schätze mal, wer so hell strahlt, der verglüht niemals ganz.